ARTEMİS YAYINLARI

YAYIN NO: 2224

SÖYLENMEMİŞ SÖZLER
İclal Aydın

Yayına Hazırlayan: Yeliz Üslü
Editör: Tolga Meriç
Kapak Tasarımı: Asmin Ayşe Gündoğdu
Sayfa Tasarımı: Pınar Demirhan

1. Basım: Mayıs 2021
ISBN: 978 - 605 - 304 - 672 - 1
Sertifika No: 43949

ARTEMİS YAYINLARI
Ticarethane Sokak No: 15 Cağaloğlu / İstanbul
Tel: (212) 513 34 20-21 Faks: (212) 512 33 76
e-posta: editor@artemisyayinlari.com – www.artemisyayinlari.com

Baskı ve Cilt: Melisa Matbaacılık
Çiftehavuzlar Yolu Acar Sitesi No: 4 Bayrampaşa / İstanbul
Tel: (212) 674 97 23 Faks: (212) 674 97 29 Sertifika No: 45099

Artemis Yayınları, Alfa Yayın Grubu'nun tescilli markasıdır.

İCLAL AYDIN

SÖYLENMEMİŞ SÖZLER

ARTEMİS YAYINLARI

2020 İzmir depreminde kaybettiğimiz yeğenlerim
Sayra ile Çınar'a
ve
beraberlikleri yarım kalmış tüm anne babalarla çocuklara...

Artık bütün kalbimle inanıyorum ki dünya üzerindeki
somut varlığımızın yolculuğu bittiğinde,
giden gitmiyor aslında bir yere.
Seveni yaşadıkça herkesin yeri baki
yeni gelen günde...

Bu hikâyedeki tüm olaylar kurgudur. Yaşanmamıştır. Toplumlara mal olmuş kişiler hariç tüm karakterler hayalidir, isimler gerçek değildir.
Tanju Okan ve Yaser Arafat'a atfedilen sözler tamamen yazarın hayal ürünüdür.
Bu roman, bir yazarın gece ve gündüz düşlerinin dökümüdür.

BİRİNCİ KISIM

Eylül / 2010

1. BÖLÜM

İstanbul'da Bir Akşam

Herkes bir ağızdan, bağırarak konuşuyor. Kim neyi ne kadar duyuyor, ne anlayıp da gülümseyerek başını sallıyor veya karşılık verebiliyor; çözemiyor Filiz. Restoranın ortasındaki büyük barın çevresinde ellerinde kadehleriyle sohbet edenler, geniş mermer masalardaki takım elbiseli adamlarla güzel giyimli kadınlar, paçalarına uzanan beyaz önlükleri ve siyah papyonlarıyla servis yapan garsonlar ve terasta şehrin eşsiz manzarasına bakarak sigara içenlerle tıka basa dolu olan bu mekâna lise arkadaşlarıyla buluşmak için geldi. Bu tür buluşmalara pek katılmıyor aslında. Çok ısrar ettiler bu kez. Kıramadı.

Kalabalığın uğultusu içinde dolanan şarkıya kulak kesiliyor. Ne zaman, nerede çalsa kulağı hemen seçer bu şarkıyı. Tanju Okan gencecik sesiyle söylüyor: *Roberta*. Babasıyla bu şarkı eşliğinde dans etmişti. En büyük kuzeni evlenirken. Hayatının ilk dansıydı. Dokuz yaşındaydı. Beyaz bir elbise vardı üzerinde. Moda'da oturan büyük hala dikmişti. Eteği kabarık, beli kuşaklı elbisenin altına Bahariye'den kırmızı rugan bir ayakkabı alınmıştı. Kabarık eteğiyle gurur duyuyordu. Babası o gün de her sabah olduğu gibi kızının saçlarını özenle örmüş, uçlarına kırmızı kurdelesini takmıştı. Neşe içinde hazırlanmışlardı. Babasının papyonu ile kendi saçlarındaki kurdelenin benzerliğine gülüşmüşlerdi. Hiç unutmuyor, Fenerbahçe Orduevi'ndeydi düğün. Sahnedeki orkestra çok güzel ecnebi şarkılar çalıyordu. Babası bu şarkıyı istemiş, sonra onu dansa kaldırmıştı. Ne kadar gurur duymuştu Filiz. Çünkü ezbere söyleyebildiği bu şarkı, babası ile rahmetli annesinin düğün şarkısıymış. Annesinin plağını çaldıkları her hafta sonu bir kez daha anlattırırdı: Annesi ile babası nasıl tanışmış, annesi onu kızlardan kıskanınca babası bu şarkıyla nasıl özür dilemiş, sonra nasıl evlenmişler, düğünde annesi ne kadar güzelmiş... Babasının ise gözleri Tanju Okan'ın gözlerine benzermiş. Annesi biraz da o yüzden âşık olmuş ona. Ah, hakikaten ne muhteşemdi babasının gözleri! Mavi lacivert, derin bir deniz gibiydi... Diğer masalarda saçları maşayla şekillendirilmiş, uzun etekli tuvaletler giymiş annelerin hepsi hayranlıkla izliyordu o gün ikisini. Annesi o çok küçükken öldüğünden olsa gerek, tüm akraba ve komşu kadınların alakası, özellikle böyle günlerde babasıyla ikisinin üzerinde olurdu. Kızını ne kadar da güzel büyüttüğüne dair övgü dolu sözlerle başlardı hepsi sohbete. Filiz'in saçlarını okşarken aslında babasını ne kadar beğendiklerini iç çekerek gözlerine bakmalarından anlardı elbette küçük kız. Babasıyla çok eğlenerek izlediği filmlerdeki Ayşecik'e benzetirdi kendini. Aslında her şeyin farkında olan ama büyüklerin, hiçbir şey anlamadığını düşündükleri o cin fikirli kıza yani. Öyleymiş gibi yaparak, olup biteni zihnine kaydeden, sonra da babasıyla yalnız kaldıklarında o kadınları taklit eden oyuncu bir kız çocuğuydu bir zamanlar. Yakışıklı babasının biriciğiydi. O gece babasıyla dans ederken düğündeki diğer kız çocuklarının ve annelerinin onları gülümseyerek izleyişleri ve büyük halanın ağlayışı tüm canlılığıyla aklında.

Eskimeyen bu şarkı, şu insan kalabalığı içinde çocukluğundan ona doğru sallanıp duran bir sarmaşık sanki. Tutunsa ne iyi gelir ama şimdi, burada, yıllar sonra bir araya gelen ve her biri yüzeysel bir sohbet eşliğinde birbirini merakla inceleyen eski lise arkadaşlarının yanında olmalı. Şarkı bitiyor.

Filiz masaya kulak kabartıyor. Geldiğinden bu yana aynı şeyler konuşuluyor. Kim neredeymiş, ne yapmış? Nasıl görünüyormuş? Kim daha çabuk yaşlanmış, kim daha başarılı olmuş? Ortak konuşma bitmiş, iki üç kişilik diyaloglar aynı anda birbiri üzerinden akıyor şimdi.

"Göcek'te tekne. Çok gidemiyorum ama olsun. Orada olduğunu bilmek bile rahatlatıyor beni. Bir amacın var oğlum, dayan diyorum kendime."

"Senede en fazla on beş gün kullanabildiğin bir teknenin on iki aylık masrafı için kıçından ter dökerek katlanıyorsun yani hayatına? E, öyle tabii. Kolay değil, çok masraflı iş. Yüksektir marina kirası."

"Saç ektirmedi diyorsun yani? Hadi be! O lise ikiden beri kel yahu!"

"Siz de şimdi burada değil diye çocuğun arkasından dalga geçmeyin."

"Ne çocuğu? Sen de çocuk diye diye... Adam CEO olmuş. Saç ektirmiş. Çocukluğu mu kalmış Allah aşkına?"

Kahkahalar...

"Paris'te benim doktorum. Küçük dokunuşlar uyguluyor. Öyle çok belli olmasın istiyorum. Yani düzgün yaş almak önemli. Şaşkın bir heykel gibi olmamalı insanın suratı. On ayda bir filan gidiyorum. Hem tatil oluyor bana da."

"Benim ikinci çocuk da bu sene Robert'e girecek gibi görünüyor. Büyük bitirmeden o başlayacak. Okul da çok pahalı, biliyorsun. Şimdi küçük de özeniyor tabii ablasına. Göndermesek olmaz. O da zehir gibi maşallah. Kesin kazanır. Çocukların okul parası filan derken biz daha sekiz on yıl gün yüzü göremeyiz. Sonra bir de yurt dışında okutmak gerekecek bunları. Çalış babam çalış."

Toplantıların tümüne katılmasa bile kimseyle kopmayan tek kişi Filiz aslında. Yıllar içinde çoğuyla iyi kötü haberleşti. Fakat bu akşam odaklanamıyor. Hem yorgun hem de zihni her zamankinden daha yoğun. Okulda da daima böyleydi. Onlarla birlikte ama aynı anda aklı bir başka şeyle meşgul olurdu daima. Yıllar önce okuduğu bir kitaptan olmalı; o sabah birden aklına düşen bir cümle dönüp duruyor şimdi kafasında:

Geçmişin tozunu alırken, kaybettiğini sandığı bir şeyi bulmanın sevincini yaşayanlar için...

Kendi kendine gülümsüyor. Evet, tam da bu. Son üç ayın telaşına, koşturmasına ve yorgunluğuna sebep olan duygu böyle bir sevinç işte! Kaybetmek bir yana, hiç sahip olmadığını sandığı bir şeydi bulduğu. Kimseye anlatamadığı, anlatamayacağı. Bu akşam buraya gelme konusunda ısrarına direnemediği Gülin'e bile. Hatta özellikle ona söyleyemeyeceği. Üç ay önce çok yağmurlu bir günde, gergin bir yönetim toplantısı sonrasında çıkıp gelmiş bir geçmiş zaman sürprizi.

Orman içindeki kampüs binasının en üst katındaki odasında penceresini açmış, haziran yağmurunun çam ağaçlarından yükselen kokusunu içine çekerek sakinleşmeye çalışıyor, uygulama derslerinde yeni dönemde yapmak istediği değişiklikler için yönetimi nasıl ikna edeceğini düşünüyordu. O sırada kapısı ürkekçe vurulmuş, öğrencisi Kerem her zamanki çekinik ifadesiyle odasına girmiş, elindeki büyük zarftan üç büyük siyah beyaz fotoğraf çıkarıp uzatmıştı. İletişim Fakültesi Dekanı Filiz Canan, ona uzatılan o üç fotoğrafla içinde bulunduğu günden, günün gerçeklerinden, yağmurdan, yorgun ruhundan, İstanbul'dan çok uzak bir yere ve zamana gitmişti.

Bir vakitler, yüzlerinde yoksulluğun, terk edilmenin, harap olmanın izlerini taşıyan, *adeta morfin verilmiş yaralıları andıran sıra evlerin** önünden, yaşlı taş kemerlerin altından, renkli kayıkların, kayıklara yığılı balıkçı ağlarının, tombul kedilerin, yorgun köpeklerin yanından geçmiş, ona gülerek kucak açan o şişman kadının kollarına koşmuş, göğsüne yaslanıp çiçekli elbisesine sinen vanilya kokusunu içine çekmiş, o yaşlı ve buruşuk ellerin, saçlarını okşamasını, enginar ve bezelye ayıklamasını, hamur yoğurmasını, lacivert çiçekli kahve fincanını tutuşunu anımsamıştı.

Sonra o yaşlı kadınla kol kola girip dolaştıkları mandalina, limon, nar ağaçlarıyla dolu bahçelere, oymalı yüksek kapıları çerçeveleyen yaseminlere, yaseminlere dayanmış kalmış büyük taş küplere, el işi bir dantele benzeyen balkon demirlerine sarılmış hanımellerine, iki katlı taş evlere, onların rengârenk sardunyalar dizili pencerelerine vurulduğu sokakların sahibi ve ilk aşkının doğup büyüdüğü o güzelim kasabayı gördüğü gün geldi gözünün önüne. Gencecik, acı dolu kalbini avcuna alıp üfleyen, sarıp sarmalayan o güzel, yaşlı elleri sevgili Nona'nın... Ve evlerinin kapısından girdiği anda Nona'da gördüğü, tarifi bugün bile imkânsız gelen ama aslında çok tanıdık olan o şefkat ve huzurla onu başka bir âleme, büyüye sürükleyen gücün özlemiyle doldu.

* Yunan şair Yorgo Seferis'in anılarından.

Ömrü boyunca Urla köyleri dışında hiçbir yerde görmediği bin yaşındaki zeytin ağaçlarına benzeyen o güzel kadına, annesi Nona'ya Filiz'i götüren, bütün bu şahane çocukluk parçalarını onunla paylaşan, yıllar geçse de ince bir sızıyla hâlâ sevdiğini o fotoğrafı gördüğünde bir kez daha anladığı ilk aşkı... Ah, o ilk büyük aşk.

O gün öğrencisi Kerem'in uzattığı o üç fotoğraf, Filiz'i alıp 1980'lerin sonuna götürmüş ve geçmişte bulduğu o sevinç, bugününe devam etmesi, içine yeniden güçlü bir nefes çekmesi için sebep olmuştu. Kerem'e verdiği arşiv düzenleme işini birkaç basamak daha yükseltme kararını o an almıştı. "Beş yüz kare daha seç bakalım. Sonra beraber eleyelim. En beğendiğimiz elli tanesiyle bu fotoğrafları çeken büyük ustaya bir jübile hediyesi hazırlayalım. Fotoğrafların ait olduğu haberlerin, kişilerin, yerlerin bilgisini araştırıp toparlayalım. Güzel bir kitap çıkacak ortaya, eminim. Hem merak ediyorum; bugünün iletişimci adayları geçmişi nasıl değerlendirecek, nasıl görecek? Hadi başla," demişti.

Koca bir yaz bu kitabın telaşıyla geçti. Filiz şimdi düşündükçe daha emin oluyor. Evet, iyi ki o gün bu kararı vermiş. Seçtikleri fotoğraflar, toparladıkları haber özetleri, dönemin yaşayan tanıklarına yaptırdıkları yorumlarla Filiz'in çok içine sinen bir kitap oldu. Şimdi o yakışıklı yüzü geliyor da gözlerinin önüne, kendi kendine gülüyor. *Huysuz adam. İstemem, etmem dedi ama çok beğenecek görünce. Hele en sondaki ve arka kapaktaki fotoğraflara çok şaşıracak. Kendisi bile unutmuştur onları.*

Ne zamandır görmediler birbirlerini. Arka kapak fotoğrafını Filiz çekmişti. Kerem'in o fotoğrafı da bastırmasına şaşırmıştı. "Bunu ben çektim aslında," demişti gülerek. Öğrencisinin beğendiklerinden biri olması da hoşuna gitmişti bir yandan. Kerem odasından çıktıktan sonra uzun uzun bakmıştı fotoğrafa. Bir olay anında çektiği o siyah beyaz karedeki gözlerin renginin, babasının gözlerinin rengine ne çok benzediğini ilk defa o gün düşünmüştü. Fotoğraf siyah beyaz olsa da insanın özenle sakladığı bazı anlar, anılar rengini koruyabiliyordu demek? Peki o kadar yıl bunu hiç mi fark etmemişti, yoksa gençlik kafasıyla önemsememiş miydi?

Masada kahkahalar yükselince ne olduğunu anlamadan o da gülümsüyor. Son konuşulanları hiç duymamış bile. Ayağındaki yüksek topuklu ayakkabı şu anda bir cendere sanki. Fırlatıp atabilse keşke. Kolundaki saate bakıyor, masadakilerin dikkatini çekmemeye çalışarak. Ama yanında oturan Selim'in gözünden kaçmıyor bu hareketi. Kulağına eğiliyor:

"Zaten on buluşma davetimizden birine geliyorsun. Bu kadar çabuk mu sıkıldın bizden?"

Filiz kibarca gülümsüyor.

"Yok yok, olur mu canım? Karşıya geçeceğim, yolum uzun, biliyorsun. Kızım yarın bir seyahate çıkacak. Uyumadan onu görsem iyi olur."

"Bu saatte köprü trafiği çok olmaz. Rahat geçersin. Ben bırakayım hatta seni."

"Çok teşekkür ederim Selim. Şoför bekliyor zaten aşağıda. Onu bekletiyorum diye de rahat etmiyor içim. Adam evine, çoluğuna çocuğuna kavuşsun artık!"

Selim'in yüzündeki can sıkıntısını görmezden geliyor. Gülin bu adamı niye tutup getirmiş buraya, belli. Onların sınıfından değildi ama Gülin'in arkadaşıydı. Hayal meyal hatırlıyor Selim'i liseden. Arkadaşlarının itirazına rağmen izin isteyip kalkıyor masadan. Selim de ayaklanıyor onunla.

"Asansöre kadar geçireyim seni hiç olmazsa."

Restoranı dolduran kalabalığın içinde bir adım önden yürüyüp bir eliyle Filiz'i insanlardan koruyarak yol açıyor. İstanbul'da böyle. Hayatını trafik saatine göre düzenlemen gerekiyor. Bir günde iki iş yapamazsın. Yollarda, arabalarda geçen saatler bütün İstanbullular için çile ve bir buluşma söz konusu oldu mu herkes kendi evine en yakın yerde toplanılsın istiyor. Anadolu yakasında oturanlar iş çıkışı buluşmalarda Avrupa yakasında yaşayanlara uymak zorunda kalıyor genellikle. Nitekim Beşiktaş, Teşvikiye gibi semtlerden karşıya geçmek nispeten daha az çileli.

Filiz çocukluğundan bu yana Suadiyeli. Annesi babası da orada büyümüş, orada tanışmış ve yaşamış. Başka bir yerde oturmadı. Oturmayı da düşünmüyor. Suadiye sokaklarında bisiklete bindi, paten kaydı. Dondurma almak için koşturdu, sokak kedilerini besledi. Yaşlı komşularının pazar filelerini taşıdı, oyunun ortasında ekmek almaya gönderdiklerinde hiç itiraz etmeden bir koşu gidip aldı. Sokağın değişmeyen komşu yüzlerine güvenip onları değerleriyle birlikte sevmeyi öğrendi... 29 Ekimleri, 23 Nisanları onlarla kutladı coşkuyla, dini bayramlarda ziyarete gitmeyi, bayramlaşmaya gelenlere çikolata, likör ikram etmeyi onlardan öğrendi. Annesini hiç tanıyamayan küçük Filiz sadece babasının değil, Suadiye'nin kızı olarak büyüdü, genç kız oldu. Aynı esnafla, aynı komşularla, aynı aidiyet duygusuyla geçti yıllar. İlk defa Suadiye sahilde yürürken bir oğlanın elini tutmasına izin verdi, ilk defa orada yakalandı karşı komşuları Meloş teyzeye. Meloş görmemiş gibi yaptı. Yaz geceleri caddede yürüdü arkadaşlarıyla. Hamburger yedi. Kışın nergis, yaz başlarında mor leylaklar aldı kaldırım çiçekçilerinden. Yıllar geçerken önce şehir ve sokaklar değişmeye başladı. Alıştıkları yüzler eksilirken, babasıyla yaşadığı ev kentsel dönüşüm kapsamında ilk yıkılan apartmanlardan oldu. Babası ve onu büyüten komşuların çoğu görmedi bu yıkımı. İyi ki görmedi. Filiz'in kızının doğduğu yıl teslim edilen yeni daire, eskisine nazaran daha küçük olsa da büyüdüğü sokakta bir evlerinin olması içini rahatlattı hep. Evlendiği yıl yıkılan apartmanın yerine yapılan bina tam zamanında teslim edilmişti. Birkaç ay sonra kızıyla o eve taşındı.

Kızı da onunla aynı sokakta büyüdüğü için mutlu hissetti kendini. Bahçeleri süsleyen aynı mor salkımlara kızıyla sevinmenin, aynı ıhlamur ağaçları altında ona bisiklet binmeyi öğretirken o kokuyu içine çekmesinin güzelliğini yaşadı. Onunki kendi çocukluğuna pek benzemedi ama daima babasına hak verdi: "İstanbul'un Anadolu yakasında büyümüş biri için Avrupa yakası daima işe gidilecek bir yerdir kızım. Yaşanacak bir yer değil," derdi.

Köprü trafiği her geçen yıl daha çıldırtıcı bir hale gelse de Filiz, Anadolu yakasından kopamaz. Hem şimdi üniversite yönetiminin sağladığı olanaklar sayesinde, şoför arabayı kullanırken o köprü trafiği saatlerini arabada çalışarak geçiriyor. Bu akşam buluştukları mekânı da seviyor aslında. Sakin gündüz saatlerinde ama.

Asansör zemin katta, meşgul. Bir türlü çıkmıyor yukarı. Selim biraz daha bekleyecekleri için memnun olmuş gibi ama Filiz sıkılıyor.

"Sana da zahmet oldu. Hadi, geç masaya. Ben huzursuz oluyorum böyle," diyor.

"Olur mu öyle şey? Ne güzel, iki dakika daha görüyorum işte seni. Hem konuşamadık bile. Yıllar geçti ama hiç değişmemişsin. Öğrencilerle, gençlerle vakit geçirdiği için böyle genç kaldı, diyor Gülin senin için."

"Yok canım, zaman hepimizi vurdu işte."

"Hayır, yanılıyorsun. Sana uğramamış hiç! Filiz... Hafta sonu için plan yaptın mı? Bir arkadaşımın küçük bir teknesi var. Cumartesi öğleden sonra Boğaz'da dolanıp sonra günü Haliç'te batıralım, diyoruz. Sen de gelsene. Hem rahat rahat sohbet ederiz. Ne dersin?"

Filiz dalgın gözlerle Selim'in ayakkabılarına bakıyor. Tertemiz ve çok şık. O gece ilk kez giyilmişçesine yeni duruyor. Bu pahalı ayakkabılarla marka akrabası olduğu aşikâr pahalı takım elbisesi içinde, özenli saç kesimi, bakımlı elleri ile bir iş adamından çok dizi oyuncusuna benzediğini düşünüyor.

Selim ısrarlı: "Cevap vermedin. Asansör gelmek üzere."

Filiz'in aklından her zamanki gibi hızla geçiyor düşünceler. Arkadaşlarıyla geçirdiği kısa vakitte sohbete çok katılmamış ve kendi dünyasına kapanmış olsa da detayları kaçırmadı. Selim'in mükemmel görünümünün her yanına sinmiş bir kibir var. Yanındayken insana içinden geldiğince hareket edemeyeceğini, asla rahat olamayacağını hissettirip herkese ve her nesneye bir sahip edasıyla üstten bakma küstahlığını kendine hak görenlerden. Şu takım elbisesi, garsona, "Hey! Baksana!" diye seslenirken, emrederek konuşurken bir kostüm olup çıkıyor işte. Gözlerinde, sözlerinde dış görünüşünün şıklığı yok. Hayır, yok.

Gözlerini Selim'in gözlerine dikiyor. Kendinden emin bir şekilde yanıt veriyor.

"Kusura bakma. Hafta sonu da çalışmam gerekiyor. Yeni bir prestij kitabı basıyoruz bölüm adına. Çok kıymetli bir gazetecinin tüm meslek yaşamından derlediğimiz fotoğraflarla ilgili son kontrolleri yapmam lazım. Çok teşekkür ederim nazik davetine."

O sırada asansör kata geliyor. Filiz kendini asansöre atıyor.

"Zahmet verdim sana da. Hadi, görüşürüz."

Selim'in son cümlelerini duymuyor asansörün kapısı kapanırken.

Hafta sonu çalışmayacak elbette. Kitap çoktan bitti. Yarın sahibine doğru yola çıkacak. Asansör aşağı inerken aynada kendine bakıyor. Gerçekten yıllar uğramamış mı? *Hadi canım! Nasıl uğramamış?* Acaba arkasından neler söyledi kızlar? Nasıl göründü diğerlerinin gözüne? Parmaklarıyla göz altına, kirpik diplerine dokunuyor. Saçlarını geriye atıyor. Hava sıcak.

Asansör ineceği katta duruyor. Onu gören görevli gülümseyerek binanın ana kapısını açıyor. Ayaküstü laflıyorlar. Yıllardır tanıyor bu adamı Filiz. İki çocuğu var. Birisi lise son sınıfta. Üniversite için hazırlanıyor. Özel bir üniversitede kredi çekerek çocuk okutmaya hazırlanan babalardan. "Yeter ki çocuk açıkta kalmasın," diyor. "Meraklanmayın hiç. O iyi bir puan tutturmaya baksın. Sonrası güzel olacak. Böyle bir baba, böyle emek veriyor; karşılığı olmaz mı hiç? Biz de elimizden geleni yapacağız inşallah." Adamın yüzündeki mutluluk ve rahatlama ifadesi yukarıdaki uğultudan sonra Filiz'e iyi geliyor. Arabaya bindiğinde duyduğu huzur eve ulaştığında daha da büyüyecek, biliyor bunu. Şoförü Ercan arabanın kapısını açıyor.

"Eve geçiyoruz, değil mi hocam?"

"Evet, Ercan. Eve lütfen. Seni de bu saatte kadar tuttum. Yedin değil mi bir şeyler?"

"Estağfurullah hocam. Benim görevim bu. Merak etmeyin, yedim tabii ki. Birinci Köprü'den geçelim diyorum. Barbaros Bulvarı'ndan girişte biraz yoğunluk olur ama sonra akıcıdır."

"Tamam Ercan, sen nasıl uygun görürsen."

Ercan, Filiz Hoca'yı tanıyor. Çok da seviyor. Filiz Hoca da Ercan'ı sever. Efendiliğini takdir eder. Hoca hanım ona bir soru sormazsa konuşmaz, o istemeden radyo açmaz. Ercan klimayı ayarlamış, camlar kapalı. Sessizce yol alıyorlar.

Filiz'in telefonuna bir mesaj geliyor. Liseden beri kalbine en yakın kalan arkadaşı Gülin'den tabii.

"Ne kaçtın öyle apar topar? Kalkardık hep birlikte. Bu Selim çok beğenmiş seni. Konuşup duruyor, Filiz de Filiz diye. Ne dersin? Yapalım mı aranızı?"

Filiz gülerek yanıt yazıyor:

"Olmaz o iş. Sen hiç girme."
"Aman be sen de! O olmaz, bu olmaz. Kızım yapma böyle."
"İyi o zaman. Şöyle açıklayayım: Bu kibirli adam hiç olmaz!"

"Yeni birini tanımaya, yeniden bir ilişki kurmak için kendimi zorlamaya halim yok ki Gülin," diye yazmıyor. "Yorgunum. Bir ilişki için yeni riskler göze alamayacak kadar yorgunum. Bir de, iyiyim böyle. Alıştım bu düzene. O yüzden biri olmasa da olur."

Telefonunu yanına bırakıyor. Aslında birinin olup olmaması değil, kalabalıktan sıkılmak, gürültüden kaçmak, ayağını sıkan ayakkabı, Selim ve onun gibilerin kibri değil, başka bir şey onu o gece oradan çekip çıkaran. Yıllar sonra bulduğu o "şey"in sevinci. Camdan dışarı bakıyor. Akan, şehrin ışıkları değil de Filiz'in gençliği sanki. Zaman ışık hızıyla geçti...

Şimdi de öyle zor ki yeni bir ilişkiye başlamak. Kendini anlatmaya, yeniden anlamaya çalışmak. Üstelik geçen her yılla, alınan her yeni yaşla daha da zorlaşan bir eylem. İstemeseler de sırtlarına takılıp kalmış bir geçmiş zaman yükü var herkeste. İçi tıka basa dolu. Eski sevgililer, eski eşler, kavgalar, boşanmalar, pişmanlıklar, paylaşılamayan kazançlar, bölüşülemeyen hatıralar, iki uca çekiştirilen çocuklar... Herkesin haklılığı kalın bir halat olmuş, sarıp sarmalamış güzelce o geçmiş zaman yükünü. Kim nereye gitse onun peşi sıra geliyor her yere bu yük. Kendinden biliyor, anlıyor elbette. Anlıyor ama kendi yükü ona yetiyor. Bir de birkaç cümlede ele veriyor insanlar kendini. Kızına da sık sık tekrar ediyor: "Neden ayrıldınız sorusuna eski sevgilisini suçlayarak yanıt vermeye başlayan bir insana dikkat etmek gerek. Geçmişi anlatan dilimiz, geleceği nasıl yaşayacağımızın habercisidir." Kızı ve arkadaşları onu dinlerken kafa sallıyor ama hepsi aynı hataları yapmaya öyle hevesli ve hazır görünüyorlar ki... Bu yüzden artık onların devrinin başladığını kabul edip hata yapmalarına göz yummak gerekiyor belki de. Olabildiği kadar...

"Çocuklarımızın aşkla savaşı başlarken bizim meydandan çekilmemiz gerek," diyor ama Gülin asla kabul etmiyor bu düşüncesini. *Saçma sapan bir erken teslim olma* olarak görüyor ve Filiz'e yakıştıramıyor. Filiz ise son üç aydır kendine saklayarak yaşadığı sevince rağmen bu düşüncesini hâlâ savunuyor. Zeynep de heyecanlı, neşeli bir genç kız oldu. Şu anda sabırsızlıkla onu bekliyor olmalı. Yemeğini yedi mi acaba?

Filiz eve doğru yol alırken, Suadiye'deki küçük apartman dairesinde Zeynep büyük bir heyecan içinde kıvranıyor. O kadar garip bir heyecan ki bu, akşam hiçbir şey yemedi.

Ertesi gün çıkacağı yolculuk nedeniyle eli ayağına dolaştı. Öğleden sonra annesinin odasına girmeseydi hayal bile edemezdi böyle bir yolculuğu. Bir telefon konuşmasının tanığı olmak her şeyi değiştirebiliyormuş işte. Zamanlamasının mükemmelliğine şaşırıyor. Şimdi kafasını toplamalı ve ne giyeceğine karar vermeli. Ama dolabındaki giysiler içinden seçim yapamıyor, seçtiği her parçada bir kusur bulup diğerini deniyor.

Aslında Zeynep için bunlar o kadar önemli meseleler değil. Evet, giyinmek, stil sahibi olmak hoş bir şey ama kişiliğini oluşturan öncelikli eylemlerinden değil. Fakat neden bilmiyor, şimdi durum başka. Yarın çok önemli. Şu karnındaki ağrı, iştahsızlık, kararsızlık onu daha da geriyor. Hem çok güzel olmalı hem de çok özendiği, hazırlandığı belli olmamalı. O kadar çok şey deneyip çıkardı ki yatağının üzerinde biriken kıyafetleri dağ gibi oldu. "Giyecek bir şeyim yok," dediğinde gözlerini deviren annesi haklı olabilir. Sonunda yorgun düşüyor ve kendini oflayarak o giysi yığınının üzerine atıyor. O sırada kapı zilinin kuş ötüşü duyuluyor. Annesi gelmiş olmalı.

Kapıdan girer girmez, "Zeynep yemek yedi mi?" diye soracak, çok iyi biliyor. Hayatı boyunca annesi hep bu soruyla yaşadı sanki. Zeynep'in karnı doyunca bütün sorunlar da bitiyormuş gibi. Yemesi sorunlu bir çocuk da olmadı hiç ama annesi nedense bu konuya takıntılı. "Yedi mi? Aman, yedi mi?" En yakın arkadaşı Aslı'nın annesi de böyleymiş, anneannesi de. "Herhalde kendi annelerinden gördükleri şeyi tekrar ediyorlar," diyor Aslı. İkisi de ilk yaşlarının fotoğraflarına baktıklarında aynı şeyi gördüler: Dobiş mi dobiş bebekler! Şimdi de işte ince kalmak için uğraşıyorlar. Aslı'nın annesi Burcu, "Annelerin içi çocukları doymadıkça rahat etmez. Duygusal bir şeydir belki bu. Emzirmeden başlayan bir görev bilinci olabilir," diyor. Olabilir. Karnının gurultusu ile annesinin oda kapısını tıklatması aynı âna denk geliyor.

"Yemek yememişsin güzelim."

Zeynep yattığı yerden elini uzatıyor annesine.

"Bunu söyleyeceğini biliyordum anne. İnan, tek lokma atacak halim yok ağzıma."

"Ama Zeynep, yavrum, aç bırakma kendini lütfen."

"Ay anne! Senin bu takıntını düşünüyordum ben de. Niye yemek yemem bu kadar önemli? Ne olur yani yemesem?"

"Ama Zeynepçim, soru mu bu şimdi? İçim rahat etmez. Hadi kalk, bir süt filan iç."

Zeynep kocaman bir genç kız olmuş olsa da bu değişmeyecek. Aslı'nın annesi haklı olabilir. Zeynep beş aylıkken bronşit olmuş, hastaneye yatırmak zorunda kalmışlar. O hastane günlerinde Filiz'in sütü azalmış, destek mamaya başlamış. Çok üzülmüş emzirmeyi erken kesti diye. Arkadaşı Gülin olmasa belki daha çok kahredermiş kendine. "Saçmalama kızım. Bırak üzülmeyi. Çocuk bunu daha çok hisseder. Karnı nasılsa doyacak bir şekilde. Sen kucağına aldığında stresini, üzüntünü ona aktarma, yeter," demiş.

Filiz bunu her anlatışında, "Doğru söylüyordu Gülin," diyor. Çünkü ne zaman üzüntülü olsa, öfkesini, kırgınlığını bastırsa, Zeynep bebek o gece çılgına döner, sabaha kadar ağlar, asla uyumazmış. Şimdi de öyle aslında. Anne kızın aralarında ikisini de şaşırtan bir bağ var. Duyguları, ağrıları bile birbirlerine transfer oluyor sanki. Birbirlerinden uzakta dahi olsalar.

Zeynep'in on yaşındayken İngiltere'ye dil okuluna gittiği o ilk yıl mesela. Filiz'in İstanbul'da boyun fıtığı nedeniyle acile gittiği aynı dakikalarda Zeynep derste öğretmenine, "Annemi aramam gerek, lütfen izin verir misiniz?" diye yalvarmış. Öğretmen, çocuğun mızmızlık yaptığını düşünmüş olmalı ki izin vermemiş. Zeynep bunu değişmeyen bir coşkuyla anlatmayı seviyor.

"Öğle yemeğine dek o kadar çok ağladım ki. Nedenini bilmiyordum ama annemle konuşursam içimin rahatlayacağını biliyordum. Sonra bizden büyük sınıflardan Avusturyalı bir kız yardım etti. Okulun bahçesindeki telefon kulübesine götürdü beni. Hemen evi aradım. Annem de tam o sırada gelmiş hastaneden. Ben telefonda 'Sen iyi misin? Sana bir şey olmadı, di mi?' diye ağlamaya başlayınca kulaklarına inanamamıştı. 'Nasıl hissediyorsun kızım?' demişti. 'Şimdi geldim hastaneden. İğnemi yaptırdım, iyiyim, merak etme,' filan diyerek sakinleştirmişti beni. Ama hep böyleyiz biz annemle. O da benim hastalanacağımı neredeyse bir gün öncesinden hisseder. Ortada hastalık mastalık yok. Burnum bile akmıyor mesela. Gözüme bakar, 'Sen yarın hasta olacaksın,' der. Ondan etkilendiğim için mi bilmiyorum ama hakikaten hasta olurum."

Filiz gözlerini, hatta tenini, saçını bile okur kızının; o yüzden bilir. O gözler inceden buğulandı mı, bil ki ertesi gün ateşi çıkacak.

Bebekliğinde çok hasta oldu Zeynep. Ama hasta yatağında bile daima gülen bir bebekti. "Güzel gözlü, güzel gülen, güzel bebek gelmiş hastaneye!" diye bayılırdı ona doktorlar, hemşireler. Hepsinin kucağına gider, canı çok yansa da biraz ağlayıp çabucak susardı. Ama eğer annesi hastaysa, kötüyse, mutsuzsa, eyvah! O çocuğun yerine başka bir yaratık geliyordu adeta. Filiz, kızının babasıyla tartıştıkları bir gecenin sonunda Zeynep'i kucağına alıp küvete girmenin onu sakinleştirdiğini fark etmişti. Önceleri Zeynep'i kucağında sallayarak evin içinde dolaşıyordu. Onu göğsüne bastırdıkça, salladıkça bebek daha çok haykırıyordu. Büyük bir evde yaşıyorlardı ve Zeynep'in babası uykusundan kalkıp bu çocuğun nesi var diye aşağı inmiyordu. Su sesi belki iyi gelir diye çaresizlikle alt kattaki banyoya girmişti Filiz. Gerçekten de suyu açtığında, haykırması içli bir ağlamaya döndü. O anda aklına geldi ve küvetin tıpasını tıkayıp dolapta bulduğu portakal yağından birkaç damla döktü suya. Birlikte ılık suya girdiler. Zeynep suyu vücudunda hissedince ağlamayı bırakmıştı. İçini çeke çeke annesinin yüzüne bakıyordu. Aslında sakinleşen Filiz'di. Filiz'in yüzüydü.

Şimdi Zeynep yetişkin bir insan olarak farklı zevklere sahip olsa da, anne kızın koku, damak, film ve okuma zevki, bebekliğinden kalma alışkanlıklar nedeniyle fevkalade uyumlu. Portakalın görüntüsü, rengi, kokusu, ona benzeyen gün batımı, yumurtanın sarısı ve sabah güneşi ikisini de mutlu ediyor. Zeynep de Filiz gibi küçük şeylerden büyük coşkular çıkaran biri şimdi. Şu günlerde coşku seviyeleri değişti fakat. Filiz'inki kısmen azalırken Zeynep'inki büyüyor. Biri bir zirveden inerken, diğeri tırmanıyor zira. Filiz anlatmak istiyor, kızı eskisi gibi onu dinlesin istiyor ama Zeynep dinlemek değil, tecrübe etmek peşinde. Filiz daha konuşmaya başlarken onu susturuyor bazen. Çünkü annesini o kadar iyi tanıyor ve söyleyeceklerini o kadar iyi biliyor ki. İşine gelmiyor duyacakları. Sonunda Filiz'in dediğinin doğru çıkacağını bilip hissediyor ama kendi karar vermek istiyor hangi yolu tutacağına. Bazen de onun yerine annesi karar versin, hemen halletsin istiyor.

Kapıda eli belinde bekleyen annesine yattığı yerden bakıyor şimdi.

"Süt mü içeyim bu saatte? Tamam, geliyorum. Giyecek bir şey bulamadım yine ya. Yarın ne giyeceğim ben?"

Annesi başını iki yana sallayarak içeri giriyor. Elbise yığını içinden birkaç parça çıkarıp bakıyor. Bir jean pantolon, bir atlet, bir de gömlek uzatıyor.

"Bunlar güzel işte. Fazlasına da gerek yok zaten. Bu mevsimde hava sıcak olur Urla'da. Çok bunalırsan gömleği çıkarırsın. Ama uçakta klima çalıştırırlar, üşürsün. Kollarını korur gömlek. Hem böyle spor, iyi. Hadi, kalk kızım. Süt rahatlatır, güzel uyursun."

Zeynep elini uzatıp kalkmak için annesinden yardım bekliyor. Filiz elinden tutup kaldırıyor kızını. Sevgiyle bakıyor.

"Zeynep, uzamaya devam edecek misin kızım?"

"Bu yaşta, bu saatte süt içirmeye devam edersen olabilir!"

Filiz beline sarılıyor kızının. Birlikte odadan çıkıyorlar.

"Anne mis gibi kokuyorsun. Değiştirdin mi sen kokunu?"

"Ya? Hediye gelmişti, duruyordu çekmecemde. Bugün görünce bir deneyeyim dedim. Aslında ağır mı diye şüphe ettim ama sen beğendin demek."

"Aa, bayıldım! Buna devam et sen tatlım. Çok yakışmış. Kimden hediyeymiş bu? Parfüm hem de? Bir yakışıklıdan mı acaba?"

Göz kırpıyor annesine. Arkadaşlarına da söylüyor: "Artık biri olsun hayatında. Kapatmasın kendini. Daha çok genç ve güzel. Ben kendi hayatımı kurduğumda aklım onda kalmasın," diyor hep.

"İnan, hatırlamıyorum kızım ya. Atmışım çekmeceye. Sen her şeyini hazırladın mı? Yarın evden çıkarken unutursun telaştan. Cüzdanını, kimliğini filan kontrol ettin mi?"

"Ettim ettim anne."

Mutfağa giriyorlar. Ertesi gün çıkacağı yolculuktan bahsedilince Zeynep'in göğsünde gün boyu kendini bir gösterip bir kaybolan o kuşlar yine havalanıyor. Bu yolculuk çok şeyi değiştirebilir. Hatta her şeyi. Ya çok mutlu dönecek bu seyahatten ya da çok mutsuz. Mutlu dönmeye kararlı ama.

"Âşık olduğun zaman bir cesaret gelir. Kadınlar çoğu zaman erkeklerden daha cesurdur âşık olduklarında. Deli de diyebilirsin. Gözü kara da. Hele bir de aşk karşılıklıysa öyle bir güç gelir ki kadınlara, dünyayı tersine çevirebilirler."

Aynen böyle demişti annesi. İlkokul dördüncü sınıftaydı o zaman Zeynep. Veli toplantısından çıkmışlardı. Derslerde biraz dalgın olduğundan söz etmişti öğretmeni. "Birkaç haftadır dikkatini veremiyor, evde bir sorun yok, değil mi?" diye sormuştu. Evde bir sorun yoktu ama öğretmenin bu sorusu annesinin kendini sorgulamasına, kötü hissetmesine, Zeynep'i sıkıştırmasına neden olacağı için o sorunu da yaratacak diye düşünmüştü Zeynep. Ama düşündüğü gibi gelişmedi olaylar. Annesi okuldan çıkıp arabaya bindiklerinde "Gel, güzel bir anne kız günü yaşayalım seninle," demiş, en sevdiği hamburgerciye götürmüştü onu. Öğretmenden, okuldan hiç söz açmamış, neşeyle yemek yemişlerdi. Yemeğin sonunda Zeynep kendiliğinden dökülmüştü.

"Ben derste kendimi ön sıradaki Cem'i düşünürken yakalıyorum anne. Düşünmek istemiyorum ama düşünüyorum işte. Öğretmen bana 'Ne düşünüyorsun?' diye sorduğunda söyleyemiyorum ama sen bilebilirsin."

Filiz kızının saçlarını okşamıştı.

"Aşk da tam böyle bir şey kuzum. Düşünmek istemezsin ama aklından çıkıp hiçbir yere gitmez."

Zeynep ile annesinin aşkla ilgili ilk konuşmalarıydı bu. Sonra sık sık sohbet ettiler. Zeynep anlattı. Annesi dinledi. Filiz'in *çocuklarımızın aşkla savaşı başlarken bizim meydandan çekilmemiz gerek* hissi tam da o günlerde oluşmaya başlamıştı. Bu his, içinde olgunlaşarak dokunaklı bir gerçeğe dönüştüğünde, alışılmadık bir hafifleme duymuştu. Sonra bir akşam, Zeynep lisedeyken ünlü opera sanatçısı Maria Callas'ın hayatına gönderme yapan bir film izlediler birlikte. Annesi çok etkilenmişti filmden. Yaşadığı sürece hiç söylemediği *Carmen* operası eğer filme alınsaydı ve şarkı söylemeyi hiçbir zaman bırakmasaydı Maria Callas daha mı mutlu ölürdü? Bu soruya aranan yanıt üzerinden yürüyordu filmin hikâyesi. Zeynep biraz sıkılsa da sonuna kadar izlemişti annesiyle. O gece film bittikten sonra söylemişti bunu Filiz.

"Dünyanın en büyük şarkıcısıydı. Âşık oldu. Sahip olduğu her şeydi şarkı söylemek. Şarkı söylemeyi bıraktı adam için. Bırakabildi. Delilik bu işte. Şöhreti değil, sevdiği işi, ruhunu bırakmak bu. Tarih bunu aşk olarak yazdı. O aşk yüzünden dünya on yıl daha az duydu bu güzel sesi ve yorumu. *Oysa bilseydi ki hiçbir erkek çaresiz kalmadıkça terk ettiği kadına dönmez, belki bırakmazdı şarkı söylemeyi. O daha mutlu olur muydu bilemeyiz ama dünya Maria Callas'tan daha çok eser dinleyebilirdi,* gibi bir kritik okumuş ve hak vermiştim yazana. O aşkın acısı, dünyanın güzelliğinden, mirasından eksiltti bence. Kadınlar aşkta da, acı yaşarken de daha cesur. Fakat her hamle daima iki sonuç doğuruyor. Bir ucu sende ama diğeri kim bilir kimi, kimleri etkiliyor."

Aşkta ve acıda cesur olmak. Zeynep, annesinin bazı sözlerini, cümlelerini hiç unutmuyor. Cesur olmayı seviyor ama acaba yarın çıkacağı o yol için gözünü mü kararttı? Yo hayır, hayır, doğru karar verdi. Bundan emin.

Ev işlerini düzenleyen yatılı yardımcıları Elena çoktan ocağın başına geçmiş, süt kaynatıyor. Neşeyle bakıyor genç kıza.

"Zeynep canım. Annen deyince hemen ısıttım. İçine azcık bal koyayım mı?"

"Olur Elena'm canım, koy."

Filiz sürahiden kendine su doldururken bu gülüşmeyi kıskanıyor azıcık. Zeynep ile Elena arasında kendisinin pek dahil olamadığı özel, küçük bir alan var. Kızını açık sözlü yetiştirmeye çalıştı. Ondan bir şey saklamasın, yalan söylemesin istedi hep. "Nasılsa yaşayacaksın pek çok şeyi. Ben yapma desem de yapacaksın. O yüzden, ne olur benden saklama. Ben bileyim neredesin, neler yaşıyorsun. Çözüm bulmamız gerekirse beraber arayalım. Ama sakın benden saklanma," dedi daima. Çok yakın olmalarına rağmen kendisinden saklanan küçük sırlar olduğunu anlıyor ve bu azıcık da olsa üzüyor onu.

"Ama anne, sen annesin! Sana da her şeyi anlatamam ki!" diyor Zeynep. Haklı. Olacak bu kadarcık. Bugüne dek her şeyi anlattı. Filiz'in artık alışması lazım o özel alana. Ergenlik çağına girdiğinde ona anlatmadıklarını Elena'yla paylaştığını fark edince üzülmüştü. Fakat kadın daima, "Siz hiç merak etmeyin. Yanlış bir şey olursa ben hemen size söylerim. O benim de kızım. Hata yapmasını ister miyim?" diyerek rahatlatıp gönlünü alıyordu. Şimdi yine tezgâhın başında fısır fısır konuşup gülüşüyorlar. Onları izlerken Elena'nın, hayatlarına girdiği günü düşünüyor.

Boşanmadan hemen sonraydı. Zeynep iki yaşını yeni bitirmiş, eve yeni taşınmışlardı. Kadın birkaç kelime dışında Türkçe bilmiyordu. Moldova'dan henüz gelmiş, daha önce kimseyle iş görüşmesi yapmamıştı. Gözleri çaresizlik ve endişeyle bakıyordu. Aslında aynısı değilse bile, çaresizlik ve endişenin bir başka hali de Filiz'in gözlerindeydi. Yatılı bir bakıcı almak maddi olarak zorlayacaktı genç kadını ama bir yardımcı olmadan çalışmaya devam edemez, doktorasını bitiremezdi. Üstelik bu kadın yeni geldiği için diğerlerinden daha düşük bir ücrete çalışmayı kabul ediyordu. "Oradan buradan kısar, bir şekilde hallederim," diye düşünmüştü. Zor günlerdi.

Zeynep'in babası boşanmayı yokuşa sürüyordu. Durmadan yeni bir problem çıkarıyordu. Bir gün, "Sen zaten hiçbir zaman sevmedin beni. Hiçbir zaman bu evliliğin içinde değildin. Çocuk sahibi olmak için benimle evlendiysen, bedelini ödeyeceksin. Çocuğu alabilirsin ama asla nafaka vermem. Bunu kabul ederek bir protokol imzalarsan anlaşmalı boşanırız. Ya da çekişmeli davaya hazır ol!" demişti.

Çekişmeli dava, asla içine girmek istemediği bir kuyuydu Filiz için. Zeynep'in babasının pahalı bir avukat tutacağından emindi. Arkadaşları Filiz'i yalnız bırakmaz, içlerinden biri mutlaka seve seve yardımcı olurdu. Bundan da emindi. Fakat davayı kazanmak için avukatların hadiseleri karşılıklı tırmandıracağından, o süreçte kızının babasının daha da hırçınlaşacağından, "Zaten o adamı hiç unutmadı!" cümlesini sakız gibi sündüreceğinden, "O adam kim?" sorusuna yanıt vermek zorunda kalacağından ve o adamın bu boşanmayla zerre kadar ilgisinin olmadığını anlatmaya çalışmaktan, tutanaklara geçirilecek buna benzer yalan yanlış, olmadık ithamlardan, özel konuların yabancıların önüne serilmesinden ve yeni bir hayat kurmaya çalışırken gereksizce yıpranmaktan korkuyordu. Olabilecekler gözünde büyüdükçe, korkusu da büyüyordu. "Bu iş bir an önce bitsin. Kurtulayım!" diye düşünüp her şeye tamam demişti. Filiz için tipik bir davranış biçimiydi bu. Gülin bu nafakasız, bedelsiz boşanma protokolünü kabul ettiğini duyduğunda kulaklarına inanamamıştı. "Senin değilse de, Zeynep'in hakkı bu. Nasıl kabul edersin böyle bir anlaşmayı?" diyordu. "O bir baba olarak bunu önerebiliyorsa, ben neden kabul etmeyeyim?" diye yanıtlıyordu Filiz.

Zeynep'in babası muhtemelen Filiz'in boşanmanın altından kalkamayacağını ve kızını da alıp tıpış tıpış eve geri döneceğini düşünüyordu. Biraz da öyle olsun diye yapıyordu bu zorlamayı. Herkesin akıl vereni çoktu tabii. Kim bilir kimleri dinliyordu?

Adamın düşündüğü gibi olmadı ama. Babası, Zeynep'e maddi destek vermekten kaçındıkça, çocuğun kısmeti ve Elena'nın uğuru olsa gerek, annesinin işleri iyi gitti. Ek kazanç kapıları açıldı. Zeynep, büyürken girdiği tüm sınavlardan çok iyi sonuçlar alarak eğitim hayatı boyunca en iyi okullarda tam burslu okudu. Bütün o yıllar boyunca üçü beraberdi. Zeynep, annesi ve Elena.

Zeynep çok sevdi bu Moldovalı kadını. Çocukken Elena gibi kırık Türkçe konuşuyor diye çok gülerlerdi ona. Sonra sonra düzeltti. Zeynep düzeltti de, Elena kısmen. Yanlarında çalışmaya başladığında geride iki çocuk bırakmış genç bir anneydi. Çocuklarından biri üç, öbürü beş yaşındaydı. Elena burada Zeynep'i büyütürken onun çocuklarını da Moldova'da Elena'nın annesi büyüttü. Elena bütün sevgisini Zeynep'e verdi. Kazandığı bütün parayı ise çocuklarına gönderdi. Tatillerde para harcamayıp biriktirmek için dört beş yılda bir gidip gördü çocuklarını. Filiz çocukları Türkiye'ye getirtti birkaç kez ama onlar hep yabancı kaldılar annelerine. Çocukları uzak bir akraba gibi gelip gittiğinde kahroldu ikisi de. Birbirlerine sarılıp ağladılar.

Elena'nın kocası Moldova'da inşaat işçisi. Ama çalışmıyor muhtemelen. Karısının gönderdiği parayla yaşıyor. Zavallı kadın burada canını dişine takıp memleketinde bir ev yaptırmak için para biriktiriyor. "Ayrıl bu adamdan!" diyorlar ama Elena pek oralı değil. Adamdan bir beklentisi yok, bir sevgi talebi yok. Burada bu hayata alışmış görünüyor. O yüzden, şu dakikada Zeynep'in, yanağından aldığı makasın kadında yarattığı mutluluğu görmek içini sızlatıyor. Gözlerinin nemlendiğini görmesinler diye kapıya doğru yürürken, "Siz bir şey yemeyecek misiniz?" diye soruyor Elena.

"Yok, yedim ben dışarıda."

Filiz odasına geçerken küpelerini çıkarıyor ve zamanın hızına bir kez daha şaşırıyor. *Günler, yıllar geçip gidiyor. Bu garip, zalim bir düzen ama her ev aynı. Herkes kendi hikâyesini yaşıyor işte. Doğan büyüyor.*

Kendi kararlarının kızının hayatını bu kadar etkileyeceğini bilseydi bugün yine aynı şekilde düşünür müydü; artık bundan çok emin değil. *Evet, her hareketin en az iki sonucu var. Biri seni, diğeri kim bilir kimi etkiliyor?* Kendisini çok sevdiği için bir adamla evlenmek, onu sevemediği için ayrılmak ve bu arada belki iyi olur, evlilik yoluna girer diye bir çocuk yapmak mesela? Ne kadar akıllıca kararlardı bunlar? Bir babası varken babasız büyümesi çocuğun? Üstelik dünyanın sayılı ilaç şirketlerinden birinin Türkiye ayağında çalışan bir doktor ve Avrupa para birimi ile para kazanan bir adam olmasına rağmen Zeynep için tek kuruş harcamayan bir baba. Para da önemli değil aslında. Çok şükür Zeynep'i eksiksiz büyütebilecek gücü oldu. Oldu da... İşte, *hem anne hem baba olmaya çalışırken acaba ikisinde de yetersiz mi kalıyorum* endişesi hiç bitmedi.

Allah'tan, Elena sağlam, güvenebileceği bir insan çıktı. O Zeynep'i büyütürken Filiz de bütün gücünü işlerine ve akademik çalışmalarına verdi. Boşanmış bütün çalışan kadınlar gibi evin hem annesi hem babası oldu. Yo, doğrusu şöyle: Evin para kazanan babası, yetersizlik duygusu ile kıvranan dışarıdaki annesi oldu. Bu durumdaki, yani "boşanmış", "çocuklu" ve "ev dışında çalışan" kadınların çoğu annelik işinin nöbetini bir başkasına devretmek zorunda. Bu zorunluluk biraz acı mı? Acı. Ama hayatın gerçeği mi? Gerçeği. Yapacak bir şey yok. Herkes birbirine muhtaç, herkes bir diğerinin yedeği. Bu giderek bir sertlik getirdi mi? Evet, mecburen. Hayat böyle.

Çatı mı aktı, çamaşır makinesi mi bozuldu, sigorta mı attı, tesisatçı kandırmaya mı kalktı, duvara boya, kapıya menteşe mi alınacak, mobilya mı monte edilecek, matkapla duvar mı delinecek, markete mi gidilecek, okul taksiti mi ödenecek, arabanın bakımı mı geldi, çocuk gece yarısı ateşlendi mi, perdenin kornişi, kumandanın pili, tuvalet kâğıdı, deprem sigortası, sağlık poliçesi... Hepsine yetişti. Bazen aynı anda, bazen tek tek. Bunlar erkek işi mi? Yooo, değil. Kadın işi mi? Yooo, o da değil. İşlerin cinsiyeti var mı? Kimilerine göre belki. Peki niye sertleşti bu kadar? Ağır kaldırmaktan olabilir mi? Hayatın ağırlığını bir başına üstlenip kaldırmaktan kas yapan, hani neredeyse duvara dönen yeri belki de kalbi. Yıllar var ki birine adamakıllı açılamadı bu kalp. Açılamıyor artık. Selim Melim, hepsi hikâye.

Arada birileri beliriyor, deneyip çabalıyor, çiçek gönderiyor, yemeğe çağırıyor filan ama yok, olmuyor...

Vaktiyle kalmış biri içeride. O duvar öyle yükselmiş ki kalpte kalan da dışarı çıkamıyor artık. Zeynep'in babası aslında kısmen haklı. Hiçbir zaman tam olarak giremedi bu kalbe. Üzerine duvar örülse de orada kalan "o adam"ın varlığını hissetti. Belki de bu yüzden o nafakasız, bedelsiz boşanma anlaşmasını kabul etti Filiz. Şimdilerde anlıyor bunu. Zeynep'in babasının sevgisine karşılık veremedikçe ona haksızlık ettiğini içten içe biliyor ama bunu kendine bile itiraf edemiyordu. Birlikte yaşamak ikisine de her geçen gün daha çok cehennem oluyordu. Yakışıklı, genç ve karısını seven bir doktorun aklı almıyordu bu sevgisizliği. Haklıydı. Filiz ne kendine ne ona izah edebiliyordu bu durumu. Aslında ikisi de yanlış bir düşünceden yola çıkıp atmıştı bu adımı.

Genç adam sevgisinin her şeye yeteceğini, kendini sevdirebileceğini düşünüyordu. Filiz sevilmenin her şeyi değiştireceğini sanıyordu. Aynı sevginin sırtına bindiler ve bu yükü taşıyamadı o evlilik. Arzu ettiği, beklediği gibi sevilmediğini hissetmek Zeynep'in babasını hırçınlaştırdı. Hırsını, kızgınlığını nereden çıkaracağını bilemez oldu. Konuşabilseler belki dost kalabilirlerdi. Konuşamadılar. Aynı evin içinde giderek iki düşmana dönüştüler. Öfke ilişkide yönetime geçti. Filiz'i çok seven o genç adam her fırsatta onu inciten, toplum içinde küçük düşüren, her arkadaşa, tanıdığa karısını şikâyet eden bir koca oldu. Boşanmaya yanaşmıyor ama evliliğe de dayanamıyordu. Filiz o boşanma protokolüne evet diyerek bu işin bitebilmesini sağladı. Şimdilerde babasının kızıyla hiç ilgilenmemesine bir anne olarak kahroluyor ama geçmişi değiştirmek mümkün değil. Kendini de daha fazla suçlayamaz. Herkesin payı var olup bitende. Evli kaldıkları üç yıl için kendine düşen vicdan muhasebesini yapmaktan yoruldu. Tek başına mı suçluydu yani? Hadi o yıllar o duygu fırtınası içinde geçti, peki sonra hiç mi düşünmedi bu adam? Yaptığı doğru mu, kabul edilir bir şey mi diye? Olayların böyle akması işine geldi elbette. Sorumlu tutulmamak ne büyük kolaylık.

Sevmenin binbir şekli varmış, öğreniyor insan. İçlerinde en güzeli, çocuğunu sevmek olabilir. Zeynep büyük bir sevgiyle büyütüldü. Belki zorunlu bir teselli bu ama en azından mutsuz bir evliliğin içinde savrulmadı, kavga gürültü görmedi. Kimi "Çocuğumu babasız büyütmedim, katlandım her şeye," der, kimi de "Mutsuzluk görmesin istedim, kafama göre büyütmeyi tercih ettim," der. Hangisinin doğru olduğunu teyit edebilecek bir makam yok. Filiz gücü yettiğince iyi yaşattı çocuğunu, iyi okullarda okuttu, her yıl yurt dışı dil kamplarına gönderdi. Gözleri gülen bir kızı var. Bu da Filiz'e yeter de artar bile. Mutlu bir kadın olsun kızı. Daha ne ister ki?

Zeynep telefonla konuşuyor olmalı. Evi dolduran kahkahalarını duyuyor. Gülümsüyor. Kızının mutluluğu için her şeye değer. Giysilerini çıkarıp banyodaki sepete bırakıyor. Geceliğini, üstüne de sabahlığını giyip salona geçiyor. Sehpanın üzerindeki abajuru açıyor. Bir süre caddeye bakıyor. O sırada Elena giriyor içeri.

"Ben size melisa çayı yaptım. Rahat uyursunuz."

"Sağ ol Elenacım, haydi yat sen de. Yorulmuşsundur."

"İyi geceler Filiz Hanım."

"İyi geceler."

Elena salondan çıkıyor. Filiz koltuğunda, elinde melisa çayıyla, şu dakikayı, şu düzeni kurana dek geçen yılları düşünüyor bir kez daha. Kolay olmadı. Ama şimdi iyi. Durgun ama dingin. Kendini muhasebe kayıtlarının sonuna çekilen çizgiye ulaşmış gibi hissediyor çoktandır.

Kendi seçimleri doğrultusunda, kafasının dikine giderek ve kendi hikâyesinin kahramanı olduğuna inanarak yaşadığı onca yılın sonunda gelip durduğu, durmayı sevdiği yer burası. Zeynep'in annesi olmak. Kararlarını kendi istekleri doğrultusunda değil, Zeynep'e faydası yönünde almaya çalışmak. Onun önündeki hayata saygı duyarak geri çekilmeye gayret etmek. Kendi gölgesini onun geleceğine düşürmemeye özen göstermek. Bunların, bu isteyerek durmanın ne manaya geldiğini kızının şimdi anlaması mümkün değil ama bir gün o da anne olduğunda anlayacak belki.

Yine de, sadece kendi hayatınla ilgili sandığın bir karar kaç insanın hayatını etkiliyor işte. O tarihte yeryüzünde olmayan bir varlığı bile. İçinde bitiremediği bir aşktan, yenişemediği bir duygudan kurtulmak için, onu çok seven, sevdiğini söyleyen bir adamla evlenmek mantıklı geliyordu o vakitler. O kadar genç, o kadar yaralı, kırık, gençliğin kendi mutsuz aşkına âşık kalma inadı olmasaydı, yine bu kararı verir miydi? Muhtemelen hayır...

Şu "onu çok seven adamla, onu çok sevdiği için" evlendiği gerçeğini ne çok tekrarladı kendine. Yıllarca. Aldığı o kararın etkileri yıllara yayıldıkça. Geçmişe dönüp değiştiremeyeceği o karar, hayatının geri kalanını biçimlendirmeye devam ettikçe. Filiz'i şimdiki Filiz yapıp onu kendi gözünde kendine tanımladıkça. Ama bu geceki durum farklı. Bu gece, onu bugünkü Filiz yapan, hayatını çatıp kuran o kararı tekrar tekrar hatırlamasının nedeni, hiç unutulmayan "o adam". Filiz'i üç ay önce gördüğü o fotoğraflarla yeniden sarsan, yaşanan onca şeyden sonra yeri kalpte baki kalan, gözlerinin derin laciverti siyah beyaz bir fotoğrafta bile ışıyabilen o adam... Yıllar önce aldığı o karardan kendi adına bir gün bile pişmanlık duymamasının biricik nedeni olan kızını, yarın evine göndereceği, bir zamanların efsane gazetecisi Oktay Onur Yortan...

Aslında eski bir aşkı Çalıkuşu Feride gibi unutamamak, kederle kendini saklamak değil Filiz'inki. Belki bir parça kendi içinde yenişememek. Her yeni geleni dönüp dolaşıp geçmiştekiyle kıyaslamak. Nihayete ermeyen, son bulan her ilişki ihtimalinden sonra rahatlıyor Filiz.

İyi anlaştığı, birlikte gülebildiği adamlar da tanıdı. Sohbet edebildiği, varlığı güven veren, ona ilgi gösterenlerle iyi vakit geçirdiği günler oldu. Çok uzun sürmedi ama. Süremedi. Bir ilişkiye döner gibi olan, hatta bir süre kalıcı olan o tanışıklıklar içinde hayatına kısmen aldığı adamların haberinin olmadığı bir kıyas yapıyordu. Birbirleriyle değil. Daima geçmişteki ilk büyük aşkla. Kendini bırakmıyor, detayları birleştirip büyük sonuçlar çıkarıyor ve olmayacağına inanıyordu.

Yıllar içinde ayrı ülkelerde yaşarken hayatları birbirinden uzağa düşse de arkadaşını iyi tanıyan Gülin hep aynı yorumu yapıyor. "Bir aşkı veya sevgiliyi içimizde ölümsüz kılan şey, ya âşık olduğumuz kişinin ölmesidir ya da o ilişkinin hiç başlamamasıdır. Birinin kalbinde ölümsüz olacaksan ya hiç yaşanmamış bir hikâyenin hiç yıpranmamış kişisi olacaksın ya da ölüsü!" diyor.

Gülin uzun zaman sonra döndüğü ülkesinde inatla değişmeyen iki şey olduğuna inanıyor. Birincisi, ülke halkının siyasi olarak daima otoriter adamlara düşkün olması, ikincisi de Filiz'in ilk aşkına takılıp kalması.

"Otoriter adamların peşine düşmek kolaydır. Bir karar vermek, bir sonuç çıkarmak güç iş çünkü. Kendileri adına karar veren biri, aldığı kararı kendi kendine uygulasın istiyor bu insanlar. Yöneticiden anladıkları bu. Demokrasi filan değil istedikleri. Biri bizim yerimize yapsın işte! Sana gelince... Buna hiç inanamıyorum ama bence sen de Oktay'ı yaşayıp eskitemedin. O yüzden kalbinde bir yerde tutuyor, onu özel sanıyorsun. Oysa değil. Evlenseydin belki şimdiye çoktan boşanmıştın o adamdan. İşine âşık adam kısmen kendine de âşıktır. O, başarıyı seksi bir şey olarak görüp giyinir. İşi olmadan yaşayamaz. Onun ihtiyacı kadın, eş, çocuk filan değil, alkışlanmaktır. Niye? Alkış büyük onay çünkü. Ne yapsın evdeki kadının onayını? Onu kalabalıklar onaylamalı."

Filiz son zamanlarda onu dinledikçe "yine" haklı olabileceğini düşünüyor. Gülin'le hiç benzeşmeseler de lise yıllarından bu yana düşüncelerine değer verip dinledi.

Oktay'ın, kalbinde kıymetli kalması onun hiç yaşanamamış olmasından kaynaklı olabilir. Gülin'in tespitleri doğru olmalı ki yönetim konusunda çok başarılı bir kadın. Korkutuyor insanları. Ama bunu kalpten değil, resmen işinin bir gereği olarak yapıyor. Bu yönetim anlayışı ve bakış açısı Filiz'e çok uzak. Gülin'i anlıyor, evet, ama asla onun gibi yaşayamıyor.

Ne garip... Filiz'in birkaç aydır dalıp gittiği o geçmişi canlandıran da Gülin'in oğlu oldu. Kerem. Elinde o fotoğraflarla çıkıp geldi ve Filiz içlerinden birinde kendi gençliğiyle karşılaştı. Oktay'ın o fotoğrafı çektiğinden haberi bile yoktu. İlk kez görüyordu.

O fotoğrafta Filiz Canan bir akademisyen olmadan çok önce, kalbi gazeteci olmak için çarpan üniversite son sınıf öğrencisiydi. Bir iki aya okulu bitiyordu. Staj için babasının kendini bildi bileli her gün satın aldığı ve bütün sayfalarını dikkatle okuduğu büyük gazeteye başvurmuş ve kabul edilmişti. Müdür, hayran olduğu o gazetecinin bölümüne verildiğini söylemişti. Gazete binasını gezdiren genç bir muhabirle koridorda yürürken karşılaşmışlardı ünlü gazeteci Oktay Onur Yortan'la. Filiz onun ilk gülümseyişini hiç unutmadı. Kafasını çevirip ardından baktığında Oktay'ın da ona baktığını görmüştü. Göz kırpmıştı gülerek Filiz'e. Akşamları evde anlata anlata bitiremiyordu gazeteyi, gazetedekileri, hayranı olduğu o yakışıklı gazeteciyi. "Şunu bana çoğaltabilir misin?" diyerek uzattığı o kâğıdı kutsal bir emanet gibi taşıdığını, nasıl teslim ettiğini, teşekkür ederken sesinin ne kadar güzel olduğunu, insanlara çok nazik davrandığını, kendisine hep gülümsediğini... Her şeyi uzun uzun, detay detay anlatıyordu.

"Çok titiz bir adam, baba. Her sabah herkesten önce geliyor, masasına oturuyor. Bütün gazeteleri okuyor. Sonra uzun uzun telefon konuşmaları yapıyor. Kapısını hiç kapatmıyor. Nasıl oluyor da o gürültüden rahatsız olmadan yazabiliyor, anlamıyorum. Fakat hiç kaba biri değil. Görsen, o kadar iyi bir adam ki. Kimseye bağırdığını duymadım. Yayın yönetmeni bile ona 'şunu yap, bunu yap' demezmiş. Öneride bulunurmuş sadece. Biliyor musun baba, ne yazacağını, kimle röportaj yapacağını hep son dakikada haber verirmiş. Fakat ona o kadar güveniyorlar ki herkes merakla hafta sonuna ne patlatacak diye beklemeye başlıyor. Sen onu okumak için ne kadar bekliyorsan, sekreteri de neredeyse o kadar bekliyor baba. Oktay ne yazmış, bu haftaki röportajında kim var diye sekreterini sıkıştırıyorlar ama o bile bilmiyor."

Her akşam yemek masasında biri daha onlarla oturur olmuştu: *O adam!* Özel haberlere, gündem yaratan söyleşilere, unutulmaz fotoğraflara imza atan Oktay Bey. Filiz'den stajyeri olarak memnundu ki birkaç hafta sonra onu da İstanbul içi bir röportajına götürmüştü. Gazeteye dönerken sorular soruyordu: Ne kadar dinledi, ne anladı, yorumu nedir, bu söyleşinin başlığı ne olmalı, spotta hangi cümle öne çıkmalı? Genç kız ölüyordu mutluluktan. Tanıdığı insanları, tanık olduğu konuşmaları akşam eve gidip babasına anlatmak için sabırsızlanıyordu.

Birkaç ay sonra, aktif siyaset yasağı kalkmış eski bir parti lideriyle görüşmek için Beyoğlu'ndaki ofisine beraber gittiler. Oktay o gün Filiz'e ilk defa fotoğraf makinesini verdi ve ünlü siyasetçi ile konuşurlarken fotoğraflarını çekmesini istedi. Filiz'in eli ayağına dolaştı. Çünkü o makine herkesin dilinde bir efsaneydi. Haberlerinin fotoğraflarını daima kendi çeken büyük usta, ona o kadar güvenmiş olmalıydı ki makinesini teslim ediyordu. Filiz'in bayılacak kadar heyecanlandığını görünce gülümsemiş, "Rahat ol. İkimizi bir kareye sığdır ve net görmeye gayret et. Ellerinin titremesi geçince birkaç kare çek, yeter," demişti. Sevinç ve gururla elinden geleni yaptı Filiz. Görüşme bitip dışarı çıktıklarında Oktay bir sigara yakıp meşhur *Kung Fu* dizisinin kör karate ustası Po'yu taklit ederek "Eee, Çekirge? Nasıl, hoşuna gitti mi bizi çekmek?" diye sormuş, Filiz bu beklenmedik komik suratı görünce bir kahkaha atmıştı. "Evet usta, hem de çok!" demiş ve bir insanın hem bu kadar ciddi hem de bu kadar komik olabilmesine hayran kalmıştı. Güzel, güneşli bir gündü. Oktay saatine bakmıştı. "Vay be! Saat bir olmuş. Yemek yiyelim mi? Kuru fasulye sever misin?" diye sorduğu o anda bir patlama sesi duyulmuştu. Dehşetle birbirlerine bakmışlardı. O ânı ve günü hiç unutmadı Filiz: Saat 13:00. Beyoğlu!

O büyük patlamadan sonra şehrin tüm sesi bir an için kesildi sanki. İstiklal Caddesi'nde hayat bir fotoğraf gibi dondu. Kimse kıpırdamıyordu. Kuşlar bile uçmayı bıraktı. Sonra bir çığlık o fotoğrafı ikiye ayırdı. Bir anlık donma, hızlandırılmış bir filme döndü. Filiz sigarasını fırlatıp patlamanın olduğu yöne doğru rüzgâr gibi koşan gazetecinin peşine düştü. Yetişmeye çalışıyordu ama adam öyle hızlı koşuyordu ki Filiz bir an onu kalabalığın içinde gözden kaybetti. Yine de koşmayı bırakmadı. Caddenin sonunda büyük bir izdiham vardı. Ne olduğunu anlamaya çalıştı. Araba mı patlatmışlar, dükkân mı bombalamışlar, ne olmuş? O sırada gördü onu. Yaralı insanların arasındaydı ve etrafa toplanan kalabalığı dağıtmaya çalışıyordu. Sonra fotoğraf makinesini çıkardı ve olay yerini, her şeyi, her detayı çekmeye başladı. Filiz dehşet içinde izliyordu. Ağlayanlar, bağıranlar, siren sesleri... Oktay patlamanın çevre binalardaki izlerini de çektikten sonra, donup kalmış Filiz'i fark edince, "Buraya gel!" diye bağırmıştı. "Şu çantayı ve makineyi al çabuk!"

Filiz bir robot gibi dediklerini yaptı. Çantasını omzuna astı. Fotoğraf makinesi elinde, şaşkın şaşkın etrafına bakıyordu. İlk defa böyle bir felakete tanık oluyordu. Kanlar içinde haykırarak ağlayan bir kadın yerde hareketsiz yatan çocuğunu sarsıyor, yaşlı bir adamla karısı birbirlerine sarılmış ağlıyordu. Yerde sağa sola savrulmuş olarak yatanlar kaç kişiydiler? Oktay'ın yaralı bir genç kızı kucakladığını ve bir arabaya doğru koştuğunu gördü. Bir yandan bağırıyor, insanları olay yerinden uzaklaşmaları için uyarıyor, bir yanda da arabası yakında olanların hafif yaralıları hastaneye taşımalarını söylüyordu. Filiz içgüdüsel bir şekilde fotoğraf çekmeye başlamıştı. Oktay'ın bir olay yerinde çekilmiş ilk ve son fotoğrafları bunlar oldu. Kerem'in getirdiği fotoğraflardan biri o gün çekilenlerdendi işte.

Çöp kutusuna bırakılmış bombayı sahiplenen birden fazla terör örgütü çıkmıştı. Ölen altı, ağır yaralanan yirmi beş kişinin ardından o güzel, güneşli gün unutulmayacak kara günlerden biri olarak kaydedildi tarihe. Oktay'a, "Aslında hangisi yapmış olabilir, hangisinin yöntemine benziyor?" diye sormuştu Filiz. Oktay ona bakmadan yanıt vermişti.

"Böyle durumlarda hep şu soruyu sor kendine: Sence kimin işine yarıyor bu ölümler? Bu patlama kimin işine yarıyorsa, bomba onun elinden çıkmıştır."

O gün bugündür soruyor Filiz bu soruyu. Bulduğu yanıtlar bazen umutsuz bırakıyor onu.

Aşk da umutsuzlukla büyümüştü içinde. İlk fark eden de yine babası olmuştu.

"Ne o Filiz, artık hiç bahsetmiyorsun senin adamdan? Aranız mı bozuldu, yoksa âşık mı oldun adama?"

Babası şaka yapmış olsa da, kalbinin hop etmesinden anlamıştı son zamanlardaki umutsuzluğunun, suskunluğunun ve iştahsızlığının nedenini artık saklayamaz olduğunu.

"Olur mu hiç baba? Aşk olsun! Oktay Bey, İran'da uzun zamandır. O yüzden bahsetmedim. Ama merak ediyoruz tabii."

"Canım kızım benim. Hep gazeteci olmak istedim, biliyorsun. Hayat o imkânları bana vermedi. Senin iyi bir gazetecinin yanında, insanlığa yaraşır bir şekilde bu mesleği öğrenmen beni çok mutlu ediyor. Çok şükür be! Hadi kalk, bir kadeh bana, yarım da kendine koy. Baba kız demlenelim, anacığına selam edelim!"

Onu bir başına büyüten babasının anlattıklarından ibaret bir hayaldi annesi. Babası her şeyiydi. Her halinden anlıyordu. Aşk acısını da anlamış olmalıydı. Belki kalbine iyi gelir diye, Filiz'e yine annesini anlatmıştı uzun uzun. Babasını dinlemeye çalışmıştı ama aklı Oktay'daydı.

Çok korkuyordu. Ya dönmezse diye. Ya başına bir şey gelirse? Ya ölürse? İçi içini yiyordu. Duaları bitmiyordu. Öyle arayıp yazan biri değildi Oktay. "Yazsa da stajyere mi yazacak koskoca adam? Ama ya oralarda vurulursa filan? Kötü bir haber gelmesin, ne olur Allah'ım!"

Oktay gittiğinden beri yüzlerce kez okuduğu o küçük kâğıt parçasını cebinden çıkarıp yeniden okuyor, öpüp yine gömleğinin, ceketinin cebine koyuyordu. Babası o akşam konuşurken, elini cebine sokmuş, kâğıda dokunmuştu yine. Oktay'ın elini tutmak gibiydi o kâğıda dokunmak.

Patlamadan bir ay sonra odasında hafta sonu söyleşisinin son düzeltmelerini yapıyordu Oktay. Gazetedekilerin paydos ettiğini, sekreterinin, "Ben çıkıyorum Oktay Bey, bir isteğiniz var mı?" diye sorduğunu bile fark etmemişti. Başını kaldırmadan yazıyor, aralıksız vuruyordu daktilonun tuşlarına. Filiz hiç sesini çıkarmamış, onun orada olduğunu fark etmeden çalışan Oktay'ın odasının tam karşısındaki masalardan birine oturmuştu. Kimse yoktu. Bir süre sessizce beklemiş, sonra saatin ilerlediğini düşünüp ofisin diğer ucundaki telefondan evi aramıştı. "Bu gece çalışıyoruz baba. Beni yemeğe bekleme," demişti.

Sonra yeniden Oktay'ın odasını olduğu gibi gören masaya yerleşmiş, yazı yazmasını izlemişti. Daktilonun sesleri piyano sesi gibi geliyordu ona. Ritmi coşkuyla dolduruyordu içini. Oktay'ı ilk defa bu kadar rahat inceleyebiliyordu. Onu neden bu kadar önemsediğini soruyor, kendine verdiği yanıtlara ikna oluyordu: *Çok yakışıklı! Ama yakışıklı olduğu için sevmiyorum ben onu. Kimseye benzemediği için seviyorum. Diğerleri gibi olmadığı için. İnsan kalbini önemsediği için. Dürüst olduğu için. Çok akıllı ve çok iyi gazeteci olduğu için. Sayıyorum yani. Saygım sevgimden önce geliyor. Ve evet, çok yakışıklı.*

Bunları düşünürken Oktay başını kaldırmış, onunla göz göze gelmişti. Önce boş boş bakmış, sonra gözlerini kısarak, "Filiz? Hâlâ çıkmadın mı sen?" diye sormuştu hayretle.

"Siz çık demediniz, ben de bekledim. İşim yoktu zaten."

Oktay kendi odasında, masasında, Filiz de tam karşısındaki o masada bir süre birbirlerine bakmışlardı. Oktay bir süre hareketsiz kalmış, sonra kâğıdı daktilodan çekip "Hadi, bitti zaten. Kalk toparlan, çıkalım. Çok geç olmuş," demişti.

"Hava kararmadı bile. O kadar da sorun değil. Vapura yetişirim."

Oktay tam odasından çıkıyordu ki geri dönüp masadaki ajandaya bir şey karalamış, sonra sayfanın o köşesini yırtıp onu bekleyen Filiz'in cebine sıkıştırmıştı.

"Bunu vapurda oku. Şimdi değil!" demişti.

Filiz'in kalbi çıkacaktı yerinden. Gazete binasının önünden iskeleye kadar konuşmadan yürüdüler. Her zaman bıcır bıcır sorular soran Filiz'den ve şevkle konuşan, anlatan Oktay'dan çok uzak iki kişiydiler o anda.

Filiz, Oktay'ın da aynı şeyleri düşündüğünü anlıyordu aslında. Evet, bir şey var aralarında aslında ama bir yandan da yok gibi. O şey öylesine var ki ikisine de engel oluşturup konuşmaya set çekiyor. Ve aslında o kadar da yok ki birlikte bu akşamüzerini paylaşmalarıyla doluyor. *Olsun. Böyle olsun.*

İskeleye geldiklerinde, "İyi akşamlar," dışında bir şey söylemeden uzaklaşmıştı Oktay. Filiz söz dinledi. Vapur hareket edene kadar bakmadı cebine. Sonra lacivertle kızılın kavuştuğu, yıldızların ve ayın yerini aldığı gökyüzünün altında, vapurun geride aşktan köpükler bırakarak süzüldüğü o güzelim denizin kokusunu içine çekerek elini cebine götürdü. Vapuru takip eden martılar şahitti o geç kızın heyecanına. Eli, soluğu titreyerek açtı kâğıt parçasını. Oktay'ın o güzel el yazısı... Bir kâğıt parçasının üzerindeki o itiraf...

"Filiz vermiş bir aşkı öldürmek, bitmiş bir aşkı diriltmekten daha zormuş meğer."

Kalbi aşkla kanamıştı. Ertesi gün de İran'a gitmişti Oktay. O not geride bıraktığı bir söz müydü, yoksa bir veda mıydı, bilememişti Filiz. Buna rağmen aralarında kelimeye dökülmüş en somut, en gerçek kanıttı o kâğıt parçası. Filiz içindeki heyecanın Oktay'da da bir yeri olduğunu anlamıştı. Bu yüzden şimdi daha çok merak ediyordu onu. Birini sevmekle başlayan kaybetme endişesiyle tanışıyordu.

Oktay'ı endişeyle beklerken, hiç gitmeyecek sandığı babasını kaybetti.

"Sen âşık mı oldun o adama yoksa?" diye sorduğu o yemek masasında meğer son akşamlarını geçirmişler baba kız. Annesini son kez anlatmış. Son kez gülüşmüşler. Son kez birlikte toplamışlar masayı. Son kez yıkamış babasının tabağını, bardağını. Son kez "İyi geceler," demişler birbirlerine.

Filiz ertesi akşam iş dönüşünde babasını koltukta, elinde gazeteyle bulmuştu. Uyuyor sanmıştı. Koltukta gazetesini okurken sessizce gitmiş babası. Bir nefeste. Gülümseyerek.

Babasını, o son akşamı anmak şimdi yine hüzünlendiriyor Filiz'i. Baba kız demlendikleri, saatlerce sohbet ettikleri o geceleri o kadar çok özlüyor ki. Bugün bile, kaç sene oldu, ilgisini çeken, onu mutlu eden, üzen, kararsız bırakan her durumda hâlâ babasını aramak geliyor aklına. Sonra hatırlıyor gittiğini. Burnunun direğini sızlatıyor o yokluk.

Şu an yine aynı şey oluyor işte... Mutfağa gidip bir peçete alıyor, burnunu siliyor. Zeynep odasında. Telefonla konuşmaya devam ediyor. Filiz salona, koltuğuna dönüyor. Bu çocukların bu kadar uzun konuşacak ne konuları olabilir diye merak ediyor. Zeynep'in yaşlarındayken kendisi nasıldı? Telefon bu kadar rahat kullanılabilen bir iletişim aracı değildi elbette. Bu kadar çok konuşur muydu peki? Hayır, daha çok okumayı tercih ederdi. Oktay da okuma tutkusuna ve okuduklarına hayran olurdu.

İran'dan döndüğünde Filiz'i perişan bir halde bulmuştu. Filiz stajının son günlerindeydi. Cenazeden sonra gazeteden "Gelme," dedilerse de evde duramıyordu. Getir götür işleri dışında hiçbir şey yapamıyordu ama gazete binasında olmak iyi geliyordu ona. Oktay yazı işlerinin kapısında göründüğü vakit ayağa bile kalkamamıştı. Onun bu coşkusuz haline şaşırmıştı Oktay. Sonra sekreteri söyledi, babasını kaybettiğini. Oktay, Filiz'in oturduğu masaya yaklaşmış, elini uzatıp onu sandalyesinden kaldırmış ve sıkıca sarılmıştı. O sarılış Filiz'in düşmemek için sıkı sıkı tutunduğu kayalardan elini çekmesine, kendini bırakmasına neden oldu. Oktay ona sarıldı ve Filiz bir daha kimseyi böyle sevemeyeceğini anladı. Kattaki herkes onlara bakıyordu ama ne Oktay'ın umurundaydı bu ne de Filiz'in.

"Ben de babamı kaybettiğimde kimsesiz kaldım sanmıştım," diye fısıldamıştı Oktay. Ertesi gün de, "İzmir'de röportajım var. Filiz de benimle geliyor!" diyerek apar topar yola çıkarmıştı onu. Urla'ya, annesine, Nona'ya götürmüştü Filiz'i.

"Bu yaralı yavru kuş, kimsesiz kaldı bu cihanda Nonacığım. Kırık kanadını onarmamız gerek. Yuvasını fırtına dağıttı. Yenisini nasıl yapar, öğret bakalım," demişti.

Ah Nona! Can Nona! O yaz sonu ve sonbaharın ilk günleri onun şefkatli kollarında yeniden güç toplama gayreti içinde geçmişti. Sürekli meşgul ediyordu Filiz'i. Ot toplamaya götürüyordu, balık ayıklatıyordu, börek açmayı öğretiyordu. Hikâyeleri bitmiyor, yanındakinin dönüp de kendi karanlığını dinlemesine izin vermiyordu. İnsanın ruhuna, bedenine nüfuz eden bir neşesi vardı. Gülme gazı verilmiş gibi, o güldükçe yanında yöresinde kim varsa gülüyordu. Küçük salonundaki eski koltuklara oturdun mu, bir uyku bastırırdı ki sorma gitsin. "Kendi uykusunu salmış bırakmış her yerde," diye dalga geçerdi Oktay. "Yaşadığı yerlerde dolaşırsan onun ruhunun her parçası sana da işler, haberin olsun!" Hiç şikâyeti yoktu Filiz'in. Orada, yerini bulmuş çiçekler gibiydi. Güneşe yüzünü dönmüş, dirilmiş, boy vermiş...

Fakat her ne kadar Nona ona sıcak bir anne gibi davransa da, Oktay bir sevgili gibi değildi. Ne elini tutuyor ne de ona bunu düşündürecek herhangi bir şey söylüyordu. Nona'nın sevgisiyle iyileşip babasının yokluğuna alışmaya çalışırken, aşkın belirsizliği sinsice kemirmeye başlamıştı kalbini. Neydi şimdi Oktay için? Sevgili mi, sevgili adayı mı? Yardımcısı mı, öğrencisi mi? Ne?

Aralarındaki şeye bir isim koyamadan İstanbul'a dönme vakti gelmişti. Geldiklerinde Filiz gazetenin kadrosuna alındığını öğrenmişti. Bu durum gazetedeki kızların pek hoşuna gitmese de dünyalar onun olmuştu. Sevdiği adam sevincini görünce, "Ben istemedim ha! Müdür kendi istedi seni. Git ona teşekkür et," demişti.

O kadar çok seviyordu ki Oktay'ı! Her gün, daha çok. Üstelik boynunda gazeteci kimliği asılıydı artık. Keşke babası da görseydi bu kimliği. "En azından üniversiteden mezun olduğunu görebildi," diye teselli ediyordu Gülin onu.

Aralarındaki şeyin şimdilik bir adı olmasa da, Oktay bu konuda hiç konuşmasa da, onun yakınında olmak, onu her gün görmek, bir umutla yaşamak yetiyordu Filiz'e. Bazen onu bir kadın olarak beğenmediğini düşünmek Filiz'i incittiğinde, bu düşünceyi hemen uzaklaştırıyordu kafasından. Sevgili gibi değilse bile sevildiğinden, sayıldığından, fikrine önem verildiğinden emindi nasılsa. Hem yazdığı o not, sanki bir tür itiraf değil miydi? Öyle olmasa götürür müydü Filiz'i Urla'ya, annesinin evine? "Çok gençsin," diyordu hep. Biraz daha olgunlaşmasını bekliyordu belki? Genç de olsa eleştirilerine kulak veriyordu ama.

Derken, çok kar yağan bir kış sabahı, Oktay'ın ünlü bir sinema oyuncusuyla aşk yaşadığı haberini okudu gazetede. Kaynar su dolu bir kazana girmişçesine yandı tüm bedeni. Son zamanlarda bir şeyler sezip tahmin ediyordu aslında. Ve sonunda fotoğraf gözünün önündeydi işte. Kalabalık bir masada kadın, Oktay'ın boynuna sarılmış, mutlu mutlu gülüyordu. Yanarken üşümek, titrerken kusmak istemek; hepsi aynı anda hücum etmişti bedenine. Ölüyordu acıdan. Kim anlardı bu acıyı? Sevdiği adamın annesine sığınmak istedi yine. Hiç düşünmeden, önünü ardını hesaplamadan aradı yaşlı kadını.

"Nona, gördün mü gazeteyi? O kadını seviyormuş!" diye salya sümük ağladı. Nona ağlamasını dinledi sabırla. Sonra kalın, yaşlı sesiyle tane tane şunları söyledi:

"Ağlama artık yavrum. Ağlayınca kimse gelmiyor."

İnsanın canı aşktan yanarken akıl istemiyor ki, sadece biri onu dinlesin istiyor. Nona dinledi, Filiz ağladı. Ağlamaktan gözleri balon gibi olmuştu.

Haberin çıktığı gün Oktay gazeteye gelmemişti. Sonraki gün Filiz yüzüne bile bakmamıştı Oktay'ın. Hiçbir şey sormamıştı. Neyi soracaktı ki? Nasıl soracaktı? Bir süre küstü. Oktay da bir şey söylemedi. Ne söyleyecekti, neyi söyleyecekti? Bir hafta hiç konuşmadılar. Kar eridi, güneş açtı. Birkaç gün sonra Oktay çekinerek "N'aber Filiz? Hadi gel, fasulye yemeye gidelim," diye yaklaştı yanına.

O güldü mü her şey eriyor, her şey bitiyordu zaten. Somurtarak "Tamam!" deyip düşmüştü peşine. Bir dolu komiklikler yapmış, yine güldürmüştü Filiz'i. Dedikodu kazanı İstanbul'dan, magazin gazeteciliğinin kirinden, her yazılanın doğru olmadığından söz ediyordu. Kendisiyle ilgili haberlere girmiyor ve tam olarak "Öyle bir şey yok" demiyordu ama bariz bir şekilde gönlünü almaya çalışıyordu Filiz'in.

Fakat yemekten sonra, gazeteye geçmeyeceğini, bir görüşmesi olduğunu söylemiş ve Filiz'i şüpheler, kıskançlıklar ve sevinçlerle harmanlanmış bir karmaşa içinde bırakmıştı. Yine de mutluydu genç Filiz. Oktay değer veriyordu ona! Üzülmesini istemiyordu en azından. Rahatsız olup bu kadar dil döktüğüne göre o da Filiz'e karşı bir bağ hissediyor demekti. Kendi kendine gülümseyerek girmişti çalıştığı kata. Gülümseyerek oturmuştu masasına.

Filiz'den birkaç yıl önce gazeteye girdiği için kendini kıdemli sayan kızlardan biri çevredekilerin duyacağı bir sesle, "Sevgilinle kutlama mı yaptınız?" demişti. Anlamamıştı Filiz. Nasıl yani? Ne demekti şimdi bu? Bir kadın, genç bir kadındı bunu söyleyen! Arkadaşı diye her sabah selam verdiği, sigara, çay uzattığı biri hem de.

"Anlamadım? Anlayamadım daha doğrusu," diye kızın masasına doğru yürümüştü yerinden kalkıp. Kız nefretle bakıyordu Filiz'e.

"Sana dizi haber yaptıracaklarmış ya... Biz de kendi aramızda onu konuştuk. Vay be, dedik. Sen dün gel, iki günde imzalı dizi haber yaz. Bu işlerin nasıl olduğunu söylerlerdi de inanmazdım. Bir de baban öldü filan diye üzülüyorduk sana. Oktay'ı da nasıl tavladıysan o masum hallerinle, yakında köşe möşe de verirler sana belki?"

Hiçbir şeyden haberi yoktu Filiz'in. Ne kendisine verilen işten ne de o günkü konuşmalardan. Kızın arka arkaya sıraladığı cümleler yumruk gibi iniyordu yüzüne.

"Ben bu işi kaç aydır kovalıyorum, biliyor musun? Niye sana vereyim ben araştırmamı? Utanmıyor musun müdüre gidip 'Ben daha iyi yazarım!' demeye?"

"Neden yapayım böyle bir şeyi? İnan, haberim bile yok benim. Şimdi senden duyuyorum."

"Hadi be! Bırak bu saf ayaklarını. Senin buraya nasıl geldiğini, işe nasıl girdiğini hepimiz biliyoruz."

Filiz bu çirkin tartışmayı diğerleri de duydu mu diye etrafına bakındı. Evet, ofiste kim var kim yok, elindeki işi bırakmış, kimi ayakta, kimi masasında merakla ikisini izliyor, apaçık dinliyordu. Yazı işleri müdürünün kapısı açıktı. Duymaması imkânsızdı. Peki neden çıkmıyordu dışarı?

Filiz bir umut kapıya baktı. *Hadi, hadi çıksın dışarı. Bu büyük yanlışı düzeltsin. İzin vermesin bu çirkinliğe. "Filiz'in bir şeyden haberi yok. Bu nasıl bir konuşma?" desin.* Hayır, odasından çıkmıyor. Herkes Filiz'e bakıyor.

"Böyle mi düşünüyorsunuz hepiniz? Hakikaten böyle mi?"

Kimseden çıt çıkmadı. Filiz buna inanamadı. Onca zamandır gazetede abla, abi dediği insanlardan biri de çıkıp "Olur mu öyle şey!" demedi.

Müdürün odasına yürüdü. Açık kapıdan dışarıyı dinleyen adamla göz göze geldiler.

"Valla beni karı kavgasına karıştırma kızım. Baş etmeyi öğren!" dedi yazı işleri müdürü.

"Ama müdürüm... Ben sizden böyle bir şey istemedim ki. Bu ne büyük bir ayıp! Siz uygun gördüyseniz elimden geleni yaparım ama ben mi sizden istedim bunu?"

Müdür elindeki kalemi masaya attı.

"Doğrusunu istersen ben de bu işe seni uygun görmedim, görmüyorum. Oktay senin yazman için ısrar etti. Yani sen de biliyorsun kızım... Hoş bir şey değil şimdi bu," dedi. Sonrası Filiz için hayatı boyunca hatırlamak istemeyeceği bir mide bulantısı olarak kaldı. Hemen arkasından müdürün kapısına kadar gelen gazeteci kız, müdürün söylediklerinden de güç alarak görkemli bir sinir krizi geçirdi. Kendini yere attı. Bacaklarını kollarını savurarak ağlamaya, bağırmaya, saçlarını yolmaya başladı. Başına toplananlar, kolonya yetiştirenler ve bağrışanlarla birlikte eşi benzeri görülmemiş bir drama oynanıyordu.

"Gördün mü yaptığını be kızım! Bu kız zaten hasta."

Ekonomi bölümünün sevip saydığı şefiydi bunu söyleyen. O da mı böyle düşünüyordu?

"Çekil şuradan be!" Onu kolundan tutup kenara savuran bir başka kıza bakmıştı hayretle. Yerde tepinen kıza yardım etmek için kendini paralayan, daha düne kadar diğerinin can düşmanıydı. Bunu da herkes bilirdi. Birbirlerinin arkasından demediğini bırakmazdı ikisi de. Şimdi Filiz'e karşı kardeş olmuşlardı demek. Bir medet umarak ona hep nazik davranan genç foto muhabirlerinden birine döndü. O da bakışlarını kaçırdı. Hepsi hakikaten inanmıştı demek.

Filiz daha fazla orada duramamış, çantasını alıp çıkmıştı ofisten. O öğleden sonra bir vapurdan diğerine binerek amaçsızca vakit geçirmiş ve bir karar vermişti. Oktay'a desteği için teşekkür edecek ve hepsinden uzaklaşacaktı. Böyle bir manyaklığın içine dönmek istemiyordu. Gazetecilik saygın bir işti ve saygın bir şekilde yapılmalıydı.

İşe gitmeyince Oktay'ın onu arayacağını düşünüyordu. Onu düşürdüğü bu zor durumu önce Oktay'a anlatmalı, kararını da önce o bilmeliydi. Oktay gazetedeki herkese aralarında hiçbir şey olmadığını bizzat açıklamalıydı. "Filiz benim sevgilim değil, ben de ona iltimas geçmedim. Benden hiçbir şey istemedi. Hiçbir şeyden haberi yok!" demeliydi. Kendisinden özür dilenmediği sürece de o gazeteye geri dönmeyecekti.

Ama düşündüğü gibi olmadı. Kimse aramadı. Oktay bile. İlk birkaç gün kendisine zaman tanıdıklarını düşünmüştü. Sonra kimse aramayınca şaşırmış, şaşkınlığı meraka dönüşmüştü. Herkes tamam da Oktay?

Sonunda Filiz onu aradı. Santral Oktay'ı bağladığında kalbi ağzından çıkacaktı heyecandan. O sevecen sesi duyacağını düşünüyordu ama buz gibi bir "merhaba" geldi karşıdan.

"Olanları duydun, değil mi?" diye sordu Filiz.

"Duydum," dedi Oktay.

Sonra suskunluk. Oktay bir şey söylemiyor, Filiz konuşsun diye bekliyordu. Filiz kekeleyerek konuşmaya çalıştı.

"Bana resmen orospu dedi kız..."

Ses yoktu Oktay'dan. Filiz zorlanarak devam etmişti.

"Sen istemişsin işte haberi, diziyi yani, benim yazmamı. Müdür de öyle şey yapınca... Kızı destekler biçimde konuşunca... Olay çıktı işte. Ben de dedim ki böyle olacaksa bu hep... Düşündüm yani. Uzun uzun. Olup biteni tarttım. Hep böyle bir şey vardı zaten bir süredir. Bana karşı yani."

"Ne vardı?"

Buz gibi konuşuyordu Oktay. Filiz'in sesi içine kaçıyordu giderek. Kalbinin atışı durdu duracak gibiydi.

"Yani... Hep böyle bıyık altından gülmeler, imalar. Hem kadınlardan hem de erkeklerden ama. Hak etmediğim çirkin çirkin fısıltılar. Aylardır böyleydi bu. Ben sana şey yapmamıştım, söylememiştim. Mızmızlanma dersin diye. Sonra da öyle şey oldu işte..."

"Ne oldu?"

"Biliyorsundur, duymuşsundur. Kız öyle palavradan kendini yerlere filan attı."

"Kimin daha çok gazeteci olmak istediğini göstermiş işte. Haber bile vermeden çıkıp gidebildiğine göre senin için bir önemi yokmuş demek ki."

"Anlamadım? Kız kendini yerlere attı diye mi daha çok önemsiyor işini?"

"Böyle şeyler olur Filiz. İnsanlar daima konuşur. Gittiğin her yer aynı olacak. Burası böyle de başka yerler farklı mı sanıyorsun? Herkes sana prenses gibi mi davranacak? İş dediğin bilek ve yürek ister. Savaşacak, kendini savunacak gücün yok ki kaçıyorsun."

"Ben savaştan kaçmıyorum ki? Çirkinlikten hoşlanmıyorum."

"Savaş çirkin bir şeydir Filiz."

Filiz kulaklarına inanamıyordu. Oktay mıydı bu konuşan? Kırgınlığı öfkeye dönüştü.

"Bir şeyi çok istemek mi önemli Oktay Bey? Bir işi yapmak için her yol mübah mı yani? Siz mi söylüyorsunuz bunu?"

"İlk kavgada bırakıp kaçan mı soruyor?"

Filiz verdiği kararın doğruluğuna o anda bütün kalbiyle bir kez daha inandı.

"Ben sizi insani erdemleri diğerlerinden daha çok önemsediğiniz için sevmiştim. Oyun böyleyse, çirkinlik kabulünüzse, ben yokum evet. Kendimi yerlere atacaksam, çevremdeki her kadının başarısını civarındaki bir erkeğe bağlayacaksam ve bana böyle davranıldığında buna tahammül etmeyi işimin bir gereği saymak zorundaysam yokum. Sizden biri olmayacağım!"

"Ne kadar yanlış düşündüğünü göreceksin. Bizden biri olma, anlaştık. Ama merak etme, bizim içimizde kendini yere atmadan da şahane haberler yazan, işler çıkaran kızlar var. Onlardan biri de sen olabilirdin. Seçimin buysa söylenecek söz yok. Kendin bilirsin!"

Oktay telefonu kapadı. Filiz, dünya yıkıldı da altında kaldı adeta. Oktay'ı bir daha görmeyeceğinden emindi telefon ahizesini yerine bıraktığında. Bir daha asla konuşmayacaklarından da. Başkaları neyse de, Oktay nasıl böyle düşünür, böyle konuşurdu, aklı almıyordu. Belki o büyütmüştü gözünde. Belki sandığı, gördüğü gibi biri değildi Oktay. Acaba birileri yalan yanlış şeyler anlatıp onun da mı aklını karıştırmıştı? Günler geceler boyu düşündü ama işin içinden çıkamadı. Her şey bir yana, o son konuşmasını hazmetmek mümkün değildi.

O günler ve gecelerde babasının yokluğu daha da büyüdü. Hayatta olsa, kendinden şüpheye düştüğü o dönemde

"Hayır, sen doğru olanı yaptın," diyecek, ona güç verecekti, biliyordu bunu.

Bir süre evden çıkmadan ağladı, toparlandı, yeniden ağladı. Sonra kendi yücelttiği bir dağdan düştüğü, ne dağın ne taşın umurunda olduğu sonucuna vardı. Arkadaşı Gülin çok destek oldu o günlerde. Büyük, uluslararası bir şirkette işe girmişti. Anlattıklarından anlıyordu ki orada kaynayan kazan da kendi tanık olduklarından farklı değildi.

"Ben senin yerinde olsam o kızı kendini yere attığı anda saçından yakalar ayağa kaldırırdım. Bence Oktay haklı. Korkak davrandın. İşine gelmeyince kaçarsın sen zaten. Yine kaçmışsın. İstesen orada kalırdın. Oktay için kalırdın!" diyordu.

Bunu anlamak imkânsızdı Filiz için. Mücadelenin böylesi anlamsız geliyordu ona. Oktay onu kendisinin Oktay'ı sevdiği gibi sevse, hemen o gece yanında olurdu. Haklıysa eğer, Filiz'i ikna edebilirdi.

"Senin istediğini söyleyen, senin düşündüğün gibi düşünen seni seviyor sanacaksan yandın kızım. Adam da kendi inandığını söylemiş işte. Boşuna o kadar başarılı olunmuyor, boşuna alınmıyor o ödüller!" diye devam etmişti Gülin. Ayağını kaydırmak isteyen iki hırslı kızı anlatmıştı sonra. FBI profil uzmanları gibi kızları incelemiş, bir üst pozisyon için neler yapabileceklerini, neleri göze alabileceklerini tahmin edip uzun bir liste yapmıştı. O listeye göre kızları takip ediyor, hamlelerine engel oluyordu. Geriye kalansa kendisine verilen işleri kusursuz bir şekilde yapmaktan ibaretti.

O tarihte babasının ona bıraktığı bir ev, bankada harcayabileceği birikmiş küçük bir miktar para olmasa acaba o kadar keskin konuşmalar yapabilir miydi Oktay'la? Kira ve geçim derdi içinde kolayca rest çekebilir miydi gazeteye? "Hayır" diyebilmek onurlu bir davranıştı, evet ama koşulları onu zorlasaydı, "hayır" demekten gurur duyduğu o şeylere mecburen "eyvallah" demek zorunda mı kalırdı? O kadar rahatça "Ben okula dönüyorum, akademisyen olacağım," diyebilir miydi? Gülin'in "Koşullarım beni başarılı ve hırslı olmaya zorlamasa umurumda olmazdı belki dünya," dediği günden beri düşünüyor bunu. Karakterimizi koşullarımız ne kadar belirliyor?

Filiz fincandaki melisa çayını içmeyi unuttuğunu fark ediyor. Saat ilerlemiş. Elena'nın odasının kapısı kapalı, çoktan uyumuş olmalı. Zeynep'in kapısına gidiyor. İçeriden ses gelmeyince kapıyı tıklatıp aralıyor. Işığı açık uyuyakalmış koca kız.

"Hadi kızım kalk, pijamanı giyip yat."

Zeynep'ten kalkmayacağını belli eden bir homurtu yükselince Filiz üzerine yatak örtüsünü örtüyor, ışığı kapatıp çıkıyor. Hiç uykusu yok. Geçmişe dönmek iyi gelmedi. Son üç aydır içinde taşıdığı, kendine sakladığı sevinç, o günlere gidince geri çekilir gibi oldu. Bunu hiç istemiyor oysa. O sevince tutunması gerektiğini hissediyor.

Salona geçerken, Gülin'in inandığı yolda yürüdüğünü ve kendine göre haklı olduğunu düşünüyor. Global bir şirkette gelebileceği en yüksek pozisyonda şu anda. Hayatı dünyanın dört bir yanında bir kariyeri şekillendirmek ve büyütmekle geçti. O arada bir çocuk yapmayı da başardı. Hayat işte...

O acılı günlerde yanından ayrılmayan Gülin, babasının ayarladığı bir iş görüşmesine gitmesi için ısrar etmişti.

Ünlü bir iş adamının sahibi olduğu, renkli bir tabloid gazeteydi görüşmeye gittiği yer. Kadınlara yönelik bir ek çıkarmayı düşünüyorlardı. İş adamı, Filiz'in işe alınacağı konusunda Gülin'in babasına söz vermişti. Yeniden bir gazetede çalışma fikri çok cazip gelmese de para kazanması, hayatına bir yön vermesi gerektiği için görüşmeyi kabul etmişti.

Ekin başına geçecek kişiyle değil, yardımcısıyla görüştürdüler Filiz'i. Bir kadın eki için ayrılan bölümde sadece erkek çalışanların olduğunu görünce şaşırmıştı.

Görüşmeyi yapan adam, Filiz içeri girdiğinde onu baştan aşağı süzüp daha oturmasını bile beklemeden, "Demek Oktay'ın olay çıkaran ufaklığı sensin ha?" dedi. Filiz karnına kurşun yemiş gibi oldu. Ateş bastı her yanını.

"Ne duydunuz bilmiyorum ama bu cümlenizden anlıyorum ki size yanlış aksettirilmiş," dedi sesi titreyerek.

Adamın pek de umurunda değildi Filiz'in söyleyecekleri. Sinek kovar gibi bir hareketle susturdu Filiz'i.

"Tamam, neyse ne. Olur böyle şeyler. Burada dikkat et ama. Adın çıkar sonra."

Filiz o gece Gülin'e, "O an yer yarılsaydı da içine girseydim keşke!" diye ağlayarak anlatmıştı olup biteni. "Adam beni dinlemedi bile. Takmış Oktay'a! 'Görüşüyor musun hâlâ? Şimdi ne yapıyor? Vay zampara!' filan diyor. Görüşmüyorum, bilmiyorum, diyorum, 'Tabii tabii,' diye devam ediyor! Sonra işte, 'Şöyle bir ek yapacağız, böyle bir ek yapacağız...' Bir de 'Sakın bana Duygu Asena ayaklarıyla gelme. Burada hiç çekemeyiz, ona göre. Zaten sen de pek öyle bir tip değilsin!' demez mi!"

Hem ağlamış hem anlatmıştı. Gülin, arkadaşının saçını okşayarak "Anlamıyor musun? Asıl dertleri Oktay. Onu karalamak, adını lastik gibi sündürmek için bir fırsat geçmiş adamın eline işte! Oktay'a söyleyebilir mi bunları? Söyleyemez. Ama karşısındaki ona göre küçük bir kız çocuğu. Gücünün sana yeteceğini düşünüyor. Ağlama sen de artık. Ne kadar güçlü olduğunu göster onlara!" demişti.

"Çok özür dilerim. Babana da mahcup olacağım ama orada, o adamlarla çalışmak istemiyorum."

"Ne yapacaksın peki?"

Okula dönmek, hayata yeniden bağlanmak oldu onun için. Üniversiteye döndükten sonra sanki ilk gençliğine de geri döndü. Okuduğu okulları, duvarlarındaki sıva çatlaklarından sıralarındaki zımpara ve vernik izlerine kadar belleğine sevgiyle kazımıştı. Sınıfların kışlarını ayrı, baharlarını ayrı sevmişti. Forma giymekten bile tek bir gün dahi yüksünmemişti. Okul sevgisi, neredeyse en başından beri, onu öğrencilikle öğretmenlik arasında bir alana çekmişti. Arkadaşlarının nasıl olup da okul denen yuvaya karşı aynı sevgiyi hissedemediğini bir türlü anlayamamıştı. Çehov'un oyun kahramanları, çalışmaktan söz açıldığında gözlerini yaşartan bir sevince kapılır ya hani, insanın bilemeyeceğini ama bilebileceği günler gelene kadar çalışabileceğini, insanı sadece çalışmanın kurtarabileceğini söylerler ya, bu duygunun Filiz'deki karşılığı okul ve ders çalışmak olmuştu. Filiz'e göre insanın bu hayata bağlanabilmek için icat ettiği en iyi şey çalışmaksa, ikincisi de okuldu. Ders çalışmak, okumak okumak okumaktı.

Yaşıtlarına göre çok toy ve savunmasız kalmıştı. Kendini yeniden keşfetmeye başladığında, erkeklerin gizlerini ve gizemlerini sezmekte, öğrenmekte çok gecikmişti artık. Gönül maceralarında yaralanacak, güzelliği bile anlamsız bir sıkıcılığa dönüşecekti çekirdekten yetişme erkeklerin gözünde. Eski eşi geçici bir süreliğine, aşktan ya da takıntıdan, kör olmuştu. Sonra gözleri açıldığında Filiz'in bu ayrıksılığını görmüş, gecesini gündüzünü kitaplara gömen ve bundan gerçekten de mutlu olan bir kadınla ne yapacağını bilememişti belki de.

Akademide varlık göstermek, yükselmek gazetedekinden farklı mıydı peki? Koca koca doçentlerin, profesörlerin çocukları aratmayan kavgalarında, çekişmelerinde daima kaçtığı o çirkinliğin yaşayabildiğini görmüştü. Bir kadının başarısı, çalışması, varlığı, titri birilerinin asabını bozduğu anda aynı cinsiyetçi, sığ suçlamalar ortaya çıkıyordu. Basında, iş dünyasında, edebiyatta, akademide, her yerde yaşıyordu bu yoz düşünce biçimi. Kadının kafasıyla iki bacağı arasındaki mesafeyi bu kadar yakın tutabilenlerin ancak bu iki organı aynı zannedenler olduğunu biliyor artık. Onlara da ne yapsan, ne söylesen boş.

Öğrencilerine hep şunları söylüyor:

"Çalışmalarınızın değerini başkalarının sözlerinde, gözlerinde aramayın. Doğruyu size ispat edecek şey zamandır. Yazdığınız, çektiğiniz, ürettiğiniz ne varsa hep şunu sorun kendinize: Zamanla değer kazanacak mı? Zamana yenilmeyenler, gerçek değerine kavuşanlardır. Ürettiklerimiz yaşadığımızın, koruduğumuz değerler insanlığımızın ispatıdır."

Filiz sokak ışıklarına bakarken kendi kendine mırıldanıyor:

"Ve zaman daima haklı çıkıyor..."

2. BÖLÜM

Urla'da Bir Sabah Vakti

Kızgın yağda cızır cızır oynaşan lokmanın kokusu salına salına yol alıyor. Bahçedeki mutfaktan çıktı. Beyaz kocaman çiçeklerle dolu yaseminin, etrafını sardığı ahşap kapıdan geçip eve girdi. Merdivenleri dolandı ve hasta yatan Oktay'ın yatağına ulaştı.

Kabakulak olmuş Oktay. Hiçbir şey yiyemiyor, yutamıyor. Canı da istemiyor zaten. Nona, yesin diye sevdiği yemekleri pişiriyor, ağzına bir lokma bir şey girsin diye yalvarıyor ama o, ateşten gözünü bile açamıyor. Kafası yastığa gömülü, düşünüyor:

Nona yiyemeyeceğini bile bile niye lokma döküyor ama şimdi? Biri mi öldü, yoksa adak mı adadı acaba? Ay, ne kadar da güzel kokuyor! Daha dün yağ kokusundan midesi bulanıyordu oysa. Belki mahsus yapmıştır Nona. Canı çeksin de yataktan kalksın diye. Kızarmış hamuru, lokmayı, böreği çok sevdiğini biliyor çünkü. Kalkıp mutfağa mı inse?

Oktay bunları düşünürken midesinin guruldaması ile kafasını kaldırıp tak diye açıverdi gözlerini. Hemen doğruldu, yataktan aşağı atladı. Terlikleri nerede? Bulamıyor.

Nona'nın diktiği çizgili pijaması ter içinde kalmış. Terli terli inemez aşağı. Üşür. Ama hırkası da yok ortada. Nona her şeyi kaldırmış mı? Belki yatağının altındaki sepettedir. Hayır, orada da yok. Ama ne zamandır oynayamadığı güzel, mavi boyalı oyuncak gemisi burada. Çok seviyor o gemiyi. Hem de çok. Çekip çıkarıyor yatağın altından. Tozlanmış tabii. Kim bilir kaç gündür orada duruyor. Pijamasının göğüs kısmına silip tozunu alıyor geminin. Dikkatlice kitaplarının yanına yerleştiriyor.

Böyle hırkasız, terliksiz, hasta hasta aşağı inerse çok kızar Nona. Sağlık ocağından gelen Ebe Hanım iğne vuruyor her gün. Popocuğu çok acıyor.

"İyileşiver de benim keleş Misket'im, gelmeyiversin bu Ebe Hanım artık," diyor Nona. İyileşmesi lazım. Okulu da özledi hem. Bir de, Nona çok üzülüyor Oktay hasta diye. Sabahlara kadar başında bekliyor. "Paşam, oğlum, yavrum!" diye başını okşuyor.

"En sevdiğin çocuğun ben miyim Nona?" diye sordu geçen gece. Hiç düşünmeden cevap verdi Nona:

"Sensin tabii be! Kardeşine söyleme ama, ha?"

Olsun, kardeşini de sevsin. Önemi yok. Çocuk kalbi mutlulukla doluyor Oktay'ın. Onu, en çok onu seven Nona'yı üzemez. Bir şeyi anlatma derse anlatmaz, yapma derse yapmaz. Yeter ki hiç üzülmesin. O yüzden terliğini bulmalı. Ama nerede bunlar? Nona acaba dün siyah başörtülü Rum kadınlar geldiğinde mi kaldırdı hepsini? Odasının dağınık görünmesini istememiştir. Hiç sevmez tertipsizliği. Her şey yerli yerinde olacak.

Siyah başörtülü Rum kadınlar eve geldiğinde uyuyordu Oktay. Gözünü zorla açmış, bir sürü siyahlı kadının yatağının yanında, yerde oturduğunu görmüştü. Hepsi kafa kafaya vermiş, halının üzerindeki su dolu çanağa bakıyordu. Oktay'ın göz kapakları kurşun gibi ağırlaşmıştı. Uzun kirpiklerinin arasından buğular içinde görebiliyordu kadınları. Fısıltılarını çok net duyuyordu ama. Rumca konuşuyordu hepsi. Nona da Rumca cevap veriyordu. Oktay düşününce şaşırıyor şimdi. Konuşmaların tümünü anlamıştı. Nasıl olurdu böyle bir şey? Ne Nona Rumca biliyor ne de Oktay. Anlamış ama. Anlamasa nasıl hatırlayabilir?

Siyah başörtülü kadınlardan biri Nona'nın hemen yanında oturuyordu. Elini dizine vurmuştu. Sevinçle fısıldamıştı:

"Bak, dinle de hiç korkma. Hiçbir şeycik olmayacak evladına. Sapasağlam kalkacak bu yataktan."

Diğer kadınlar da başlarını sallayarak onaylamıştı. Sonra annesi endişeyle sormuştu:

"Çocuğu oluyor mu peki? Bu hastalıktan sonra olmaz dedilerdi?"

"Onu ben diyemem. Demem. Sen de sorma. Ama diyorum sana, hemen kalkıyor yataktan."

"Şükürler olsun, şükürler olsun!"

Ortadaki kadın elini yine dizine vurmuştu.

"Aman aman! Hem de pek yükselecek bu çocuk. Çok gurur verecek sana. Dağın tepesinde duruyor, bak! Bak, kurtlar gibi güçlü. Kimsecikler yok yanında. Orada bir başına, bak, görüyor musun?"

Nona "Hiiihh!" diye küçük çığlık atmıştı. Siyahlı kadınların bakıp bakıp konuştukları kabın içindeki suya vurmuştu eliyle.

"Tövbeler olsun! Görmedin, görmedim bir şey! İyi olsun, yaşasın, yeter!" demişti. Rumca demişti hem de. Oktay onu da anlamıştı. Kadınlar omzunu, kollarını tutmuşlardı Nona'nın. Teselli etmişlerdi. Nona neden mutlu olmamıştı acaba duyduklarından?

Sonra yine dalmış olmalı Oktay. Gittiklerini duymadı bile. Dün mü gelmişti kadınlar, evveli gün mü? Neyse, şimdi sorar Nona'ya. Belki de rüyaydı gördükleri. Nerede hırkası? Dolabında da yok.

Ah, ne güzel kokuyor bu lokma! Nona içi yumuşacık, dışı kıtır kıtır kızartmıştır hamuru. Şimdi sürpriz yapacak, sevindirecek Nona'yı.

"Canım çok istedi, biraz versen de yesem," diyecek.

Arıyor ama yok işte terlikler. Hırkası da yok. Mecburen böyle inecek aşağı. Yatağının üzerindeki örgü battaniyeyi omzuna almayı akıl ediyor. İyice sarınıyor. Günlerdir hasta yatmaktan iyice güçsüz düşmüş. Çırpı bacakları titriyor. Odasının kapısını açıp merdivene yöneliyor. Onu uyandıran kızarmış hamur kokusu da onunla yol alıyor sanki. Tırabzanlara tutunarak dikkatle iniyor basamakları.

Titiz Nona merdivenleri sabah silmiş olmalı. Hiç toz yok yine. Her yer tertemiz. Duvarlara asılı gümüş çerçeveler pırıl pırıl. Bunlar var mıydı daha önce? Oktay hastayken mi asmışlar bunları? Geçen yılbaşıydı, merdivenin altındaki dolabın yanına mermer bir konsol almıştı babası. Çok beğenmişti hepsi. Nona kendi yaptığı rahibe işi örtüyü örtmüştü konsola. Şimdi üzerinde kocaman iki tane gümüş şamdan ve siyah mumlar var. Kocaman cam bir kâseye turuncu kadife çiçeklerini doldurmuşlar. Şamdanlar da yeni galiba. Hiç görmemişti Oktay bunları. Ama bahçedeki çiçekleri niye bu kâseye koymuş acaba? Aaa! Merdivenlerden inince görüyor: Bahçede misafir dolu. Evi ondan süslemiş olmalılar.

Ben hastayken misafir mi kabul etmişler? Babamın şapkası duvarda asılı. İşe gitmemiş mi? Pazar mı acaba bugün?

Tam bahçeye çıkacakken, kapıyı çerçeveleyen yaseminler tutundukları duvardan kopup önüne yığılıyor. Dışarı çıkmasına izin vermeyen kocaman bir engele dönüşüyor yasemin ağacının dalları. Oktay küçük elleri ve zayıf kollarıyla yasemin dallarını çekmek, kendine yol açmak istiyor ama başaramıyor. Sarmaşık dalları aşıp bahçeye çıkmak mümkün değil. Nasıl olur? Biraz olsun aralamaya çalışıyor dalları ama nereye elini soksa oradan bembeyaz yaseminler çıkıyor. Çok tuhaf bir şey bu. O sırada küçücük bir aralıktan mutfakta hamur kızartan Nona'yı görüyor.

"Sesleneyim, gelip beni alsın," diye düşünüyor: "Nona, Nonacığım... Nonaaaa!"

Ama sesi çıkmıyor Oktay'ın. Uğraşıyor, didiniyor, hayır, olmuyor. Bu hastalık yüzünden hep!

Eyvah! Eyvah sesim gitmiş! Ne olacak şimdi? Ya bir daha kimse duymazsa beni?

Ahşap merdivenleri bir koşu tırmanıyor. Babasıyla Nona'sının bahçeye bakan yatak odasına giriyor. Pencereyi açmaya çalışıyor ama başaramıyor. Babası bahçede, eve bakarak ağlıyor.

El sallayarak dikkatini çekmeye çalışıyor: "Baba! Baba!"

Babası görmüyor. Oktay ne yapsa görmüyor. Evin koskoca kapısına yığılan ağacı da mı görmüyor? Nasıl görmez? Yüreğine bir korku düşüyor. Bacaklarının gücü iyice kesiliyor o anda. İçinde sorular, fısıltılar, sesler...

Ne oldu? Neden ağlıyor babam? Herkes ağlıyor. Biri mi öldü yoksa? Babaannem mi? Halam mı? Yok, bak, ikisi de bahçede. Kardeşim mi? Hayır, bak o da babaannemin kucağında. Kim yok peki?

Nona mutfaktan tepeleme lokma dolu bir tepsiyle çıkıp bahçe masasına yerleştiriyor. Siyah elbisesini giymiş. *Nona? Neden yukarı çıkıp benimle ilgilenmiyor? Hastayım ben. Neden yanıma gelmiyor kimse? Babam beni niye görmüyor? Yoksa ben mi öldüm sanıyorlar? Ay, vallahi billahi öyle sanıyor hepsi!*

Oktay cama vuruyor tüm gücüyle. Sesi çıkmıyor ama yaşadığını, yukarıdan onlara baktığını göstermeye çalışıyor kan ter içinde. Kimse farkında değil onun orada olduğunun. Bir rüya görüyor olmalı Oktay.

Nona bahçede yüzünü göremediği bir adama sarılıyor. Kim o?

Adam yavaşça dönüp Oktay'ın kendini göstermek için paralandığı yatak odası penceresine bakıyor. Adamı görür görmez tanıyor. Kendisi bu! Büyümüş. Yaşlanmış. Ölmemiş öyleyse. Evet, bu bir rüya. Uyanamadığı bir rüya.

Yaşlı Oktay, babasının elini öpüyor. Başını çevirip çocuk Oktay'a bakıyor bir daha. Ne kadar üzgün. Ne kadar yaşlı. Çocuk Oktay çok üzülüyor yaşlı Oktay'a. Birbirlerine bakıyorlar. Yaşlı Oktay pencereden, pijamalarının üzerine sarındığı battaniyeyle ona bakan küçük çocuğa gülümsüyor. Sonra babasının kulağına eğilip bir şey söylüyor.

Babası da başını pencereye çevirdi. Oh be! O da gördü sonunda.

Oktay zıplamaya, sevinçle el sallamaya başladı.

"Buradayım ben baba. Buradayım!"

Babası eve doğru yürüyor. Oh, çok şükür! Gelip alacak şimdi onu. Kapıdaki yasemin ağacının dallarını tek seferde kucaklayıp yana yığıyor babası. İçeri girişi engelleyen ne varsa temizliyor. Oktay, anne babasının odasından çıkıp merdivenlere koşuyor. Babası kucaklıyor Oktay'ı.

"Buz gibi olmuşsun oğlum, donmuş ayakların," diyor şefkatle.

Babasının kucağında Oktay'ın odasına giriyorlar. Babası dolabından çoraplarını, kazağını çıkarıyor. Az önce bunlar yoktu ki dolapta? Oktay hem şaşkın hem de mutlu. Daha önce hiç görmediği yepyeni iskarpinler almış babası meğer. Onları da giydiriyor. Bağcıklarını bağlıyor gülerek. Aslan babası ne kadar yakışıklı!

Merdivenden el ele iniyorlar baba oğul.

Bahçeye çıktıklarında tüm misafirlerin gitmiş olduğunu görüyor. Kimse yok.

Aaa! Nona ne ara pembe çiçekli elbisesini giymiş? Hem kendi giyinmiş hem de kardeşini giydirmiş. Ne güzel gülüyor Nona. Başına şifon eşarbını bağlamış. Kelebek gözlükleri de gözünde. *Kardeşime hasır şapka takmış. Piknik sepetini de hazırlamış. Demek ki gezmeye gideceğiz. Yaşasın! İyileştim ben!*

Babası omzuna alıyor Oktay'ı.

"Haydi bakalım. Seni kırmayalım. Son kez gezelim," diyor.

Son kez mi? Niye öyle dediğini anlamıyor Oktay. Yine de içi mutluluk dolu. Küçük kollarıyla babasının boynuna sarılıyor. Nasıl gittiklerini anlamadan bir bakıyor ki Kekliktepe'ye çıkmışlar. Deniz uzakta ışıklar içinde. Üzerinde kayıklar var renkli renkli. Bir sürü kayık. Kuşlar ötüyor çamların arasında. Yabani melisaların kokusu sıcakta daha da keskinleşiyor. En çok bu koku, yaz kokusu demek Oktay için. El ele yürüyorlar mutlulukla. Babasının avcunda nasıl da kayboluyor elleri.

"Parmakları topiş topişti benim Misket oğlumun. Aman be, büyüdü artık, ince uzun olacak o güzel parmakları," diyor Nona onu severken. Sevilmek ne güzel.

"Akşam olacak," diyor babası üzüntüyle. "Evler soğur akşamları. Üşüme, olur mu?"

Oktay, babasına bakmak için başını kaldırdığında elini tutanın babası değil, kendi büyüklüğü olduğunu görüp şaşırıyor.

"Sen mi gezdirdin beni? Babam nerede?" diye soruyor yaşlı başlı Oktay'a.

"Hayır. Babamdan istedim. Beni son kez gezdir, ne olur, dedim. Ama gitti artık. Akşam oldu. Şimdi ev çok soğuk."

Çocuk Oktay, büyük Oktay'ın elini bırakıp koşmaya başlıyor. Nona'ya gitmesi gerek. Nona yemyeşil, kocaman bir tarlanın içinde, çok ama çok yaşlı bir zeytin ağacının altında oturuyor. Sırtını ağaca vermiş. Ayaklarını uzatmış. Saçları bembeyaz artık. Elini sallayıp yanına çağırıyor. Dizine yatırıyor çocuk Oktay'ı. Başını okşuyor.

"Ah benim canimu... Ah benim Misket'im. İnsanlar aynı değil yavrum. İki el birbirinin aynıdır sanıyorsun ama değil. Sırt sırta değil, yüz yüze kalacaksın, e mi yavrum? Sırtını dönersen diğer parçanı bulamazsın. Arkanı dönme, olur mu?"

"Bu bir rüya mı Nona?"

Nona gülüyor. "Her şey bir rüya yavrum."

Nona'nın, saçlarını okşayan elleri sıcacık. Yüzüne tatlı bir güneş vuruyor. Ne kadar mutlu şu anda. Uzun zamandır hiç hissetmediği kadar mutlu. Evet, bu, bu yüzden bir rüya. Birazdan uyanacak.

Urla'da sabah oluyor. Rüyasında onu çok mutlu eden o sıcak ışık, aslında odasına dolan, kırlaşmış saçlarına, sakallarına vuran sabah güneşi. Birazdan gözlerini açacak. Açtığı anda bugüne, şimdiki hayatına uyanacak. Rüyasındaki o tatlı çocuğa bu kadar uzak bir adama dönüştüğü için hayret edecek bir kez daha. Sonra nasıl olduğunu hatırlayacak. Öyle ya, o mutlu çocuk ne vakit bu yalnız ve aksi adam oldu? Hemen her gün soruyor kendine bunu. Her gün başka bir yanıt buluyor.

Güneş iyiden iyiye odaya doluyor. Oktay uyanmak istemese de güneş ışıkları ısrarcı. Gözlerini açıp hemen kapatıyor. Güne, güneşe, ışığa hazırlanması gerekiyor bir süre. Rüyasını düşünüyor. Yüzünü buruşturarak gözlerini aralıyor. Nona'nın son sözünü anımsamaya çalışıyor. Ne diyordu? "Sırtını dönme yavrum" mu diyordu? Hayır olsun, epeydir görmüyordu Nona'yı rüyasında. Bugün gelecek misafir yüzünden belki... Nona yine vicdanın sesi olarak rüyasına girdi mutlaka. Yataktan kalkıp banyoya yöneliyor. Aynadaki kişi önünde uzanan günün sorumlusuymuş gibi, "Şu çocuk gelsin, ne gösterecekse göstersin, bir an önce bitsin bugün!" diyor. Aynadan bir yanıt gelmiyor. Oktay ile sureti birbirlerine ters ters bakıyorlar. Bir zamandır böyle yaşıyorlar. Birbirlerine ve bütün dünyaya ters ters bakarak... Oktay yorgun. İnsan yorgunu. Yıllarca insanlarla iç içe olmaktan, çok insan tanımış olmaktan belki de.

Son iki yıldır insan görmek, yeni birini tanımak, eskilerle, akraba takımıyla buluşmak, dert dinlemek, dert anlatmak istemez oldu. İyiydi işte hayat böyle. Üç dört yılda bir yaz tatili için buluştukları, iki üç haftada bir telefonla arayan kız kardeşi ile yeğenleri dışında kimseye zorunlu ve sorumluluk duyduğu bir bağ hissetmiyor. O bağ da çok güçlü değil aslına bakılırsa. Kopsa kopar mı? Kopmaz. Ama eskisi gibi olur mu her şey? Zor. Büyük bir hadise, paylaşılamayan bir miras, sürüp giden bir mesele var mı? Yok... O halde ne oldu da böyle oldu?

Oktay diş fırçasını yıkarken kardeşiyle bu lavabonun önündeki itişmelerini anımsıyor. Aynanın önündeki ahşap rafın üzerindeki tozu alıyor parmağıyla. Elini yıkarken, "Tozu alınmayan eve, bakımı yapılmayan, kullanılmayan mücevhere, hareket ettirilmeyen otomobile, budanmayan bağa bahçeye ne olursa, o oldu," diyor kendi kendine. Bu da son bir iki yılın alışkanlığı. Kendine söyleniyor yüksek sesle. Kendi kızıp kendi savunuyor.

Birkaç dakika önce rüyasında yalın ayak indiği merdivenlere yöneliyor. Evin ışığı rüyasında ne kadar parlak, ne kadar canlıydı. Duvardaki çerçeveler, mermer konsolun üzerindeki şamdanlar kararmış. Tırabzana tutunuyor son basamakta. Kararan eşyalara bir an üzüntüyle bakıp mahcup olmuş gibi gözlerini kaçırıyor. Bu yıpranma, eskime ve kararmalardaki payını biliyor.

Kardeşiyle aralarındaki o gümüşten bağa yeterince özen göstermedi, evet. Bir zamanlar birbirlerine çok düşkün olan iki kardeşin arasına kayıplar, yıllar, yollar, tayinler, taşınmalar girdi. Farkına bile varmadan uzaklaştılar birbirlerinden. Önce Oktay hayatının merkezine işini, gazeteciliği koydu. İşi uykusundan, yemesinden, dinlenmesinden bile önce geldi. Hayatta kalacak kadar atıştırdı, bayılacak gibi olduğunda bir köşeye kıvrıldı. Önce iş, sonra dünyanın geri kalanı! Bundan gurur duydu üstelik. İşinin en iyisi olmak, en doğrusunu, mükemmelini yapmak için yaşarken, dünyasının geri kalanı her yıl biraz daha silindi, soluklaştı. Oktay bu azalmayı, eksilmeyi, gidenleri, kopanları fark edemeyecek kadar meşguldü o tarihlerde.

Kız kardeşi içinse Türkiye'nin bir ucundan diğerine tayin olup duran eşinin peşinde eşya taşı, eşya indir derken, kamyonlar arkasında geçti yıllar. Bütün o taşınmalar sırasında kırılıp dökülen, yıpranan, bazen bir yerlerde unutulan, kaybolan aile yadigârları, fotoğraf albümleri gibi, yokluğunu fark ettiğinde önceleri büyük bir sızı verdi abisinin özlemi. Yeni gelin olduğu ilk yıllarda gittiği her yeni şehirde daha da büyüyordu o özlem ve yokluk. Fakat tüm o aramalarına, yazmalarına rağmen abisi için işinin dışındaki o "diğer dünya"nın bir parçası olduğunu, diğer insanlardan bir farkı kalmadığını anladıkça özlemi de zaman içinde azaldı. Alıştı abisinin yokluğuna. Birbirlerinden uzakta geçen yıllar içinde ikisi de geçmişi farklı hatırlamaya, farklı anlatmaya başladı. Anıları bile ayrıştı. Sonra gün geldi, abisinin aksiliklerini, kızgınlıklarını çekemez oldu. Oktay da kardeşinin şikâyetlerini, sitemlerini dinleyemez oldu. O bir haftalık tatiller küçük dargınlıklarla bitmeye başlayınca iyiden iyiye uzaklaştılar. Sevgileri eksilmedi elbette ama yine de eskisi gibi değiller. Yeğenleri saygılı, iyi çocuklar, damadı da sever ama işte... Birinin bu yıpranmayı onarmak için ilk adımı atması gerek. Oktay'da o derman yok bu ara. Teslim oldu bütün kopuşlara...

Kendi içinde kendiyle konuşmaktan yorgun düşüyor. O yüzden, biriyle konuşmak gelmiyorsa içinden, konuşmuyor. Arada bir dışarı çıktığında ya da bahçede otururken birileri selam verirse, canı isterse alıyor, istemezse havaya bakıyor, görmezden geliyor. Neşesi azaldı hayatının. Sevinci kayboldu. Hayata karşı merakı ve tutkusu kurudu sanki. Hem yalnız kalmak istiyor hem de bu yalnızlık onu daha aksi biri haline getiriyor. Farkında bunun. Kardeşine ve kendine bakınca kimsenin eskisi gibi kalamadığını da görüyor. O yüzden, eskileri şimdide, bugünde istemek değil onunki. Eskiye dönebilmek daha çok. Eskilerin henüz çekilip gitmemiş olduğu günlere. En çok özlediği, yokluğuna alışamadığı, alışamayacağı kişi ise biricik anacığı Nona.

Nona'nın bu eve gelin gelirken getirdiği çeyizin bir parçası olan eski bakır cezveyi çıkarıyor dolaptan. Rüyasının onu çok etkilediğini fark ediyor. Özlemden kabarmış yine kalbi. Cezve bile o güzel günlerin bir ortağı. Kaç kez birlikte kahve içip sigara tüttürdüler bu bahçede... Ah Nona! Yaşasaydı ne güzel gülerlerdi şimdi birlikte. Rüyasını anlatırdı ona. Kahvaltıdan sonra, o güneşe karşı oturup sebze ayıklarken, kendisi de yüksek sesle gazete okurdu. En kötü günde bile şükredişine şaşırırdı Nona'nın. O yaşasaydı... Hiçbir şey böyle olmazdı. Onun yaşam sevinci herkese yeterdi. Basit, sade, kendiliğinden bir akışı vardı onun hayatının.

"Şehrin ana trafosu bu Nona!" derdi Filiz onun için. "Herkes ona bağlı. Hepimiz ondan alıyoruz ışığımızı, neşemizi."

Kahvesini alıp Nona'nın bir zamanlar sebze ayıkladığı masaya oturuyor.

"Hepimize yeterdi Nona'daki sevinç. Doğru söylüyordu Filiz," diyor. Sanki mutfaktaki tencereler, tavalar, eski soba onu dinliyormuş gibi, başını sallayarak devam ediyor: "Hep doğruyu söyledi zaten. Daima. Ne düşünüyorsa, neye inanıyorsa, neyse o!"

Göğsünde bir sancı belirip kayboluyor. Ailesini, çocukluğunu gördüğü her rüya sonrası böyle oluyor zaten. Birkaç gün sürecek bir rüzgâr başlıyor içinde.

Sigarasını yakıyor.

Ah be Filiz...

Düşüncelerin rüzgârında yelkenleri şişmiş bir tekne şimdi Filiz'in hatırası. Adı gibiydi hep. Olmadık yerde, olmadık anda inadıyla, direnciyle yeni bir umut yeşertirdi hep. Öyle ayağı yere basmayan hayalci, köpükten umutlar değil ama. Akla gelmedik yerden bakardı meseleye. Sorulmamış soruyu sorar, yanıtlardan korkmazdı. Kırılgandı. Narindi. Ama ne bırakmaktan korktu ne de başlamaktan.

Gencecik bir stajyer muhabir olarak yanında çalışmaya başladığı günden itibaren böyle böyle, zamanla kazanmıştı Oktay'ın saygısını. "Basıp gidebilmek, yeniden yola çıkabilmek büyük meziyet," diye düşünüyor. İki kadın var tanıdığı; korkuya rağmen yaşamanın yolunu bulabilen: Biri Nona, öbürü de Filiz. Biri anası, diğeri… Diğeri de, işte…

Nona gitti… Eski güzel günlerden Filiz kaldı bir tek. Kıymeti bilinememiş, kaçırılmış bir mutluluk fırsatı. Telafisi olmayan bir hayat sınavı.

Sigarasını söndürüyor. Boşalan fincanı alıp lavaboya bırakıyor. Mutfak kapısını kapatıp cüzdanıyla anahtarını almak için merdiven altındaki mermer konsola yöneliyor. Eski, çevirmeli telefonun üzerindeki dantel örtüyü düzeltiyor. Ne dalga geçmişlerdi Nona bu örtüyü örtünce. Şimdi çok seviyor ama bunları, hiçbirine dokunmuyor. Eve telefon bağlanması bir meseleydi o tarihlerde. Bu telefon Nona için ona devletten verilmiş en büyük hediyeydi sanki.

Şimdi Nona'nın ve onunla geçen yılların hatırasını konuşabildiği tek kişi Filiz. Kardeşi ile konuşamıyorlar çünkü hemen ağlamaya başlıyor. Oysa Oktay o günleri konuşmak, konuştukça, gülerek hatırladıkça yeniden yaşamak istiyor. Son bir yıldır, ayda bir kez uzun telefon konuşmaları yapıyorlar Filiz'le.

Şu kitap işini başına o çıkarmıştı. İnat mı inat Oktay'ı istemediği bir işi yapmaya ikna edebilme kudreti bir Nona'da bir de onda vardı zaten. Belli etmezdi ama ikisinden de biraz çekinirdi aslında. Olsun. Güven öyle kolay tahsis edilmez. Saydığına güvenir insan. Kendini saydıran kadınlardı ikisi de. Akıllı kadınlardı. Ama... Ama işte o kadar akıllı kız, gitti hiç sevmediği bir adamla evlendi. Bunu ona aklı söylemedi, çok iyi biliyor Oktay. Sevmediği o adamla evlenmesinin tek nedeni *duygularıydı*. Hayatının en önemli adımını aklıyla değil kalbiyle attı Filiz.

Ah be Filiz...

İnsanın kalbi, sevdiğine git, der. Sevmediğine bir çocuk ver, demez.

Evin kapısını kilitleyip anahtarı cebine koyuyor. Çarşıya doğru yavaş yavaş yürürken, o tahta kafa herifle evlenmeden bir gün önceki telefon konuşmalarını anımsıyor bir kez daha. Bir kez daha. Bir kez daha!

Gazetedeydi. Tam odasından çıkıyordu. O telefonu açmazdı aslında, acelesi vardı çünkü. Ama sanki bir şey dürtmüştü. Son anda dönüp açmıştı telefonu. Santraldeki kız "Filiz Hanım arıyor," deyince kalakalmıştı.

Şimdi düşünüyor da, Filiz'den önce kendisi aramalıydı. Ne olursa olsun, aramalıydı. Nona'dan duymuştu evleneceğini. "Ara istersen," demişti Nona. Ama arayamamıştı. Arayamazdı.

Filiz o gün telefonda, "Ben yarın evleniyorum," diye fısıldadığında, "Yapma," diyemedi de, "Niye evleniyorsun?" diye sordu. O konuşma her aklına geldiğinde sızlıyor içi. Hemen her şey geçiyor ama bazı şeyler, yok, ne yapsan geçmiyor. Bitmeyen kendine kızgınlıklarından en büyüğü bu olabilir mi? *Nikâha bir gün kalmış. "Niye evleniyorsun?" diye sormak da ne be? "Yapma!" desene. "Saçmalama!" de. "Olmaz!" de.*

Filiz'in yanıtı, o güne dek Oktay'a söyleyemediği her şeydi aslında.

"Kalbimi susturmak için. Yolumdan çıkarıyor, zayıflatıyor beni. Bu yüzden evleniyorum. Beni sevenle evlenirsem kafam rahat eder. Kalbim de susar bir gün nasılsa."

Kapkaranlık susmuştu Oktay. Tek bir söz bile etmemişti. Filiz ağlıyor muydu telefonda? Soramadı. Burnunu çekmişti telefonu kapatırken. Yıllarca merak etti: Filiz o gün telefonda ağlıyor muydu? Niye sormadı ki? "Ağlıyor musun sen?" dese ne olurdu?

"Ağlıyorum," deseydi Filiz, ne yapacaktı ki? Başını mı okşayabilecekti sanki? Kolundan tutup "Evlenme!" mi diyecekti?

Filiz telefonda, gazetenin arabası ise kapıda bekliyordu. Uçağa yetişecekti. Filistin lideri Yaser Arafat kısa bir süre önce İsrail'i tanıdığını kabul etmiş, Birleşmiş Milletler kararına evet demiş, halkının bir kısmı ayaklanmıştı. Üstelik Arafat'ın kendinden çok genç Arap bir Hıristiyan ile evlenmek üzere olduğuna dair bir haber dolaşıyordu ortalıkta. Arafat'la görüşebilmek çok önemliydi. Söyleyecekleri tüm dünyayı ilgilendiriyordu. Fakat hiç kolay değildi ona ulaşabilmek. Nerede olduğu güvenlik nedeniyle en erken on iki saat öncesinde bilinebiliyordu. Oktay bütün bağlantılarını kullanmış, her kapıyı zorlamıştı. Filistin halkının barış için attığı her adım çok kıymetliydi. Gece gündüz bu işin peşindeydi. Sonunda Lübnan'daki kilit adamından haber gelmişti. Evet, kabul etmişti Arafat. "Ama tek başına gideceksin, yanına kimseyi almayacaksın. Günü belli değil.

Seni aradığımızda bir saat içinde onun yanında olabileceğin şekilde hazır olmalısın," demişti adamı. Çok az vakit vardı. İsrail ise kuş uçurmuyordu. Çok tehlikeli bir yolculuk olabilirdi. İyi plan yapılmalıydı. Yanına fotoğraf makinesini almadan, turist olarak Ürdün'e uçacak, oradan 'gel' haberini alır almaz, Filistin'e geçecekti. İsrailli barış gönüllüsü bir gazeteci arkadaşı fotoğraf makinesi işini halledecek, makine Arafat'la buluşmadan önce ona teslim edilecekti. Her an plan değişebilir, Oktay takip edilebilir ya da Arafat görüşmeden vazgeçebilirdi. Gazeteye son dakikaya kadar hiçbir şey söylememişti. Yayın yönetmeni bile bu sırrı son anda öğrenmişti. Bir an önce çıkması lazımdı o kapıdan. Ama Filiz aramıştı. Araba ise kapıda bekliyordu ve dakikalar uçup gidiyordu. Filiz ağlıyor muydu telefonda?

Oktay fırına giriyor. Başıyla selam veriyor. Fırıncı, "Bir mi abi?" diye soruyor. On tane alacak değil ya! "Bir," diyor, cebinden çıkardığı bozukluğu tezgâha bırakıyor. Bu fırına ne börekler, ne yemekler getirip götürmüştü çocukluğunda. Fırıncı Ahmet abinin iki oğlu devam ettiriyor baba işini. Babaları bir zamanlar kalabalık bir mutluluğa ekmek yapardı. Oğulları tek kişilik mutsuzluğuna bir ekmek uzatıyor şimdi.

Fırından çıkıp yanındaki mandıraya giriyor. Sıra var. Kapının önüne çıkıp bir sigara yakıyor beklerken. Yine o güne gidiyor. Belki de hiç dönemedi o günden.

Uçak kaçmadı. Filiz evlendi. Oktay, Filistin lideri ile görüştü.

Bir sonraki yıl Filiz'in bir kızı oldu. Oktay ise büyük ses getiren Yaser Arafat röportajı ve görüşme sonrası o uyduruk emanet makineyle çektiği, İsrail sınırlarını taşlayan Filistinli gençlerin fotoğrafları ile Türkiye

Gazeteciler Cemiyeti'nden, Birleşmiş Milletler Gazeteciler Derneği'nden ödüller aldı. "Ödülü İsrailli ve Filistinli gazeteci arkadaşlarım adına alıyor, barış bekleyen annelerinin kucağında, eteğinde ölen tüm masum bebeklere adıyorum!" dedi.

Şimdi elinde ekmek poşeti, mandıra önünde sıra bekliyor. Yumurta, süt, peynir alıyor.

Yolu uzatmaya karar veriyor. İnce bir duman tütüyor o eski yangın yerinin hatırasından. Açık havada o dumandan kurtulabileceğini düşünüyor ama nafile.

Gazetedeki o akşamüstü... Filiz'in ona bakan o güzel gözleri... Kendini tutması gerektiğini bilmesine rağmen, içinde inatla filizlenip büyümeye başlayan bir heyecan... Bunu yapmaması gerektiğini biliyordu ama işte... Filiz çok gençti daha. Gönül eğlendirilemez, kıyılamazdı böyle bir masumiyete. Ama bir söz de veremezdi. Yaptığı işin mesuliyeti büyüktü. İçindeki, isim koymaktan bile kaçındığı heyecanın ise her gün biraz daha boy verdiğini hissediyordu. Yapmaması gereken bir şey yaptı, kendini ele verdi. Tuttu, Filiz'e içinden geçen son cümleyi yazdı.

O gece eski bir kız arkadaşına gidecekti. Alımlı, ünlü bir oyuncuydu arkadaşı. Biraz arkadaş gibi, biraz sevgili gibi, bir öyle bir böyle. Uzun aralarla ine çıka sürüklenen bir şeydi aralarındaki. 'Şey'di evet. Ama ikisi de şikâyetçi değildi aralarındaki o şeyden. İkisi de çok meşguldü, ikisi de işi için yaşıyordu. Arada bir buluşup hoş vakit geçirelim diyen, sevgili olarak ilan edilmeyi tercih etmeyen, Oktay'dan çok kadındı aslında. Biriyle adının anılmasından kaçınıyordu. Zengin biriyle kendince iyi bir izdivaç ihtimalini öldürmek istemiyordu muhtemelen. Oktay'ın hem birlikteyken çok güldüğü hem de konuşabildiği biriydi.

O akşam, ajandasının sayfalarından birine yazdığı o notu Filiz'in cebine sıkıştırdıktan sonra pişman olmuştu Oktay. Filiz'e kendini açık etmekten, onu umutlandırmış olmaktan korkmuştu aslında. Yokuş aşağı konuşmadan yürürlerken aralarındaki sessizliği, tedirginliğiyle doldurduğunun farkındaydı ama olan olmuştu artık.

O gece kadına Filiz'i anlatmıştı. Birkaç kadehten sonra, nasıl olduysa, kalbinde ne var ne yok dökülüp saçılmıştı ortalığa. Kadın milletini hâlâ anlamıyor. Yıllardır kendinden ve şöhretinden başka hiçbir şey düşünmeyen kadının Filiz'i kıskanabileceği aklına bile gelmezdi. Kalbinde bastırmaya çalıştığı bir aşk ihtimali olduğunu duyduğu anda başka birine dönüşmüştü yıllardır tanıdığı o neşeli kadın. "Bunu yapamazsın, küçücük bir kıza âşık olamazsın!" diye bağırmıştı. Oktay, "O kadar da küçük değil. Üniversiteyi bitiriyor yahu!" dediğinde kadın daha da delirmişti. "Böyle olacağını biliyordum. Hepiniz aynısınız. Seni farklı biri sanmıştım. Eğlenirken kafa dengi lazım, âşık olmaya gelince ise masumiyet! Öyle mi?" dediğinde Oktay iyice afallamıştı. Bugüne dek hayatında duygusallığa yer vermeyen, arkadaşlıkları dışındaki her özel detayı delice saklayan kadının kendisiyken, sanki bunları talep eden Oktay'mış gibi ona bağırıyordu. Oktay sesi giderek yükselen kadına bakarken onu hiç tanıyamadığını düşünmüştü. Ertesi gün yola çıkacağını söyleyerek kadının yanından ayrılırken kafası allak bullaktı.

O gece o notta ne yazdığını söylememiş olsaydı, kadın o kadar takıntı haline getirir miydi Oktay'ı, bugün bile bilemiyor. Bir daha evine asla gitmemiş, özel görüşmelerine son vermiş olsa da kadın karşılaştıkları her yerde, herkese ikisi arasında özel bir şeyler olduğuna dair intiba yaratmak için özen gösteriyordu sanki. Hatta gazeteye çıkan o haberi bile kadının yaptırdığını düşünmüştü. Filiz'e anlatılabilecek bir şey değildi bu. Nesini anlatacaktı, nereden başlayacaktı? Çok çok sonra, kadının gazeteden muhbirler edindiğini, Filiz'le arasında olup bitenleri ona yetiştiren kızlar olduğunu öğrenmişti Oktay. Filiz gazeteden ayrıldıktan çok sonra.

Üstünden çok zaman geçti ama o gün yazı işleri müdürüyle Filiz yüzünden tartışmamış, kadın da aynı dakikalarda onu arayıp daraltmamış olsaydı, Filiz'e yine o kadar soğuk davranır mıydı telefonda? Muhtemelen hayır... Filiz gazeteden ayrıldıktan sonra herkes rahatlamıştı sanki. Gazetedekiler sakinleşmiş, kadın bir başkasıyla nişanlandığını ilan etmiş, Oktay da işiyle baş başa kalmıştı. Sonra... Sonra işte akıp gitti zaman.

Yaser Arafat'ın kendinden 36 yaş küçük bir kadınla evlendiği o yıl, Oktay'ın hayatındaki en büyük kırılmaydı muhtemelen. Arafat'ın eşi Süha 25 yaşındaydı evlendiklerinde. Büyük bir davanın adamıyla bir ömür yüklenmeye kalkışması şaşırtıyordu herkesi. Arafat'ın 1972'de öldürülen büyük aşkı Nada Yaşruti'den sonra evlenmeyi düşündüğü tek kadındı. "Çok genç değil mi?" diye sormuştu Oktay, Arafat'a. Arafat, gülen çocuk gözleriyle Oktay'a bakmış, "Gençler bir tutkuyu kayadan kazıyabilecek, kırılan bir onuru yerden kaldırabilecek, bir yanlışı değiştirebilecek kadar güçlü olur. Belki de ihtiyacımız olan yıpranan, eksilen yanımızı o gençlikle ayakta tutmaktır," demişti.

Oktay kendi hayatına ve sevmeye dair bütün bahanelerini çürüten yanıtlarla dönmüştü Türkiye'ye. Arafat'ın korkusuzluğu, yaşamaya dair inancından geliyordu. Her an ölümle burun buruna olan, yeri, mekânı her dakika değişebilen, yıllardır günde dört saat dahi derin bir uyku uyumayan bu adam bile bir evliliği göze alabiliyor, genç bir kadınla bir hayat yolculuğuna çıkmaktan korkmuyordu.

Sonunda zamanın yuvarlayan ve törpüleyen gücüne bırakmıştı kalbini. Boş vermişlik yokuşundan aşağı yuvarlanmıştı adeta. Aşk, evlilik, Filiz, aile, yalnızlık gibi meseleleri düşünemeyecek kadar yormuştu kendini. Nona ölene kadar ama.

Filiz doğumdan birkaç ay sonra bebeğinin fotoğrafını yollamış Nona'ya. Buzdolabının üzerine bir mıknatısla tutuşturmuş o da. Filiz, Nona'nın cenazesine geldiğinde fotoğrafı buzdolabının üzerinde görünce çok ağlamıştı. Oktay, Filiz gittikten sonra fotoğrafı kaldırıp dolabın üzerine koymuştu. O bebek, içine tarifsiz bir hüzün veriyordu çünkü. Çektiği yüzlerce acı dolu savaş, felaket fotoğrafının hissettiklerinden farklı bir hüzündü bu. O bebeğe baktıkça o da ağlamak istiyordu. Ama ağlayamazdı. Ağlamamalıydı. Acısını kaldıramayacağı her şeyi sakladığı gibi bunu da sakladı. Hem kalbinde hem zihninde arkalara bir yere attı. Uzun yıllar boyunca, sakladığı o "şeyler"e dönüp bakmadı. Sonra bir gün, İstanbul'u terk edip Urla'ya, çocukluğunun geçtiği bu eve döndüğünde anladı ne çok şeyin biriktiğini. Kocaman bir yığın olmuştu saklanan, yok sayılan, ertelenen acılar, anılar. Yanılgılar, zannedişler, erteleyişler...

Hele o söylenememiş sözler...

Oraya baktığında korkudan soluğu kesildi. Koca bir ömür, parlak bir kariyer, büyük başarılarla inşa ettiğini sandığı o iç şehirden geriye pişmanlıklarından oluşan bir enkaz kalmıştı. O enkazı kaldırması mümkün değildi. Gözlerini kaçırmayı, bir kez daha yok saymayı istedi ama artık biliyordu. Bilmek sorumluluktur. Bir vicdan yüküdür. Bildiklerinle yüzleşmedikçe, hesaplaşmadıkça daha da ağırlaşır yürek. Ve bir sevenin yoksa, onu tek başına taşımak da öyle zor, öyle zor ki. Belini büküyor insanın.

Her gün ağrıyla uyananların güne, güneşe, başkalarına tahammülü giderek azalır. Oktay da her gün o yükle, kalp ağrısıyla uyandıkça, zaten çok azalan tahammülünü iyiden iyiye kaybetti. Kimseden de hiçbir şey beklemiyor.

Şimdi şu sıradan hayatının küçük, anlık mutlulukları ona günü geçirmeye yetecek gücü veriyor işte. Mesela bu yürüyüş. Sabahın sessizliği. O sessizliği bozan bir kuş cıvıltısı. Nona'nın eski bakır tavasında tereyağına kırdığı iki yumurta. Ağaçların çiçeklenmesi. Bahar yağmurları. Eski romanlar…

Gazete, televizyon?

Hayır, asla! İşte, asıl kırılma noktası burası.

Oktay dünyanın bütün gazetelerine ve gazetecilerine küstüğü için gazete almayı ve okumayı bıraktı. İşin gerçek nedeni, gazeteleri yönetenleri yönetenlere duyduğu öfke. Onun büyüdüğü, yaşadığı, sevdiği ülke değil artık burası. İnandığı değerlerin hiçbir ederi kalmadı. Dünya, başka bir dünya artık.

Düşünceler içinde, eve geldiğini anlamıyor bile. Evin ana kapısını açıp anahtarı yine mermer konsolun üzerine bırakıyor. Niyeti kahvaltı hazırlamaktı ama bir şey yemek istemiyor canı. Bahçedeki kedilere mama veriyor. Sularını tazeliyor. Güneş daha da yükselmeden, gölgede kalan saksıları sulamak için bahçe musluğundan sulama kovasını doldururken aklına gelen eski gazete günleri yüzünü buruşturmasına neden oluyor. Midesinde yine o ekşi ağrı…

Evet, basından ve mensuplarından artık hoşlanmıyor. Hiç hem de! Kendi eski kimliğinden de. Ne zamandır, kimseden hoşlanmıyor aslında... Bugüne gelişin nedeni ona göre 90'dan sonrakiler olsa da, o zamanlar bile çok iyi gazeteciler vardı. Yeniler zaten gazeteci, muhabir filan değil. Komutları yerine getiriyorlar. Ne istersen onu söyletiyorsun. Korku yönetiyor hepsini. Korku ne güçlü bir güdü. Korkarsan soru soramazsın. Korkarsan bir savaş alanında yürüyemezsin. Korkarsan itiraz edemezsin. Korkarsan sevemezsin bile.

Oysa gazetecilik *sevilir*. Gazetecilik yetenektir. Cesarettir. İnattır. Dik durmaktır. Özveridir. Düzgün konuşmaktır. Doğru soruyu sormaktır. Teklemeden yanıtı aktarmaktır.

En çok da kabadayılıktan bıktı Oktay.

Korkaklığın karşısında kabadayılık var çünkü. Bir taraf pıstıkça diğeri şahlanır tabii. Haber sunucusu, siyasetçisi, yöneticisi, yönetileni, herkes aynı ağzı bozuk dayılanmayla boy gösteriyor şimdilerde. Bu ne yahu? Nece konuşuyor bu insanlar? Bu sesler hangi dile ait? Hele televizyondaki şaşkınlar! O haber metinlerini adeta kıçlarından enselerine doğru yükselen bir sesle, dalgalı dalgalı, tahammülfersa bir diksiyonla okuyanlar! Televizyona terlik fırlatmaktansa, hiç açmıyor artık.

Bozulan sadece gazetecilik mi? İşini iyi yapan kim varsa işsiz artık. Daha ucuzunu bulurum, daha ucuza çalıştırırım diye diye bir tane kalifiye adam, uzman kalmadı. Bilmeyenler kabadayılık yapıyor, bilenler ise susuyor! İşi bilenlere yer yok. Nefes bile yok. Bahçe suluyor şimdi hepsi. Ekmek mayalıyor evinde.

Çiçeklere su verdikten sonra kovayı yerine bırakıp eli belinde, etrafına bakınıyor Oktay.

O kadar bıkkın ki dışarıdaki dünyadan... Evden pek çıkmıyor. Ya kitap okuyor ya da bilim kurgu filmleri izliyor. *Uzay Yolu* gibisi var mı!

Uzay Yolu'nu anımsar anımsamaz karar veriyor: Aslında karnı acıkana kadar diziden bir bölüm izleyebilir. Birkaç yıl önce İzmir'deki büyük zincir kitapçılardan birinde eski *Uzay Yolu* serisinin tamamını bir DVD koleksiyonu olarak bulunca sevinçle bir de DVD oynatıcı aldı. Oturma odasındaki televizyona bağladı. Bin kez de seyretse sıkılmıyor. Mr. Spock en iyi arkadaşı oldu daima. Rastgele bir bölüm seçip oynatıcıya yerleştiriyor. Koltuğa kuruluyor. Ekranda görüntüler akıyor ama aklı kendi "gemi"sinin yolculuğuna gidiyor yine. Gemiyi ve kaptanı "Federasyon"dan ayıran o geceye...

Uzay Yolu izlemeyenin bilemeyeceği bir kendini adama haliyle bağlıydı işine. İşi, işinin içindeki küçüklü büyüklü güçler, emir merkezleri, komuta zincirleri ve yönetim manevraları onun bağlı olduğu bir federasyondu. Sonra o bağ bir gün koptu. Ama birden olmadı elbette. İçindeki büyük, sessiz fay hattında yıllar içinde yavaş yavaş biriken sıkışma o günün gecesi Asmalımescit'teki meşhur bir meyhanede zirve noktasına ulaştı ve kırıldı. Bu şiddetli sarsıntının sonucunda edebiyat ve basın dünyasının müdavimi olduğu mekân, bir ruh infilakının olay yerine dönüştü.

İnfilak gecesinin sabahı, uzun uzun çalan telefon sesine uyanmıştı.

Telefonu açar açmaz bir kadın, "Beyefendi sizinle görüşmek istiyor," dediğinde anlayamamıştı Oktay. Sabaha karşı dalmıştı zaten. Uyku sersemiydi.

"Beyefendi kim?" demişti huysuzca.

"Beyefendi" yıllardır çalıştığı gazeteyi satın aldığını bir gün önce öğrendiği sanayiciymiş meğer. Kadın, adamın adını söylediğinde şaşırmıştı Oktay.

"Alooovvvv?" diyen kısık sesini duyar duymaz anlamıştı; "Beyefendi" artık herkesin efendisi olarak görüyordu kendini.

"Nasılsınız Oktay Bey?"

"İyiyim, teşekkür ederim. Sizi dinliyorum," derken bir sigara yakmıştı can sıkıntısıyla.

"Gazete binasında odanız var mı sizin?"

Nasıl bir soruydu bu? *Sabahın bu saatinde bunu sormak için mi aradı bu adam? Hayır olsun!* diye düşünürken, ağzını açmasına fırsat vermeden devam etti adam.

"Zaten emekli olmuşsunuz siz galiba?"

Ya sabır çekerek yanıt vermişti Oktay.

"Odam var, evet. Emekli de oldum! Geçen yıl!"

"O zaman odanıza ihtiyacınız yok."

"Emekli oldum ama yazılarıma, söyleşilerime devam ediyorum."

"Gazete binasına her gün geliyorsunuz yani?"

"Hayır, gelmiyorum."

"Odanız boş mu duruyor?"

"Ben yoksam boş duruyor, evet."

"Sekreteriniz de boş boş bekliyor yani?"

Oktay içini çekti. Zaten bu adamı sevmezdi. Gazeteyi satın aldığını öğrendiğinde canı sıkılmıştı. Olacakları da az çok tahmin ediyordu ama sabahın kör saatinde gazete patronluğuna bir emlakçı, apartman yöneticisi gibi başlamasını da beklemiyordu.

"Kusura bakmayın. Geç yattım. Henüz uyanamadım. Sizi pek anlayamıyorum. Neden soruyorsunuz bana bunları?"

Adam, Oktay'a yanıt vermek yerine devam etmişti konuşmasına.

"Methinizi işitmişliğim var. Efsane diyorlar ardınızdan. Bir tanışalım dedim sizi gazetede göremeyince. Hem kafaca uyuşursak, kadroda işe yaramayan çürük elmaları da öğrenebilirim sizden diye düşündüm." Adam kendi söylemiş, kendi dinlemiş ve kapamıştı telefonu. O telefon konuşmasının ertesi günü çağrıldığı büyük toplantıda da her şey su yüzüne çıkmıştı zaten.

Sanayicinin derdi gazetecilik yapmak değildi. Zaten açık ve net söylüyordu: Güç istiyordu. O güç için de hükümetle, askerle, yurt dışı ortaklarıyla ve dostlarıyla arasının bozulmasına neden olacak haberler yapılmasına katiyen imkân vermeyecekti. "Ben iş adamıyım, para kazanacağım!" diyordu. "Beğenmeyen çeker gider. Zaten şişkin bir kadro ve gereksiz harcamalar var. İyi yönetilmiyor burası. Bu kadar giderle bu iş olmaz!" diyordu. Oktay'ın gözüne bakıyordu bunları söylerken. Durumu kavrayıp kendini korumanın derdine düşenler, "Haklısınız beyefendi!" diyerek şakşaklarına başlayınca kimin gidip kimin kalacağı da anlaşılmış oldu. Onca yılı omuz omuza geçirdiği yayın yönetmeni bir süredir ortada yoktu. Demek ki operasyon onunla başlamıştı. Yayın yönetmeninin yardımcısı kulağına eğilip "Abi, istersen evden filan yaz gönder. Eskisi gibi sıcak haberler olmayacak, belli. Sen zaten bu adamla çalışamazsın, daha rahat olur senin için de," dediğinde, diyebildiğinde, "Bir devrin sonu gelmiş de geçiyor!" diye düşünmüştü Oktay. Düpedüz kovuluyordu.

Yıllardır onu yiyip bitiren o günkü suskunluğunu düşündükçe deli oluyor bugün. "Nasıl?" diyor kendi kendine,

"Nasıl ve neden sustum ben o dakika?" Aslında masadaki o suskunluğu yüzünden gecesinde patladı.

O yazı işleri toplantısının sonunda, bir daha o masaya dönmeyeceğini bilerek kalkmıştı yerinden. Gazete binasından çıkarken, haber heyecanıyla, yetişme telaşıyla yüzlerce kez ve daima koşarak inip çıktığı, basamakları aşınmış merdivenlere dönüp son kez bakmıştı. Öleceği içine doğmuş insanların kendilerinin bile bilmediği bir veda bakışı gibiydi. Sonra, üniversiteden yeni mezunken girdiği gazete binasının eski, dev ahşap kapısını tutmuş, bu kapıdan geçip danışmayı aradığı o günü anımsamıştı. *Vay be... Neredeyse otuz yıl.* Otuz yıl bir soluktu şimdi. O soluğu içine çekmiş ve parke taşları döşeli sokağa vurmuştu kendini kederle. Ayakları onu Cağaloğlu Yokuşu'ndan alıp haftanın beş gecesini geçirdiği meyhaneye getirmişti.

Köşe masalardan birine oturmuştu tek başına. Dalgındı, huzursuzdu. Düşünceleri birbirine giriyordu. Başı dönüyordu. Bir kadeh, sonra bir kadeh daha... Zaman kayıp gibiydi. Yan masaya yeni, boyalı gazetelerden birinin yazı işleri ekibi oturmuştu topluca. Sayfaları bitirmişler, taşra baskısı gönderilmiş. İçmeye gelmişler. İyi, güzel. Bütün masalar dolmuş birden. Büyük bir uğultu var mekânda.

"Entelektüel uğultu..." demişti kendi kendine. "Tespitler, tespitler..."

Sonra birden, o uğultuya rağmen, bakışlarını hangi masaya çevirse o masadaki konuşmaların tümünü açık ve net bir biçimde duymaya başladığını fark etmişti hayretle.

Ona en uzak uçtaki masada ünlü bir yazar, başka bir ünlü yazarın çok satan son kitabını bokluyordu. "Götümle yazarım lan ben onun yazdıklarını!" deyince masadakiler katıla katıla gülmeye başlamıştı. İçlerinden biri, onu coşkuyla alkışlayıp "Çok yaşa üstat, bravo!" demişti. Başka bir masada bir gazete yöneticisi aynı grubun televizyon kanalının genel müdürünün mezarını kazmakla meşguldü. "Beceriksiz ve korkak bir herif. Bunlara böylesi gerekiyor ama. Patron ne derse onu yapıyor çünkü. Patron peki? Arpayı verene köle!" diyordu. Yanındaki masada ise gözleri kaymış eski bir mesai arkadaşının, genç bir kızın memelerine doğru şiir okumaya çalıştığını, kızın ise muhtemelen hayranı olduğu bu ünlü köşe yazarını tedirginlikle idare etmeye çalıştığını görmüştü. Kalbinde uzun bir zaman önce açılmış o çivi yerini anımsatmıştı bu görüntü.

Ne demişti Filiz? "Ben sizi insani erdemleri diğerlerinden daha çok önemsediğiniz için sevmiştim."

O çiviyle, onun orada olduğunu bile bile geçen onca yılda usul usul biriken o öfke, kalbinden beynine, beyninden tüm bedenine kızgın bir lav gibi yayılmaya başlamıştı.

"Oyun böyleyse, çirkinlik kabulünüzse, ben yokum," demişti Filiz.

Kafası, dili, eli kolu karıncalanıyordu. Midesi bulanıyordu. Elleriyle yüzünü kapamıştı birkaç dakika.

Nerede o güzel insanlar? Nerede o güzel adamlar, kadınlar? Nereye gittiler? Ne zaman cehennem oldu her yan? Benim burada ne işim var ulan! Ben nasıl sustum bugün? Ben neden sustum bunca zaman? Ben ne vakit bunların arasında kayboldum?

Yıllardır her gece aynı insanlarla aynı yemekleri yediğini, aynı sandalyelere oturup aynı şeyleri konuştuğunu, buna rağmen yarının kendilerine çok değişik, çok yeni ve hiç bilinmedik bir gerçek getireceğini sandığını idrak etmişti. Toplu bir yanılgı, toplu bir sarhoşlukla her gece yeniden yaşanıyordu. Yeniden ve yeniden ve yeniden.

Zamana sıkıştırılmış zavallılarız biz!

Nefes alamıyordu. Kalbi deli gibi çarpıyordu.

İçinden "Sakin ol. Yorgunsun. Sakin ol!" diyerek kendini teskin etmeye çalışmıştı ama nafile. Kalbi kafasını patlatarak çıkacaktı sanki yerinden. Yüzünü yıkayıp ferahlamak için ayağa kalktığı anda yan masadaki genç erkek takımının aşağılayarak eğlendiği kızlardan birinin ağlamaya başladığını görmüştü. "Oooo! Ama sen böyle kolay ağlarsan nasıl başarılı olacaksın yavrum?" demişti masanın başında oturan zampara.

"Bana böyle davranıldığında buna tahammül etmeyi işimin bir gereği saymak zorundaysam yokum," demişti Filiz.

İşte tam o anda, kalbindeki çivi büyük bir basınçla yerinden çıkmış, o yaranın ardında yıllardır biriken kan beynine sıçramıştı. Öyle bir sıçramaydı ki bu, Oktay'ın tüm benliği dışarı fırlamış ve bir süre havada asılı kalmıştı. Kendini bile yukarıdan izliyordu sanki.

Yerinden kalktığını, yan masadaki zamparaya yoğurda bulanmış bir meze kaşığı fırlattığını; "Adam olun lan!" diye bağırdığını; sonra diğer masadaki sarhoş arkadaşının kafasını kızın memelerinden çekip suratına elindeki kadehin dibinde kalan buzlu suyu döktüğünü; cebinden bir avuç para çıkarıp kalktığı masaya fırlattığını; kapıya doğru giderken, "Ağzına sıçtınız lan dünyanın! Kendi bokunuzun içinde debelenin!" diye bağırdığını; kafası dumanlı, gözleri kızarmış eski bir arkadaşı dili dolanarak "Yapma Oktay, hepimiz aynı gemideyiz. Biz sıçtık da sen izledin mi lan?" diye sorunca, yine bağırarak "Batsın lan o gemi! Batsın artık! Bensem sorumlusu, Allah benim de cezamı versin be!" deyişini; kapının yanındaki sandalyeyi tekmelediğini; kalabalığın bir an sustuğunu, ona boş boş baktıktan sonra kaldıkları yerden uğuldamaya devam ettiklerini; velhasıl olup biten her şeyi ve kendisi de dahil oradaki herkesi yukarıdan, dünya dışı bir varlık gibi izlemişti. Sokağa çıkıp soğuk havayı içine çektiğinde benliği bedenine geri dönmüştü.

"Siktir lan! Siktir Oktay. Siktir git oğlum!" demişti kendi kendine.

Meyhanenin önündeki masada oturanlardan birinin "Oktay sonunda kırdı kafayı!" dediğini, karşısındakinin de "Hangimiz kırmadık be babacan?" diye karşılık verdiğini duymuştu en son.

O gece öfkesi uyumasına izin vermemişti. Gözünü bile kırpmadan dönüp durmuştu yatakta. Meyhanedeki genç kızın ağlayışı, diğerinin çaresizliği gitmiyordu gözünün önünden. Kaç yıl yaşamıştı o kalp yarasıyla, o paslı çiviyle? Benzetme menzetme değildi. Tam da buydu. Çiviydi, çivi! Düşünceleri girdap olmuş içine çekiyordu ruhunu.

Dalga geçtikleri o tazecik çocuk o masalarda ya bu oyuna uyacak ya da kaybolup gidecek... Kim bilir ne heveslerle, hayranlıkla geldi oturdu aralarına. Ah be çocuğum! Şimdi sen onlara yaranmak, o masada ağlamadan oturmak için kendin olmaktan vazgeçersen, oyun böyle oynanır diye kandırırlarsa seni, güçlü olmayı yanlış belletirlerse, kendinden ve bildiğin tüm iyiliklerden şüpheye düşeceksin. Bir bakacaksın, seni sana, sevdiğin her şeye düşman etmişler. Bir bakacaksın, sana benzeyen kim varsa onların canavarı olmuşsun... Filiz gibi değil ki hepsi. Tekmeyi basmak zordur soysuzluğa. Kendini korumak kolay değil. Filiz kadar olamadım şu hayatta be! Oyun böyleyse ben yokum dedi, çekip gitti... Gencecikti. Çiviyi o gün çaktı mı ulan Oktay kalbine? Çaktı! Elinden tutabildin mi onun? Hayır! Ama o sana son âna kadar elini uzattı. "Ben yarın evleniyorum," dedi.

Sokağın ışıklarını izlemişti yattığı yerden. İçindeki huzursuzluk giderek yükseliyordu. "Hepimiz mi yanlıştık peki?" diye soruyordu kendine. Bir zamanlar omuz omuza çalıştığı, örnek aldığı, hayranlık duyduğu o gerçek adamların yokluğu, eksikliği daha da büyük geldi gözüne. Sanki yapması gereken bir şey vardı. Uzun zamandır yapmayı planlayıp ertelediği, unuttuğu.

Birden ayağa fırlamış, mutfağa koşup çekmecelerde, dolaplarda ne kadar boş market poşeti varsa hepsini toplamıştı. Çalışma odasının kapısında bir süre durup etrafa bakmış, sonra seri bir şekilde, hiç tereddüt etmeden, masasının arkasındaki raflara dizili ödüllerin hepsini elindeki poşetlere doldurmuştu. Üzerinde bir don, bir tişörtle sabahın alacakaranlığında sokağa inip bütün ödüllerini çöpe atmıştı. Üç sefer yapmak zorunda kalmıştı bu işi. Nefes nefese kalmıştı. Eli belinde, soluklanarak yolun ortasında beklemeye başlamış, çok geçmeden belediyenin çöp kamyonu homurdanarak sokağa girmişti. Oktay'ı yolun ortasında yarı çıplak gören işçiler, "Hayrola dayı? Hanım evden mi attı?" diye sormuştu. Sabahın o saatinde çöp kamyonunun arkasından neşeyle sarkan işçileri görmek iyi gelmişti Oktay'a.

"Sigaram kalmamış. Var mı sizde gençler?"

"Var tabii dayı. Buyur, al."

Oktay uzatılan sigarayı dudağına götürdüğünde, genç işçi çakmağı çıkarıp bir de yakmasına yardımcı olunca sevecenlikle omzuna vurmuştu delikanlının. Gülen gözleri içini ferahlatmıştı. Diğer işçilerin, ödülleriyle dolu çöp konteynırını kamyona boşaltmalarını, boş konteynırı yerine yerleştirmelerini, otuz yıllık kariyerinin şanlı anlarının bir çöp kamyonunun içinde gözden kaybolmasını sigarasının tadını çıkara çıkara izlemişti. O anda karar vermişti. İstanbul'u terk ediyordu artık.

Eve çıktığında Filiz'i aramıştı. Annesinin ölümünden sonra ilk defa. Onları barıştıran Nona'nın ölümüydü ve bunun hatırası ona nedense öyle bir güç vermişti o anda. Hiç düşünmeden aradı Filiz'i. Sanki bir gün önce görüşmüşler, sanki hâlâ onun yardımcısıymış, yıllar hiç geçmemiş, hiçbir şey yaşanmamış, herkes olduğu yerde kalmış gibi. Onu arayabilmek hayatının en doğal eylemiymiş gibi.

Sabahın kör saatinde Oktay'ın telefonuyla uyanan kadının korkuyla sıraladığı "Oktay? Bir şey mi oldu? İyi misin? Neredesin?" sorularını dinlemeden konuşmaya başlamıştı.

"Filiz! Ben dayanamıyorum artık! Ne bu şehre, ne bu ülkeye, ne de kendime! Hiçbir şeye tahammülüm kalmadı. Birazdan yola çıkacağım. Urla'ya. Eve gitmem lazım benim. Burayı, bu daireyi boşaltmaya mecalim yok. Senden rica ediyorum, bana yardım et. Anahtarı kapıcıya bırakacağım. Kitapları, eşyaları filan ihtiyacı olan birine verir misin? Ya da ne istiyorsan onu yap..."

"Tamam, iyi misin sen? Bekle istersen, geleyim hemen ben."

"Yok, yok. İyiyim. Merak etme. Hem de çok iyiyim. Daha iyi olacağım."

Birkaç parça eşya tıkmıştı küçük bir valize ve hiç vakit kaybetmeden yola çıkmıştı. Bursa'ya girdiğinde cep telefonu çalınca Filiz'in aradığını tahmin etmişti. Ona yetişmeye çalıştığını ama yakalayamadığını söylediğinde, peşinden koşturması inceden hoşuna gitmişti. Aslında istediği buydu. Uyuyan güzeli uyandırmak. Kendinden emin, yaptığından memnundu. Aynı gururla konuşmaya devam etmişti.

"Seni de sabahın o saatinde uyandırdım ama... Senden başkasını arayamazdım. Sana angarya olmaz umarım. Aslında ben de hallederdim de... Gece bir tepem attı benim. Baktım, delirecek gibiyim. Yola çıkayım, dedim. Eğer senin için güç olacaksa birini bulup hallederim."

"Bir şey de yokmuş zaten. Eşyanı ne yaptın sen Oktay?"

"Ulaştırmadaki çocuklardan birinin ailesi gelmişti köyden. Ev bulmuşlardı ama eşyaları yoktu..."

"Sen de evindekileri mi verdin?"

"Bir kısmını verdim, evet."

Filiz'in güldüğünü anlamıştı.

"O zaman bana o çocuğun numarasını gönder de gelip diğer yarısını da alsın."

"Bak çok iyi düşündün bunu, tamam gönderirim."

"Oktay?"

"Efendim?

"Ödüllerin nerede?"

"Çöpe attım hepsini."

Hiçbir yanıt gelmemişti Filiz'den.

"Alo? Filiz?"

Sadece "Peki," demişti Filiz. "Çocuğun numarasını göndermeyi unutma. Ev sahibini de ara, kendin konuş. Bu arada neyin var, neyin yok dağıtacağım ama. Sonra bana şuyum yok, buyum yok diye sızlanma!"

"Tamam."

"İyi. Korkuttun beni. Hayırlı olsun kararın."

"Çok teşekkür ederim."

Büyük bir özgürlük sevinci ve hafifleme duygusu içinde kapamıştı telefonu. Verdiği karardan dolayı içi çok rahattı. Dün gece kalp krizinin eşiğinden dönmüştü belki de. Değer miydi yahu? Hele o yazı işleri toplantısı? Adamın biri gazeteyi satın alıp "Ben iş adamıyım, para kazanmam lazım!" dedi diye beyin kanaması geçirecekti neredeyse.

"Tamam, madem orası artık bir gazete değil, ticarethane oldu, zaten bana ne gerek var? 'Ben iş adamıyım,' diyor. Bak bak! 'Beni hükümetle, askerle karşı karşıya getirmeyin, acımam, kovarım,' diyor. 'Açık sözlüyüm,' diyor. İyi, gör bakalım kaç tane düzgün gazeteci kalacak seninle! Şimdi bu ödünleri verenler sonra daha çoğunu da vermek zorunda kalacaklar. Bugün destekledikleri her şey, bak yarın nasıl dönüp dolaşıp bir zincir olarak dolanacak ayaklarına. Yoruldum hem. Emekli de oldum zaten. Gazetecilik bitti çoktan Oktay. Sen de kabul et oğlum. Kendine vakit ayır artık. Özlediğin şeyleri yap. Tabii be! Erken kalkıp yürürüm sabahları. İçmeye ara vermek de iyi olacak. Son yıllarda doğru düzgün bir şey okuyamadım. Roman okumak lazım. Oh, hem evdeki eskilerden okurum hem de yenilere bakarım."

Kendi kendine konuşarak, düşünerek bitirmişti yolu.

Yorgun ama sevinçli girmişti kapıdan. Çok ama çok seviyordu bu evi. Nona nasıl bıraktıysa öyle duruyordu her şey. Evin kokusunu duyunca yuvaya dönmenin mutluluğu doldurmuştu içini. Filiz'i arayıp sağ salim geldiğini haber vermişti. Sonra gazeteyi arayıp dönmeyeceğini söylemişti. Alacak verecek yoktu zaten. Bir telefon konuşmasıyla bitti her şey. *Telifli bir yazarın hazin sonu* demişti kendi kendine. Ondan bir yıl önce emekli olmasını teklif ettiklerinde hiç düşünmeden kabul etmişti. Gazetenin mali yükünü azaltacak yollar aranıyordu. Gençlerden biri işten çıkarılacağına yasal sürecini doldurmuş birkaç kişinin emekliye ayrılması ve daha düşük bir telifle çalışması o anda verilecek en doğru kararlardan biriydi Oktay'a göre. Tam bir yıl sonra o ödülleri çöpe atmakla da yeni bir başlangıç için kendine yeni bir yol açtığını düşünmüştü bir kez daha.

İlk günler erken kalkmış, yürümüş, balık tutup pişirmiş, özlediği ne varsa yapmıştı. İçki içmemişti. Canı istemiyordu.

Filiz birkaç gün sonra evi boşalttığını haber vermek için aramıştı. Ödüllerini çöpe attığı için kızgındı hâlâ.

Derken... On gün sonra bir durgunluk çökmüştü üzerine. Canı uyanmak istememişti bir sabah. "Biraz daha uyusam ne olur?" demişti kendi kendine. Öğleye kadar kalkmamıştı. Sonra bir gün tıraş olmak zor gelmiş, bir başka gün ise pijamasını üzerinden çıkarmak gereksiz görünmüştü gözüne. Öyle ya, kimse görmeyecekken ne diye giyinmekle uğraşıyordu ki? Çocukluğundan bu yana sevdiği ve özlediği şeylerin artık yaşamayan insanlarla ilgisi olduğunu, mesela yemeği Nona'sı gibi pişiremediğini, balığın, ekmeğin ve tereyağının eskisi gibi kokmadığını, baba evinde olmanın, sevdiklerinin yokluğunu derinleştirdiğini ve yaşlandığını fark etmişti o büyük sessizlik içinde.

Sessizlik. Büyük sessizlik. Yaşlanmak...

Fark ettiği şey, üzerinde yürümeyi kabullenmek zorunda olduğu yeni bir yoldu ve o yolun bir gün kendi önünde de uzanacağını hiç düşünmemişti. Düşünmek istememişti. O an itibarıyla babasından beş yıl daha fazla yaşadığını hesaplamış ve öldüğünde onun ne kadar ihtiyar göründüğünü anımsamıştı.

Sessizlik. Büyük sessizlik.

Bir hıçkırık önce boğazını, sonra göğsünü sıkmaya başlamıştı. Göğsünden boynuna doğru şiddetli bir kramp girmişti. Kızgın demirden bir canavar pençesi bedenini yarıp dışarı çıkmaya çalışıyordu. Acı ve şaşkınlık içinde hızla birbirini takip ediyordu düşünceleri. Artık her şey geride kalmıştı. Sevdikleri gitmişti. O gidişlerin acısını bastırmasını sağlayan işi, başarısı, meşguliyeti, ödülleri büyük bir şehir çöplüğündeydi ve hepsi ama hepsi geçmişte kalmıştı. Bir zamanlar bombaların ve yoksulluğun içinde korkusuzca haber yapan, genç muhabirlerin hayran olduğu, gazete yöneticilerinin ve güzel kadınların peşinde koştuğu o gazeteci, masaların muhabbet kralı, yakışıklı Oktay artık yoktu. Yoktu! Bitmişti işte her şey.

Sanki kendi isteğiyle o hayatı bırakmamış, kendi kararıyla bu eve gelmemişti de, kader onu çengeline takıp sürüklemiş, bir paçavraya çevirmişti. İşe yaramıyordu artık zaten. "Sana gerek yok, sen dur," ya da "Sen çekil artık, gençler gelsin," diyenler haklı mıydı yoksa? Kaçmış mıydı? Haklı çıkmalarından mı korkmuştu?

Kalp kriziydi bu kesin! O pençe, ah o pençe, yırtacaktı göğsünü! İşte, kendinden bile sakladığı, gözünü kaçırdığı bütün o acılar ve pişmanlıklarla dolu enkaz yığını, üzerine devriliyordu. Nereye kaçacaktı?

Çaresizlik ve korku içinde Nona ile babasının bir ömür birlikte uyuduğu odaya girmiş, kapıyı kapamış, ikisinin eski yatağına uzanmıştı. Emindi. Kalp krizi geçiriyordu. Telefonu da yoktu yanında. Kimseyi arayamazdı. Yalnız, yapayalnız öleceğini düşünmüştü.

Nefesi kesiliyor, derin soluklar almaya çalıştıkça tıkanıyordu. Öksürmeye başlamış, öksürmesi hızla öğürmeye dönmüştü. Çırpınıyordu. Aslında öksürükler ve öğürmelerle birlikte, içine artık sığmayan kaygılar bedenini terk ediyordu. Uzun bir mücadelenin ardından öksürükleri kesilmiş, ter içinde kalmıştı. Ağlamaya başlamıştı. Ağladıkça göğsündeki kramp çözülüyor, o kızgın pençe dağılıp minik demir toplara dönüşerek gözünden fışkırıyor, eriye eriye yastığa dökülüyordu adeta. Ömrü boyunca hiç ağlamadığı kadar ağlamıştı o gece. Ağlayarak uykuya dalmıştı.

Uyandığında yatak örtüsüne sarınmış ve dizlerini karnına çekmiş bir haldeydi. Örtüyü omzuna alıp alt kata inmiş, yiyecek bir şeyler aramıştı buzdolabında. Elma, yoğurt ve kurumuş peynir dışında bir şey yoktu. Hiçbir şey yemeden, ayaklarını sürüyerek kendi odasına geçmişti bu kez. Sonraki birkaç gün boyunca elma, yoğurt ve eski peynir parçasıyla idare edip sadece uyumuştu. O eski yatak örtüsü uyanık olduğu anlarda da inmemişti omzundan. Üçüncü günün öğle saatlerinde açlıktan bayılmak üzereyken aynaya takılmıştı gözü. Sırtındaki yatak örtüsü sanki peleriniydi ve o da boşa çıkarılmış bir süper kahramandı. Gülesi gelmiş, gülümserken aynadaki sureti yıllar sonra karşılaştığı eski bir dost yüzüne dönmüştü. Sakalları uzamış, beyazları belirginleşmişti. Sakallarını sıvazlayıp sırtını dikleştirdiğinde zavallı yatak örtüsünün, onunla geçirdiği son günlerin bütün izlerini taşıdığını görmüştü. Onu kaç gündür "salakça" sarınması kumaş parçasının suçuymuş gibi üzerinden atınca, özgür kalan yatak örtüsü yorgunlukla halının üzerine serilmişti.

Bir diriliş hissiyle önce banyoya, sonra da aynı sokakta senelerdir komşuluk ettikleri berbere yol almıştı doğruca. Bir sade kahve eşliğinde saçını sakalını düzelttirmiş, berberden çıkıp Malgaca pazarına yürümüştü. Beğendik Abi'de güzelce karnını doyurunca morali daha da düzelmiş, eve gitmeden önce güzel bir mutfak alışverişi yapmıştı. Kararlıydı; bundan sonra düzenli olarak yemek yapacak ve çocukluk anılarını yazacaktı. Elden ayaktan düşmediği sürece yaşlılığı kabullenmeyecekti.

Eve gider gitmez, aldıklarını buzdolabına yerleştirip bilgisayarını çıkarmış, hevesle yeni bir sayfa açmıştı. Yol boyu nereden başlayacağını düşünürken ilk satırlar kafasında belirmişti bile. Acıktığını dahi fark etmeden, gün batana kadar yazmıştı. Yemekten sonra yazdıklarını okuduğunda gözleri dolunca doğru bir karar verdiğine kanaat getirmişti. Sevdikleri, yazdıkça yaşıyordu işte! Ondan beklenmedik bir şeydi bu. Bu kadar duygusal olabileceğini hiç düşünmezdi. "Güzel bir roman olabilir aslında," diye geçirmişti içinden.

Birkaç hafta her şey tıkır tıkır gitmişti. Bu yeni düzeninden mutluydu. Sonra, bir öğle üzeri, çok sevdiği eski bir sinema yönetmeni arkadaşının vefat ettiği haberini almıştı. "Her şey birkaç ay içinde olup bitti," demişti arkadaşının yeğeni. "Doktora gitmeyi sevmezdi, biliyorsunuz. Bandırma'dan çıkarıp İstanbul'a getirmeye ikna edemedik. Teşhis kondu ve üç hafta içinde kaybettik. Cenazesi yarın. Haber vermek istedim."

Bir zamanlar uzun yollar yürüdüğü, sinemadan, hayattan ve kadınlardan konuşup dertleştiği, onun gibi İstanbul'u terk edip inzivaya çekilen, hatırası büyük, hep dost, hep can kalacaklar listesindeki tek arkadaşının ölüm haberi Oktay'la günlük hayatı arasındaki bağı o anda kesmişti. Keskin bir makasın sert bir hamlesi gibi.

Yalnızlığı, o büyük canavarı sırtına yapıştığında yine Filiz'i aramış, "Duydun mu?" diye başlamış ama devam edememişti.

"Maalesef. Çok üzgünüm!" diye fısıldamıştı Filiz. İkisi de susuyordu. Filiz ağlıyordu telefonun diğer ucunda. "Ağlıyor musun?" diye sormasına gerek yoktu artık. O gün... Oktay bir kez daha başını okşayamadı Filiz'in.

Kendi gözyaşını bile silemedi. Hiçbir şey söylemeden, kucaklaşamadan, binlerce anıya, geçip gitmiş güzel günlere, hiç başlamayan bir ilişkinin pişmanlığına, uzakta kalan gençliklerine ağladılar.

Arkadaşının geride bıraktığı filmler, birlikte yazdıkları o tek hikâye, gülümseyişi, centilmenliği, kadınların karşı koyamadığı yakışıklılığı, fıkraları, dünyanın kim bilir kaç şehrinde başlarını belaya sokmaları... O akşam hepsi Oktay'ın içinde tek bir film olmuştu. Hiç durmadan akıyordu görüntüler, günler.

Nona'nın oturma odasındaki pikabına bir plak, kendine de tek rakı koymuştu. Pencereden sokağı izlemiş, arkadaşıyla Kuruçeşme'de buluştukları o barda, denize karşı yan yana oturup bazen sustukları, bazen birbirlerine bakmadan konuştukları yaz akşamlarına kaldırmıştı kadehini. Sanki ölmemiş, sanki o anda yine yanındaymış, sanki yine birlikte bağırarak söylüyorlarmış gibi eşlik etmişti çalan şarkıya. Tanju Okan söylüyordu:

Ben de yanmışım senin gibi arkadaş
Dünyanın derdi bitmez böyle arkadaş...

Ertesi gün cenaze töreni için İstanbul'daydı. Oktay'ın İstanbul'a son gidişi olmuştu bu. Cenaze töreninde Filiz dışında kimseyle konuşmamış, arkadaşının kız kardeşine sarılmıştı uzunca. O sırada kendi kardeşini anımsamış, kalbi özlemle dolmuştu. Sonra arkadaşının iki yeğeni aynı anda boynuna sarılıp ağlayınca darmadağın olmuştu.

Bu iki genci ve kendi yeğenlerini alıp çıktıkları yelkenli gezisi gelmişti aklına. Gençtiler, yakışıklıydılar, önlerinde dünyayı fethedecek uzun bir zaman vardı. Yeğenlerine dayılık yapmak yetiyordu. Baba olmak için daha vakit var sanıyordu ikisi de. Arkadaşının son filmi ödül üzerine ödül almıştı o yıl. Altın Portakal'ı kazandığı hafta karar vermiş, çocukları iki günlüğüne kaçırıp denize açılalım demişlerdi. Sonbaharda, dört gençle yelkenli macerası. Delilikti. Ama ne gülüp eğlenmişlerdi.

Arkadaşının yeğenlerinin, omzundaki hıçkırıkları orada herkesin ortasında ağlatacaktı Oktay'ı. Çenesi titriyordu. İçinden, "Ama olmaz, şimdi olmaz. Filiz burada. İnsanlar var. Çok kalabalık," diye diye tutmuştu kendini. Filiz yetişmişti imdadına yine. Ağlayan gençleri Oktay'ın omzundan alıp sarılmıştı. Oktay herkese arkasını dönmüş, vedalaşmak için tabuta yaklaşmış, eğilip fısıldamıştı:

"Haklısın. Gerçek olan tek şey sevgi."

Cenazeden sonra arabaya kadar konuşmamışlardı Filiz'le. Bir sigara yakmıştı. Filiz birkaç adım uzağında duruyordu. Birbirlerine bakıp susuyorlardı. Söylenmemiş sözler... Neler neler kaldı altında onların. Her şey için çok geçti artık.

Filiz onu havaalanına götürecekti. Arabaya bindiklerinde, "Oktay... Fotoğraf makinelerini ve bütün negatifleri ben aldım. Kitaplarının bir kısmı da bende. Bazı giysilerini de toparladım. Vermeye kıyamadım. Benim depoda duruyorlar. İstersen gönderirim," demişti ama Oktay'ın umurunda değildi hiçbir şey. Şimdi ölüp giden kendisi olsaydı bir anlamı var mıydı bunların? Yoktu!

"Ben ölmüşüm gibi düşün Filiz. Ve benden sonra neyi nasıl yapacaksan öyle yap. Hiç fark etmez."

Filiz arabayı çalıştırmış, mezarlıktan çıkarken, "Biz yıllardır sen ölmüşsün gibi yaşayıp gidiyoruz zaten Oktay," demişti.

Ah! Ah, Filiz...

Havaalanına kadar hiç konuşmamıştı ikisi de. Konuşacak binlerce şey varken konuşulamayan dar bir zaman daha kaybolmuştu.

Yolcu gidiş kapısında kucaklaştıklarında bırakmak istememişti aslında Filiz'i. Filiz kollarından kopmasa kıpırdamaz, o halde saatlerce kalabilirdi orada. Filiz'in arabasının ardından bakarken anlamıştı: Demek böyle oluyordu gidenin ardından olduğun yerde kalakalmak...

İstanbul'dan döndükten sonra bir süre hiçbir şeye eli değmedi. Uzun uzun uyudu. Yazmaya başladığı çocukluk anılarının devamını getirmedi. Bir heves yazdığı o kırk sayfayı gözden çıkarılmış, baza altı eşyalar gibi unuttu. Yıllar birbiri üzerine aktı durdu. Oktay her yıl biraz daha içine kapandı. Kapandıkça yavaşladı. Yavaşladıkça bedeni bu hareketsizliğe uyum sağladı. Değişen görüntüsüne baktıkça, yürüdüğü yolu kabullendi. İşte şimdi burada, herkese, her şeye kırgın yaşayıp gidiyor. Filiz'le yaptığı uzun konuşmalardan sonra bazen birkaç saat süren bir mutluluk yayılıyor hayatına. Sonrası yine aynı...

Filiz bir gün telefonda, "Sen ölmüşsün gibi yaptım yine. Çektiğin fotoğrafların negatiflerini arşivliyorduk. Öğrencilerimden biri, bazılarını basmak istedi. Sonucu görünce bir seçki yapmaya karar verdim. Sen istemezsin, istemeyeceksin, biliyorum. Ama ben yine de senin özellikle savaş fotoğraflarından oluşacak bir kitap hazırlığına başladım," dedi.

"Sen stajyerken de böyle kafanın dikine giderdin. İstemiyorum, istemeyeceğim de. Yapma öyle kitap mitap. Gerekmez!" dedi ama sanki öyle dememiş gibi yine bildiğini okudu inatçı Filiz.

Aradan üç ay kadar geçtikten sonra, dün, sevinçle aradı yine:

"Yarın bir öğrencim gelecek sana. Çok vaktini almayacak, inan. Seni tanımasını çok istiyorum. Yarım gün ayırsan yeter bize. Kitabın son haline bak. Aslında bir sunuş yazısı yazsan ne mutlu oluruz. İnan bana, hem öğrenciler için ilham verici bir ders kitabı hem de Türkiye'deki basının yakın geçmişini geleceğe taşıyacak şahane bir arşiv oldu. Benim içime sindi. Öğrencim getirsin, yorumlarını alsın, olur mu?"

Ne denir ki hatırası, hatırı büyük ve gerçekten sevilmiş birine? Hele sesi sevinç doluysa. O gencecik, taze gülüşünü hatırlatarak cıvıldıyorsa. Herkes gitmiş, bir o kalmışsa üstelik. Hâlâ sevdiğini saklayamıyorsa... O ses şimdi bile Oktay'ın kalbinde bir kelebek uçuruyorsa... Onu özlemek hiç eskimiyorsa...

Ekranda akan bölüm sonu jeneriğini gördüğünde sadece ekrana baktığını ama hiçbir şey izlemediğini fark ediyor. Dakikalar boyunca televizyon karşısında *Uzay Yolu*'nu izler gibi yapıp yine kendi yolunun karmaşasında kaybolmuş...

3. BÖLÜM

İstanbul'da Sabah

Filiz işe gitmek üzere hazırlanmış. Kahvaltı masasında, Zeynep'in karşısında, dalgın dalgın zeytinlere bakıyor. Zeynep ağzına bir lokma koyamayacak kadar heyecanlı. Annesinde ise başka bir heyecan var. Bir şey söylemiyor, belli etmiyor ama onun da kalbi hızlı atıyor bu sabah. Gece yine uyumadı.

"Doğru mu yapıyorum? Oktay, Zeynep'i ilk kez görecek. Acaba göndermese miydim?" diye düşünüyor. "Ben mi götürmeliydim şu kitabı? Fakat olmaz. Yok yok. Çocukların götürmesi daha iyi."

Elena, Zeynep'in yumurtasını bırakıyor tabağına. Zeynep'te de hiç hareket yok. Filiz kızının dalgınlığını görünce kendi dünyasından çıkıyor.

"Şu yumurtanı ye kızım. Aç kalma."

"Hiç canım istemiyor anne."

"Lütfen kızım. Yumurta ye sadece. O kadar yol var önünüzde. Hava da sıcak."

"Tamam... Sen niye solgunsun bu sabah? Uyuyamadın mı yine?"

"Yok bir tanem. Sabaha karşı yattım. Bir iki saat ancak uyumuşumdur."

"Yine ne düşündün, ne kurdun Allah aşkına?"

Nasıl anlatsın Filiz?

"Ya aslında doğru mu karar verdim diye düşünüyorum. Proje Kerem'in sayesinde çıktı ortaya ama senin de gitmen iyi oldu galiba. Oktay ters, değişik bir adamdır. Kerem ise içine kapanık. Galiba gitmek istemiyor pek ama bunu bana söyleyemedi. Kim inanır bu çocuğun bizim Gülin'in oğlu olduğuna? Zerrece benzemiyor annesine."

Zeynep, Kerem'in adını duyar duymaz heyecanlanıyor yine.

"Kerem mi gitmek istemiyor?"

"Hımmm, evet. Şimdi düşündükçe... Ben gazeteciliği işin başında bıraktım diye hiç affetmedi beni Oktay. Sen de gazetecilik okuyorsun ya... 'Annen niye evet dedi?' filan der. Sinema ile ilgili de ileri geri konuşabilir. Sen idare edersin de, Kerem'i bilemedim."

"Ay anne ya! Şimdi mi düşünüyorsun bunu? Dün az daha tek başına yolluyordun çocuğu. Sana 'Ben de gideyim,' diye yalvarmasam şu anda büyük panikteydin yani!"

Bir gün önce annesinin fakültedeki odasına uğramasa, telefonda Oktay Bey'le konuştuğunu duymasa haberi bile olmayacaktı bu seyahatten. Annesi telefonu kapatınca biraz beklemiş, sonra da ilk adımı atmıştı:

"O kadar değer verdiğin bir gazeteciye beni değil de, o çocuğu mu gönderiyorsun anne? Mesela niye ben götüremiyorum?"

Annesinin yüzündeki anlık şaşkınlık ve tereddüt, Zeynep'in ikinci adımı atması için yeterliydi. O kadar iyi tanıyordu ki annesini... İstediği her şeyi yaptırmanın tüm yolları yüzündeki mimiklerde, bakışlarda saklıydı. "Üzerine gitmenin tam zamanı," diye düşündü.

"Yıllardır bu adamı anlatıp duruyorsun. Şöyledir de, böyledir de... Aylardır bu kitap için çalışıyorsun. Bu kadar özeniyorsan o kitabı ona teslim edecek, onayını alacak kişinin kendi kızın olması gerekmez mi?"

"Ama tatlım, yani..."

"Yani?"

Gözlerini annesinin gözlerine dikti. Kıpırdamadan yanıt beklemeye başladı. İçinden dualar ediyordu: "Lütfen anne. Lütfen! Lütfen beni de gönder!"

Annesinin yüzündeki olumsuz ifade ile yanıtın "hayır"a kaydığını anladı ve derhal üçüncü adımını atıp, ağzını açmasına fırsat vermeden çok kırık bir bakışla, ağlamaklı konuşmaya başladı:

"Hep böyle yapıyorsun anne! Hep başkalarına öncelik veriyorsun. Ben şimdi kızın değil de öğrencin olsam, tabii git diyecektin. Hani tanımamı çok istediğin biriydi? Zaten hep böyle olur. Ben bir şeyi çok istedim ya, dile de getirdim ya, asla olmaz o şey."

"Zeynep, canım, bu öyle bir şey değil ki. Bu kitabın basılmasına vesile olan, Kerem'in merakıydı. Negatifleri tek tek inceledi, seçti. O bana o fotoğrafları getirmese bu işe girişmezdim ben. O yüzden... Yoksa seni geri plana atmak filan? Olur mu hiç öyle şey? Aşk olsun. Ne tuhaf düşünceler bunlar?"

Annesi çoktan yelkenleri suya indirmişti. Yine de hemen bırakamazdı ısrarı.

"Bak işte, ben de bunu diyorum. Öncelik yine başkasının. Bu okula bile kayıt yaptırtmıyordun bana. Kendi puanımla, kendi hakkımla kazandım o bursu ben. Benim başarımdı. Ama annesi soktu okula derlerse diye o sevincimi bile tam yaşatmadın bana. Ne yapalım yani, en başarılı bölüm bu üniversitedeyse? Üstelik senin emeğin var burada! Ama işte, senin kuralların sanki hep engel oluyor bana."

"Aaaa! Yok artık! Daha neler? Olur mu öyle şey? Asıl sen değil misin buna özen gösteren? 'Başarımı kendim elde edeceğim,' deyip durmuyor musun? Şimdi niye beni suçluyorsun ki?"

"Kimseyi suçlamıyorum ben anne! Ufacık bir şeyden bak nerelere geldik yine."

"Güzel kızım, ben bir yere getirmedim ki konuyu. Sen kendin yükseldin, kendin ağlıyorsun."

"Yaaa? Tamam, hep ben suçluyum. Sen hep doğrusun, hep haklısın."

"Aaa, Zeynep!"

Annesi sinirlenmeye başlıyordu. Daha fazla tırmandırmamalıydı meseleyi. Geri çekilme vaktiydi.

"Tamam annecim. Kusuruma bakma. Regl olacağım galiba. Niye böyle birden şey yaptım, anlamadım. Özür dilerim. Çok istemiştim hayran olduğun o adamı tanımayı. Kıskandım da herhalde. O yüzden…"

Annesi kolunu tuttu.

"Gel bakayım buraya. Gel bir sarıl bana. Tamam canımın içi. Anladım ben seni. Ben ikimiz birlikte gideriz, öyle tanışırsınız, diyordum. Ben tanıştırmak istiyordum seni. Ama madem bu kadar istiyorsun, o zaman Kerem'le birlikte gidin. Belki böylesi daha iyi olur."

Filiz bu kadarını söyledi. Gerçekteyse gözünün önünde Kerem'in yüzü belirdi. Hemen ardından zihninde uç veren "Acaba?" sorusunu, bunun yanıtını kızının da henüz bilmediğini sezdiğinden, bir anne olarak içinde tutmayı yeğledi. Kollarında tuttuğuysa, bir anlığına, kendi gençliğiydi.

Zeynep'in kafasında ziller, davullar, borazanlar, çığlıklar, konfetiler, bayraklar...

Yessssss! Oldu bu iş. Gidiyorum. Gidiyorum... Allah'ım, Kerem'le İzmir'e gidiyorum. Öleceğim galiba!..

Zeynep'in bu sabah heyecandan ölmesinin nedeni bu. Annesinin çok sevdiği bir arkadaşının oğlu, sinema bölümünün yakışıklı öğrencisi Kerem! Zeynep onu çok beğeniyor. Kerem üniversiteye bu yılın başında geldi. Zeynep sinemayı da seçmeyi düşünmüştü bir ara aslında. Üniversite tercihlerini yaparken annesi "Çocukluğundan bu yana engellenemez, neden, niçin, nasıl sorularıyla şekillenmiş dünya merakının bir gazeteci-yazar adayı için gereken temel nitelik olduğunu, kendisinin zamanında 'kırılganlıkla' yarım bırakıp kaçtığı o savaş alanından kızının zaferle çıkacak kadar güçlü olduğuna inandığını" söylemişti. Zeynep de kararını gazetecilik okumaktan yana verdi.

Şimdi Kerem'le aynı bölümde olmasalar da aynı kampüsteler. Yemek saatlerinde, aralarda, kütüphanede karşılaşıyorlar. Kızların çoğu Zeynep gibi Kerem'e hayran. Çünkü Kerem kimseye bakmıyor. Bulunduğu yerde değilmiş gibi. Yanlarından geçip giderken bile kimseyi görmüyor sanki. Konuşmayı pek sevmiyor. Ama çok yakışıklı. Bir de çok nazik. Az konuşuyor ama sık sık teşekkür ediyor. Bu az gülen, dalgın delikanlıya annesiyle birlikte onlara ziyarete geldikleri gün takıldı Zeynep'in aklı. Çocukken birlikte oynamışlar ama Zeynep hatırlamıyor. Tatil için Türkiye'ye geldiklerinde birkaç kez onları bir araya getirmişler. Annesi anlatıyor fakat Zeynep'te bununla ilgili hiç kayıt yok. Sonra okulda da karşılaştılar bir iki kere. Kerem her defasında utangaç bir gülümsemeyle selam verdi. Pek sohbet edemediler.

Kerem'in adı soyadı ile alınmış sosyal medya hesapları var ama hiçbiri aktif değil. Bu da onu kızların gözünde daha cazip hale getiriyor. En çok da Zeynep'in. Gençlerin elinden düşürmediği uygulamaları kullansa, nerede olduğunu, ne yaptığını paylaşsa, konumu açık olsa filan, hakkında daha çok şey öğrenebilirdi. Kerem'in ailesiyse çok meşgul; aralarında öyle ev görüşmeleri de olmuyor. İki anne hep dışarıda buluşuyor.

Her gün daha çok merak ediyor Zeynep: Acaba nerelere gidiyor, neleri beğeniyor, hangi müziği dinliyor? Bunları öğrenemedikçe, Kerem çözülmesi gereken büyük bir gizeme dönüşüyor. Kampüsteki sersem delikanlılar Kerem'in aksanıyla dalga geçiyor ama Zeynep bayılıyor o aksana. Gerçi Kerem'i konuşturmak zor. O yüzden bu seyahat çok önemli. Kerem'le yakınlaşabilmesi için müthiş bir fırsat bu.

Zeynep'in derdi, etrafında bir tür ulaşılmazlık halesiyle dolaşan bu genç adamın hırslı hayranlarıyla kapışıp yarışmak değil. Çünkü Zeynep kendini hemcinsleri üzerinden sınayacak biri değil. Zeynep'in gözleri kız arkadaşlarının giyim kuşamından, havasından, güzelliğinden, dilbazlığından ya da erkekleri pervane edecek çekim alanından önce, hem de çok daha önce, başka bir şey görmüştü. Zeynep'in gözleri bütün bunlardan önce kocaman bir boşluk görmüştü. Neyin boşluğuydu bu? Babasının yokluğuyla açılıp gitgide büyümüş bir boşluk muydu mesela? Babasız büyüdüğünü bilenlerin acıyan ya da acımasızlaşan bakışlarının açtığı bir boşluk muydu yoksa? Bunları net bir biçimde göremiyordu. O boşluk kimin, kimlerin eseriydi, gerçekten seçemiyordu. Ama kendini bildi bileli neye, kime baksa, baktığı şeyleri ya da kişileri kısa süre içinde bir boşluk sarıp sarmalıyordu. Zeynep o boşluğa dalıp gidiyor, bu yüzden de, baktığı şeyi ya da kişiyi bir süre sonra görmez oluyordu. Bu ona başta çekici, sonra da hırpalayıcı bir melankoli katıyordu.

Kerem ise kendi boşluğunu etrafında taşıyanlardan. Hayranı olan kızların ulaşılmazlık halesi sandığı o şey, Kerem'in kendi taşıdığı boşluk aslında. Zeynep'i çarpan da bu işte. Kerem'e bakarken gözleri kendi boşluğuna dalıp gidemedi Zeynep'in. İlk defa oldu bu. Başkalarında görmeye alışık olduğu kendi boşluğunun yerine bu defa karşısındakinin boşluğunu gördü. Kendi benzerini, eşini, türdeşini görmüş gibi oldu. Kendi boşluğuyla onun boşluğunu birleştirebilirse boşluk kapanacak, boşluğun bu yorucu, uzun, hırpalayıcı saltanatı ve melankolisi sona erecek sanıyor. Kerem'in onu görmesini en derinlerinde aslında bu yüzden istiyor.

Zeynep kahvaltı masasında annesinin hatırı için bir iki lokma bir şey yemeye çalışırken, Kerem kendi odasında, yatağın üzerinde oturuyor. Telefonuna gelen mesajla daha da gerildi. Yalnız gitmeyecekmiş. Filiz Hoca'nın kızı Zeynep de gelecekmiş onunla. Nasıl olacak şimdi? Ne konuşacaklar? Şu gazeteciyle yapacağı görüşme bile çok büyük bir ödev onun için. Bir de Zeynep... Eli ayağına dolaşacak yine. Çocukken de çok güzeldi, şimdi daha da güzel. Kerem heyecanlanınca konuşmakta güçlük çekiyor zaten. Heyecanlanmasa da sohbet etmek, arkadaşlık kurmak kolay işler değil. Ama Zeynep'le daha da zor olacak bu görev.

Vakit geçiyor. Geç kalacak. Masanın üzerindeki şu kitabı alıp ta İzmir'e, Urla'ya götürmesi gerek. Sonra hepsi bitecek. Sakin olup iyi düşünmeye odaklanmalı. Konuşmak yerine yazmak iyi geliyor Kerem'e. Fakat günlük hayat da öyle yazarak yürümüyor tabii...

On dokuz yaşında ve bugüne dek ne yaptıysa annesi istedi, babası da onu onayladı diye, ödev ve görev sayarak yaptı. Zorlandı ama yaptı. Şimdi de, sevip saydığı dekan Filiz Hanım ona çok güvendiğini söylediği için bu görevi üstlendi. Hay Allah be! Nereden de tuttu, "Hocam şu negatifleri basayım mı?" dedi. Başına kaldı işte her şey. Filiz Hanım, "Negatifleri düzenleyin, koruyun," demişti sadece. O da tek tek incelerken bazılarından etkilenmiş, "Hocam şu üçünü bassak mı?" diye sormuştu.

Sonucun böyle olacağını bilemezdi elbette. Fotoğrafları uzattığında Filiz Hoca'nın coşkulu heyecanı karşısında, gördükleri hoşuna gitti, beğendi diye sevinmişti aslında. Ama sonra kitap yapma fikrine kapılınca Kerem'i içinde olmayı pek istemediği büyük bir işe sürükledi...

Hayır diyemiyor Kerem. Onun için herhangi bir şeye itiraz etmek çok zor. Hayır diyemediği için de insanlarla mümkün olduğunca az yakınlaşıyor, az iletişim kuruyor. Niye böyle biri olduğunu düşünüyor bazen. "Korkak mıyım ben?" diye soruyor kendine. Belki evet. Ona bir şey yapmalarından duyduğu bir korku değil ama bu. Hayır dediğinde karşısındakinin üzülüp dağılacağı endişesinden kaynaklanıyor. Üzülseler ne olur ki? Belki de kendini kandırıyor. Karar vermenin sorumluluğunu almaktan da korkuyor olabilir. Sonuç olarak, annesi senelerdir her şeyi yönetiyor, babasıyla ikisi de uyguluyor.

Annesi Gülin, global bir şirketin üst düzey yöneticilerinden. Çok çalışkan. Her dört yılda bir terfi alıyor. Babası Albert ise işleri hep yoğun, ünlü bir çevirmen.

Türkçeden İngilizceye çeviri yapıyor. Nerede yaşadıklarının onun için bir önemi yok. Masası neredeyse düzeni orada. Zaten Türkiye'deki yayınevleriyle ilgili katı prensipleri var. Onlarla çalışmayı reddediyor. Mesleğinin ilk yıllarında tanık olduklarının yanı sıra, en has çevirmenleri bile küstüren yönetim tarzını protesto ediyor. Çevirmenin her baskıdan telif almasını kabul edemeyen ve bin türlü dalavere çeviren yöneticilerle çalışamaz, bu net. Sadece yurt dışındaki belli başlı yayınevleriyle anlaşmalar yapıyor. Sipariş üzerine çalışacak, önüne gelen romanı, kitabı çevirecek biri değil. Bu konuda da çok seçici. Öyle kolay bir iş değil çeviri. Çevirmen, çevirdiği kitabı adeta yeniden yazar. Türkçesini, edebi yönünü yetersiz bulduğu bir yazarla ilgili övücü bir yabancı makale, haber çıktı mı delirir. "Söyletmesinler beni. Filanca çevirmen olmasaydı kimse tanımazdı o ismi!" "Hayır" deme ve karar alma gücünün tümünü işiyle ilgili konularda tükettiği için olsa gerek, ailevi kararlara karışmıyor, inisiyatif kullanmıyor. Eşinin düşüncelerini ve planlarını onaylamakla yetiniyor.

Kerem iki yaşından bu yana beş ülke değiştirdi. İlkokula Polonya'da başladı. Sonra hop, Almanya'ya geçtiler. Tam alışıyordu ki, anne Afrika ve Ortadoğu bölgesinin direktörü oldu. Hadi bakalım, Dubai. Dubai'de düzenleri oturur gibi olunca, bir terfi daha. Bu kez istikamet İngiltere'ydi. İngiltere'de lise bitti derken, anneyi şirket başkan yardımcılığı için merkeze, ABD'ye çağırdılar. Kerem üniversiteye Atlanta'da başladı.

Onun hiç istemediği bir bölüm seçti anne. Kerem kararsızdı. Kafası karmakarışıktı. O karmaşa içinde kendini bulabilmesi, ne istediğini anlayabilmesi bir yana, ne istemediğini dahi bilemedi. Herhangi bir şey için çabalaması, sorumluluk alması gerekmedi çünkü. Anne ne derse onu yapmanın en kolayı olduğunu görmüştü babasından. O da hiç farkında olmadan, daha küçücük bir çocukken babanın izinden gitti. Annenin seçimlerine hayır demedi.

Atlanta için "Bütün global şirketlerin merkezi," diyordu anne. Oğlu ise elbette işletme okumalıydı. Fakat sonra, şirketin global başkanlığına ve ABD'de bir ev almaya hazırlanırken, sürpriz! Yönetim kurulu yeni bir yapılanmaya geçti. Doğu Avrupa, Batı Asya, Afrika tek bir bölge haline getirildi ve idari merkez Türkiye oldu. İstemeye istemeye İstanbul'a döndüler. Anne bunca yıllık emeğine ve kariyerine vurulmuş bir balta, bir komplo olarak gördü bu atamayı. Asyalı olarak gördükleri bir kadının CEO olmasını engellemek için yapılmıştı bu hareket. Ama yılmayacaktı. Ailesi arkasında olduktan sonra!

Peki, Kerem kalabilir miydi orada? Başka koşullarda bu düşünülebilirdi belki. Ama sevmediği bir okulda, sevmediği bir bölümde başarısız bir öğrenci olarak direnmesinin anlamı yoktu annesine göre. "Zaten işletme okuyan yabancı ve ilk ona bile giremeyen bir öğrencinin bir Stanford, Harvard, en kötü ihtimalle Columbia mezunu olmadıktan sonra iyi bir şirkette yükselme, hatta oraya kabul edilme şansı bile pek az! İş dünyasına isteksiz birinin burada kalması için senede iki yüz bin dolar harcamak ise anlamsız. Bizimle gelsen iyi olur!" dedi.

Kerem bunu işitince bir umut babasına baktı. Babası gözlerini asıl kime bakması gerektiğini işaret edercesine anneye doğru devirmekle yetinince Kerem'e de Türkiye yolu göründü. Bu yolda başına gelmiş tek tük güzel şeyden biri ise İstanbul'da büyük bir özel üniversitenin sinema bölümüne kabul edilmesiydi. Sevebileceğini düşündüğü bir alandı sinema. Fakülte dekanı Filiz Hanım, annenin liseden arkadaşıydı. O çok yardımcı oldu. Kerem'in daha önceki yurt dışı eğitimi ve aldığı dersler üniversite yönetimince onaylanınca kaydını çabucak yaptılar.

Kerem, Filiz Hanım ve dersleri dışında sevecek bir şey bulmakta zorlanmıştı İstanbul'da. Şehri, insanları, şakalarını, konuşmalarını, önem verdikleri konuları anlamakta güçlük çekiyordu. Aksanıyla dalga geçen sınıf arkadaşlarının derslerde kötü İngilizceleriyle konuşmaya çabaladıklarını gördükçe şunu anladı: Bu ülkede insanlar kendilerinin yetersiz olduklarını bildikleri, hissettikleri konularla dalga geçerek eksiklik duygularını alt edebileceklerini düşünüyordu. Alaycılık bir savunma ve kendini besleme alışkanlığıydı.

Yalnızlığını giderecek bir arkadaş aramıyor bu yüzden. Yaşıtlarının hepsinin hemcinsleriyle aynı saç renklerini ve modellerini, aynı ayakkabıları ve çantaları kullanmaları ya da aynı biçimde konuşmaları, onları birbirlerinden ayırt etmesine engel oluyor.

Gözü bu aynılığa alıştığında, uzaktan izlediği bu şehre ve insanlara dahil olamayacağını, bir heyecan yaşayamayacağını anlamıştı. Zeynep'le tanıştıklarında, arkadaş olabileceklerini düşünmüştü aslında. Ama Zeynep üniversitede o kadar popüler bir kız ki, ne zaman karşılaşsalar çevresini bir grup insan sarmış oluyor. O da selam verip geçiyor hemen.

Zaten daha önce de ne zaman bir kızı beğense, kız daha popüler, daha konuşkan, daha havalı bir çocukla el ele çıkmıştı ortaya. Kerem kendi içinde yaşayıp eskitmişti duygularını. Okuduğu her ülkede kendine bile söyleyemeden, tarifini yapamadan yaşadığı o küçük heyecanlardan sonra, şimdi Zeynep'e karşı bir hamle yapma cesaretini asla bulamıyor içinde. Üstüne üstlük, Zeynep kendisinin çok sevdiği, çok saydığı hocasının, annesininse arkadaşının kızı! Öyle uzaktan uzaktan bakıyor, beğeniyor işte. Her zaman, her yerde olduğu gibi, yine bir yabancı olarak yaşıyor. Ana vatanında bile.

Üniversite bitince Hindistan'da kamyonla uzun bir yolculuk hayali kuruyor şimdiden. Tam bir yabancı olabileceği en uzak yere gitmek garip bir hayal belki. Ama yaşadığı yerde yabancı olmaktan daha eğlenceli olacağı kesin. Dijital değil, eski usul bir makineyle fotoğraflar çekmek ve belki bu yolculuğun hikâyesini belgesel yapmak istiyor. Kimseye söylemedi bunu. Filiz Hanım'ın "Negatifleri düzenleyin," dediği gün verdi kararını. Çünkü o negatifleri incelerken şunu anladı: Oktay Onur Yortan gibi bakmak isterdi dünyaya.

İçinde her şeyle baş edebilecek bir güç olduğunu hissediyor ama o gücü nasıl ortaya çıkaracağını kestiremiyor. Ama ne yapmak istemediğini iyi biliyor artık. Okul biter bitmez evden ayrılacak ve o kamyona binecek.

Ama o kamyona binebilmesi için önce İzmir'e giden şu uçağa binmesi gerek.

Hem merak ediyor: Bütün o portre ve haber fotoğraflarının negatif yığını içinde niçin bazı negatifler sıkı sıkı bantlanmış bir kutuya konarak diğerlerinden farklı işaretlenmişti? Kerem bastırdığı o üç fotoğraftan birinin negatifini o kutudan seçmişti. Fotoğrafları gösterdiğinde Filiz Hanım'ın gözlerinde beliren hayret ve sevinç, eğer bantlı kutudan seçtiği o negatifle ilgiliyse, kimdi bu Oktay Onur Yortan?

4. BÖLÜM

Urla'da Bir Öğleden Sonra

Zeynep ile Kerem küçük oturma odasında, hayli eski pudra rengi kadife koltuklarda yan yana oturuyor. Cırcır böceklerinin açık pencereden içeri dolan, kulak tırmalayan ötüşlerini bir gök gürültüsü kesiyor, sonra hepsi kaldığı yerden devam ediyor. Oktay'ın bahçede beslediği kedilerden tek gözlü Jack, pencerede, merakla içeri bakıyor. Az önce bahçe kapısından içeri giren bu iki yabancı kim ola diye şaşırmış. Oktay'la inatlaşması olmasa içeri atlayıp hemen koklayacak paçalarını. İki dakikada anlayıverecek kimin nesi olduklarını. Dost mu, düşman mı? Fakat beyefendi ile aralarında yıllara dayalı bir çekişme var. Oktay onu içeri almak istiyor. Jack ise özgür ruhlu bir bahçe kedisi olarak kalmakta ayak diriyor. Gözünü bir kavgada kaybettiğinde küçüktü daha. O zamanlar birkaç gün evde kaldı da anladı ev hayatının ne kadar kurallı olduğunu. Yok öyle şey! Gelemez öyle sınırlamalara. Kendisi nasıl isterse öyle yaşar. Çıkacak, dolaşacak, dalaşacak, sonra geri gelecek ve canı isterse yiyip içecek. Bu bağlılık işleri Kedi Jack'e göre değil. Oktay sabahları kahve içerken en çok onunla sohbet ediyor. "Bana benziyorsun len Jack!" diyor. "Ama yaşlanınca yalvaracaksın bana, içeri al beni diye." Artık orasını zaman gösterir. Şimdilik bahçedeki yuvasından memnun. Kardeşleri de Kedi Jack ne yaparsa onu yapar. O eve girmiyorsa, onlar da girmez. O ne yerse onu yer hepsi.

Şimdi Kedi Jack pencereden içeriyi izlerken, kardeşleri de aşağıdan merakla ona bakıyor. Kimmiş bu gelenler acaba? Jack henüz çözemedi. Tam öğle uykusuna dalıyordu ki bahçe kapısı açıldı. Şu uzun boylu kızla ondan da uzun olan şu genç adam geldi. Beyefendiye ellerini uzatıp kendilerini tanıttılar. O da bir şey söylemeden eliyle yol gösterdi, eve girdiler. Evet, olacak iş değil! Misafir geldi!..

Kedi Jack'in bıyıkları titriyor; yağmur yağacak.

Oktay'ın sırtı pencereye dönük. Gençlerin oturduğu üçlü koltuğun karşısına bir sandalye çekip kollarını kavuşturmuş. Bu haliyle çocukların ifadesini almaya hazırlanan bir müfettişe benziyor. Arkasındaki duvara sık aralıklarla asılmış çerçevelerdeki insanların hepsi Oktay'ın devriye takımı sanki, hep beraber Kerem'le Zeynep'i inceliyorlar.

Zeynep, Oktay Bey ile arkasındaki pencereden bakan kedinin çok komik bir ikili olduğunu düşünüyor. Hava çok sıcak. Pencere açık olmasına rağmen duvarlardan gelen ince bir rutubet, eşyalardan yayılan eski bir ahşap kokusu hâkim odaya. Zeynep evin ve eşyaların yaşını tahmin etmeye çalışıyor ama bu çok güç. Kerem söze girsin ya da Oktay Bey bir şey söylesin diye nafile bekliyor. İkisi de konuşmuyor. E, Zeynep zaten son dakika dahil olmuş bu görüşmeye. Annesi görevi Kerem'e vermişmiş ya. Herhalde onun başlaması gerek konuşmaya.

Bir iki dakika daha geçiyor. Bir saat gibi geliyor Zeynep'e. Kıpırdanıyor. Kerem'e dönüp konuşmaya başlaması için işaret etmek istiyor ama o, sanki dünyanın en ilginç yer hayvanı ile karşılaşmış ve bu fırsatı bir daha yakalayamazmış gibi başını kaldırmadan ayaklarının altındaki halı motifini inceliyor. Zeynep anlıyor ki o konuşmazsa bu sessizlik binlerce yıl sürebilir. Annesinin sabah kahvaltıda söylediklerini anımsıyor. İçini çekiyor.

Ah be anne! Hem bu çocuğun böyle içine kapanık olduğunu biliyorsun hem de niye onu böyle bir iş için seçiyorsun? Acaba ben de yanındayım diye mi böyle susuyor? Hey Allah'ım!

Yapacak bir şey yok. Uzun saçlarını iki eliyle ensesinde dolayıp düğüm atıyor. Yanaklarına düşen tutamları kulağının arkasına sıkıştırıyor. Sırtını dikleştirip konuşmaya başlıyor.

"Annem dün size telefonda sadece Kerem'in geleceğini söylemiş. Ben böyle sürpriz oldum, biliyorum ama bu fırsatı kaçırmak istemedim. Sizi çok merak ediyordum."

Oktay'ın gözünden bir ışık geçip gidiyor. Yüzünde anlık bir değişim. Gülümsemeyi andıran bir kıvrım. Midesi ağrıyor da olabilir. Şimdi, karşısındaki zanlıları inceleyen bir müfettiş değil de, iki genç dedektife ifade vermeye hazırlanan eski bir suçlu gibi oturuyor. Yıllar içinde yapıp ettiği ne varsa itiraf edecek ama nereden başlayacağını bilemiyor. Sakallarını sıvazlıyor. Gülümsüyor. Evet, gülümsüyor.

"Filiz'in kızısın demek... Evet, söylemedi senin geleceğini. Bir öğrencim gelecek demişti."

"Ben son dakika dahil oldum, evet. Aslında Kerem tek gelecekti. Dediğim gibi..."

"Annen de bir işe kalkışırken, çalışmaya hazırlanırken saçlarını ensesinde dolardı böyle. Kaç zaman oldu, yüz yüze görüşemedik. Konuşuyoruz tabii de... Nasıl bugünlerde? İyi mi?"

"İyi, evet. Okulla meşgul. Bildiğiniz gibi işte."

"Sen peki? Sen iyi misin?"

"Evet, sağ olun. Siz de iyisinizdir umarım."

Oktay için bu zorlama, sıradan, âdet yerini bulsun diye sarf edilen ilk cümleler büyük bir şelaleye akan şiddetli bir nehir şimdi. Yalnızlığından kanosu içinde, o nehrin cılız bir kolunda kendi kendine yol alıyor. Zeynep kapıdan girdiği anda nehrin o cılız, sakin kolundan, çağıldayan ana yatağına düştü. Gümbür gümbür akıyor zihninde yıllar. Bam güm çarpabilir taşlaşmış anılara. Elindeki tek küreğe sıkı tutunmalı. Kontrolü kaybetmemeli. Kendisi de çok şaşırıyor buna ama korkuyor. Kalbinin sesini duyar mı acaba Zeynep? Gözleri hiç değişmemiş. Güzel, yeşil yapraklarla dolu, o erik gözler niye böyle derin, eski bir hüzünle bakıyor? Yüzü gülümsüyor ama o gözler... Buzdolabının üzerindeki fotoğraftaki o bebek kocaman bir genç kız olmuş, canlı canlı karşısında oturuyor şimdi. Hatırını soruyor. Saçları annesininkiler gibi güzel. Elleri, elmacık kemikleri, göz kapakları aynı. Sesindeki güçlü neşe... Saçlarını elleriyle kulağının arkasına götürüşü...

Oktay'ı kimse anlayamaz şu anda. Genç kızın yanaklarına düşen saç tellerine baktığında, yıllarca saklanmış anıları anımsıyor şimdi... Güçlü olması gerek. Bahçe kapısı açıldığında, Zeynep'i gördüğünde kalbi çıkıyordu yerinden. Görür görmez anladı onun kim olduğunu. Kapıdan Filiz girseydi bu kadar dağılmazdı. Eli ayağı buz kesti. Ne diyeceğini bilemedi. Kafası karıştı, şaşırdı, telaşlandı. Böyle olur hep. Ne yapacağını kestiremediği anlarda gerginliği artar, yüzü daha da asılır. Neyse ki çocukları içeri buyur etmeyi becerebildi! Farkında değil ama kontrolünü kaybetmemek için o kadar dik duruyor, dik bakıyor ki çocuklara, kendi korkusunu bastırmaya çalışırken onları korkutuyor.

Zeynep'in endişeli ve soru dolu gözlerle ona baktığını fark etti birden. Bir şey sormuş çocuk belli ki. Cevap vermemiş mi?

"Pardon, ne demiştin? Bir an bir şey düşündüm, dalmışım."

"İyi misiniz, diye sormuştum. Bir sorun yok, değil mi?"

"Yok, yok. iyiyim. Malum, sıcaklar işte. Bazen böyle oluyor."

"Evet, dikkat etmek gerek. Bol su içmenin iyi geldiğini söylüyorlar."

"Evet, evet ya. Su içer misiniz? Getireyim mi?"

"Yok, gerek yok. Sağ olun. Biz sizi çok meşgul etmeyelim. Şimdi aslında konuyla ilgili size sunum yapacak kişi Kerem. Ben sonradan katılıp böyle şey yapmış oldum ama..."

Zeynep artık son çare olarak Kerem'in koluna dokunuyor.

Kerem bu eski koltukları, şu halıyı, örtüleri gördüğünden beri başka bir dünyaya girmiş gibi. Zeynep ve Oktay Bey'den kopmuş. Huzurlu bir yorgunluk içinde. Buna şaşırmıyor üstelik. Çekinerek çıktığını düşündüğü bu yolculuğa onu gizliden gizliye hazırlayan ve aslında çağıran o güçle buluşmuş, onun için gelmiş, onunla oturuyormuş gibi. Buraya, bu mekâna, bu kokuya hiç yabancı hissetmiyor kendini. Buraya neden geldiğini unutmuş sanki. Birkaç dakikadır içinde yüzdüğü o gündüz düşünden Zeynep'in, koluna dokunmasıyla uyanıyor.

Pencereden içeri bir yağmur kokusu mu doluyor, Kerem'e mi öyle geliyor? Evet, yağmur başlamış. Oh!

İçi bir kez daha huzurla doluyor. Ne diyordu Zeynep? Doğru ya, buraya bir amaç için geldiler. Zeynep'e bakıyor. Gülümsüyor.

Zeynep şaşırıyor. Ne oldu şimdi bu çocuğa? Yol boyunca Zeynep'i neredeyse pişman etmişti onunla buraya geldiğine. Hiçbir sorusuna adamakıllı cevap vermemiş, yarım ağızla geçiştirmiş, uçakta uyumuş, takside somurtmuştu. Şimdi niye böyle ışıl ışıl gülümsüyor?

Kerem kendine bile tarif edemediği, nedenini bilmediği bir sakinlik içinde. Sanki yüksek dozda bir kas gevşetici verilmiş gibi. Oysa ne bu sabah hazırlanırken böyleydi ne de yola çıktıklarında. Yakasını bırakmayan çekingenliği, bitmeyen huzursuzluğu ve endişesi, güzel kızın karşısında daha da artmış, hatta Zeynep'in sorularından gerilmişti.

"Niye geldin Amerika'dan? İnsan hiç bırakır mı oraları, herkes oraya gitmek isterken? Eski arkadaşlarınla görüşüyor musun? Ne tür müzik seviyorsun? Niye bu bölümü seçtin? En sevdiğin yönetmen kim?"

Uçakta uyuyor numarası yaptı ama takside kaçış yoktu. Üstelik taksici havaalanından Urla'ya gideceklerini öğrendiğinde, uzun yolun ballı müşterisini kapmanın coşkusuyla radyoyu açıp Türkçe sözlü müzik patlatınca kapıyı açıp atlamak istedi ama tabii ki yapamadı bunu. Her zamanki gibi içine çekildi.

"Hava çok sıcak. İyi hissetmiyorum kendimi. Gözlerimi biraz dinlendirsem olur mu?" dedi ve gözlerini yumdu. *Biri dürtüp dokunduğunda dertop olan böcekler gibiyim* diye düşündü. Yaşadığı o büyük gerginliği kimse anlayamazdı.

Neyse ki Zeynep anlayışlı biriydi galiba. Fazla üzerine gitmiş olabileceğini düşündü herhalde. Taksiciye radyoyu kapattırdı. Kerem'in hava alması için onun tarafındaki camı aralamasını söyledi. Narlıdere'den Urla'ya kadar konuşmadılar.

Kerem gözlerini kapatıp kendi içine kaçtığında, Zeynep de kendi kendini yedi elbette.

Oysa ne kadar güzel geçebilirdi yolculuk. Tamam! Hadi, bir an önce bitsin şu iş. Bitsin de dönelim. Şimdiden yorgun hissediyorum kendimi. Bir de belki gece kalır, Kerem'le yemek yeriz filan diye hayal kurmuştum salak salak!

Şimdi gülümsüyordu Kerem. Bir başkası gibi. Ne zamandır arayıp durduğu bir yanıtı bulmuş, uykusunu almış, soğuk bir denizde yüzüp kendine gelmiş gibi gülümsüyor. Sabah düşündüklerinden, taksideki gerginlikten, heyecandan, hatalı konuşma korkusundan çok uzakta. Şu anda Urla'daki bu evde, bu koltukta oturan Kerem, İstanbul'dan yola çıkan Kerem değil. Bu nasıl oldu, o da bilmiyor. Fakat iyi hissediyor kendini. O ürkek, dertop olup saklanan böcekten eser yok şimdi. Oktay Bey'in sandalyede dik oturma çabasına, Zeynep'e bakışlarına, penceredeki kediye karşı bir sevgi büyüyor içinde. Daha önce hiç görmediği bu adama neden böyle bir yakınlık hissediyor? Ama önce şu işi halletmeleri gerek.

"Evet. Ben Zeynep'le konuşmanızı bölmek istemedim de... Filiz Hocam sizin negatif arşivinizi düzenleme işini vermişti bize. Negatifleri incelerken birkaç tanesi çok ilgimi çekti. Basmak için hocamdan izin istedim. Fotoğrafları görünce o da heyecanlandı. Sonra bu çalışma çıktı ortaya. Umarım siz de bizim sevdiğimiz kadar seversiniz."

Kerem çantasını açıp baskıya hazır ön kopyayı özenle çıkarıyor. Ayağa kalkıp saygıyla Oktay'a uzatıyor.

Oktay hareketsiz. Kitabın kapağına bakıyor. Konuşmuyor.

Kerem elinde kitapla uzunca bir süre ayakta bekliyor.

Sonunda Oktay ağır ağır elini uzatıp kitabı alıyor ve "Kalın olmuş," diyor. Kapağını bile açmadan sehpanın üzerine bırakıyor.

Kerem şaşkınlıkla Zeynep'e dönüyor. *"Nasıl yani?"* diye soruyor bakışlarıyla. Zeynep de bir anlam veremiyor Oktay Bey'in bu ilgisizliğine. İlişkilerin ortak bir şaşkınlık, felaket veya sevinçte kişileri yakınlaştıran olağanlığı içinde Kerem, Zeynep'e adeta sığınıyor. Gidip yapışır gibi yanına oturuyor. Az önceki o şahane gülümseyişin ardından Kerem'in ondan medet uman bu hareketi Zeynep tarafından elbette derhal kabul görüyor. Yoldaki pişmanlığından, yorgunluğundan eser kalmıyor. Girişken, tatlı dilli Zeynep olarak olaya el koyuyor.

Kocaman bir gülümseyişle, "Ama çok güzel bir kitap oldu. Biz çok beğendik. Annem çok özendi, tek tek seçti fotoğrafları. Sizden de çok söz etti. Hep söz eder zaten. Bu ülke onun kadar iyi bir haber fotoğrafçısını az görmüştür, der. Kerem'e de söylemiş. Hep çok hayranmış size. Biz de öyleyiz tabii," diyor Oktay Bey'e.

"Öyle mi dedi?"

"Evet. Siz dünya çapında ödüller aldıkça herkes gururlanmış sizinle. Biz de çok etkilendik gördüklerimizden. Ne çok ödül almışsınız..."

Oktay duyduklarından memnun olmuş görünmüyor pek. "Bu iyi bir şey miydi, emin değilim," diyor yüzünü buruşturarak.

"Neden emin değilsiniz?"

"Çok nedeni var..."

Oktay nasıl anlatsın şimdi? Gözünün içine bakan iki genç var karşısında. Üstelik biri, bitmeyen bir iç hesaplaşmanın yıllar önceki bedellerinden en dokunaklısı ve güzeli... Kitabı almış, gelmişler. Anlatmak gerek ama nasıl?

Kuru bir sesle, duraksayarak, düşünerek konuşuyor.

"O fotoğrafların merkezinde benim gördüklerim vardı... Çaresizliğin, filler tepinirken ezilip kan içinde kalan çimlerin, ölümün kendisiydi gördüğüm... Türkiye de dahil, dünyanın her yerindeki basın organları o fotoğrafları kendi göstermek istedikleri şekilde kesip, kendi taraflarına uygun hale getirerek kullandı... Ben bunu mu anlattım diye sorduğum çok oldu."

"Yine de tüm dünyada adınızın duyulması, ödüller almak güzel olmalı."

"Bunlara kıymet veriyorsanız güzeldir elbette. Kıymet verdiğiniz başka şeyleri sizden nasıl söküp aldığını fark etmediğiniz sürece."

Sessizlik. Büyük bir sessizlik.

Oktay dönüp bakmak, anımsamak istemediği gazetecilik hayatının kapısında duran bu iki gence o kapıyı açmak istemiyor. Ulusal ve uluslararası ödüller almış fotoğraflarıyla dolu kitabın kapağına da dokunmuyor çünkü o kapağı açarsa kendi içindeki o kadar çok şey saçılacak ki ortalığa...

"Kahve içer misiniz?"

Zeynep ayağa kalkıyor hemen.

"Ben yapayım, siz zahmet etmeyin hiç. Bana yerini gösterirseniz..."

Oktay, karşısındaki ince uzun genç kıza baktığında Cağaloğlu'ndaki o eski gazete binasında, masasının başında eli belinde bekleyen stajyer kızı görüyor. İşte, yine o büyük şelaleye doğru gümbür gümbür akıyor kalbindeki nehir. İlk gün müydü, ikinci gün müydü? Gömleğinin kollarını sıvamış, nereden bulduysa üzerinde çok cepli bir avcı pantolonu, dış haberler servisine giden koridorda yürüyordu. Dönüp bakmıştı, kim bu diye. Zehir gibi bir kız çıktı. Kafası da çalışıyordu, bileği de. Bir de öyle güzeldi ki. Yanında çalışmaya başladıktan birkaç hafta sonra, "Çok küçüksün daha. Canını çok yakacaklar. Akıllı ol da koru kendini," demişti kıza durup dururken.

"Kimden?" diye sormuştu kız, cin gibi bakışlarıyla.

Benden, diyememişti genç Oktay. Arkasını dönüp çıkmıştı odadan. Sonra kız hakikaten kimseye eyvallah etmeden korumuştu kendini. Oktay'ın bile kendini koruyamadığı o düzenden hem de...

Oktay kalbinin sesinin bütün dünyayı kapladığından emin... Güm güm güm...

Zeynep ve Oktay ayakta, konuşmadan birbirlerine bakıyor. Kerem sessizliği bozması gerektiğini düşünüyor. Cılız bir sesle, çekinerek konuşuyor.

"Şey, ben Türk kahvesi sevmiyorum. Ben içmesem olur mu?"

Oktay önce Kerem'e, sonra kolundaki saate bakıyor.

"Boş verin kahveyi. Hadi! Sizi rakı içmeye götürüyorum. Karnınız da açtır. Üzerime bir şey alıp geliyorum hemen," diyor ve çocukların yanıt vermesini beklemeden merdivenlere yöneliyor.

Penceredeki tek gözlü Kedi Jack ve yağmurdan kaçıp yanına sığınan kardeşleri buna çok şaşırıyor. Beyefendi bu saatte dışarı mı çıkıyor yani? Hem de misafirleriyle?

Zeynep penceredeki kedilere gülümsüyor. Kerem, Zeynep'e bakıyor. Bıraksalar, şuraya kıvrılıp uyuyabilir. Zeynep böyle pencerenin önünde dursa, kedilere gülse, bu evin, bu öğleden sonranın sakinliği sonsuza dek böyle kalsa...

Bahçedeki çimlerin, çiçeklerin, ağaçların üzerine inen ince yağmur diniyor.

On dakika geçmeden Oktay merdivenlerden iniyor. Jean pantolon ve tişört giymiş çabucak. Ayağında spor ayakkabılar var. Zeynep az önce karşılarında oturan gergin, yaşlı adamın yukarıda bir zaman makinesine girip çıktığına yemin edebilir. Meğer ne kadar dinç ve gençmiş.

Neşeli bir yüzle, "Hadi, çıkalım," diyor Oktay. Mermer konsoldan anahtarlarını alışını izleyen Zeynep, "Bu adam bayağı gençmiş yahu?" diye fısıldıyor Kerem'e.

Kerem de bu duruma şaşırmış belli ki. "Adamın niye efsane olduğu anlaşıldı. Keşke onun yaşında ben de böyle görünsem!" diye fısıldayarak yanıt veriyor Zeynep'e.

Zeynep, annesinin daima hayranlıkla söz ettiği bu adamın gençlik yıllarında çok çapkın olduğuna yemin edebilir. Vay vay vay...

Kapının önündeki sarı Vosvos'un kapısını açıyor Oktay. "Buyurun, *Atılgan*'la tanışın," diyor gülerek. "İlk arabam, ilk göz ağrım. Yaş aldıkça zorlaştı İstanbul trafiğinde yaşaması. Ama onu elden çıkaramadım. Burada, Urla'da beni bekledi. İstanbul'da başka bir arabam vardı. Buraya döndükten sonra da iki *Atılgan* bir kasabaya fazla geldi. En eskisi kaldı. İstanbul'dan buraya geldiğim arabamı sattım. Başka biriyle yeni bir maceraya çıktı yani."

Gençler birbirine bakıp gülüyor. Oktay koltuğu öne iterek Zeynep'in binmesine yardımcı oluyor. Kerem de bindikten sonra bahçe kapısını kapatıp sürücü koltuğuna yerleşiyor. Taş evlerin sıralı olduğu küçük sokaktan sarı Vosvos'un yaşlı homurtularıyla çıkıyorlar.

Oktay'da kendisinin bile şaşırdığı bir enerji var. Kerem'in heyecan dolu gerginliğinin yerini dinginliğin alışı gibi, Oktay'ın sessiz, bezgin ve huysuz ruh halinin yerini de coşku almış.

"Yaz yağmuru böyledir işte," diyor. "Bir acele gelir, gürler, gafil avlar, dökülür, ıslatır gider. Bunu seyretmeyi oldum olası çok severim. Özellikle de büyük şehirlerde, kalabalık yerlerde. Masalarda, banklarda oturan, yolda yürüyen insanlar bir koşu saçak altlarına, kapı önlerine sığınarak yağmurun dinmesini beklerken dalıp giderler ya... Fotoğraflık karelerdir hepsi. Saçlarına, yanaklarına, çıplak kollarına vuran iri damlaların ürpertisi içinde kimi tatlı bir çocukluk hatırasına gider, kimi de yetişmeye çalıştığı işi gücü ya da kaçırdığı otobüsü düşünür. Çatılara, susamış tarlalara, kucağını açmış denize içini döküp giden bulutların ardından güneş açar ve mis gibi bir koku yükselir. Bu yüzden yaz yağmuru hep güzel anılır, hep sevilir. Kızılmaz ona. Hem yağmura kızılır mı canım? Hele burada, Urla'da!"

Kasaba meydanındaki ışıklarda duruyor. Kafasını eğip güneşe bakıyor. Yeşil ışığı beklerken konuşmaya devam ediyor.

"Sabahları ve akşamları yağan yağmurdan sonraki ışık başkadır burada. Biliyorsunuz, değil mi, Anadolu'nun en eski bağları, zeytin ormanları buradadır. Yağmur o bağlara, ormanlara yağdıktan sonra güneş, Tanrı'nın tebessümü gibi düşer Urla'nın üzerine. Babam böyle derdi, yağmurdan sonraki güneş için. Tanrı'nın tebessümü."

Yeşil ışık yanıyor. Yaşlı araba inleyerek, zorlukla hareket ediyor. Kasaba meydanından çıkıyorlar. Oktay vites değiştirirken Kerem'e bakıp gülümsüyor.

"İşte o tebessüm, yeryüzündeki tüm canlılara nedenini bilmedikleri ani bir güç veriyor. Babam haklı. Çünkü bu öyle bir güç ki karınca yuvasından fırlar, salyangoz gül dalında hızlanır, serçeler havalanır, çiçekler boynunu uzatır, insanlar bir heves işlerinin başına koşar. Mesela ben bu kadar konuşmam pek. Sevmem yani. O yüzden, şu an niye susmak bilmiyorum diye düşünüyorum. Yağmurdan sonraki o tebessüm benim içimdeki salyangozu da hızlandırmış olmalı."

Gülüşüyorlar. Oktay bir kitabın sayfalarını seslendirir gibi konuşurken gençler hiç ses çıkarmadan onu dinliyor. Tam anlattığı gibi bir ışık aydınlatıyor geçtikleri ağaçlı yolu. Evde geçirdikleri o yarım saatte dökülüp giden yaz yağmurunun ardında bıraktığı bu ışığın onları sevgiyle sarıp sarmaladığını hissediyor Zeynep. İyi oldu evden çıktıkları.

Kerem'se evde ruhuna sirayet eden dinginlik içinde, daha önce altından yüzlerce kez geçtiğini düşündüren ağaçları, evleri, bahçeleri izliyor gülümseyerek. İlk defa görmüyor da, özlemle bakıyor sanki.

Ağaçlı yolun bitiminde Oktay arabayı deniz kenarına park ediyor.

"Böyle gidiyoruz, gelin," diyerek yol gösteriyor çocuklara.

Sıra sıra kayıkların, teknelerin, Batis'in eski kahvesinin, lokantaların, tostçuların önünden, kemerlerin altından geçiyorlar. Oktay adımlarını yavaşlatıyor.

"Bu kemerler, bu evler çok şey görüp geçirmiş Urla'nın simgesidir diyebilirim. Zenginlik, refah, kudret, savaş, direniş, göç, fakirlik, kıtlık, salgın hastalık, bekleyiş... Kaderine tek edilmiş, tablolara bir özne, fakir balıkçılara yuva olmuş, onarılmış, yeniden yaşamaya başlamış bu yapılar benim için çok değerli. Bu kemerleri, taşları kimse görmeden okşadığım anlar bile oldu çocukluğumda. Bunlara dokunduğumda burada olup bitmiş her şeyi duyduğumu, gördüğümü zannederdim. Çeşme açıklarından gelen korsanların naralarını, İngiliz donanmasının top seslerini, Karantina Adası'na indirilen göçmenlerin ağıtlarını, yağ ve şarap küpleri kayıklara yüklenirken söylenen şarkıları, atların nal seslerini..."

Zeynep ile Kerem hayranlıkla dinliyor ve aynı duyguyla bakıyorlar gösterdiği yerlere.

"Vay! Burada korsanlar mı varmış?" diyor Kerem ilgiyle.

"Evet," diyerek gülüyor Oktay. "Hadi, devam edelim."

Yürürken içi sızlıyor, o eski sabahlara, hızla değişen sokaklara üzülüyor yine.

"Bazen, bu yapıları korumaya alan, onaran, eski haline getiren mimarları kucaklama, neyim var neyim yoksa belediyeye bırakma isteğine kapılıyorum. Sonra çocukluğumun son parçalarından, eski, tek katlı bir evin birden yıkılıp, yerine zemin katında ucuz marketlerden birinin çirkin vitrininin uzandığı, zevksiz kalın balkon demirlerine plastik çiçeklerin yerleştirildiği çirkin bir apartmanın yükseldiğini görüyorum ve belediye binasını havaya uçurmayı düşünüyorum!"

Zeynep ile Kerem gülüyor. Oktay duruyor: "Bir an için ama!"

O durunca gençler de duruyor. Oktay uzaktaki yeni evlerden birini gösteriyor eliyle.

"Bunları görmemek, böyle düşünmemek için yürüyüş yolumu değiştiriyorum ama kaçtığı şey insanı kovalıyor. Şimdi güzel Urla'mın her köşesinden o feci müteahhit zevksizliği yükseliyor. Dededen kalma evi verip arsa karşılığı iki üç daire alıyor yeniler. Ne diyebilirsin? Bu yeni dünya insanlara kendini fakir hissettiriyor. Çok çalışsa da karşılığını alamayacağını bildiği bir düzende daha rahat yaşamak dururken eski, boktan bir köy evini korumaya çalışmak aptallık diye düşünüyorlar büyük olasılıkla. Aman, amma konuştum! Dedim, değil mi; ben pek sevmem aslında konuşmayı."

Yürümeye başlıyorlar tekrar. Oktay'ın çocuklara söylemediği şey, bu kuşatılmışlık ve çaresizlik içinde her gün dünyaya daha çok küstüğü. O yüzden az ve öz konuşmaktan yana. İskele'ye de pek az iniyor. Kitaplar ve filmler olmasa dünya artık katlanılır bir yer değil onun için. Ama bugün... Bugün Filiz'in kızı geldi. Ve yanındaki delikanlı neden, nasıl olduğunu anlayamadan, gözüne sıcak göründü. Bir sevesi geldi çocuğu da. Gitmesinler istedi. Gitmesinler, kalsınlar biraz.

En sondaki balıkçı meyhanesine ulaştıklarında, deniz kenarındaki küçük masaya oturuyorlar. Yağmurun kokusu ve buharlaşıp kaybolmak üzere olan izleri, masmavi denizin huzur veren sakinliği, önünde oturdukları yan yana dizili kayıklar, balıkçı ağlarının önünde bekleyen kediler Kerem'i de, Zeynep'i de mutlu ediyor. Kitap için geldiler ama Oktay Bey kapağını bile açmayıp onları alıp buraya getirdi. "Ama iyi oldu," diye düşünüyor Zeynep.

Oktay bir sigara yakıyor.

"Bu kadar yol geldiniz... Biraz sohbet edelim. Ben unuttum artık misafir ağırlamayı. Ama masa arkadaşlığı kurmanın önemine inanırım. Açsınız, değil mi? İstediğiniz bir şey var mı?"

"Tamam, yeriz bir şeyler. Di mi Kerem?"

"Tabii..."

"Aslında meyhanede karın doyurulmaz. Ama artık böyle oldu. Ara sıcak, ana sıcak filan diye şişirip duruyorlar insanı. Onu da ye, bunu da ye! Eskiden masada çok yiyen ayıplanırdı oysa."

Kerem ile Zeynep birbirlerine bakıyor. Nasıl yani? Yesinler mi, yemesinler mi?

"Aslında yemesek de olur tabii!" diyor Zeynep.

Oktay gülüyor. "Gülmek bu adama ne kadar da yakışıyor!" diye düşünüyor Zeynep.

"Yok ya, yanlış anladınız çocuklar. Böyle söyleyince kabalık etmiş oldum. Yani rakı kültüründe karın doyurulmaz demek istedim. Her şeyin çatalın ucuyla tadına bakılır aslında. Tabii her şeyi değiştirdikleri gibi bunu da değiştirdiler. Neyse yahu. Siz bana bakmayın. Ben her şeye kızarım böyle."

Kerem biraz çekinerek "Ben zaten rakı sevmem. Bir şeyler atıştırsak yeter," diyor.

Oktay sigarasını kül tablasına bastırıp söndürüyor.

"Oğlum sen de hiçbir şey sevmiyorsun ya! Kahve sevmem, rakı sevmem... Sen rakı içmeyi biliyor musun ki?"

"Yok. Sevmiyorum ya, o yüzden öğrenmeyeyim dedim. Gerek olmadı yani."

"Ben sana öğretirim."

"Tadını sevmiyorum."

"Seversin."

"Kokusu filan rahatsız ediyor beni."

"Saçmalama! Etmez!"

"Kaldıramam yani."

"Kaldırırsın!"

Zeynep bu saçma diyaloğu eğlenerek izliyor. Yüzündeki hınzır tebessümü fark eden Oktay, kafasıyla Zeynep'i gösteriyor.

"Bak, kız hiç itiraz ediyor mu?"

Kerem ne desin? Zaten "hayır" diyemiyor. Şimdi hiç diyemeyecek. Çaresiz gözlerle Zeynep'e bakıyor yine. O anda, o dakikada, dünyadaki en yakın arkadaşı, can simidi Zeynep çünkü. Zeynep tebessüm ediyor. Adam belli ki ikramda bulunmak istiyor. "Gelir misiniz?" diye sormadı bile. "Gidiyoruz!" dedi. E geldiler de. Ayıp olmasın, bir kadeh içsinler bari. Kerem'i masanın altından dürtüyor hafifçe.

"İkramınızı geri çevirmeyelim tabii Oktay Bey. Ama biz aslında hemen dönebilseydik... Gece uçağımız var, biliyorsunuz. Kitapla ilgili yorumunuzu alıp yola çıkabilirsek ancak yetişiriz."

"Hımmm... Evet... Kaçtaydı uçağınız?"

"Son uçak aslında."

"E, tamam, gayet iyi. Hiç tedirgin olmadan keyfini çıkarın şu saatin. Yetişirsiniz."

Kitapla ilgili tek kelime dahi etmeden, kapıda bekleyen dükkân sahibine sesleniyor. Adam üç adımda yanlarına geliyor.

Oktay gururla tanıştırıyor.

"Gençler, sizi Orhan Usta ile tanıştırmaktan mutluluk duyarım! Orhan Ustacığım, bu gençler İstanbul'dan misafirlerim. Zeynep ve Kerem."

Orhan Usta gülümseyerek "Hoş gelmişsiniz!" diyor.

O da Urlalı. Oktay'ı çok eski tanır. Arada bir sohbetlerde adı anıldı mı, anlatacakları hazırdır: "Eskiden böyle durgun değildi bu adam, şeker gibiydi. Sonra işte ne olduysa... İstanbul'dan bir gazeteci takımı geldiydi, onlar anlatmış bizim Otelci Hasan'a: Buhran geçirip terk etmiş İstanbul'u. O yüzden dönmüşmüş. İyi yapmış dedik, döndüğünü duyunca. Zaten Ege'ye buhran geçirmeden yerleşen İstanbullu mu var? Bak sor hepsine, dayanamadım geldim, der. Ama Oktay sonuçta bizim çocuğumuz, bizim abimizdir. Döndüğünden beri biraz sessizleşti, içine kapandı iyice. Bir de yalnız kaldı çok. Ailesine çok düşkündü…"

Uzun zamandır Oktay'ı meyhanesinde ağırlamadığı gibi, onu bir de böyle sıcak, konuşkan, misafiriyle filan görmek!.. Ohooo!.. Seviniyor.

"Şimdi Orhan Ustacım… Bu genç arkadaşlara rakı içmeyi öğreteceğiz. Kerem kardeşimiz pek sevmiyormuş."

"Olur tabii. O zaman ben bir küçük yaş üzüm rakısı getireyim. Daha yumuşak olur."

"Tamam usta. Sen ne uygunsa getir."

Orhan Usta içeri girince Oktay gülümseyerek anlatmaya başlıyor.

"Bu Orhan benim için yaşayan son usta meyhanecidir. Bak, balıkçılık başkadır, meyhanecilik başka! İyi dinle Kerem!"

Kerem gülüyor. Zeynep merakla ikisini izliyor. Oktay ders verir gibi konuşuyor, Kerem de o ne dese başını sallıyor.

"Meyhanecilik zor iş, ince iş. Eşin dostun masaya oturmuşsa eş dost değildir artık, müşteridir. Belli bir mesafeden sevilir müşteri. Kalbi kırılmaz ama masasına asla oturulmaz. Bir de, müşteri içerken meyhaneci içmez. Onları koruyup kollamak, gerektiğinde evine yollamak, içeride düzeni sağlamak mekân sahibinin işidir. Mekân sahibi içerse ne olur? Kontrolü kaybeder. Kontrolü kaybettin mi, bittin. Sonunda kendi yuvanı bile kaybedersin. Bu kuralları asla yıkmaz Orhan Usta. Onun görevi buradaki huzuru sağlamak. Müşteriyi seçmek. Eski gelenekle büyütüldü. Dedesinden kalma bu dükkân. Dedesine Barba Ustasından kalmış. Barba Usta'ya da kendi babasından. Yani toplam beş kuşaktır yabancı yok bu çatının altında."

Zeynep, Oktay Bey'i dinlerken eski yapıyı ve uzaktaki çatıları inceliyor. Anlattıklarını gözünün önüne getirmeye çalışıyor. Bu köşede, bu masalarda beş kuşak öncesinin insanları mı oturuyordu yani? O sırada Kerem, Oktay Bey'in sözünü kesiyor.

"Beş kuşak mı? Ama yanlış. Orhan Usta'nın babasıyla üç jenerasyon olmuyor mu?"

Oktay işaret parmağını dudağına götürüyor.

"Şşş! Aman, Orhan Usta duymasın. En kızdığı şey bu, ha! Senin gibi saf saf soran da olur, kızdırmak için üstüne giden de. 'Barba yabancı, senin kanından değil ki,' dediler mi deliriyor Orhan Usta. Çok hassas bu konuda. Babasını sünnetinde Barba Usta tutmuş kucağında. Bu işi o öğretmiş dedesine. Oğlu olmamış Barba Usta'nın. O da kendi babasından öğrendiğini oğul saydıklarına öğretmiş. Giderken Orhan Usta'nın dedesine bırakmış meyhaneyi. Ağlaya ağlaya göndermişler. Bir gün gelecek diye beklemişler ama bir daha dönememiş kimse. O gün bugündür Orhan Usta'nın ailesi Barba'dan kalan ne varsa hepsine gözü gibi bakıyor."

Zeynep merak ediyor: "Nereye gitmiş ki?"

"Gönderilmişlerdenmiş Barba Usta da. Birinci Dünya Savaşı'yla tırmanan gerginlik ve sonrasındaki değişim anlaşmaları... Biliyorsunuz değil mi, mübadele ne demek? Barba Usta da ailesiyle Yunanistan'a zorunlu gönderilenlerden."

Kerem'in bakışlarından "mübadele" ve "gönderilenler"in ne anlama geldiğini tam olarak bilmediğini anlıyor Oktay. Belki de hiç duymadığını. Beş kuşak meyhaneciyi anlatırken, dünyayı yakıp kavuran o savaşların, göçlerin altıncı kuşakta unutulduğunu, bilinmediğini, önemsenmediğini, çünkü daima yeni bir savaşın gelip her kuşağı kendi cehennemiyle meşgul ettiğini bir kez daha fark etmek yine efkârlandırıyor Oktay'ı.

Efkârına Orhan Usta yetişiyor. Elinde minik bir tepsiyle yanlarında belirdi. Hiç acele etmeden, adeta her devinimin tadını çıkararak önce karafakiyi, sonra küçük kadehleri, yağ dolu kâseyi ve kızarmış ekmekleri masaya bırakıyor. Hepsinin kadehlerini doldurup masadan uzaklaşıyor. Oktay, Orhan Usta'nın ardından bakarken anlatmaya başlıyor yine.

"Barba, meyhane patronu demek. Rumca. Amca demek aslında. Meyhaneyi izler, saki işini doğru yapıyor mu, içen edepli içiyor mu diye bütün akşam etrafı kollarmış. Orhan da işte kalan son barba. Gönderilenlerden kalan son parça."

Şimdi martılar uçuyor tepelerinde. Yağmurdan sonra yüzeye çıkanların peşindeler. Havada taze bir koku. Nicedir özlediği bir netlik var zihninde Oktay'ın. Kadehini alıyor eline.

"Başlamadan önce bir şey söylememe izin verin. Birazdan bir sofranın üç kişisi olacağız. Ama unutmayın, masada görünmeyen en az bir kişi daha vardır her zaman."

"Nasıl yani?" diye soruyor Zeynep.

"Şöyle ki... Bir hikâye anlatırdı eskiler. Benden de size kalsın şimdi... Bir adam varmış. Masaların aranan, sevilen rakı erbaplarından biriymiş. Tak diye gidivermiş bir gün. Diğer tarafta karşılamışlar. Artık orası neresi, bilmiyoruz ama karşılayanlar 'Ne içersin?' diye sormuşlar. 'Su,' demiş adam. Bir bardak uzatılmış ki içinde rakı var. Adam şaşırmış. Nasıl olur? 'Böyle işte,' demişler. 'Bazen olur.' Günler günleri kovalamış. 'Ne içersin?' diye her sorduklarında adam 'Su içerim,' diye yanıt vermiş. Hep rakı gelmiş. Böyle böyle altmış gün geçmiş. Altmışıncı gün uzatılan bardakta ise rakı değil, su varmış. Adam 'Bir yanlışlık olmalı; su istedim, su getirdiniz. Hep rakı verirdiniz oysa,' diye itiraz etmiş. 'Ah!' demiş bardağı uzatan, 'Bundan sonra sana sadece su var. Dostların seni masada anmayı bıraktılar çünkü. Şimdi unutuldun işte.'"

Zeynep'in içi sızlıyor birden. Kerem'e dönüyor hüzünle. Aaa! Kerem'in gözleri dolmuş. Gerçek mi gördüğü? Bu çocuk bu kadar mı duygusal?

Oktay kadehini tekrar eline alıyor.

"Yani sevgili Kerem, sevgili Zeynep... Biz üç kişi oturduk diye düşünürüz fakat öbür âleme gidenlerden başka, yaşıyor olsa da göremediklerimizle ve hatırasıyla masaya eşlik edenlerle birlikte kaç kişiyizdir aslında, bilemeyiz. Bu yüzden ben ilk kadehimi daima çok sevdiğim bir gidene, gönülde yeri kalana kaldırırım."

Oktay kadehini yavaşça masaya vuruyor ve "Bu gece paylaşacaklarımıza!" diyor.

Kerem çok etkilendi Oktay Bey'in bu son sözlerinden. Yapabilse kafasına dikip bitirebilir bütün kadehi. Zeynep'le göz göze geldiğinde boğazına bir yumruk oturuyor. Öğleden beri ne tuhaf hissediyor kendini. Zeynep'in gözlerinden kaçamayacak galiba. Uçakta, yolda kapadı gözlerini, hiç bakmadı Zeynep'e ama şimdi elinde değil. Bitecek şeyler için korkmaktan vazgeçmeli artık. Kabuğuna saklanmayı bırakmalı.

Kadehini tıpkı Oktay gibi masaya vuruyor ve havaya kaldırıyor.

"Şimdi şöyle yapalım: Karnınız aç. Şu zeytinyağına şu güzelim ekmekleri bir bandırın bakalım. Midenize altlık yapalım. Sıvayalım güzelce. Sonra 'Ne oldum böyle?' demeyelim. Birazdan Orhan Usta çok güzel mezeler getirecek. Ama biz kendimizi sohbete hazırlayalım. Kerem, bak oğlum... İlk kadeh yarım saatte içilir, ona göre. Masaya sarhoş olmak için değil, dostluğu demlemek için oturduk, tamam mı?"

"Tamam Oktay Bey."

Zeytinyağı kâsesine aynı anda uzanıyor elleri. Gülüşüyorlar. Milli Piyangocu Salim geliyor o sıra.

"Alcen mi Oktay abi?"

"Ulen Salim, rahat yok senden be! Ne yapıyon? Ver bakem çocuklara birer çeyrek. Kız çekiversin. Cingöz bi şey ha!"

Oktay'ın, cebinden cüzdanını çıkarırken birden Ege şivesiyle konuşmaya başlaması Kerem'le Zeynep'e hem çok komik hem de çok tuhaf geliyor. Zeynep gülmesini tutuyor.

Salim koca göbeğini çevirip "Bu kız mı cingöz diyon? O zaman bir tane de sana çekiversin be abi!" diyor.

"Len, sen de buldun mu bırakmıyon be! İstemem ben. Hadi kolay gelsin!"

"E, iyi o zaman. Valla belki de büyük talihi kaçırıyon Oktay abi."

"Ulan kaçan kaçtı, giden gitti. Bu saatten sonra hangi talihin peşinden koşcem be! Uzatma hadi. Hayırlı işler sana."

Salim paraları alıp ayağını sürüyerek uzaklaşıyor.

Çocukların kendisine merakla baktığını görünce aynı şiveyle devam ediyor Oktay.

"Burlarda büyüdük be!"

Gençler gülüşüyor yine.

"Bak, gördün mü Kerem? Masaya oturdun mu, her şey ısınıverir. Muhabbetin altını yakmadan kalkmayı bilicen ama."

Zeynep, Kerem'le birlikte olmak için bu yolculuğa eklense de, Oktay Bey giderek daha çok ilgisini çekiyor. Annesi bu kadar önem veriyorsa, onun şu anda tam göremediği büyük bir neden vardı mutlaka.

"Çocuğunuz var mı?" diye soruyor pat diye.

Oktay saklayamadığı ince bir hüzünle kafasını iki yana sallıyor.

"Yok maalesef. Yaptığım işi ve kendimi biraz fazla önemsemişim. Bunu şimdi böyle düşünüyorum elbette. O zamanlar farklıydı düşüncelerim. Aile kurmak, evlenmek, bir kadına söz vermek bana zor gelirdi. Aklım arkada kalacak sanırdım. Bahane tabii. İnsanın, bir bekleyeninin olduğunu bilmesi de başka bir zenginlikmiş. Anne babamı kaybettikten sonra daha iyi anladım bunu."

"Ne zaman kaybettiniz?"

"Babamı erken kaybettik. Nona'mı 1993'te."

"Annenize Nona mı derdiniz?"

Oktay susuyor. Az önce Kerem'in boğazına çöken o yumruk şimdi Oktay'ı yakaladı. Zeynep'in "Annenize Nona mı derdiniz?" sorusu yankılana yankılana büyüyor, bir balon olup Oktay'ı içine alıyor. Balon havalanıyor, 1959 ilkbaharının bir akşamüzerinde duruyor. Güneş denizin üzerinde batmaya doğru ağır ağır yol alıyor. O altın ışık, o kutsal tebessüm yine her yanda. Yağmur yağmış demek ki. İşte şurada, biraz ileride, sahilde oturuyor ve Nona'nın yaptığı börekleri yiyorlar. Kız kardeşi çocuk arabasında. Nona bir bezle ağzını siliyor kardeşinin. Çok mutlular.

"Bunlar şimdilik yeter sanırım," diyor bir ses. Oktay irkilerek 1959'dan çıkıp 2010'a dönüyor. Orhan'mış sesin sahibi. Hemen her şeyden getirmiş, koymuş masaya.

"Yeter elbette, sağ ol," diye yanıt veriyor.

Konuyu dağıtması lazım. Konudan çok efkârını. Bu rakı da böyle namussuz bir şey. İlk yudumda kendi ülkesini kuruyor insanın içinde. Hüzünlü bir içki. Müziksiz, anısız, efkârsız olmuyor. Hele hele pişmanlık duygusu olmadan hiç olmuyor. Neyse, neyse...

Kerem iki yudumda tatlı bir baş dönmesi yaşamaya başlamış çoktan. Yanakları kırmızı kırmızı, gülümsüyor. Kerem'de kısa zamanda beliren bu hızlı değişim Oktay'ı şaşırtıyor. Bu çocuk hakikaten bilmiyor içmeyi.

"Kerem, şimdi bir bardak su iç. Kural şu: Her kadehe iki bardak su. Tamam mı? Hadi, şu yoğurtlu patlıcandan ye bakalım. Arkadaşına ekmek versene Zeynep."

Zeynep ekmeği uzatırken, "Bir şey olmaz canım. Telaş etmeyin. Çocuk değil ya!" diyor.

Kerem'e mezelerden birer kaşık koyup bir peçete sıkıştırıyor tabağın kenarına.

Oktay, Zeynep'i izliyor.

Annesi gibi becerikli, atılgan, cesur. Korkmadan konuşan kadınlardan olacak bu da. Adamları korkutacak ama. Oğlanı da beğeniyor, belli. Şuna bak, nasıl ilgileniyor çocukla. Ah be kızım!

Bunları düşünürken, aklında hiç olmayan bir soru soruyor Zeynep'e. Pat diye.

"Baban nasıl?"

Zeynep elindeki kadehi bırakmadan yan gözle bakıyor Oktay'a.

"Bilmem."

Oktay kendi sesinin, sorusunun şoku içinde. Nereden çıktı bu soru şimdi? Çocuğa durup dururken kalkıp bunu sormak da...

"Neden sordunuz?"

"Yani şey... Merak ettim. Senin gibi güzel bir kızı var diye gururludur. Şanslı babanın kızı olurmuş derler."

Oktay kendi sesine yabancı, kendi söylediklerini adeta dışarıdan dinliyor. Dinledikçe şaşıyor ağzından çıkanlara.

Zeynep rakısından bir yudum alıp kadehini tabağın kenarına bırakıyor.

"Sanmıyorum. Pek tanışmıyoruz zira. Yoğun biraz. İkinci evliliğinden ikiz çocukları oldu. Onlar da epey meşgul ediyor sanırım onu. Pek görüşemiyoruz o yüzden."

Bunları anlatırken gayet soğukkanlı görünüyor Zeynep. Pek dert etmiyor gibi. Oktay yine şaşırıyor.

"Nasıl yani görüşmüyorsunuz? Başka şehirde mi yaşıyor?"

"Yoo, aynı semtteyiz hatta. Sanıyorum unuttuk artık birbirimizi. O kendi hayatında, ben kendi hayatımdayım."

Kerem nasıl da iyi biliyor bu son cümlenin ne anlama geldiğini... Kendi hayatı da bundan farklı değil ki. Anne babasıyla aynı evdeler ama herkes kendi dünyasında.

"Üzülüyor musun buna?"

Zeynep soruyu soran Kerem'e dönüyor.

"Annem de sorup dururdu bunu. On bir yaşımdaydım galiba. Okuldan geldiğimde annem evdeydi. Telaşla 'Anne, ben bugün serviste gelirken babamı düşünmeyi unuttuğumu fark ettim. Babam artık aklıma gelmiyor!' demiştim. Annemin gözleri aklımdan çıkmıyor. O kadar büyük bir üzüntüyle bakıyordu ki bana..."

Oktay'la Kerem'in üzerine yağmur yağacak sanki. Üşümüş, büzüşmüşler. Zeynep'e bakıyorlar. Onların tersine, Zeynep dokunaklı bir neşe içinde. Gülerek anlatıyor.

"'Anne sen böyle bakınca üzülmem gerektiğini sanıyorum. Üzülmeli miyim sence?' diye sormuştum. Bana sarılmıştı gülerek. Hâlâ da gülerek anlatır. 'Çocuğuma duygularımı aktarıyormuşum meğer, kendi üzüntümü öğretiyormuşum. O benim öğretmenim oldu,' der. Yani üzülmüyorum. On bir yaşımdan beri yanıtım aynı. İnsan bildiği bir şeyin eksikliğini hissedip üzülür. Bilmediğim bir şey için üzülmüyorum, hayır Kerem."

Kerem ile Oktay göz göze geliyor. Zeynep'in dik durarak, gülerek anlattığı hikâyesinde kendi üzüntülerini buluyor ikisi de. Varlığını bilip eksikliğini hissettikleri o sevginin üzüntüsüyle birbirlerinden gözlerini kaçırıyorlar.

5. BÖLÜM

Urla'da Bir Gece Başlarken

"Kimle yarışıyor, neyi ispat etmek istiyordum, kim bilir. O zamanlar her düşündüğüme, her eylemime çok inanıyordum. İnanmasam ne işim var çölün ortasında, değil mi? Yanlışımı bile yırtıcı bir hayvan gibi savunurdum. Bile bile savunurdum hem de. 'Bu benim, böyleyim işte. Beğenen beğenir, beğenmeyen öte gitsin! Kimseye sevdirmek zorunda değilim kendimi!' derdim. Ama içten içe, çok beğensinler, hayranlık duysunlar diye de kıvranırmışım meğer. Sonra, çok sonra anladım. Alkışlayacaklar, beğenecekler, sevecekler... İyi de, oğlum kim onlar? Kim? *Onlar* işte... Beni olduğum gibi, varlığımla sevenler değil; o kesin! Kibirleriyle kimseyi beğenmeyenler. Kudretlerine imrenip onlardan biri olmak istediklerim. İnsan kendini ötekiyle anlamlandırıyor. Tüm yakınlarımdan tek tek uzaklaşırken, onayını almak için can attıklarım gün geldi, evet, tam da istediğim gibi beni alkışladı. Ve bütün bunlar olup biterken *gerçekten tüm yakınlarım beni yanlış tanıdı.* Belki doğruydu gördükleri. Olduğu gibiydi. Ama ben anlaşılamadığım konusunda çok emindim."

Oktay kim bilir kaçıncı kadehinde. Saymadı. Sayacağı da yok gibi. Eskiden olurdu böyle. Gençken. İçince diline vururdu coşkusu. Bu gece de öyle. Bir sigara yakıp anlatmaya devam ediyor.

"Bir gün çölün ortasında, bir şehirden öbürüne, nasılsa yakın, bildiğim yer diye rehbersiz, bir başıma geçmeye kalkıştım. Tam iki şehrin ortasında, çölde araba stop etti. Yok, ne yapsam çalışmıyor. Araba dediğim de eski mi eski bir askeri Amerikan cipi. Rehbersiz yola çıkmak ne demek biliyor musunuz? Ya iki taraftan birinin kör kurşununa kurban gidersin ya da kaybolup akbabalara yem olursun. Kendime inancıma da bak sen! Büyük aptallık. Telsiz de çalışmıyor mu sana! Buyur, buradan yak. Gün battı. Çölde gece çok soğuk olur. Haydi bakalım, kendi hikâyeni kendin yaz şimdi. Gündüz kavrulmuşken gece donuyordum ve yapacak hiçbir şey yoktu! Oturdum, gökyüzünü seyretmeye başladım. Çölde geceleri gökyüzü çok acayiptir. Sayı, sınır, zaman kavramı; ne varsa yitirirsiniz. Koyu karanlığın içinde sana siyah gelmez gökyüzü. Koyu ama çok koyu bir laciverttir. Anlatılmaz bir büyünün içine alır insanı. Uzaydayım, diye düşünürsün. Severim de uzay muzay işlerini. *Uzay Yolu*'nun büyük hastasıyım. İlkinden sonuncusuna, tüm arabalarımın adını *Atılgan* koydum, öyle tutkunum yani. *Atılgan 1, Atılgan 2* diye gider hepsi."

Zeynep gülüyor.

"Tamam, şimdi oldu. Ben de buraya gelmeden bizi arabanızla tanıştırınca..."

Kerem içten bir merakla araya giriyor.

"*Atılgan* kim?"

"Oğlum, geminin adı *Atılgan* değil mi?"

"Hangisinin? Ben *Uzay Yolu*'nu bilmiyorum."

Oktay sinirleniyor. "Ne demek *Uzay Yolu*'nu bilmiyorum? Sen nerede yaşıyorsun, nerede büyüdün oğlum?"

Zeynep müdahale etme gereği duyuyor.

"Kerem yurt dışında, farklı ülkelerde büyümüş. O yüzden Türkçe adlarını bilmiyor olabilir. Kerem ya, sen de *Star Trek*'i bilirsin artık."

"Tabii bilirim. Oktay Bey, *Enterprise*'a mı diyor *Atılgan* diye?"

Oktay, Kerem'in aksanını taklit ediyor:

"Evet, Oktay Bey, *Enterprise*'a diyor *Atılgan* diye!"

Normal şartlarda Kerem'i gücendirebilecek bu hareket, tam tersine çok güldürüyor.

"Ama aynı ben gibi konuştunuz gerçekten!"

Oktay çocuğun sevimli gülüşü karşısında küçük bir geri adım atıyor.

"Bak Kerem, bu benim hassas konum. *Star Trek* Türkiye'de yetmişli yıllarda *Uzay Yolu* adıyla TRT'de yayınlandı ve ben o gün bugündür izlemekten bıkmadım. Yeni çekimlerine tahammül edebildiğim ender işlerden biridir, onu da söyleyeyim. Geminin adını dönemin çevirmenleri *Atılgan* koymuştu. Biz de öyle sevdik, öyle sakladık adını kalbimizde. Anlaştık mı?"

"Anlaştık," diyor Kerem gülerek. "Eeee, peki sonra ne oldu? Çölde araba bozuldu, siz tek başınıza kaldınız?.."

Oktay anlattıklarının ilgi çekmesinden memnun oluyor. Daha da keyiflenerek devam ediyor.

"İşte, ne diyordum? Hah! Gökyüzü. Yıldızlardan gelmiştik di mi *Uzay Yolu*'na?"

Zeynep, "Evet," diye onaylıyor.

"Uçsuz bucaksız bir gökyüzü ve insanlık tarihinin gördüğü bütün yıldızlar tepende sanki. Tarifsiz bir huzur.

Korku morku kalmadı, kayboldu. Bu maceradan da yırtacağıma eminim. Öyle huşu içinde göğe bakarken, her yanımı çevreleyen yıldızlarla dolu o sonsuz evren sanki dile geldi. Ve bana aslında ufacık bir toz zerresi olduğumu fısıldadı. Çöldeki şu kum tanesinden bir farkın yok aslında. Sen diğer kum tanelerinden farklı olduğunu onlara anlatmak için çırpınıyorsun ama saçma. Farklı değilsin. Sandığın kadar güçlü hiç değilsin. Şimdi burada ölsen, kimse bulamasa seni, kahraman filan da sayılmazsın. Yaşamadığın aşk, söyleyemediğin söz, göremediğin dünya, dileyemediğin özür kursağında kalacak. Senden sonra da savaşlar olacak. Senden daha iyi fotoğraf çekenler, senden daha zalim olabilenler gelecek. Sen de herkes gibi unutulacaksın. Unutulacaksın oğlum! Ölmekten değil, yaşamaktan korkmamaktır kahramanlık. Sevmekten sevilmekten korkmamaktır."

Bir sigara daha yakıp başını denize çeviriyor. Kendi kendine tekrar ediyor: *Ölmekten değil, yaşamaktan korkmamaktır kahramanlık.*

Kerem ile Zeynep tek kelime etmeden Oktay Bey'e bakıyorlar. Kendi dünyasında kayboldu sanki şu anda. Zaten gecenin başından beri onlara mı anlatıyor, yoksa kendi kendine mi konuşuyor arada, anlayamıyor Zeynep. Fakat konuştukça daha çok merak ediyor bu adamı. Üstelik Kerem'le yan yana olmak tam da hayalini kurduğu şeydi. O yüzden fark etmez. İstediği gibi, istediği kadar anlatsın.

Fakat kaç saat geçmiş? Gün batmış, gece olmuş. Ay gökte kocaman, ışıklı bir balon. Denizin üzerinde ışıl ışıl yakamozlar. Uzaktan gelen genç gülüşmelere, konuşmalara tabakları sıyıran çatal kaşığın ve kıyıya vuran küçük dalgaların, o dalgalar yüzünden birbirine çarpan sandalların, mezarlık gülü satmak için masalar arasında dolaşan esmer kızın tekdüze sesi karışıyor. Bir de, hepsinin bir tık üzerine çıkan alaturka bir şarkı çalıyor.

Kerem ilk defa duyuyor bu şarkıyı. Tüm bu sesler içinde bugüne dek hiç tecrübe etmediği bir gerçeğin ortasında sallanıyor ve o şarkı, bedeninin içinde hızla bir ağacı büyütüyor. Orada yıllardır bekleyen o çekirdeğin hiç farkında değilmiş meğer. Bu sesler, bu kokular, gökteki ay, ışıklı tozu denize düşen yıldızlar, Oktay Bey'in anlattıkları, şu önündeki küçük bardak, Zeynep'in uzun saçları, babasız geçen yıllarını anlatırken büründüğü o acısız prenses hali...

Şakaklarında tatlı bir karıncalanma var ama o bile hoşuna gidiyor Kerem'in. İnanılır gibi değil, tam iki kadeh içti. Hiç de pişmanlık duymuyor. Zeynep önündeki ilk kadehin yarısını bile içmemiş. Zeynep'e duyduğu güven bir boy daha büyüyor o anda. Kendini bırakabilir, Zeynep kollayabilir onu, evet. Oktay Bey az önce bir ara kahvesi söyledi. Âdettenmiş. İki kadeh sonrasında kahve, çay içilirmiş ki açılsınlar. Rakıdan sonra hiç takati kalmadı. Oktay Bey ne derse tamam diyecek, diyor da. Neyse ki Zeynep yanında. İyi ki yanında. Üstelik Zeynep artık ona daha yakın. Ona bakıp bakıp aynı şeyi düşünüyor:

Ben bildiğim bir şeyin eksikliğini yaşadığım için üzgünüm. Sen tanımadan uzaksın babana, bense tanıdığım halde yabancıyım hâlâ.

Oktay tuvalete gitmek için izin istiyor. Masadan kalktığında Zeynep endişeyle Kerem'e dönüyor:

"Yetişirsiniz, yetişirsiniz dedi ama imkânsız artık. Yarım saat önce kalkmış olmalıydık. Uçağı kaçırdık."

Kerem'in umurunda değil. Gülümsüyor.

"Olsun. Ne güzel anlatıyor. Anlatsın dinleyelim, oturalım işte biraz daha."

"Bu gece başka uçak yok. Yarına kaldık, farkında mısın?"

"Evet."

"Niye sırıtıp duruyorsun sen ya? Sarhoş mu oldun yoksa Kerem?"

"Bilmem? Oldum mu?"

Zeynep duraksıyor. Kerem'in buğulanmış gözlerindeki ışık, yakışıklı yüzündeki tebessüm kalbinde bir "çıt" şimdi. Başka bir "çıt" ama bu. Kilidin içinde anahtar döner ve o kilit açılırken bir "çıt" sesi duyulur ya, bu işte öyle bir "çıt". Zeynep'in hiç bilmediği bir yer varmış meğer kalbinde. Çok şaşırıyor o yerin varlığını fark edince. O yer haz, acı, kül ve sabırla dolu, kadının hep yeniden başlama gücünün saklı olduğu bir oda. Aşktan aşka açılır ancak. Zeynep o odanın kapısını açan Kerem'in karşısında hiç olmadığı kadar utangaç ve tedirgin şimdi.

Kerem, Zeynep'in omzuna dökülen saçlarına uzanıyor, bir tutam alıp geriye bırakıyor. Sonra başını hafifçe yana eğip gözlerinin içine bakıyor birkaç saniye.

"Sarhoş olduysam beni kollarsın, biliyorum. Sen sarhoş olsaydın ben yapardım çünkü."

Zeynep ne diyeceğini bilemiyor. Bu Kerem'e, yani böyle bir Kerem'e, onun yakınlık gösteren, gülümseyen, gözlerinin içine bakan şu hallerine hazırlıklı değil. Avuçları terliyor. Yanaklarına ateş basıyor. Bir şey söylemesi lazım. Çantasını karıştırarak konuşuyor.

"Ben annemi arayayım. Bize yarın için bilet aldırsın. On tane mesaj attı kadın. Adama ayıp olmasın, onu dinlemiyormuşum gibi görünmesin diye doğru düzgün yanıt da veremedim. Oktay Bey bizi yemeğe getirdi, kalkamıyoruz deyince yazmayı bıraktı. İyice geç olmadan haber vereyim de annem kalacak bir yer ayarlatsın bize."

Masadan kalkıp dalgakırana doğru birkaç adım uzaklaşıyor.

Kerem'in başı dönüyor biraz. Gitme Kerem, hep kal burada deseler, kalır. Hiçbir şey canını sıkmıyor şu anda.

Garson kahveleri masaya bırakıyor. Kerem hiç sevmediğini sandığı Türk kahvesinin kokusunun ne güzel olduğunu düşünüyor. Kokuyu derin derin içine çekip gözlerini yumuyor.

Bu dakikayı, bugünü, duyduklarını hiç unutma Kerem. Hiç unutma! Ezberine al...

Eski bir şarkının sözleri dolduruyor geceyi.

Kupkuru bir ağacın dalıyım, yapayalnız
Uzaklarda bir yerlerde bir şeyler kök salıyor...

Çocukluğundan bir anı. Barış Manço bu, tanıyor. Türkiye'ye yaz tatiline geldikleri bir yıl. Dedesiyle ikisi evde baş başalar. Dedesi ardı ardına bu şarkıyı çalıyor. Evet, evet, *Dönence* bu şarkının adı. O kadar çok çalıyor ki dedesi, o gün ezberlemiş olmalı. Sonra bir daha hiç aklına gelmemiş. Ama şimdi bütün sözlerini bildiğini fark ediyor. Müziğin gücü olsa gerek bu.

Simsiyah gecenin koynundayım yapayalnız...

Birden çok üzülüyor dedesine. Çok mu mutsuz, çok mu yalnızdı acaba? Yapamadıkları için mi ağlıyordu? Özlediği bir şey mi vardı? Belki de hepsiydi. Keşke daha çok tanıyabilseydi onu. Daha çok sevseydi. Hiç anlamadığı şeyleri anlamasını, sevmesini sağlayan bir güç var bu gecede. Bu şarkı hiç bitmesin mesela. Tekrar tekrar çalsın.

Gözlerini açtığında Oktay Bey'in ses çıkarmadan karşısında oturduğunu ve onu dikkatle izlediğini görüp gülüyor.

"Galiba sözlerini bildiğim tek şarkı bu."

"Ben de severim... Hadi, iç kahveni. Zeynep nerede?"

"Bakın, şurada. Annesiyle konuşuyor. Uçağı kaçırdık diye huzursuz biraz. Nerede kalacağız diyor."

"Bende kalırsınız."

"Olur mu hiç? Burası otel dolu. Filiz Hocam şimdi ayarlatır bize bir yer."

"Saçmalama evladım. İç kahveni," diyor Oktay. Sonra biraz ileride telefonla konuşan Zeynep'e sesleniyor.

"Zeynep, gel gel. Annenle ben de konuşacağım."

Genç kız telefonda konuşa konuşa masaya yürüyor.

"Annecim ben seni yine ararım. Oktay Bey konuşmak istiyor seninle."

Oktay telefonu eline aldıktan sonra, konuşmadan önce derin bir nefes çekiyor içine.

"Nasılsın Filiz? İyiyiz iyiyiz biz. Keyfimiz yerinde bizim, hiç bozma... Yok canım... Ben alıkoydum çocukları. Hiç olmazdı ya, çenem düştü bu akşam. Onlar da ses etmedi. Bu gece benim misafirim olsunlar. Yarın ben bırakırım havaalanına. Sen merak etme yahu... Tamam tamam, merak etme dedim ya... Ha... Filiz... Sen?.. Sen nasılsın?"

Kerem, Oktay'ı izliyor. "Sen nasılsın?" diye sorarken başkalaşan yüzünde ve sesinde bir şeyler saklı olduğunu görüyor. Bu öyle sıradan bir "Nasılsın?" değil. Oktay Bey, Filiz Hoca'ya çok âşıkmış be! Belki de hâlâ seviyordur. Olabilir mi? Tabii ya, olabilir... Filiz Hoca da sevmiştir bu adamı kesin. O fotoğrafları gördüğünde bu yüzden mi öyle heyecanlandı acaba?

"Ne bakıyorsun dik dik bana?"

Oktay telefonu Zeynep'e uzatırken soruyor bunu.

Olsun. Kerem artık korkmuyor, çekinmiyor konuşmaktan, soruları yanıtlamaktan.

"Sizin bize anlatmadığınız başka şeyleri merak ediyorum. Aşkı mesela."

Zeynep'in kalbi bunu duyar duymaz hop ediyor. Kerem'in bu kadar açıklıkla aşktan söz edebilmesine tül gibi bir sevinçle şaşırıyor.

"Nesini merak ediyorsun? Sana ne?" diyor Oktay. Yakalanmış bir çocuğun terslenerek savunuya geçmesi kadar komik geliyor Kerem'e bu yanıt. Normalde içine kaçacakken sanki boyu uzuyor da üstüne gidiyor Oktay'ın.

"Ama söz vermiştiniz masaya otururken. Kimse kimseyi kırmayacaktı. Siz şimdi kalbimi kırıyorsunuz benim."

"Allah Allah? Şuna bak Zeynep. Dili açıldı. Kendi elimle ne çıkardım ortaya?"

Oktay'la beraber Zeynep de gülüyor.

"Kerem doğru söylüyor aslında. Söz vermiştik gerçekten. Biz size verdiğimiz sözü tutuyoruz. Hem Kerem de böyle hiç kötü olmadı bence."

Oktay biraz mahcup, biraz çocuk, biraz yorgun.

"İnsan durmadan değişiyor. Büyürken, kazanırken, kaybederken. Kimse hayata başladığı, yola çıktığı gibi devam etmiyor, edemiyor. Zamana direnemiyor. Ama direnmek istiyor. Oysa insanın kazanamayacağı iki savaştan biridir zamanla giriştiği."

"Diğeri hangisi?"

"Kendisiyle olan."

"Nasıl yani?"

"O kadar uzun ki bunun yanıtı..."

"Anlatın, dinleyelim. Nasılsa buradayız bu gece."

Zeynep'in bu içten cümlesi Oktay'a uzun zamandır bu kadar güzel bir gece geçirmediğini düşündürüyor. İkisi de öyle içten, öyle güzel dinliyor ki anlattıkça anlatası geliyor insanın. Bugün zaten acayip bir gün. Ne çok konuştu. Çok mu susmuş, konuşmaya mı susamış, ne olmuş? Bu iki çocuğa içini dökse, bugün onu küstüren, üzen bütün o kayıpların nedenlerinden biri, bir parçası olduğunu itiraf etse, hafifler mi kalbi acaba? Getirdikleri o kitabın basılmasını neden istemediğini anlatsa... Gitmesinler, sabaha kadar otursunlar böyle.

Dolunayı gösteriyor gençlere.

"Çok güzel, değil mi?"

"Çok..."

"Kim bilir kaç kez ışıldadı bu göğün üzerinde. Kim bilir kimlere neler anlattı. Ne çok gelene, ne çok gidene ışık oldu. Ben çok severim memleketimi. Urla bir başkadır be çocuklar! Bereketli bir topraktır. Ay da, güneş de bir başka sever bu toprağı. Hayat senden bir şey alır ama yerine bir başka güzellik koyar derler ya... Buradan da çok şey almış, çok şey bırakmış yerine. Mesela... Yıl 1900. Urla'da bir şair doğar. Doğumundan 63 yıl sonra Nobel Ödülü alacak bir şair: Yorgo Seferis. Ama işte, hayat 1914'te onu buradan alır, ailesiyle Yunanistan'a gönderir. Onlar gittikten epey bir zaman sonra Yunanistan'da, Florina'da bir başka şair doğar. Necati koyarlar ismini. İki üç yaşındayken ailesinin kucağında gelir Urla'ya. İki göçmen aile çocuğu. Kendilerinden önce ve sonrakilerin acılarına tanıklık etmiş iki delikanlı. İkisi de büyük şair, büyük yazar olur. Biri Yunancanın, öbürü Türkçenin büyüklerinden şimdi. İnsan ölür, kelimeler kalır geriye... Urla'da bu büyük aya her baktığımda Necati Cumalı'nın bir cümlesi gelir ilişir sanki gökyüzüne: *'Ay büyürken uyuyamam'*. Necati Cumalı'dan bir zaman önce bu sokaklarda koşup oynayan Yorgo Seferis'in sesini duyarım sanki. Yunanca fısıldar kulağıma: *Hafıza neresine dokunursan acır...* "

Ay yer değiştiriyor yavaşça.

Orhan Usta geliyor yanlarına. Elinde karafaki.

"Birer tane daha?"

"Olur... İster misin Kerem?"

"İsterim."

"Hani sevmiyordun?"

"Pek bilmiyormuşum, tanımıyormuşum ki..."

"Tanıştınız mı?"

"Kiminle?"

Oktay, delikanlının saf ve içten sorusuna elinde olmadan gülüyor.

"Rakıyla diyorum. Böylece tanıştınız mı?"

Kerem gülüyor.

"Evet evet. Doğru kelimeleri bulmaya çok özen gösteriyorum. Yine de bazen yanlış anlaşılıyorum."

Oktay'ın gözleri dalıyor birkaç saniye. Kerem'e soruyor ama sanki aynı zamanda kendine de bu soru.

"Tanıdıkça mı sever insan?"

"Bilmem ki... Belki de."

"Tanıdıkça sevmeli insan. Oysa tanıdıkça uzaklaşıyoruz artık. Tanımak ve bilmek zaman, çaba, özen ister, değil mi? Şimdilerde önce seviyor, sonra tanıdıkça bıkıyor, uzaklaşıyor, kaçıyor insan soyu. Daha iyisinin var olduğuna ve sahipliğe inandırıldılar çünkü. Sen buna layıksın, dediler. Bundan daha iyisi mutlaka vardır diye düşününce ne oluyor?"

Oktay yanıtı gençlerden bekliyor. Gençler de Oktay'dan. Büyük bir yudum içip masaya bırakıyor kadehini.

"İnsan kendiyle savaşını kaybediyor... 'Bundan daha iyisi, yaşadığım hayattan daha iyisi, daha güzeli, daha görkemlisi, daha zahmetsizi' diye diye... Elbette daha iyisi hep olacak ama ya sahip olduğun hayat senin için aslında en iyisiyse? Bu kasabada, ilçenin köylerinde hangi köşeye giderseniz, bir zamanlar yaşadığı hayattan mutlu insanların hatırasıyla karşılaşırsınız. İstemedikleri halde çekildikleri bir savaşın içinde sefil olan, göçlere zorlanan o insanlar şu limandan gemilere bindirildiler ve istenmedikleri topraklara gönderildiler. Sonra şu Karantina Adası'na doğduğu vatanı, tarlasını, ocağını ardında bırakmaya zorlanan *gönderilenler* indirildi. Ne gelen ne giden... Hiçbiri *daha iyi bir hayat* aramıyordu. Daha iyi hayat, bildikleri hayattı. Doğdukları, büyüdükleri yerlerdi. Anadolu'nun müzisyeni, sanatçısı, şairi orada yer bulamadı kendine. Çoğu canına kıydı. Ne oradaki ne buradaki mutlu oldu. Sonra hayat normale döndü... İnsan her şeye alışır. Alıştılar yeni hayata. Kısa barış zamanları içinde baştan başladılar. Seviştiler. Yeni şiirler yazdılar. Yanmış bağların yanık kökleri söküldü, yenileri dikildi. Yıkılanı tamir ettiler. Gidenlerin ardından burada kalabilenlere 'azınlık' dendi. Sessiz, içe kapanık bir hayata gömüldü kalanlar. O yüzden benim çocukluğum, bu karmaşa içinde hayatta kalmayı başarabilenlerin birbirine gösterdiği özen içinde geçti. Hükümetler bastırdıkça birbirini teselli etmeye çalışan insanların arasında. Sonra ben daha iyi bir hayat aramaya çıktım. Buradan uzaklaştım. Döndüğümde ise savaşı çoktan kaybetmiştim."

Yan yana sıralı balıkçıların hepsinden sesler yükseliyor. Bütün masalar dolu. Müzik sesleri birbirine karışıyor. Hemen yanlarındaki lokantadan bir oyun havası yükseliyor. Masadakiler hep birlikte el çırpıyor. İki kadın masanın üzerine çıkıp göbek atmaya başlıyor. Masadaki adamların hepsi sanki aynı tornadan çıkmış gibi. Saçları azalmış ve göbekli. İçlerinden biri kalkıp para sıkıştırıyor oynayan kadınların göğsüne. Masada çığlıklar, kahkahalar birbirine karışıyor.

Oktay gözleri dolarak izliyor bu yüksek eğlenceyi. Gözlerindeki yaşlar aktı akacak halde konuşmaya devam ediyor.

"Kendinle savaşını kaybetmek nedir, biliyor musunuz? Yavaş yavaş tüm değerlerinin yitip gittiğini görmek ve teslim olmaktır. Büyüdüğün sokakları, sevdiğin evleri, inandığın insanları bulamadıkça içine içine kanamaktır. Adalet ve hukuk ayaklar altındayken, 'dünya düzdür' diye haykıran ve buna tüm kalbiyle inanan cahilin karşısında bıkkınca susmaktır. Zalimin zulmünü izleyip bir şey yapmaktan vazgeçmektir. Şansın varsa, çocukluğunun geçtiği eve saklanmaktır. Saklanırken korkmaktır. Ben nerede hata yaptım diye dönüp bakmaktan korkmaktır..."

Oktay'ın gözyaşları sakallarına akıyor. Kerem de, Zeynep de donup kalmış, bir şey söyleyemeden, soluk bile almadan dinliyorlar. Oktay elinin tersiyle gözlerini, sakalına düşen gözyaşlarını siliyor.

"Bu yüzden çocuklar, ben o kitabın kapağını açamam. Dönüp bakamam bir daha. İnsanların kanını, çocukların acısını tarihe kaydettim ben. İnsanların sabah kahvaltısında okudukları gazetelerin birinci sayfasına, evde yemek yerken izledikleri haber bültenlerine başkalarının uzak acılarını aktarmak dışında bir şey yapmadım. Yabancılaştırdım hepsini. Bu pisliği kanıksamalarına, alışmalarına neden oldum. Kendimi kandırdım, işime kendim anlam yükledim. Tarihe çalışıyorum, dedim. Ama hayır! Hayır! Acıyı belgelemek, barışı getirmiyor. Getirmedi. Film gibi izlediler. İzleyip geçtiler. Yapmam gereken, yapabileceğim o kadar çok şey vardı ki oysa. Ateş altında barış için yalvaran o kadınların, çocukların, delikanlıların bir fotoğrafa kaydedilmiş gözleri bana dünyanın en iyi fotoğrafçısı ödülünü getirmiş, ne fark eder? Ne fark etti? Ne değişti?"

Zeynep bir peçete uzatıyor.

"Bence kendinize büyük haksızlık ediyorsunuz. Annemin anlattığı, saydığı, sevdiği Oktay Onur Yortan böyle biri değil ki. Bir keresinde yaralı bir çocuğu sırtınızda taşırken vurmuşlar sizi. 'İnsan kurtarmaya mı, haber yapmaya mı gidiyor, belli değil,' derlermiş hep. Kitaba da, kendinize de haksızlık yapmayın, ne olur. İstemiyorsanız basılmaz tabii ki... Ama bizi çok üzdünüz siz şimdi."

Oktay, Zeynep'in uzattığı peçeteyi alırken çocuk gibi burnunu çekiyor. İçinde yağmurdan sonra göğe yerleşen güneşin ferahlaması var. Tarifsiz bir hafifleme hatta. Derin bir soluk alıp bırakıyor.

Ve tam o sırada, yan lokantada masa tepesinde oynayan kadınlardan biri yere düşüyor. Bardaklar, şişeler devriliyor, herkes ayağa fırlıyor. Ama kadın üzerine üşüşenlere aldırmadan, yerden kalktığı gibi göbek atmaya devam ediyor.

Kerem ve Zeynep aynı anda katıla katıla gülüyor. Oktay'ın kahkahası, ağlamasına karışıyor. Çocukluğundan bu yana girdiği, sürüklendiği, kazandığı, yenildiği tüm savaşlarda kaybettiklerine ağlıyor. Kendi içinde yankılanarak büyüyor feryadı: *Bu değer yitimine katlanamıyorum. Dayanamıyorum artık!* O gece onun haykıra haykıra ağlamasını duyan, gören kim varsa, kahkaha zannediyor.

6. BÖLÜM

Oktay'ın Büyüdüğü Evde

Oktay ile Kerem kucak kucağa uyuyorlar. Zeynep on dakikadır kendilerine gelmelerini umarak onları izliyor. Oktay derin bir uykuda ve horluyor. Kerem yanağını Oktay'ın göğsüne yaslamış. Oyuncak bir ayıya sarılır gibi sarılmış Oktay'a. Ağzı açık uyuyor o da. Mışıl mışıl, tatlı bir dünyaya kaymışlar.

Zeynep telefonunu çıkarıp ikisinin fotoğraflarını çekiyor. Sağdan, soldan, tepeden, daha yakından... O sıra aklına bir hınzırlık geliyor. Video çekmek! Evet bu ânı ölümsüzleştirmek gerek. On saniyelik bir kayıt yapıp annesine göndermeden önce, mesaj kısmına bir de not ekliyor:

"Hello anne! Son durum bu. Sence ne yapmalıyım?"

Saat daha 23:00 bile değil. Annesi uyumamıştır henüz. Zeynep'in de hiç uykusu yok. Fakat bu Oktay Bey madem iyi içebilen adamdı, ne oldu buna böyle? Kerem zaten bilmez etmez içmeyi. Ama Oktay Bey? Bu kadar erken bir saatte nasıl yığıldı kaldı bu adam?

Telefonun titremesiyle annesinden yanıt geldiğini anladı.

"Aaaa!! Mümkün değil! Ne yaptınız kızım adama?"

"Valla bir şey yapmadık anne!"

"Arasana beni, müsaitsen."

"Tamam."

Zeynep ses çıkarmamaya özen göstererek yerinden kalkıyor. Ne kadar özen gösterse de ev öyle eski ki attığı her adımda ayağının altındaki tahtalardan yaşla beraber vücudu kireç tutmuş insanların inlemesine benzer sesler çıkıyor. Yaşlı ahşabı incitmemeye çalışarak bahçeye yürüyor. Daha ilk çalışta açılıyor telefon.

"Ne oldu kızım? Çok şaşırdım. Oktay sarhoş olmaz normalde."

"Valla oldu anne. Güzel güzel konuşuyordu. Sonra birden durdu, 'Ben sarhoş oldum, eve gitmem lazım!' dedi. Biz de anlamadık ne olduğunu. Şaka yapıyor sandık."

"Aaa! Gerçekten mi? İlk defa duyuyorum böyle bir şeyi."

"Ay anne! Yalan mı söyleyeceğim sana? Gördün işte. Attım sana görüntüyü. Sarmaş dolaş uyuyor iki sarhoş."

"Eve nasıl geldiniz?"

"Yani baktım ki Oktay Bey götürüyor arka arkaya... Kerem'e de içirdi zorla... Ben he he deyip içiyormuş gibi yaptım. Tahmin ettim yani, iş başa düşecek. Ben getirdim."

"Sen mi kullandın arabayı? Aferin benim kızıma. O keçi hayatta vermezdi *Atılgan*'ını kimseye. Sana nasıl verdi yahu?"

Zeynep güldü.

"Ya anne, çok komik bir adam. *Atılgan* diyor hakikaten arabasına. Arabayla konuşuyor, biliyor musun?"

"İyi de sen nasıl aldın arabayı ondan? Kullanabildin mi? Düz vites o araba."

"Aman ne vermeyecek anne. Masada 'Sarhoş oldum,' deyince, 'O zaman ben kullanacağım arabayı,' dedim. Hiç itiraz etmeden uzattı anahtarı. Hem ben kimin kızıyım? Ehliyetimi düz vitesle aldım ben Filiz Hanım."

"Aferin kızıma. Ama gerçekten çok şaşırdım sana arabasını emanet edebilmesine."

"Ay anneeee! Adamı bağlayıp alacak halim yok anahtarını. Yol boyu arabasından özür diledi, ben kullanıyorum diye."

Gülüyorlar.

"Eee?"

"İşte, navigasyona yazdım adresi, geldik. Eve gelene kadar konuşuyordu. Kapıyı da kendi açtı gayet güzel. İçeri girdik, Kerem'e 'Gel yanıma otur,' dedi. Ben kahve yapmaya mutfağa gittim. Döndüğümde ikisini de böyle uyurken buldum. Ne yapayım şimdi?"

"Bırak uyusunlar. Sen de git yat, yapacak bir şey yok kızım. İyisin, değil mi?"

"İyiyim iyiyim. Anne, bu adam bu kitabın basılmasını istemiyor, haberin olsun. Zaten ruh hali de çok iyi değil bence. Çok ağladı bu akşam..."

"Ağladı mı? Oktay mı?"

"Niye her söylediğime böyle saçma sorularla karşılık veriyorsun? Evet, Oktay Bey! Ağladı."

"Hayır... Şaşırdım. Kendini kolay kolay bırakmaz çünkü. Kitabı istemiyor diyorsun..."

"İstemiyor..."

Telefonun diğer ucunda bir suskunluk. Zeynep, annesinin hayal kırıklığını tahmin edebiliyor. Çok beğeneceğini, hemen kabul edeceğini düşünmüştü herhalde. Kitabın kapağını bile açmadığını annesine kıyamadığı için söyleyemiyor o anda.

"Peki kızım. Sabah ola, hayrola. Sen şimdi üst kata çık. Arka yola bakan bir oda var. Orada yatarsın. Kız kardeşinin odası orası."

Zeynep duraksıyor.

"Sen nereden biliyorsun? Geldin mi daha önce buraya?"

Telefonun ucunda iki üç saniyelik bir sessizlik yine. Az önceki gibi bir duraksama değil ama bu. Zeynep'ten kaçar mı? Annesi ne yanıt vereceğini düşünüyor şimdi. Düşündüğüne göre kendine sakladığı bir şeyler var.

"Tabii ki... Bir yaz gitmiştim. Annesi hayattaydı o zamanlar. Ne yemekler yedik o evde, bilsen. Nona yaa... Nefis kahvaltılar hazırlardı. Bir turşular kurardı, bir börekler kızartırdı..."

"Yaaa?"

"Evet, neden şaşırdın ki?"

"Bilmem. Hiç bahsetmemiştin de."

Filiz de Zeynep'in annesi sonuçta. Anasına bak kızını al, demişler. Kızına pabuç bırakır mı? Geçiştirmekte üstüne yok. Bak, hızlı hızlı konuşmaya başladı şimdi. Annesiyle hakikaten ne çok benzeştiklerini düşünüyor Zeynep.

"Konusu olmamış demek ki. Beraber gideriz diyordum ya. Ben de anılarımı yâd ederim diye düşünüyordum. Neyse. Sen şimdi yat kızım. Yarın sabah ne yapacağımızı konuşuruz. Biletlerinizi saat 15:00'e aldırdım."

"Tamam annecim. Öptüm. İyi geceler."

"İyi geceler kızım. Kendine dikkat et... Ha, Zeynep!"

"Efendim anne?"

"Merdivenlerin altındaki duvara gömülü dolapta Nona'nın battaniyeleri, bahçe şalları olmalı. Oradan bir şeyler al da, uyuyanların üzerine ört."

Zeynep kıkırdıyor.

"Evi, arabayı, oraları o kadar iyi biliyorum diyorsun yani? Araba düz vitesmiş, battaniye dolaptaymış. Bak bak?"

"Tamam sen de şimdi... Biliyorum dedim ya."

"Tamam tatlış, kızma."

"Kızmadım. İyi geceler canım."

"İyi geceler annem."

Zeynep telefonu kapayıp pantolonunun arka cebine koyuyor. Annesinin tarif ettiği merdiven altındaki duvara gömülü eski dolaba doğru yürüyor. Evdeki her şey gibi, dolabın kapısı da açılırken ahlayıp oflayarak gıcırdıyor. Üst üste yığılı, elde örülmüş rengârenk battaniyeler uzun zaman sonra onlara bakan bir çift göz görmenin sevincini yaşıyor. En üstten iki tanesini çekip çıkarmasıyla keskin bir naftalin kokusu çarpıyor burnuna. Battaniyeleri çırpıp Oktay'la Kerem'in uyuduğu odaya dönüyor. Tam üzerlerini örterken Kerem gözlerini açıyor. Zeynep'i tepesinde görünce korkuyla ayağa fırlıyor.

"Korkma ya... Üstünüzü örtecektim. Uyuyakaldınız burada."

"Yok ya... Korktuğumdan değil. Susamışım çok. Boğazım kurumuş."

"Tabii. Alışık değilsin..."

Kerem şiddetle horlayan Oktay'a bakıyor.

"Kendi sesine uyanmaması çok acayip değil mi ya?"

"Değil. Birkaç saniye öncesine kadar sana ninni gibi geliyordu o ses."

"Ben hiç duymadım valla. Su nerededir?"

"Mutfaktadır muhtemelen. Benimle gel. Ben de su alayım yanıma. Sonra yukarı çıkar, yatarız."

"Tamam, olur. Başım çok ağrıyor ya Zeynep... Sende ağrı kesici var mı?"

"Var, var. Çantamda olması lazım. Dur, vereyim."

"Zeynep..."

"Efendim?"

Kerem, Zeynep'in kolunu tutuyor.

"Zeynep, bugün için teşekkür ederim. İyi ki yanımdasın."

Zeynep'te tatlı bir sevinç.

"Saçmalama. Ne yaptım ki? Beraber eğlendik işte."

"Yok... Sen biliyorsun. Ben söylemeyi bilmiyorum. Uçakta, yolda filan şey yaptım ben biraz... Sana karşı kaba davrandım galiba. Sonra akşam yemekte düşününce canım sıkıldı. Ben aslında çekiniyorum, biliyor musun? Kolay arkadaş olamıyorum. Gerçekten bak. Biz... Şey yapalım mı?"

Zeynep ölüyor mutluluktan. Neler diyor Kerem?

"Ne yapalım mı?"

"Yarın sabah... Yeniden başlayalım mı?"

"Neye yeniden başlayalım mı? Daha önce başladığımız bir şey yoktu ki?"

"Arkadaş olmaya yeniden başlayalım mı? Sen bana her şeyi yeniden sor. Bütün sorularını. Ben hepsine uzun uzun yanıt vereyim. Olur mu?"

Zeynep mutlulukla gülümsüyor.

"Şimdi bu kafayla böyle söylüyorsun ama yarın sabah yine o buz gibi Kerem olmayacaksın, değil mi?"

"Yok ya. Ne olcam? Olmam tabii."

"Tamam, anlaştık."

"Anlaştık."

Birbirlerine bakıyorlar bir süre. Ne yapacaklarını unutmuş, sonrasını kestiremez halde, tedirgin, heyecanlı, kararsız bakışırlarken Oktay'ın gök gürültüsüne benzeyen horultusu aralarına giriyor bir kez daha.

Gülüyorlar.

"Su alacaktık," diyor Zeynep.

"Evet, su... Çok şahane bir adammış aslında bu Oktay Bey. Ben sevdim. Hatta çok sevdim."

Zeynep sürahiden su doldurup Kerem'e uzatıyor.

"Evet, çok sevdiğini gördüm. Hatta belgesi bile var."

"Nasıl yani ya?"

Zeynep telefonunu çıkarıp Kerem'le Oktay'ın sarmaş dolaş fotoğraflarını gösteriyor.

"Yok artık! Bu tam bir ifşa! Rezalet!"

"Yarın her yerdesiniz Kerem Bey! Genç kızların ve genç erkeklerin gözdesi Kerem'in neden kimseye yüz vermediğini öğrendik, diye paylaşıcam."

"Yapmazsın!"

"Bilmem. Belki yaparım."

Kerem gülüyor. Sonra durup Zeynep'in elini tutuyor.

"Yapma."

Zeynep, Kerem'in elinden önce eline, oradan da kalbine yol alan ateşi hissettiğine yemin edebilir. Daha önce kaç kez el ele tutuştu ama hayır, hiç böyle olmadı. Bu da ilk defa oluyor. O kilit sesine benzeyen ses gibi. "Çıt" gibi. Elini çekmek istemiyor Kerem'in elinden ama yüzüne de bakamıyor.

Bir fısıltı çıkıyor ağzından sadece.

"Yapmam..."

Kerem'in elinden çıkan ateş göğsüne ulaştıktan sonra da devam ediyor yoluna. Ensesine, sırtına, kollarına, karnına...

"Yatalım artık, geç oldu," diyor. Söyleyecek başka bir şey bulamıyor çünkü.

"Yatalım..."

Kerem, Zeynep'i takip ediyor. Önce Oktay'a bakıyorlar. Horul horul uyumaya devam ediyor. Kerem boylu boyunca uzanabilmesi, daha rahat uyuması için ayaklarını kaldırıp kanepeye yerleştiriyor. Zeynep battaniyeyi özenle örtüyor üzerine. Oktay tatlı bir çocuk huzuruyla battaniyeye sarınıp yan dönüyor. Kerem ile Zeynep beşikte uyuyan ilk bebeklerini şefkatle seyreden ebeveynler gibi izliyor Oktay'ın uyumasını. Sonra sessizce odadan çıkıp üst kata yöneliyorlar.

Fısıltıyla konuşuyor ikisi de.

"Ya koskoca adam ne güzel uyuyor. Fakat nasıl birden yıkıldı böyle?"

"Kendini bıraktı belki de... Ben şurada yatayım. Sen de istersen bu odaya geç. Üstümüz başımızla yatacağız artık. Sabah bakarız başımızın çaresine."

"Tamam, olur. Hadi, iyi geceler."

"İyi geceler."

"Kerem... Kapıyı kapama. Ben korkarım bu eski evde."

"Tamam, kapamam."

Bitişik iki oda, iki eski yatak. Artık sararmış, nakışlarının renkleri kaybolmuş, yer yer eprimiş yatak örtüleri serili. Zeynep tek kişilik bir yatağın üzerinde oturuyor. Kerem iki kişilik eski bir karyolada. Başucundaki abajurları aynı anda açıyor ikisi de.

Kerem'in baktığı duvarda eski bir takvim asılı. 1993 yılının 4 Temmuz'unda kalmış takvim yaprağı. Yanı başındaki komodinde dantel serili bir tabağa ters çevrilmiş eski bir bardak var. Duvardaki takvimin yanında su yeşili, naylon kumaştan kapitone bir sabahlık asılı. Diğer duvarda kararmış çerçeveler içinde artık silinmeye yüz tutmuş eski fotoğraflar var.

Zeynep'in yatağıysa pencere kenarında. Sokak lambasının ışığı sızıyor aralık perdeden içeri. Duvarlar boş. Eski bir dolap var sadece.

İkisi de yatak örtülerinin altında şimdi.

Zeynep'in zaten uykusu yoktu, şimdi hiç uyuyamaz.

Kerem'in zihni giderek daha çok açılıyor. Açıldıkça uykudan uzaklaşıyor. Oktay Bey'i düşünüyor. Duvara asılı fotoğraftakiler kim acaba? Nesi oluyorlar Oktay Bey'in?

Zeynep olmasaydı kendini bu kadar rahat hissedemezdi bu gece. *Ne tatlı kız. Ne güzel kız.* Niye çekiniyor, neden kaçıyormuş ki ondan? Çok saçma! Ama tanıyınca başka tabii... Hemen seviyor insan. Tanıyınca daha mı çok sevecek? Sever mi? Yoksa Oktay Bey haklı mı? Tanıdıkça kaçar mı ondan? Ya da o Kerem'den? Kim bilebilir? Aslında Zeynep'le gitseler şu kamyon turuna, ne güzel olur. Hindistan'ı dolaşsalar. Ama şimdiki kızlar sürüklenmez ki böyle maceralara. Hoş, Zeynep ondan daha cesur görünüyor. Yaparsa o yapar zaten. Yapar mı gerçekten? Yapabilir mi? Yapmak ister mi? Sormak lazım. Sorsa mı? Uyumuş mudur? Bu kadar çabuk uyumaz herhalde.

Zeynep tavana bakıyor. Ne acayip bir gündü. Demek annesi bu eve daha önce gelmiş. Bu yatakta yatmış. Ne kadar yakından tanıyor Oktay Bey'i! Öyle iş arkadaşlığı filan değilmiş bu, belli. Yaz tatilinde buraya gelmeler, adamın annesine Nona demeler... Sevgilisi miydi acaba? *Ama olsa söylerdi bana ya. Saklamaz ki öyle şeyleri benden. Aslında güzel de olurmuş sevgili olsalar. Ben olmazdım o zaman tabii. Aman belki de olurdum. Babam Oktay olurmuş. Ay yok artık! Daha neler! Çok saçma. Asıl saçmalık, bu gece burada uyuyor olmamız. Hiç de uykum yok. Nasıl sabah olur, bilmem.*

Kerem uyumuş mudur? Uyumuştur kesin. Mutlu görünüyordu. Ne tatlıydı mutfağın kapısında. "Yarın yeniden başlayalım mı?" diye soruyor. Canım yaaa! Aa! İlaç istemişti benden, unuttum! Sızdıysa sabah veririm artık.

Zeynep bu düşünceler içindeyken Kerem'in seslendiğini duydu.

"Zeynep?"

"Efendim?"

"Uyudun mu?"

"Sana yanıt verdiğime göre uyumamışım demek ki!"

"Hah ha!"

"Ne oldu?"

"Kamyonla Hindistan'ı gezelim mi?"

"Yani yarın yeniden başlayalım, sonra doğruca Hindistan'a gidelim, diyorsun."

"Ya hemen değil. Ben çok istiyorum. Gelsen belki senin de hoşuna gider diye düşündüm."

"Niye? Kamyoncuya mı benziyorum ben? Uçakla gitsek, güzel güzel gezsek ne olur?"

"Ama işin şeyi o... Macerası."

Kerem tebessüm ederek tavana bakarken Zeynep kapısında beliriyor.

"Ben uyuyamadım, Zeynep de uyumasın, dedin sanırım."

Zeynep'i böyle aniden kapıda görünce büyük bir sevinçle yataktan kalkıyor Kerem.

"Yok, öyle demedim aslında. Şey diyordum... Şu fotoğraflara bakıyordum da... Kim bunlar acaba, diyordum. Sonra işte, düşünürken aklıma geldi. Bana sormuştun ya, sen ne yapmak istiyorsun bu hayatta, diye. Ben de uykum geldi filan demiştim sana, cevap vermemiştim. Yapmak istediğim bir şey tabii ki var. Kamyonla Hindistan'da bir tura çıkmak istiyorum. Çok saçma ama bir tanıdığımın babası 60 yaşındayken arkadaşlarıyla böyle bir maceraya çıktı. O kadar özenmiştim ki o adama. Az önce, seninle böyle bir macera eğlenceli olabilir diye düşündüm de ondan söyledim."

"Bilmem, belki de olur."

"Vay be. Ne çok konuştum, farkında mısın? Oktay Bey'den mi geçti bana acaba?"

Zeynep kıkırdıyor.

"Somurtup uyuma taklidi yapan Kerem'den daha iyi bir Kerem bu. Oktay Bey'den geçtiyse iyi olmuş diyebiliriz. Konuşmanı seviyorum."

Kerem mutlu oluyor.

"Gerçekten mi?"

"Evet, gerçekten. Neden şaşırdın?"

"Ya ne bileyim... Benim böyle aksanım var ya biraz. Ben İngilizceyi Polonya'da öğrendim. Sonra Almanya'da okudum. Sonra Fransızca öğrenmek zorunda kaldım. Onların etkisi de var. Hangi dili konuşursam konuşayım yabancı olduğumu anlıyor herkes. Başka ülkelerde çok dert değil ama Türkiye'de buna çok takılıyor insanlar. O yüzden konuşmayı sevmiyorum."

"Gerçekten bu yüzden mi?"

"Evet... Bir de, annemle babam Türkçeyi iyi konuşmam konusunda hep çok ısrar etti. Babam konuşmamın içine yabancı kelime katarsam çok kızardı. Annemle ikisi istedikleri gibi karıştırabilir dilleri ama ben asla! Sonra... Sen çok güzelsin. Çok akıllısın. Bir sürü arkadaşın var. Benimle sıkılırsın diye düşündüm hep. Sen sıkılırsan ben sonra çok üzülürüm. Anladın mı beni?"

Zeynep bu iç döküş karşısında hakiki bir üzüntü duyuyor.

"Benimle istediğin gibi konuş, olur mu? İstediğin kadar karıştır dilleri. Ben çok seviyorum senin konuşmanı. Asla sıkılmam ve sen de bu yüzden asla üzülmezsin. Tamam mı?"

"Tamam Zeynep."

"Tamam Kerem..."

Suskunluk...

Kerem kendini daha da rahat hissediyor şimdi. Duvardaki çerçeveleri gösteriyor Zeynep'e.

"Bak. Bunları diyorum."

Zeynep fotoğrafların asılı olduğu duvarın önünde duruyor.

"Evin her köşesi bunlarla dolu zaten. Mutfak duvarlarında bile vardı, gördün mü? Aile fotoğrafları belli ki. Şu kadın Oktay Bey'in annesi Nona olmalı. Bu da babası. Ah hah ha! Oktay Bey'in çocukluğuna bak! Çok komik. Saçları kıvırcıkmış."

Gülüştüler.

"Zeynep, ben acıktım ya."

"Ben de acıktım."

"Valla ben de acıktım!"

Arkalarındaki beklenmedik sesle ikisi de sıçrıyor.

Oktay renkli yün battaniyeyi omzuna almış. Saçlarının hepsi havaya kalkmış. Bir hayalet gibi bakıyor.

"Sucuklu yumurta yer misiniz?"

Bu bitmeyen gecenin devamında Oktay, Kerem ve Zeynep bir kangal kasap sucuğuna altı yumurta kırmak ve tavayı sıyırmak suretiyle bir güzel karınlarını doyuruyorlar.

Oktay, "Ben aslında sarhoş olmam," diye başlıyor. "Sizin yanınızda kendimi iyi hissedince, sanırım kendime izin verdim," diyor. "Yarın da kalsanız keşke," diye devam ediyor. "Sizi çok sevdim. Keşke ailemi de tanıyabilseydiniz; onları severdiniz. Hele annemi!" derken Nona'nın duvardaki fotoğrafına bakıyor. Fotoğraftan ona seslenen, onunla konuşan biri varmış da onu dinliyormuşçasına başını sallıyor Oktay. Başını kaşıyor, yüzünü ovuşturuyor.

"İnsanlar vazgeçer, insanlar bırakır. Bazen kırılganlıklarından, bazen korkaklıklarından. Bazen de dövüşe devam etmek için," diyor.

Sonra bir sigara yakıyor ve dudağına sıkıştırdığı sigaranın külü uzarken sakin sakin mutfaktan çıkıyor. Eski tip bir dizüstü bilgisayarı koltuğunun altına sıkıştırmış, şarj kablosunu da kuyruk gibi ardından sürüyerek geri geliyor. Şimdi yaşlı Oktay olmuş yine. Öğle vakti jean pantolonu içinde şair gibi konuşan, anılarını anlatan, yaşını göstermeyen efsane gazeteci değil artık. Sanki on yıl geçmiş öğleden sonra. Hızla yaşlanmış. Zeynep anlamaya çalışıyor. Bu adamı böyle hızla değiştiren şey ne olabilir?

Oktay kırgın, bezgin ve yaşlı bir sesle konuşuyor.

"Bu meret çok eski. Zart diye biter aküsü. Bilgisayarın masaüstü kısmında bir dosya var. Dosyanın adı *Bu Benim Hayatım*. Bir tek onu okuyun. Başka bir şeye dokunmayın. Çok karıştırmayın aleti. Zaten karıştırsanız da bir bok bulamazsınız. İyi... Tamam... Hadi, ben yatıyorum. İyi geceler."

Tam arkasını dönüp bir iki adım atmışken duraklıyor. Birkaç saniye sesi çıkmıyor. Sigarasını eline alıyor. İyice uzamış olan kül yere düşüyor.

Sırtı çocuklara, yüzü kapıya dönük, boğuk bir sesle, duraksayarak konuşuyor.

"Bu ne şimdi diyorsunuz, anlıyorum... Bu adam deli mi diye düşünüyorsunuz belki de. Söylenmelerim, sarhoşluğum komik geliyor size... Benim durduğum bu yere çok uzak olduğunuzu sanıyorsunuz. Ben de öyle sanıyordum bir zamanlar... *Ben yaşlanmam. Kimse gitmez. Kimse ölmez. Haklılar mutlaka kazanır...*"

Susuyor.

Sırtı çocuklara dönük, yüzü kapıya...

Sigarasını yeniden ağzına götürüyor. Birkaç saniye daha duruyor. Burnunu çekiyor.

Ve dudağındaki sigaranın dumanı içinde sallana sallana çıkıyor kapıdan.

İKİNCİ KISIM

Nona'nın Hikâyesi

7. BÖLÜM

Bu Benim Hayatım - I

Gözlerimi sıkıca yumarsam uykum mutlaka gelir, diye düşünürdüm. Lakin kıpır kıpır kirpiklerimden dışarı kaçmaya çabalayan dünya merakım beni asla uyutmazdı. Binbir afacanlık, körfezdeki kayıklar gibi birbiri ardınca geçip giderdi aklımdan. Beni güzelim gündüz saatlerinde o sedire bağlayan zorunluluktan hiç hoşlanmazdım. Uyursam bir şeyleri kaçıracağımı zannederdim. Ben uyurken neler olup bitiyordu acaba? Sonra öğle yemeğinde yemediğim yemekler düşerdi aklıma, acıkırdım.

Beni kocaman memelerine yaslayarak sözde uyutmaya çalışan Nona'nın aslında kendisi günün telaşından biraz olsun kaçarak yarım saat kestirmenin peşinde olurdu. Nona'nın beni sarıp sarmalayan tombul kollarının içinde fısıldardım:

"Eğer uyursam bana hamur kızartır mısın Nona?"

"Hımmm, evet."

"Vişne reçeli de döker misin üzerine?"

"..."

"Nona?"

"Ne?"

"Cevap versene."

"Uyusana be! Vallahi kızartacağım. Azıcık uyu, hadi."

Nona'mın elleri çok büyüktü. Ayakları da. Uzun boylu, kocaman bir kadındı o. Yaz sıcaklarında küçük odanın pencerelerini kapamaz ama perdelerini sıkıca çeker, içeri sızmaya çalışan güneşe poposunu dönerek, onu bekleyen günün diğer çileli yarısı için güç toplamaya çabalardı. Sokaktan içeri akan sesler onun umurunda olmazdı. Güne alacakaranlıkta başlardı ve iki küçük çocuk, beş tavuk, bir horoz, bahçesinde zerzevat ve meyve ağaçları dikili iki katlı, dört odalı bir ev, ocağı hiç sönmeyen bir mutfak, bir de kendinden neredeyse on yaş küçük bir kocadan sorumluydu.

Nona benim Nona'm olduğu vakit, ben beş yaşıma henüz girmiştim. Kız kardeşim ise bir yaşını doldurmamıştı bile.

Nona bizimle bir araya geldiği o ilk dakikayı hiç unutmadığını söylerdi. Benim sümüklü yüzümü ve babaannemin kucağında uyuyan kız kardeşimin masum tebessümünü görür görmez karar vermiş:

"Uykusunda meleklere gülüyordu yavrum. Bana teslim etmeye onlar gelmişlerdi sankim. Sen de onların yanında *beni sev* diye bakıyordun gözümün içine. Tamam, dedim. Severim vallahi!"

Yoksa babamdan izdivaç için ilk haberci geldiğinde çok gücenmişmiş. Zira hiç evlenmemiş bir kıza iki çocuklu bir adam talip oluyormuş. Ama yine de Allah'ın hikmeti, meleklerin yardımıyla birden içinden bir ses, "Görüver bir çocukları, ne olacak?" demiş.

İşte sonra da Nona, kardeşimle ikimizin o günahsız "çocuk yalnızlığımıza" (öksüz demezdi hiç) çok üzülmüş.

Doğrudur. Bize çok üzülmüştür mutlaka. Fakat babamın takım elbiseli ve bıyıklı beyefendiliğinin de bu evlilikte bir payı olduğunu kimse inkâr edemez. Bizi alıp Nona'ya getiren o görünmez melekler babamın da etrafında uçuşmuştu belki. Nona onun masum ve yakışıklı yalnızlığına da kıyamamıştı.

Babama ve bize çok güzel baktı Nona'm. Bizi uzun yıllar birbirine bağlı bir aile olarak tutan eksenimiz oldu.

Evlendikleri vakit babam Urla Kaymakamlığı'nda kâtipmiş. Kıt kanaat geçinmeye yarasa da memuriyet o yıllarda çok çok önemsenen bir güvenceymiş. Zenginlikten fakirliğe düşüşü, iniş çıkışın en şiddetlisini yaşamış o dönemin insanları, özellikle babamın ailesi için ay sonu düzenli bir maaş alacağını bilmek ve üstelik çiçeği burnunda Cumhuriyet'in resmi bir parçası olmak, eminim, bağını bahçesini bir gecede kaybeden eski zenginlerin yerinde olmaktan çok daha değerliydi.

Babamın annesi vaktiyle Urla'nın az sayıdaki zengin Türk ailelerinden birinin en küçük kızıymış. Babasının kasabadaki Rum evlerine özenerek yaptırmaya başladığı evi bitirmesi, içinde ikişer üçer yaş arayla doğan oğullarıyla hayalini kurduğu sefayı sürmesi mümkün olmamış. Dünyaya gelişlerini coşkuyla duyurduğu, çok gurur duyarak okuttuğu oğullarının en büyüğünü on yedi yaşında gönüllü gittiği Çanakkale Savaşı'nda, ikinciyi İzmir'in işgalinde, üçüncüyü ise Urla'nın kurtuluş gününde kaybetmiş. Üzüntü ve savaş kocaman adamı birkaç ayda yerle bir etmiş. Yası hiç bitmeyen o evdeki en küçük çocuk, yani Mevhibe babaannem neredeyse kendi kendine büyümüş. Genç kız olduğunda da Birinci Dünya Savaşı gazisi dedemle sessiz sedasız evlendirmişler.

Üç çocuk doğurmuş babaannem. Kâzım amcam ve Muazzez halamdan sonra babam gelmiş dünyaya. Babamla Muazzez halam tüm çocuk hastalıklarına birlikte yakalanmışlar. Babamın kolayca atlattığı o hastalıklardan biri, ne yazık ki Muazzez halamın görme yetisinin yavaş yavaş kaybolmasına neden olmuş.

Babaannem kardeşlerini, anne babasını kaybettikten ve savaşın her türlü çilesini çektikten sonra, üzerine bir de en sevdiği çocuğunun karanlığa hapsolmasıyla kızgın, kırgın, öfkeli bir insanın hırçınlığını hiç çıkarmamak üzere bir çarşaf gibi sarınmış. Hatırlıyorum; yüzü gülmez, hiçbir şeyden memnun olmaz ve hep söylenirdi. Kusur bulmadığı tek bir şey yoktu. Nona kendini paralar ama ona hiçbir şeyi beğendiremezdi. İştahla silip süpürdüğü yemeklerin ardından tabağını sıyırırken, "Bu patlıcanın yeri güzelmiş, kendi iyiymiş!" derdi. Pişirenin hiçbir katkısı yoktu yani. Çatık kaşlarının bir kez olsun düzeldiğini görmedim. Muazzez halamla dedem dışında kimseye şefkat göstermezdi. İki oğlunu baş göz edip sorumluluklarını, bakımlarını gelinlerine bıraktıktan sonra uzun öğle uykularına başlamış. Kapısını kilitler, iki saat boyunca odasından çıkmazdı. Çocukken, o odada gerçekten uyuyor mu diye meraktan ölürdük ama kendine ait o iki saati ayırabilmek için ne bedeller ödediğini şimdi anlayabiliyorum.

Babam liseyi bitirir bitirmez memuriyete başlamış. Amcam ticarete yönelmiş. İskele Mahallesi'nde ailece oturdukları büyük evi, kendisi öldükten sonra, Muazzez halama bakmak şartıyla amcam ve karısına bırakmaya karar veren babaannem, herhalde haksızlık olmasın diye kendi babasından kalan o yarım evi de babamla anneme vermiş. Yarım marım dememiş, kendilerine ait bir eve kavuşmanın sevinciyle hemen taşınmış babamla annem. Ben doğduğumda sadece bir odanın kapısı varmış. Bir gün kapısını, bir gün bacasını yaparak evi bitirdikleri yıl annem sıtma hastalığından vefat etmiş.

Şimdi ardı ardına sıralandığında sıradanlaşan yeni bir ölüme üzülecek takati kalmamış olmalı babaannemin. Yaşlı kocası ve görme engelli kızıyla geçirdiği günleri bir an önce bitirip dünya değiştirmek isteyen annesinin, cenazeden dönerken "Hemen evlen oğlum!" demesi babamı çok şaşırtmış elbette. Annemin toprağı tazeyken söylenmiş bu söz, babamın acısını kendi bedeni üzerinde bir dikenli tele dönüştürmüş. Ama babamın gözyaşının kaynar kaynar aktığını görmezden gelen babaannem, evlenilecek kızı tarif etmeye başlamış bile.

"Bu saatten sonra âşık olacak değilsin ya? Sağlam, sağlıklı, hepimizi çekip çevirecek bir kız lazım bize. Öyle nazenin, kırılgan yeni nesil kızlardan olmasın oğlum. Nazıyla derdiyle uğraşamazsın. Çocuk bakmayı bilmesi lazım. Aklı başında olması lazım. Ben babanla ablan arasında perişan oldum. Biri bebek bu iki yavruya bakmaya benim gücüm yetmez artık. O yüzden dul birini bulalım sana," demiş.

Annemin erken vefatının acısı, biri kucakta bebek, iki küçük çocuğun bakımı, sorumluluğu ve babaannemin düzenli baskısı ile bir başına kalan babam için evlilik kısa bir süre sonra zarurete dönüşmüş.

Kırk yaşına yaklaşmasına rağmen hâlâ bekâr olan Nona, babaannemin ısrarlı ve şaşmaz yönlendirmeleri sonucunda, tutunabileceği en sağlam dal gibi görünmüş olmalı babama.

Bir kere fotoğrafını görmüş ve tamam demiş. Yaşını, yani kendinden büyük olmasını sorun etmemiş. Muhtemelen babaannemin ısrarlı baskısından kaçıp çocuklarıyla sığınacağı güçlü bir liman gibi gelmiştir ona Nona'nın olgun tavrı, duruşu. Küstüğü hayat artık ne verirse kabul etmeye kararlıydı herhalde. Sevmesem de olur, diye düşündü belki. Belki kalbini annemle toprağa gömdüğünü sandı ya da hakikaten gömdü. Belki bir daha hiçbir şey eskisi gibi olmayacak, dedi kendine. Belki de ölmemek, bizi bir de babasız bırakmamak için kendini hayatının rüzgârına bıraktı.

Babamın bu evliliğe talip oluşunun sebebi her ne idiyse, eminim, onu kabul eden kadının çeyiz olarak ona yaşamının sonuna kadar huzurlu bir mutluluk getireceğini asla bilemezdi.

Hayata teslim olmuş ve vurulmayı beklerken sevgiden bir bulutla sarıp sarmalanmış.

Nona cephesinde neler olduğunu asla bilmemiş babam. Neden, nasıl, niye diye sormamış hiç. Evlenmeyi nasıl olup da kabul ettiğini önceleri önemsememiş olabilir ama bunu sonradan da öğrenmek istemedi galiba. Kaderin onları buluşturduğu yerden itibaren hayatında yeni bir bölümün başladığını düşünmüş olmalı.

Nona'mdan teklifi kabul ettiği haberi gelir gelmez birkaç hafta içinde evlenmişler. Nona'ya birinden ödünç alınan ve dar gelen, yakası dantelli beyaz bir elbise giydirmişler. Düğün yapılmamış ama evimizin bahçesinde oğlak pişirmişler. Anne babası yıllar önce öldüğünden, Nona'nın tarafından Karataş'taki evde birlikte oturdukları denizci dayısı ve yengesi varmış o gece sadece. Kuzenleri bile gelmemiş. Zaten hiç sevmezdi onları Nona. Bazen eski bir haksızlık aklına gelir, coşar, söylenir, sonra uzunca bir süre unuturdu.

"Oturduğumuz ev annemle babamdan kalmış olmasa ikisi de hiç istemezdi beni. Dayımla yengem sayesinde katlandım o kahpelere. Onların hatırına çektim o evdeki çileyi. Hiçbir şeye ellerini sürmez, kıçlarını devirip yatarlardı. Oğlanlarla oynaşa oynaşa erkenden evlenip gitti yellozlar. Ben baktım analarıyla babalarına. Şikâyetim var mı? Yok! Bugün olsa yine bakarım. Öyle anne babaya kurban olsunlar."

Dayısı, Nona'ya o gece düğün hediyesi olarak çok gösterişli, ortası safir, etrafı elmaslarla çevirili bir broş, yengesi de o broşun takımı olan bir çift küpe takmış. Görenlerin soluğu kesilmiş. Kimse Nona'nın denizci dayısının bu kadar değerli bir düğün hediyesi yapmasını beklemiyormuş. Babaanneme, "Aile yadigârımızdır. Kızımıza verecek başka da bir şeyimiz yok zaten," demişler mahcubiyetle.

Evlendikleri gece Nona'm, babamın boynuna sarılıp uzun uzun ağlamış. Babam hiç ses etmeden, ağlamasına izin vermiş. Onun boynundaki kokuda, büyük ihtimalle, sevdiği bir başkasına veda etmiş, yeniden sevmeye söz vermiş kendine. Belki o da tıpkı babam gibi hayatın ona getirdiğini kucaklamaya, belki yeni bir acıyla vurulmaya, belki bir bulutla kuşanmaya açmış kollarını.

Bunların hepsinin birer ihtimalden çok hakikat olduğunu ben "küçük arsız" şimdi iyi biliyorum.

Kardeşimle ikimize muhteşem bir çocukluk ve mutlu anılar bıraktı birbirine geç kavuşan o iki büyük bulut. Sevgiyle sarıp sarmaladılar birlikte geçirdiğimiz yılları.

Kız kardeşim ona doğal olarak "anne" dedi ama ben kısa bir süre öne vefat eden annemin güzel yüzünü, tatlı sesini hâlâ hatırlıyordum. Bu iri cüsseli, kocaman memeli kadını hayatımızda istemiyordum. "Babam onunla aynı odada yatmasın! Bize o kadın yumurta haşlamasın!" diye ağlıyordum. Ben ağlarken o da karşımda diz çöküyor, ağlamam bitene, daha doğrusu ben ağlamaktan bıkana kadar sabırla bekliyordu. O kararlılığı olmasaydı nasıl gelişirdi acaba hayatımız? Beni, bizi sevmeye kararlıydı. İnadım, direncim ya da geçmişimiz onu bu niyetinden, yolundan caydırmadı hiç.

"Yumurta haşlamayayım, tamam. Sahana kırayım mı?"

"Kırma! İstemiyorum ben!"

"Akıtma yapayım mı?"

"Yapma! Babamın odasında da yatma."

"Peki. Kümeste yatayım mı? Şu kara tavukla yatayım ben."

"Kara tavukla mı?"

"He! Madem sen evde istemiyorsun beni, ben de o zaman bu tavukla yatayım. Yumurtaları da yemiyorsan götürüp pazarda satarız. Parasıyla da macun şekeri alırız. Sen seviyor musun macun şekeri?"

"Kırmızı olandan mı?"

"He, kırmızı olandan."

"Sevmiyorum!"

"Ben de sevmiyorum."

"Niye alıyoruz o zaman kırmızı macun şekerini?"

"Almadık ki! Alırız dedik. Kırmızıyı niye alalım? Yeşili alırız, sarıyı alırız. Hem ben sarıyı seviyorum. Ekşi ekşi, ne güzel oluyor!"

"Macun şekeri almayalım. İstanbul'dan gelen Arap kızlı çikolatadan alalım."

"Yumurtayı yersen hemen alırım vallahi."

"Satmayacak mısın yumurtaları?"

"Yok. Sen yersen eğer, benim param var, alırım sana o Arap kızından."

Böyle böyle, sabrı, şefkati ve büyük sevgisiyle, çok sürmeden kalbimi fethetti. Her gün daha çok bağlanıyordum o kocaman kadına. Sürekli etrafında dolanıyor, saçtığı mutlulukla iyileşiyordum. İlk günlerde ona "anne" dememem gerektiğini düşünmüştüm. Sonrasında da demedim. Bir gün ağzımdan "Nona" çıktı. Ve böylece önce benim, sonra çevremizdeki herkesin, hepimizin Nona'sı oldu. Babamın bile. Kendisi de bu adı çok sevdi.

Nona, İzmir Karataşlıydı ve asıl adı Elif'ti. İnsan, Elif isminden incecik, kırıldı kırılacak birini bekler ama bizim Elif annemiz, dedim ya, heybetli mi heybetli bir kadındı. Annesine, teyzelerine, hatta ufak tefek babasına değil de, adı gibi Dalyan dayısına benzediğini söyler ve en çok kendisi kendiyle dalga geçerdi.

Eteğinden hiç ayrılmadığım, sorularım ve yaramazlıklarımla çıldırttığım Nona'm o zorunlu öğle uykularımda yanıma kıvrıldığında, "Bana çocukluğunu anlat" diye ısrar edişlerime pek direnemez, kız kardeşim uyanmasın diye kulağıma fısıldadığı hikâyenin en güzel yerinde uyuyakalırdı.

Hırıltılı uykusu sırasında vücudundan yükselen hafif ter ve kolonya kokusunu ne çok sevdiğimi düşünür, annem gibi Nona'm da ölürse ne yaparım diye korkar; cenazesini gözümün önüne getirip, tabutuna sarıldığımda içimin ne çok yanacağını tahayyül eder, hıçkırarak ağlamaya başlardım. Göğsüne damlayan gözyaşlarım, akan sümüğüm ve iç çekişlerim onu tavşan uykusundan uyandırır, "Ne ağlıyorsun yine be, altına mı işedin yoksa?" diye yattığı yerden telaşla doğrulurdu.

Hıçkırarak, "Sen de ölürsen mahvoluruz Nona'm, Allah aşkına ölme!" diye boynuna sarılırdım. Attığı küçük kahkahalarla kocaman vücudu, memeleri, kolları sallanır, beni öper, türlü tesellilerle sakinleştirmeye çalışırdı.

"Kalk bakalım. Bana ceviz kır da sana güzel bir helva yapayım," diyerek ayaklanır, kardeşimin uyduruk cibinliğini düzeltir, koca poposunu sallayarak merdivenlere yönelirdi.

Onun hayali cenazesi için döktüğüm gözyaşlarımla az cevizli helva, pişi, kuru köfte-patates yemedim hani. Onu sevmemizden duyduğu mutluluk hayatının can suyuydu adeta. Ölene dek bizim için yaşadı. Ölene dek bizim sevgimiz onu mutlu yaşattı. Evliliğinin ilk yıllarında hamile kalıp düşürdüğü bebeklerin ardından biz onun için daha da kıymetli olduk belki.

Çocukken öğle uykularım öncesinde anlattırdığım yaşam öyküsü, yaşım ilerledikçe daha çok ilgimi çeker olmuştu. Sorduğum soruların çoğuna kızar ama ısrarıma dayanamaz, bazen detaylı bazen de üstünkörü yanıtlar verirdi.

Lakin detaylandırmada üstüne yoktu. Anlattığı her ne ise onun ait olduğu, çıkıp bize geldiği dünyayı bir bütün halinde aktarmak Nona için çok önemliydi. Günün hangi zamanıydı? Işık nasıldı? Mevsimlerden neydi? Havadaki koku neyi anımsatıyordu? O ne giymişti? Kimler oradaydı? Hatta bir gün önce neler olmuştu?

"Hiç unutmam, o gün canım nasıl da bardacık* istiyordu. Şöyle dalından koparıp yiyeceksin ama. Tam çatlamaya hazır olacak. Kuşlardan önce davranacaksın. Canı çıkmayasıcalar, insandan iyi bilirler ağızlarının tadını. Üzümü, inciri gagalayıverirler hemen. Ne diyordum? Hah, o gün canım bardacık isteyiverdi. Çeşme'deydik hepimiz. Beni bağa göndermişler-

---

* İncir.

di. Yolumun üzerinde Gevher teyzenin bahçesi vardı. En güzel de onunkiler olurdu. Yolda bir de ne göreyim?"

O anlatır da anlatırdı, biz de dinler de dinlerdik.

Eğer okusaydı ya da okutulsaydı diyeyim, eminim muazzam bir edebiyatçı, avukat ya da öğretmen olurdu. Gazete, mecmua okumaya çok meraklıydı. Okuduğu hiçbir şeyi atmaz, biriktirirdi. Bizim ders kitaplarımızı ve araç gereçlerimizi titizlikle korumamız onun için çok önemliydi. Doğduğu günden itibaren savaş, savaş sonrası, sonra yine savaş, sonra yine savaş sonrası derken o kadar çok yokluk görmüş ki sahibi olabildiğimiz en küçük nesne bile onun gözünde çok değerliydi. Babamın memur maaşıyla okuttuğu iki çocuk ve çevirdiği ev aslında Nona'nın mucizesi ile bereketleniyordu. Bizim tükendi deyip bir kenara attığımız kurşun kalemlerimizi o alır, arkası muşamba turuncu önlüğünün cebinde muhafaza eder, ucunu tükürüğüyle ıslatır, saatli maarif takviminin biten gün yapraklarının üzerine anlaşılması güç yazısıyla notlar alır ve o yaprakları da saklardı.

"Oğlanın boyu 120 cm oldu. Uzun olacak." Ya da, *"Büyük valizi bugün Müberra'ya verdim. İnşallah geri getirir."* Hafızasını o takvim yaprakları üzerindeki küçük notlarla diri tutardı.

Teneke kutuların içinde biriktirdiği düğmeler, nohut kadar kalmış silgiler, bir karış kurdeleler, buruşuk fondan kâğıtları, çocuksu ruhunun renkli kumbarasındaki *"bir gün lazım olur"* hazinesiydi.

Nona'mın yaşı hepimiz için bir tartışma konusuydu. Nüfus kaydına göre babamdan on yaş büyüktü. 1917'nin Aralık ayında doğduğu kaydedilmişti. Fakat o muazzam hikâye anlatıcılığına büründüğünde, örneğin işgal kuvvetlerinin İzmir'e geldiği ve İzmir'den çekildiği günleri öyle detaylı canlandırıyordu ki, Mayıs 1919'da bu ayrıntıları hatırlayacak kadar büyük olması gerekiyordu. O sırada iki yaşında olsaydı, işgal günü sokaklarda neler yaşandığını öyle ayrıntılı anlatabilir miydi hiç?

"İmkânı yok Nona! Nasıl hatırlayabilirsin ki bunları?" dediğimiz vakit, koca gözlerini açarak, "Ah bre, size yalan borcum var? Görmediğimi neden görmüş gibi anlatayım? Diyorum size, anlamıyorsunuz. Yunan askerleri gemilerden iniyordu. Bir kalabalık, bir kalabalık. Ay, mahşer yeri gibi. Çoluk çocuk giyinip kuşanmış, Yunan'ı karşılamaya inmişti Rumlar. Bazıları çok sevinmişti. Yunanistan yönetecek İzmir'i diye çok coşkuluydu. Neyse, beyaz elbiseler, şapkalar içinde Yunan bayrakları sallanıyorken bir kurşun sesi duyuldu. Kimse ne olduğunu anlamadı önce. Yunan askerleri kıyıda bekleyen Türk askerlerine, havaya ateş açtılar. Aman Allah'ım, can pazarına döndü ortalık! Kurşun sesleri, çığlıklar içinde bir kıyametti, Allah bir daha yaşatmasın. Kör kurşunlar kalabalığın üzerine yağdı. İnsanlar kaçışırken birbirini ezdi. Kadınlar, bayramlık elbisesini giymiş çocuklar bile yerlerde ölü kuşlar gibi yatıyordu. İnsanlar kaçıştıkça bütün sokaklar karıştı. Ay ne çok insan öldü, bir bilsen sen! Sonra ne oldu, nasıl oldu derken öğrendik. Yunan'ın İzmir'e girmesini izzet-i nefsine yediremeyen Hasan Tahsin Bey ilk kurşunu sıkmış onlara diye duyduk sonra..." diye devam eder, kuşkularımızı ona inanmamak için bahane ettiğimizi ileri sürerdi.

Ama öyle canlı anlatırdı ki, anlattıklarını bizzat yaşadığından şüphe duysak da konuşmasını sonuna kadar dinler, hikâyesinin sonunu bağladığı ders ne ise onu cebimize koyardık.

Üstelik anlattıklarını bizzat yaşamış, görmüş insanlar da onu doğrulardı. Bu durumda Nona ya nüfusa kaydedildiğinden daha büyüktü ya da o dönem yaşananları anlatanları o kadar kalpten dinlemiş, dinlediklerini ruhuna öyle işlemişti ki, duyduklarını yaşayıp gördüğünü zannediyordu. Varsın, Nona babamdan on değil, yirmi yaş büyük olsun. Varsın, o büyük empati becerisiyle her hadiseyi kalbinin tam ortasında hissetsin, benimsesin, her hikâye onun hikâyesi olsun. Ne fark ederdi ki? O bizim biricik cici annemizdi ve babam da onu çok sevip sayardı.

Ayrıca o yıllarda kadınlar kırk yaşına merdiven dayadı mı, hepsinin görünümü aynı ihtiyarlığa bürünürdü. Saçını Alman taşı ile boyayanlar, boyamayanlardan biraz daha genç görünürdü, o kadar. Ya da biz öyle kabul ederdik.

Velhasıl, ben diyeyim 1910, nüfus cüzdanı desin 1917... Bu dünyaya resmi kayıtlara göre İzmir Karataş doğumlu bir Elif geldi. Doğurmadığı çocukları, komşuları, onlarca kedisi, kuşu, tavuğu onu çok ama çok sevdi. Sevgiden bir buluttu o...

Şimdi, şahane bir öğleden sonrayı anımsıyorum. Kardeşim çocuk arabasındaydı. Hatırlamadığım şu: Ben acaba ne yapmıştım da o gün okulda değildim? Hasta mıydım, yoksa yine dil döküp yalanlar söyleyerek Nona'yı okula gitmemek için kandırmış mıydım? Nedeni neydi bilmiyorum ama o gün okulda olmam gereken saatte ağaçlı yoldan iskeleye kadar beraber yürümüştük. Deniz kıyısına geldiğimizde Nona kardeşimle beni iki yanına oturtmuş, kolundaki büyük sepetten çıkardığı börek parçalarını elimize tutuşturmuştu. Kendisi de bizden kalan küçük bir parçayı çabucak ağzına tıkmış, yağlı parmağını yaladıktan sonra sepetin içindeki örtüye silmişti. Onunla ilgili bu tür ayrıntılar bir fotoğraf gibi duruyor hafızamda. O kadar güçlü kuvvetli bir kadındı ki bir eliyle beni yanından sürükleyip, diğer eliyle o ilkel bebek arabasını itebiliyor ve kolundaki sepeti gık demeden taşıyabiliyordu. Gücüne hayrandım.

Benimle büyük insanmışım gibi sohbet etmesine bayılırdım. O gün de tatlı tatlı konuşuyordu benimle.

"Çocukluğun nasıl uçtuğunu bizzat yaşadım, gördüm. Yıllardan biri bile bir kez bir yere konup da soluklanmadı. Hiç durmadı. Yıllar işte, na böyle, bu kırlangıçlar gibi ilk yaşımı takip edip uçtular sürü sürü."

"Kaç yaşındasın sen Nona?"

"Yeterince yaşlıyım."

"Ama kaç yaşındasın? Babaannem kadar yaşlı değilsin."

"Ne yapacaksın yaşımı be!"

"Merak ediyorum."

"Fareler meraktan yakalanır kapana, biliyor musun sen! Küçük arsız seni! Ye çabuk elindekini."

Ben böreğimi bitirdikten sonra sepetten sabunlu bez çıkarıp ağzımı, ellerimi sildi. Kardeşim böreği kemirmeye devam ediyordu. Uslu bir çocuktu, kolay kolay ağlamaz, pek sesi çıkmazdı. Nona kardeşimin karnına düşen börek parçalarını topladı. Temiz havayı içine çekti.

"Sen de yap böyle. Hadi, çek içine."

Ben de ona uyup havayı derin derin soludum. Yosun kokuyordu. Deniz ve sonbahar kokuyordu. Denizden yüzümüze esen rüzgârda belki benim o vakit bilemediğim başka kokular, fısıltılar vardı. Nona gözleri kapalı, yüzünde tatlı, küçük bir tebessümle hepsini selamlıyor, gözle görülmez eski dostları ciğerlerine sevgiyle çekiyordu. Ona bakıp ben de gözlerimi kapadım hemen. Bir kez daha çektim içime havayı. Serin havayla birlikte az öncekinden daha keskin bir deniz kokusu doldu içime. Taze balıkların, midyelerin, üzeri yosunlu taşların, tuzlu suyla yaşlanmış kayıkların ve küreklerin, az ötemizde ağlarını onaran balıkçıların havaya karışan alın terinin kokusundan harman bir hatıra kaydettim o anda kalbime.

Kokuları ve ışıkları ezberime almayı Nona'dan böyle böyle öğrendim. Koku onun için bir tür zamanı ölçme, anlama aracıydı aynı zamanda. Üst katın yer tahtalarını silerken alt kattaki ocakta pişen yemeğin altı tam olarak ne zaman kapanacak; bahçede ot yolarken bir köşede uyuyan kardeşimin bezi ne zaman değişecek; çilek satan Haydar abi sepetiyle bizim sokağın köşesinden ne zaman dönecek; sanki hepsini birkaç dakika önceden hissederdi.

Yerleri sildiği kovayı bir kenara iter, ellerini yıkar, ocakta fokurdayan tencereyi birkaç saniye dinler, sonra kararından emin olup kafasını sallayarak ocaktan alır, kenara koyardı. Kardeşimin gıkı çıkmasa da sanki ona seslenmiş gibi aynı sakinlikle çamaşırlığa gider, kar gibi yapana kadar kaynattığı pamuklu bezlerden birini alır, hiç acele etmeden, sevgiyle, ayaklarını öpe öpe kardeşimi uykusundan uyandırmadan temizleyip paklardı. Haydar abi bizim evin sokağına dönerken Nona elinde ona ikram edeceği limonatayla bahçe kapısına çıkar, "Sabahtan beri bekliyorum be Haydar. Güneşte erittin bütün çilekleri!" diye çıkışırdı.

Bu olağanüstü becerisine o kadar hayranlık duyardım ki, ona bu gizli bilgileri fısıldayanlar kokulardan başka neler olabilir diye gözümü ondan ayırmazdım.

Kokulara eşlik eden bir şey daha vardı.

Işıklar. Günün ışıkları. Mevsimlerle beraber değişen, nesnelere yansıyan, nesnelerden bize vuran tüm ışıklar.

O ışıklar günün programını tıkır tıkır işletirdi. Hava erken kararırken bile değişmeyen iç saatine ışıkları kendi yerleştirirdi. Yani sabah saat 05:00 ile akşam saat 17:00 onun kendi iç düzeninde değişmeyen sabit noktalardı. Mevsimler bu saatlerin etrafında dönen ışığı değiştirebilirdi ama Nona'nın düzenini asla. Işıklar hangi sebzeyi, meyveyi ne zaman yemeliyiz; hangi balık ne zaman eve girmeli; bahçede ne zaman, ne düzenlenmeli; hepsini anlatırdı ona.

O gün gözlerim kapalı, onun denizden aldığı kokuları anlamaya, takip etmeye çalışırken birden sesiyle irkildim.

"Akşama kakavia* yapalım mı, he?"

"Çok limonlu olsun ama."

"Senin tabağına öyle koyarım ben, merak etme."

"Olur."

İkimiz derin derin nefes alıp yosun kokusunu içimize çekerken kırlangıçlar geçti önümüzden. Kuşlar Karantina Adası'nın üzerindeyken öyle söyledi işte:

"Hiç durmadan uçtu zaman. Birbirini takip edip gitti. Sonra bir bakıyorsun, vay! Bu ne hız? Hatıralar gözden kaybolmuş."

Nona haklıymış. Hiç molası yok insan ömrünün. Bir kez bile bir dala konmadan, dinlenmeden hedefindeki o son taşa doğru uçuyor.

Nona'ya sarılmıştım. Çok severdim eteğini tutmayı, koluna tutunmayı, beline sarılmayı. O da çok mutlu olurdu bundan.

Komşular misafirliğe geldiği vakit, gururla, "Bu oğlan çok düşkün bana. Afacanın gözüme gözüme bakmaları yok mu, ah!" derdi. Hak edilmiş bir zaferdi onunki-

* Balık çorbası.

si. Bu bağlılığın, sevginin tadını çıkarmak sonuna kadar hakkıydı.

Hayatını en rahat ben kurcalardım. Bana sanki ayrı bir müsaadesi vardı.

"Nona, sen neden babamla evlendin?"

"Sizi sevdiğim için."

"Babamı sevmedin mi?"

"E, tabii, onu da sevdim."

"Annem yaşasaydı onu da sever miydin?"

"Severdim tabii."

"Senin ölen bebeklerin annemin yanında mıdır şimdi?"

"İnşallah oradadır."

Böyle dedikten sonra Nona, Karantina Adası üzerinde uçan kırlangıçların peşine takıldı sanki. Gözleri ufukta kaybolan kuşlarda, uzun bir süre sessizce oturdu.

Babamla evlendikten sonra iki kez ardı ardına hamile kalmıştı. Fakat bebekler bir türlü Nona ile kalmıyordu. Bizden bir şey saklamazdı zaten ama en iyi arkadaşı da bendim. Müjdeler ve üzüntüler babamdan önce benimle paylaşılırdı.

"Ey Misket, bil bakalım ne olacak?"

"Ne olacak Nona?"

"Sankim bir daha ağabey olacaksın."

"Ben mi? Nasıl olacak?"

"Allah karnıma bir bebek koydu. Bu bebeğe Oktay iyi baksın, dedi. Onun elinden tutsun, dedi... Niye surat astın sen şimdi be?"

"Sen daha çok seversin şimdi onu! Ne yapayım ki ben kardeşi? Kardeşim var benim. Na işte, bak, şu boklu!"

"Aaa, çok ayıp len! İnsan kardeşine boklu der mi? Diline sürüveririm biberleri!"

"Boklu işte! Boklu! İstemiyorum ben yeni kardeş felan!"

Nona'm ben delirdiğim, kıskançlık krizlerine girdiğim vakit sevgiyle sarılırdı bana. Kollarından kurtulur, "danalar gibi" ağlardım. Öyle derdi.

"Eyyy... Yine başladı, deli danalar gibi ağlar durur bu!"

Kıskançlık ağlamalarım başlamışsa ilgilenmezdi benimle. İşine gücüne bakardı. Şımarıklık ağlamalarımda da aynını yapardı. Sanki duymazdı sesimi. Ben ağlamalarımı perde perde değiştirirdim ama sonunda hep o kazanırdı. Susup bir kenarda sümüğümü çekmeye başladığımda önlüğünün ya da hırkasının cebinden bir avuç sultani* çıkararak avcuma verir, sümüğümü mendiliyle siler, üzümlerimi tek tek yememi seyrederdi.

"Ey, ne oldu şimdi? Yoruldun şımarmaktan. Sen istediğin kadar tepin, her şey olacağına varır işte. Tadını çıkarsan ya?"

Nona bebeklerine kavuşamadı. Yaşı ilerlemişti. Hamile kalması zaten şaşırtıcı bir sevinçti. O zamanlar kardeşler arasında büyük yaş farkları olması olağandı. İlk çocuğu ile son çocuğu arasında on yedi yaş fark olan anneler bile vardı. Onlar pek evden çıkmaz, "Ay bu yaşta konu komşuya ne deriz?" endişesiyle saklanırlardı. Sonra bir bakardık ki yeni bir bebek sesi daha duyuluyor mahallede. Doğurabilenin sonuna kadar doğurması takdir edilirdi. Fakat Nona kırklarının sonunda bile çocuk sahibi olabilenler kadar şanslı değildi.

Bebekler Nona'nın karnında durmadığı için kendimi suçlu hissetmiştim. Ben istemediğim için gittiler sanıyordum. Nona ilk bebeğini kaybettiğinde çok üzülmemiş gibi gelmişti bana. Çocuk aklı işte.

* Ağartılarak kurutulan değerli bir Ege üzümü.

Bir sabah kahvaltımızı yaptırdıktan sonra eteğine tutunmuş, "Ne zaman gelecek yeni boklu bebek?" diye sormuştum. Elindeki işi bırakmıştı. Beni kucağına alıp sandalyeye oturtmuş, karşımda diz çökmüştü.

"Oktay Efendi, karnımdaki bebek kalmak istemedi. Eh, hadi bakalım, şimdilik bir bokludan kurtuldun. Belki sonra bir başkası gelir. Sarıl bakalım bana sıkı sıkı. *Ben varım ya*, de bana."

Sıkı sıkı sarılmıştım tabii ki. Bebeğin gitmesine üzülmüştüm aslında. İlkti, nasılsa yine olurdu. Hem biz vardık, kardeşimle ikimizi ihmal edemezdi. Söyledikleri bunlardı ama sanırım biz gerçek hislerini hiç bilmedik. Hep yaptığı gibi içine içine ağladı büyük olasılıkla.

Birkaç ay sonra Nona'da bir gariplik başladı. Eskisi gibi neşeli değildi. Hep hastaydı. Sürekli yatıyor, öğüre öğüre kusuyordu. Mutfakta bulaşıklar birikiyor, Nona mutfağa giremiyordu. Bahçedeki keçiler, tavuklar bile Nona'yı özlüyordu. Nona yanlarına hiç uğramıyordu. Babam kaymakamlıktan gelince önce Nona'yı yattığı yerde öpüyor, hatırını soruyor, bizi kucaklıyor ve hiç dert etmeden mutfağa koşup çabucak bulaşıkları yıkıyordu.

Şaşırıyordum. Kümeste biriktirdiğimiz yumurtaları sahanda kırıp karnımızı doyurduktan sonra yine Nona'nın yanına gidiyordu. Annemi kaybettiği için belki de bu karısının gözünün içine bakıyordu.

Nona birkaç hafta içinde iyileşti. Eski neşesi yerine geldi. Nazar olur diye korktu belki, kimseye bir şey söylemedi. Bana bile!

Çılgınlar gibi yemek yiyordu. Ne bulursa şaralop atıveriyordu ağzına. "Hımmm pek de güzel olmuş bu dolma. İki tanecik yesem bir şey olmaz. Ay dur, bir tane daha atayım.

Bak şimdi de tatlı istedi canım. Revani mi yapsak? Yumurta kaldı mı hiç? Ya da dur, akıtma yapalım! Turşu çıkaralım yanına. Ahhh, Allah'ım! Bu sarımsak ne güzel kokuyor, değil mi? Canım ne istedi aslında biliyor musun? Fırın böreği istedi. Çok istedi hem de. Ay ölecem yemezsem!"

Sarımsak mı? Böğğğğ! Nona delirmiş olmalıydı! Yedikçe yiyor, giderek devleşiyordu. Ama en çok karnı büyüyordu. Sonunda anlamıştım. Kimseye, evet bana bile söylememişti ama Nona yine bebek bekliyordu.

Ben de ona küstüm. Küslüğümü ne zaman anlayacak diye bekliyordum ama yemek yemekten, kendi telaşından benim farkıma varmıyordu. Yine de, sonunda başardım.

"Neyin var senin len, keleş?* Ne sallandırıyon suratını bakem?"

"Niye söylemedin bana?"

"Neyi?"

"Yeni bir boklu kardeş geliyor, anladım ben. Kocaman oldu karnın. Ben istemem de sonra yine bizi bırakır gider diye mi söylemedin bana?"

"Olur mu hiç len? Kendime uğur olsun dedim. En son söyleyeyim de herkes görünce çok sevinsin dedim. Ben nasıl kardeşini görünce eridiydim! Küçücüktü. Böyle kiraz gibiydi ağzı. Düğme gibiydi burnu. Çok sevdiydim görünce."

"Beni sevmemiş miydin?"

"Sen ne kıskanç oldun böyle? Sevmez miyim! Çok sevdim tabii. Sen de kardeşini görünce benim sizi sevdiğim gibi sev istedim."

Susmuştum. Nona'nın sevgisinin bölünmeyeceğinden şüpheliydim.

* Urla ağzında "yakışıklı".

Ama benim canım Nona'm elimi tutmuş, karnının üzerine koymuştu.

"Burada bir kalp atıyor. O kalp seni çok sevecek. Canım abim diyecek sana. Sen onu alıp gezmelere gideceksin. Ona çok güzel şeyler öğreteceksin. Değil mi?"

Ne yapsa ikna olmak istemiyordum, babaanneme çekeceğim tutmuştu. Ondan sıkça duyduğum kelimeyi Nona'ya sattım:

"Bakarız..."

Canım Nona'm kıkır kıkır gülmüştü. Çok mutluydu. O mutluluk pek de yakışıyordu ona. Önceleri hevessiz olsam da, sonunda ben de beklemeye başlamıştım yeni kardeşimizi. Nona'mın karnı kocaman oldu aylar içinde. Derken, bir gün bebek karnında hareket etmeyi bıraktı.

Nona bu hareketsizliği fark edince beni babama, kaymakamlığa gönderdi. Babam koşarak eve geldi. İkisi de çok endişeliydi. Babamın ricasıyla Kaymakam Bey dairenin otomobilini tahsis etti. Babamın hatırlı ahbapları araya girdi, Nona'yı Karataş Musevi Hastanesi'ne götürdüler. Orada birkaç yıl önce kurulan doğum kliniği çok methedilirdi.

Doktorlar çok uğraşmış ama bebeği kurtaramamışlar. Bebeğin kalbi durmuş. Nona'm iyi ki çok dinlemiş bebeği de, çabuk fark etmiş. Nona'mı zehirlemeden almışlar bebeği.

Bunları on gün sonra evimize geldiğinde anlattı bana. Kardeşimiz cennete gitmiş. Orada bizi bekliyormuş.

O on gün çok dua etmiştim. Babaannemin evindeydik kardeşimle.

"Nona'm iyi gelsin, mutlaka gelsin, sağ salim gelsin. Yeni kardeşime de çok iyi bakarım. Yeter ki Nona geri dönsün!" diye çok yakardım Allah'a.

Babaannem ziyarete gelen herkese tekrar tekrar aynı hikâyeyi anlatıyor, "Bu gelin de ölürse ne olur?" diye ağlayıp duruyordu. Aslında iki gün sonra Nona'nın iyi olduğu haberi zaten gelmişti ama onu eskisi gibi evde görmedikçe buna inanamıyorduk.

Eve döndüğünde o kadar mutluydum ki... Kız kardeşimle ikimiz etrafında kelebekler gibi uçuşuyorduk.

Sarılıp sarılıp öpüyordu bizi. "Siz varsınız çok şükür. İyi ki varsınız. Siz evlatsınız bana. Daha ne istiyorum ki ben? Peh! Bir aslanım, bir de peri kızım var. Onlar nasıl da korur, sever beni. Çok şükür Allah'ım!" diyordu.

Sonra mutfağa girdi ve bize güzel bir sugato* pişirdi. O gece ben, kardeşim, babam ve Nona birlikte uyuduk. Sabah uyandık ve hayatımıza kaldığımız yerden devam ettik. Sadece, Nona biraz daha az yiyordu. Birkaç ay sonra karnı eskisi gibi oldu.

Nona benim için hep kocaman bir kadındı. Yıllar sonra, liseye giderken, Nona'nın aslında 1.70 boyunda ve balık etli bir kadın olduğunu fark etmiş, çocuk dünyamda onu nasıl da bir dev gibi gördüğümü anımsayıp gülmüştüm. Ne kadar büyük olsa da, o gün deniz kenarındaki o öğleden sonra, ayaklarını benim gibi sallayıp gözlerini yumarak denizi içine çeken o çocuk halini unutmam mümkün değil. Üstelik hayatıyla ilgili ilk büyük gizemi o gün sezer gibi olmuştum.

Çocuktum ama ölen kardeşimi hatırlatan o soruyla onu üzdüğümü anlamıştım.

Elini tutup "Belki annem de orada ona annelik yapıyordur," dedim.

"Vallahi yapıyordur, değil mi?"

* Girit usulü yumurtalı patates.

"Tabii ki. Tabii ki yapıyordur."

"Çünkü melekler meleklere emanettir..."

Eğilip şapırtılarla yanağımdan öptü. Yanağımda kalan nemi silersem ona ayıp olur diye kendimi tuttum. Kardeşimin elindeki iyice yumuşamış, yeniden hamura dönmüş börek parçasını almak için eğildiğinde hırkamın koluyla yanağımı sildim.

Hava sabahları ve akşamları serin oluyordu artık. Urla'ya kış sert gelirdi. Sonbaharda zeytinler ve narlar toplandıktan sonra soba yanardı mutlaka. Ama biz o gün güneşin sarı, turuncu ışıklarının tadını çıkarmaya karar vermiştik. Nona bizi alıp deniz kenarına getirdiğine göre evdeki bütün işlerini görmüş, bitirmişti.

"Karataş'ta da akşam oluyor mudur şimdi Nona?"

"Oluyordur tabii, deli! Karataş dediğin, na şuracık işte. Sen okullu değil misin? Bilmiyor musun, akşam olunca her yerde akşamdır."

"Hayır, her yerde akşam olmuyor. Mesela başka yerlerde daha geç oluyor."

"Nerede?"

"Arjantin'de mesela."

Nona önce cevap vermedi. Şüpheli gözlerle baktı bana.

"Nereden biliyorsun sen?"

"Biliyorum işte."

"Arjantin'i kim söyledi sana? Kimden duydun? Okulda mı öğrendin?"

Kimden duyacaktım ki? Herkes bunu konuşuyordu zaten. Dünyanın en zengin adamı diyorlardı *onun* için. Hikâyesi ağızdan ağıza yayılıyordu. İzmir'den Arjantin'e gitmiş. Orada çok zengin olmuş. Gemiler, şilepler satın almış. Tankerler yaptırmış. O kadar zengin olmuş ki şimdi de Yunanistan'ın bütün tayyarelerini o satın alıyormuş. Herkesin, hatta babamın dilinde bile bu vardı. Amcamın, adını Atatürk'ün koyduğu denizaltı gemilerinden birinden alan on bir yaşındaki oğlu Batıray abim o adam gibi zengin olmak için Arjantin'e gitmeye karar vermişti. Zengin olmanın ilk adımının Arjantin'de atılması gerektiğini sanıyordu. Her akşam hayali bir gemiyle taaa Buenos Aires'e kadar gidiyor, sonra Afrika'nın en ucunda korsanlara katılıyordu. Dönüşte yine doğru yolu buluyor, dürüst ve çok zengin bir iş adamı olarak İzmir'e geliyordu. Bu hayal hiç değişmiyordu.

Dönemin dergi ve gazeteleri merakımızı daha da artırıyordu. Kulaktan dolma bilgiler aktarıyorduk birbirimize. Bizde mevsimlerden yazsa eğer, orada kıştı. Bizde sonbaharsa, orada ilkbahardı. Biz onlardan önce sabaha kavuşuyorduk. Onlarda geceyken bizde sabah oluyordu. Batıray abimin bile bildiği şeyleri nasıl olur da koskoca Nona bilmezdi? Hem babam demişti ki, o zengin adam Nona gibi Karataş'ta doğmuş. Nona belki onu tanırmış.

Nona anlattıklarımı dinlerken hiç ses çıkarmadı.

"Şilepleri, uçakları, adaları olan o adamı sen tanıyor musun Nona gerçekten?"

"..."

"Nona?"

"Evet ya, tanıyorum."

"Kim o?"

"Sana ne?"

"Arkadaşın mıydı senin?"

"Arkadaşım mı? Ne arkadaşı? Haydi kalk. Kalk, geç oldu. Babanlar gelmeden soba yakalım, masa hazırlayalım. Hasta olursunuz, hadi kalk."

Her şeyi ballandırarak anlatmaya bayılan Nona neden lafı ağzıma tıkıp apar topar yola koyulmuştu, anlamamıştım. O kadar hızlı yürüyordu ki peşinden koşuyordum. Bebek arabasını itişindeki telaş, görene adeta bir şeyden kaçtığı hissini verecek kertedeydi. Yol boyu ve dahi eve girdiğimizde ağzını bıçak açmadı. Her hareketi o kadar keskindi ki onu çok sinirlendirdiğim vakitlerde kapıldığım o büyük suçluluk duygusu sardı yine beni. Benim yüzümden kaçmıştı tadı. Benim yüzümden öfkeliydi. Ama ben bir şey yapmamıştım ki. Birkaç saat etrafında dolandım, lakin gözü beni görmüyordu.

Sobayı yaktı, masaya tabakları pat küt yerleştirdi, sonra muşamba önlüğünü takıp kollarını sıvadı ve mutfağa girdi.

"Nona, özür dilerim," dedim mutfak kapısında.

Dalgınlığından sıyrılıp hayretle kapıya döndü.

"Bre? Niye özür dileyesin paşam? Bir şey mi kırdın?"

"Hayır... Evet... Bilmiyorum. Evde bir şey kırmadım ama sen bana söylediğim şey için kızdın galiba."

Kalbimi ısıtan kocaman gülüşüyle, "Yok be paşam. Ben sana niye kızayım, iki gözüm? Ben kadere kızdım. O da geçti gitti. Sen kardeşinle ilgilen, bak bakalım ne yapıyor," dedi.

Ama ben biliyordum. Kalbini ben kırmadıysam da, kırık olan o yerinden içeri o gün tarif edemediğim acılı bir şey sızdırmıştım.

Yıllar içinde kadınlar tanıdım. Kimini çok sevdim, en güzel anlarını, gülüşlerini kendime sakladım. Kimi hatıralar hafızanın kaçınılmaz eriyişi içinde kayboldu. Kırklı yaşlarımın başında sevdiğim bir kadının Nona'ya benzer parçalar taşıdığını fark ettim. Güçlü, neşeli, çalışkan ve güzel gülen bir kadındı. Fakat gülüşünün ardında, ilk defa

Nona'nın gözlerinde çok çocukken gördüğüm, acı sızdıran bir kırık vardı. Belki de bu yüzden, sevmeyi hep o kırığı tamir etmek için çabalamak sandım. Çabamı anlamayanlar oldu. Nasıl olup da bu kadar sevildiğini anlamayanlara kızdım. Çok kızdım. Ayrılırken bir kırık da ben bıraktım. Çünkü anlamıştım, her şey unutuluyordu. Acı verenler en sona kalıyordu...

8. BÖLÜM

"Bizi kavuşturan..."

Zeynep ve Kerem omuz omuza oturmuş, Oktay'ın bilgisayarından önlerine açılan bu eski dünyanın içinde kaybolmuşlar...

Kerem okurken arada bir dönüp Zeynep'e bakıyor. Zeynep'in kimi yerde güldüğünü, kimi yerde gözlerinin dolduğunu görünce elini tutmak istiyor ama cesaret edemiyor. Şu son satırda yine gözleri doluyor Zeynep'in. Tam sarılacaktı ki Zeynep telefonuna uzanıyor.

"Saat gecenin ikisi olmuş."

Kerem hayal kırıklığı içinde.

"Uykun mu geldi yoksa?" diye soruyor. Devam etmek istiyor çünkü. Uyumasınlar, okusunlar daha. Zeynep ona böyle yakın olsun, kokusunu duymaya devam etsin. Konuşmadan da paylaşılabilen bu zamanın tadını çıkarsınlar.

Zeynep içini çekiyor.

"Yok hayır, hiç uykum yok. Annem uyumuş mudur diye merak ettim."

"Uyumuştur çoktan."

"Ben onu tanıyorsam uyumamıştır, kitap okuyordur."

"Niye merak ettin ki anneni şimdi?"

"Bunu okuması lazım çünkü."

"Nasıl yani? Telefonda mı okuyacaksın?"

"Yo hayır, ona göndereceğim."

"Ama Zeynep, Oktay Bey bunu bize emanet etti. Annenin okumasını istese ona gönderirdi."

"Hayır göndermezdi. Sen de farkında değil misin Kerem? İçini nasıl döküp saçtı. Sanki yapamadığı bir şey için yardım istiyordu."

"Nereden anlıyorsun bunu?"

"Aksi halde bize niye o kadar şey anlatsın? Bizi hayatında ilk kez görüyor. İstanbul'u, o kadar başarılı olduğu işini geride bırakıp buraya yerleşmiş. Sonra günün birinde biz çıkıp geliyoruz ve adam bütün gece anlatıyor, uçağımızı kaçırmamıza neden oluyor."

"Belki sevmiştir bizi?"

"Sevmese tabii ki bu kadar açmazdı kalbini. İşte tam da bu yüzden okumamızı istedi, anlıyor musun? Onu anlayacağımızı düşündü."

"Haklı olabilirsin..."

Zeynep konuştukça, okudukları bu metni annesine göndermeye daha çok ikna ediyor kendini. Elinde telefon, heyecanlandıkça daha hızlı konuşuyor. Kerem'in de tam anlamıyla ikna olmasını istiyor.

"Adam için koca bir üniversitenin iletişim fakültesi dekanı bir kitap hazırlıyor. Belli ki birbirleri için çok kıymetliler. Ama adam ona getirdiğimiz kitabın kapağını hâlâ açamıyor. Akşam yemekte söylediklerini düşünüyorum da şimdi... Ben o kitaba bakamam, dedi ya... Sanki silmek, unutmak istiyor o yılları."

Kerem kafasını kaşıyor.

Evet, Zeynep şu âna kadar doğru söylüyor ama okudukları metni Filiz Hoca'ya neden göndermeleri gerektiğine aklı yatmıyor.

"Evet, pişman olduğu şeyler var, o yüzden unutmak istiyor. Ama Filiz Hoca bunları okuduğunda ne değişecek sence?"

Zeynep, Kerem'in hâlâ direnmesine anlam veremiyor.

"Kerem... Oktay Bey'in hatırlamak, hatırlanmak istediği şekil bu, anlamıyor musun? O fiyakalı, şöhretli yıllardan çok öncesi daha kıymetli onun için."

Kerem başını sallıyor. Evet, Zeynep bunda kesinlikle haklı.

Zeynep bilgisayarı önüne çekiyor.

"Bak, şu cümleyi bir de sesli dinle: *Nasıl olup da bu kadar sevildiğini anlamayanlara kızdım. Çok kızdım. Ayrılırken bir kırık da ben bıraktım. Çünkü anlamıştım, her şey unutuluyordu. Acı verenler en sona kalıyordu...* Bence büyük bir itiraf bu."

"Evet, doğru..."

Birbirlerine bakıyorlar. Zeynep gözlerini ayırmadan, "O yüzden annemin okumasını istiyorum. Onu iyi tanıyan biri bizden daha çok hak etmiyor mu sence bunu okumayı?" diye soruyor.

Kerem gözlerini bir mıknatıs gibi kendine çeken Zeynep'in gözlerinden kopamadan düşünüyor. Söyleyip söylememekte kararsız. Söylese mi? Zeynep düşüncesinde haklı olabilir.

"Sana bir şey söyleyeceğim."

"Söyle."

"Hani bu kitaptan önce annen bana Oktay Bey'in elimizdeki negatiflerinden bir arşiv düzenlemem için görev vermişti ya..."

"Evet?"

"İşte o yüzlerce negatifle dolu zarfları, kutuları tek tek ayırırken bir şey dikkatimi çekti. Bir tanesi sıkı sıkı kapatılmıştı. Şeyle... Var ya hani, *packing tape*."

"Koli bandı."

"Hah, evet. İşte onunla sıkı sıkı kapatılmıştı. Ben de hepsini açıyordum tek tek. Onu da açtım. Slaytlar çıktı içinden. Biliyor musun sen, slayt ne?"

"Niye bilmeyeyim?"

"Yani belki bilmiyorsundur dedim. O kutuda slaytlar vardı."

"Eee?"

"Zaten gözüm tek tek bakmaktan yorulmuştu. En büyük kutunun içinde slayt makinesi de vardı. Ben o slaytları makineye yerleştirdim. Işığı kapattım. Düğmesine bastım ve ne çıktı biliyor musun?"

"Ne?"

"Annenin bir sürü gençlik fotoğrafı. Böyle senin kadarken filan."

"Hadi be! Saçmalama!"

"Gerçekten."

"Ne arıyormuş peki orada?"

"İşte ben de merak ettim. Slaytların birinde sana çok benziyordu. Ama aynı sen! Ben de onu bastırdım. Götürdüm annene. O kadar şaşırdı ki! Çekildiğini bilmiyormuş bile. Hiç görmemişti o fotoğrafı. Kitabın en sonundaki fotoğraf var ya, o işte."

"Ne dedi peki görünce?"

"Çok sevindi. Çok ama. Sonra da hemen kitap işine kalkıştı."

"O slaytlar nerede peki?"

"Arşivde duruyor. O kadar çoklar ki. Çoğunda annenin çekildiğinden haberi yok gibi."

"Oktay Bey mi çekmiş hepsini?"

"Evet, diyorum ya onun arşivi diye. Annen inanamamıştı. Üstelik daha diğerlerini bilmiyor bile, henüz göstermedim..."

Zeynep'in gözleri yine ışıl ışıl.

Annesinin bir zamanlar âşık olduğu adam bu kesinlikle. Ve o da annesine çok âşık olmuş belli ki. Peki sonra ne olmuş? Neden olmamış? Meraktan ölüyor. Söz konusu olan annesi değil de, bir roman kahramanı sanki. Artık kesinlikle emin. Annesi bu metni okumalı.

"Arayacak mısın anneni?"

"Şimdi bu saatte ararsam korkar. Mesaj atayım önce. Bence uyumamıştır ama uyuduysa uyandırmamış olurum. Sabah görür. Öyle olursa, sabah Oktay Bey'e sorup da göndeririz. Anlaştık mı?"

Kerem tamam dercesine başını sallıyor.

"Sen ona yazarken, ben de sana içecek bir şey getireyim mi? Kahve içelim mi?"

"Süper olur valla. Nasılsa uyku muyku kalmadı. Oturup şu hikâyeyi bitirelim."

"Tamam. Hemen yapıyorum. İnşallah yapabilirim."

"Yaparsın yaparsın."

Kerem mutfağa giderken Zeynep annesine yazdığı mesajı gönderiyor:

"Uyudun mu aşkım?"

Hemen yanıt geliyor:

"Hayır, ne oldu? Her şey yolunda mı?"
"Evet, evet. Korkma. Sana mail'le bir metin göndereceğim. Bunu okumalısın anne."
"Tamam, bekliyorum."

Zeynep telefonu kenara bırakıp kendi e-posta kutusunu kurmak için bilgisayara dönüyor. Fakat açmaya çalıştığı sayfaya bir türlü yönlenemiyor. Her deneyişinde takılıp kalıyor sayfa. Eski model dizüstü bilgisayarı kablosuyla beraber mutfağa taşıyor.

"Kerem bunun internet bağlantısında bir sorun var sanırım. Mail kutuma ulaşamıyorum."

Kerem kahveyi bulmuş. Ama nasıl yapacağına dair hiçbir fikri yok. Kavanoz elinde, mutfakta dönüp duruyor. Zeynep'i karşısında görünce seviniyor.

"Ah Zeynep! Sen kahveleri yaparsan... Ben de hemen cep telefonumla bağlanırım."

Zeynep gülüyor. Biliyordu yapamayacağını ama hevesi ve kendini aşan bir cesaretle mutfağa gitmesi hoşuna gitmişti.

"Sanırım o da zor. Bluetooth bağlantısı var mı bu aletin, ondan da emin değilim. Sen bir bak şuna. Ben kahveyi yaparım."

Bilgisayarı masanın üzerine bırakıyor. Masaya serili çok yıpranmış, beyaz, delik işi örtü şimdi daha tanıdık Zeynep için. Üzerindeki çiçek motiflerini okşuyor. Acaba Nona kaç kez yıkamıştır bu örtüyü? Kaç kez ütülemiş, sermiştir bu masaya? Onun kahve içtiği bu masada birazdan Zeynep oturacak Kerem'le. Oktay Bey'in evindeki bu havayı olduğu gibi koruyup yaşatan, Nona'nın ardında bıraktığı, bugüne bile yeten hayat sevinci olmalı.

Çekmecelerde cezve ararken gülümsüyor kendi kendine. Sonra lavabodaki kirli bakır cezveyi görüyor. Büyük bir özenle yıkıyor cezveyi. Yıkarken Kerem'e bakıyor yan gözle.

Kokuları ezbere almak ne tuhaf. İnsanları ne kadar yakınlaştıran, anlaştıran bir eylem. Burada başka bir şey var.

Kerem'e bile işledi bu evin ruhu. Kahve yapayım dedi, canım benim yaaa... Nasıl yapacaksın tatlım sen kahveyi? Cezve mi gördün hayatında? Ha ha! Oktay Bey nasıl da ezikledi bugün beni! Sen bilemezsin, kahve makinesine alışkınsındır, diyor. Sanki Filiz'i tanımıyorsun Oktay Bey! Bilsen, kaç kez kahve pişirtti bana! Ay, benim eski ruhlu Filizciğim... Burada ne kahveler pişirmişsindir sen. Haydi bakalım, sıra kızında.

Temiz cezveye kahveyi, suyu koyup eski ocağın başına geçiyor. Kibrit kutusu, ocağın yanındaki kutuda. Kibrit çakıp ocağın küçük gözünün hararetle alev alışını izliyor. Kibrit çöpüne üflüyor. Bu evin düzeni, neyin nasıl yapılması gerektiğini tarif ediyor sanki. Yanmış kibrit çöplerinin atıldığı eski kül tablasını görüyor. Kibrit çöpünü diğer yanık çöplerin yanına bırakıyor. Kutunun ve kül tablasının hemen üzerine bir çivi çakılmış. O çiviye elde örülmüş yeşil, uzun bir şeritle birbirine tutunmuş kocaman bir çift kiraz asılı. Oktay Bey'in üzerine örttüğü renkli battaniyelerden tanıdık geliyor bu örgü kirazlar. Nona raflarda dizili duran bakır tencerelerinin kapaklarını tutmak için örüp asmış olmalı bunu buraya. Gördüğü her şey peş peşe önüne çıkıp Zeynep'i selamlayan, kendini tanıtan film kahramanları gibi şu anda. Dile gelseler şöyle konuşurlardı herhalde:

Merhaba Zeynep, ben yadigâr şekerlik. Nona gelin olurken hediye olarak katılmıştım bu mutfağa. Şu buzdolabının üzerindeki arkadaşımız da gördüğünüz üzere bizden daha genç ama o da nereden baksanız sizden beş on yaş büyük bir düdüklü tencere. Anneler Günü hediyesi olarak gelmişti. Oktay Bey'in bütün hediyeleri gibi özenle saklananlardan. Nona Hanım oğlunu göremediği vakit onun hediyesi olan tencere tavayla özlem giderirdi. Tahmininiz doğru. Fincanlar şurada. Soldaki kapağı açarsanız... Hah, gördünüz değil mi? Arka tarafta bir fincan takımı var. Şu çok ince, fildişi rengi olanlar. Ağız kenarlarında yaldız olmalı. Gördünüz mü? Hah! Lütfen onlarla için. Nona hayatta olsa size bunlarla ikram ederdi kahvenizi. Misafir takımı o. Çok narindir. Lütfen onları kullanın. Yok artık bu ince, güzel porselenlerden. İşte böyle... Biz Nona ile bu eve girdiğimiz günden beri tüm yaşananlara tanıklık ederiz. Yalnız, dikkatimi çekti; siz de şeker kullanmıyorsunuz galiba? Evet, anladım. Şekersiz yaşayanlardansınız. İşte böyle böyle bize de pek ihtiyaç duyulmuyor artık maalesef. Bir zamanlar en çok biz hediye giderdik evlere. Şekerlik önemli bir şeydi. Oktay Bey gibi konuşuyorum değil mi? Maalesef öyle. Hepimizin devri geçti.

Zeynep kendi kendine konuşan şekerlik ve gururlu düdüklü tencere hayaline dalmış eğlenirken, kahve kaynayıp kabarıyor. Taşmak üzereyken fark edip hemen ocağı kapıyor. Kahveyi fincanlara boşaltırken, Kerem, "Ya Zeynep, çok ağır çalışıyor bu alet. Oktay Bey'in mail kutusu masa üstünde açık. Ondan göndersek ne olur?" diye soruyor.

"Hadi ya! Bir de adamın mail kutusunu açıyoruz! Çok ayıp olacak bu."

"Başka çare yok gibi?"

Zeynep kahveleri masaya koyarken düşünüyor. Kerem'in karşısına oturuyor. Bir yudum alıyor. Eşyalara akıl danışmak geliyor aklına, kendi kendine gülüyor.

"Niye güldün?"

"Okuduklarımızdan sonra şimdi bütün bu eşyalar daha canlı geliyor gözüme. Demin kahve yaparken onu düşündüm. Dedim ki, bu şekerlik konuşsa kim bilir neler anlatır. Sonra öyle bir hayal âlemine daldım. Baksana ne kadar güzel, ne kadar eski her şey. Bu şekerlik, bu fincanlar, bu ocak, şu örtüler, tabaklar... Hepsi bizden çok şey yaşayıp gördü."

"Doğru. Bu masa örtüsü kaç yaşındadır sence?"

"Bilmem. Ama şundan eminim; buradaki her şeyin yaşı, ikimizin yaşının toplamının bile iki katı çıkar en az."

"Bu bilgisayarın da yaşı hiç az değil galiba... Ne yapacağız şimdi? Annen de bekliyor mail'i."

Zeynep bir yudum daha kahve içti. Kararlı bir ifadeyle fincanı tabağa bıraktı.

"Oktay Bey'in kendi posta kutusundan gönderelim. Nasılsa gönderiyoruz. Nereden gönderdiğimizin ne önemi var? Bak sana ne diyeceğim: Sen Oktay Bey'in arşivinde annemin fotoğraflarını bulmasaydın bugün burada olur muyduk? Bu yazılanları okur muyduk? Şahane bir hikâyenin içine girer miydik?"

"Hayır."

"Peki kim sebep oldu bunlara?"

"Annen."

"Evet. O yüzden annemi daha fazla bekletmeden dosyayı gönderelim."

Zeynep'in hemen arkasındaki duvarda bir fotoğraf var. Fotoğrafta Nona bahçede bir sandalyede oturuyor. Dizinin iki yanında, çimlerin üzerinde genç Oktay ve muhtemelen kardeşi olan bir genç kız gülerek Nona'ya bakıyor. Nona objektife dikmiş gözünü. Bir eli Oktay'ın omzunda, öbür eli de genç kızın. O kadar güzel, o kadar mutlu gülüyor ki Kerem'e cesaret veriyor o gülüş.

Hiçbir anne evladının mutsuz ve yalnız olmasını istemez. Oğlumun sesini gitmesi gereken yere ulaştır, diyor sanki.

Kerem, "Yeni bir posta oluştur" sekmesini tıklıyor. Filiz Hoca'nın adresini yazıp dosyayı ekliyor. Konu bölümüne ne yazacağını bilemiyor. Zeynep'e dönüyor.

"Konuya ne yazacağız?"

"Bizi Kavuşturan Nona'nın Hikâyesi."

Kerem gülümsüyor. Gönder tuşuna basıyor ve kahvesinden bir yudum alıyor.

İstanbul'da çalışma odasında, bilgisayar başında heyecanla bekleyen Filiz ekranda beliren yeni e-posta uyarısını görünce ürperiyor. İletiyi açarken nefesi titriyor. Gönderen kısmında ona göz kırpan Oktay'ın adı, Kerem'in elindeki o fotoğrafı gördüğü anda kalbine dolan sevincin aynısını yaşatıyor. Eli bir kelebek kanadı gibi... Gönderiye eklenmiş dosyayı açıyor.

Filiz, İstanbul'da, çalışma masasında ilk sayfayı okumaya başlarken, Zeynep, Urla'da, Nona'nın mutfağında, lambadaki cini özgür bırakan Alaaddin kadar mutlu hissediyor kendini. Kerem, ortağı olabildiği o mutlulukla bakıyor Zeynep'e.

9. BÖLÜM

Bu Benim Hayatım - II

Amcamlar, babaannem ve Muazzez halam bize bayram yemeğine gelmişti. Bayramın üçüncü günü sıra bizde olurdu hep. Öğle yemekleri için ilk gün babaannemde, ikinci gün amcamlarda, sonra bizde toplanırdık. Nona bütün evlerde kendi evimizdeymişiz gibi çok çalışırdı. Zaten babaannem yorulmasın diye zeytinyağlı yemeklerin çoğunu evde pişirir, bir gün önceden götürüp onun mutfağındaki tel dolaba yerleştirirdi. Babamlar bayram namazına giderken, o kardeşimle ikimizi neredeyse uyurken giydirir, birimiz kucağında, birimiz elinde babaanneme koşardı. Bayram kahvaltısını hazırlar, sonra da öğle yemeği için pirinç ıslatır, eti terbiye eder, tatlının şerbetini dökerdi.

Nona çok çalıştığı ve yengem ona yardım etmediği için çok sinirlenirdim. Yengem hep, "Ay bu çocuklar çok yaramaz. İzin vermiyorlar ki bir işin ucundan tutayım," der, çocuklara bakma bahanesiyle sürekli otururdu. Omzuna attığı o hırka, neredeyse hiç hareket etmediği için asla kollarının üzerine düşmezdi.

Nona mutfakta yemekle uğraşırken, yengem babaannemle kahve içer, Muazzez halamla ikisine Urla'da ne var ne yok, kim ne yapmış ne etmiş, hepsini sayıp dökerdi.

Hadi ilk gün babaannemdeyiz, sen de büyük gelinsin, oturdun durdun. E, kendi evinde niye Nona'mı çalıştırıyorsun?

Bahanesi de hep hazırdı: "Kimse Nona kadar eli çabuk değil. Her şeyi beş dakikada kotarıyor."

Kotarır tabii. Seni beklersek hepimiz acımızdan ölürüz. Seni mi beklesin benim canım Nona'm?

Nona'nın şakaklarından boynuna, ensesinden sırtına akan terlere bakıp bakıp o kadar üzülürdüm ki bir türlü yanından ayrılıp da oyun oynamaya gidemezdim. Eteğinin dibinde dolanıp dururdum. Aslında bu sayede, Nona'nın kanatları altında muazzam bir mutfak insanı olup çıktım.

Üniversitede okurken hem dönemin zor şartları hem de evden uzakta olmanın sefaleti içindeki öğrenci arkadaşlarıma pişirdiğim yemekler "memleket" kadar sevilirdi. Öyle derlerdi. "Bu bulgur pilavı memleket gibi güzel olmuş be!" Oysa memleket o yıllarda altındaki harlı ateş yüzünden içinde ne var ne yok kül olmuş bir tencereydi. Güzelliğini o acı koku örtüyordu. Karnımızı evde pişmiş bir yemekle doyurduğumuzda andığımız memleket ise çocukluğumuzun geçtiği, çatıların altındaki yuvaydı aslında. Kaç yaşına gelirsen gel asla unutmayacağın ve hep özleyeceğin, giderek daha çok uzaklaştığın o yuva. Yuvayı anımsatan her şey, içinde kötü bir anı olsa bile, uzaktayken memleketti, çocukluktu.

O üniversite evlerinden birinde, sonradan bana sevdalı olduğunu anladığım kara gözlü bir kız üşütmüş, yorgan döşek yatıyordu bir gün. Mercimek çorbası yaptım. Boş raflardan birinde kenarı kırık bir kâse buldum. İçine doğradığım iki günlük bayat ekmeğin üzerine koydum çorbayı. Kızcağız ağlamaktan içememişti. Ne yapacağımı bilememiştim. Sarılıp teselli mi etsem, arkama bakmadan kaçsam mı, ne yapsam?

Gençken, hep genç kalacağını düşünürken, sevildikçe zalimleşebileceğini bilmiyor insan. Sevmenin, sevgiye karşılık vermenin, aşkın coşkusuna kapılmanın erkek için zayıflık olacağına dair o inanç ne zaman, nasıl yerleşti içime, çok düşündüm. Sonra bir gün buldum ama iş işten geçmişti artık. O zavallı inancım yüzünden hayatın hakkını vererek yaşayamadım ben. O vakitler bunu bir zayıflık olarak görmüyordum. Tutamayacağımı düşündüğüm sözler vermemenin bir erdem olduğunu kazımıştım aklıma. Kolay söz verebilenlerin, iki günde sonsuzluk yemini edenlerin, sevgi sözcüklerini rahat rahat harcayabilen insanların, arkalarında binlerce kırık kalp bıraktığını düşünüyordum. Görüyordum da bunu. Sonra masaldaki ekmek kırıntılarını takip eden çocuklar gibi o kırıkları takip ederek geri dönüyorlardı onları umutsuzca bekleyenlere. Yeni biri gelip heyecan ve tutku boşluğunu doldurana dek bu umutsuzluktan besleniyor ve sonra, kolayca verdikleri sözleri bir kez daha yıkabiliyorlardı. Söz vermek kolaydı. Zor olan, verilen sözü tutmaktı. Onlar gibi olmamaktı kararım. Kimseyi, hiçbir kadının kalbini tutamayacağım bir söz verip oyalamama yeminim vardı. Kalp kırmaktan korktuğum için söz vermekten kaçarken, bir gün bir baktım ki çok uzaktayım artık.

Yıllar sonra, bir zamanlar Nona'yla oturduğumuz o deniz kıyısında ama aslında kendimden iyice uzaklaştığım o yerde yine kırlangıçları izlerken, sevmenin ne ince sanat olduğunu, sevmeye yeteneği olanın kaybede kaybede bir "sanatçı"ya döndüğünü anladım. *Kaybedenlerin ustalaştığı bir eylem galiba sevmek.* Yeniden başlayabilmek, kusurlarını görünmez kılmaya çabalamaktan vazgeçenlerin, o kusurları yılların akıp gittiği ömür denen tuvale ruhuna özgü bir desen, bir çiçek, yaprak, kuş gibi çizebilenlerin ustalığı.

Kaybetmekten korkmayan, şahane iki kadın tanıdım. Onlardan ilkiydi Nona...

Şu da vardı: Babam bu hayattan ne almıştı?

Her oğulun en gizli sorularından biridir bu. Babasına kıyasla kendisinin bu hayattan ne alabileceğini düşünürken sorduğu.

Yanıtı görüyordum: Kâtiplik, erken kaybedilmiş bir eş, iki evlat ve Nona.

Güzel.

Sonra şunu da sormuştum kendime: Peki, biz, ailesi, çevresi babamın hayatından ne almıştık?

Her şeye rağmen işinden şikâyeti yoktu, ben ve kardeşim daima hürmetli, sevgi doluyduk ona karşı. Nona ise tekrar yeşeren umudun, dünyanın zalimliğine tahammülün ta kendisiydi. Babam Urla'nın sevilen sayılan yüzlerinden biriydi ve ben çocukken mutlu da görünürdü.

Ama sonraları büyüdükçe fark etmeye başladım sanırım: Babamın yaş aldıkça bütün bedenini ele geçiren, yüzüne derin çizgilerle yerleşen ve onu neredeyse bir kambura dönüştüren bir yük vardı üzerinde. O yük, bizim sevgimiz ve varlığımızla ona başlarda hafif geliyordu belki. Fakat ailesine, Cumhuriyet'ine, toplumuna, değerlerine, işine adanmışlıkla yaşayan o adam neden bu kadar erken ihtiyarlamıştı? Çekip uzaklara gitmek istemiş miydi? Olduğundan farklı biri, bir maceraperest, bir pilot, bir kaptan, bir aktör olmak geçmiş miydi içinden? Yakışıklılığı, gençliği günbegün kaybolurken, aynaya bakıp bir gece ansızın ortadan kaybolmak istemiş miydi? Belki bunlar hiç geçmedi aklından. Bireysel düşünmek, kendini önemsemek, kendi isteklerini öncelikli kılmak kabul edilemez meselelerdi elbette o tarihlerde. Biz olmak, birlik olmak, yeni kurulan bir ülkenin sağlam bir zinciri ve bir ailenin sarsılmaz direği olmak her şeyden önce ve önemliydi. Asla kendisiyle ilgili bir hayal kurduğunu sanmıyorum.

Oysa ben daha çocukken "bireysel" bir hayalciydim. Şaşırtıcı değil. Büyüdüğü ailenin ve toplumun kabuğundan çıkmak, farklı olmayı istemek olağan elbette. İleride işimi çok ama çok iyi yapacağımı daha üniversitedeyken bile biliyordum ben. Babamınkinin tersine, yıldızlaşmaya, bir anlamda tek olmaya müsait bir meslek seçtiğimin de farkındaydım. Oğulların gizli korkusunu aşmaya daha o zamanlardan kararlıydım: Babamdan daha özgür olacaktım. Hiçbir şey beni her sabah neredeyse aynı günün başladığı bu kasabaya, masa başı bir işe, aileye, geleneklere bağlayamayacaktı...

Oysa şimdi bu satırları yazarken anlıyorum ki, her sabah aynı günün başlaması ve o günün içindeki tasasızlık bir hediye olabiliyormuş insana. Özgürlüğümden kimse için vazgeçmedim. Peki babam kadar mutlu akşamlar yaşadım mı?

Zaten önemsediğim her şey bu soru kafamda dönmeye başladığından beri anlamını yitirdi.

10. BÖLÜM

Doğum

Kerem okuduklarını su gibi içiyor. Her geçen saat, okuduğu her satırdan sonra daha iyi anlıyor Oktay Bey'i. Onu nasıl bu kadar çabuk sevebildiğini, neden kendine yakın hissettiğini. Sanki aradığı o gücü bulmak için gelmiş buraya. Evet, eğer korkmaya devam ederse Oktay Bey gibi olacak bir gün. Cesur olması gerek. Birini kırmaktan, kırılmaktan korkmaktan, "hayır" diyemediği için saklanmaktan, daha en başında teslim olmaktan vazgeçmeli. Bir gün böyle bir şey yazmayı, kendisi gibi genç adamın da o iç dökümünü okumasını istemiyorsa, önüne çıkan bu mesajı almalı. Ne Kerem, Oktay'ın gençliği olmalı ne de Oktay, Kerem'in geleceği...

Merakla ekrandaki metni okuyan Zeynep'e bakıyor. Sonra duvarda ona gülümseyen Nona'ya. Nona göz kırpıyor Kerem'e sanki.

"Hadi!" diyor, "Hadisene!"

Zeynep'in saçlarından yükselen kokuyu çekiyor içine. O kadar ezberinde ki aslında bu koku. Evlerine gittikleri ilk günden, tanıştıkları ilk andan beri hem de. Okulda karşılaştıklarında yanından geçerken boynuna dolanan o koku, bazen Zeynep yanında yokken de gelip buluyor Kerem'i. Durduk yerde, mesela gece yatarken.

Tam şimdi öyle güçlü ki etkisi, içinde bulundukları andan çok uzakta hayaller kurduruyor Kerem'e. Zeynep'in eve girişi, odasının kapısını açışı, çantasını bir yana bırakması, üzerindeki tişörtü çıkarıp atışı geliyor gözünün önüne... Aslında bunu ilk kez düşünmüyor. O koku aklına her geldiğinde bir başka hayal geçip gidiyor aklından. Akşamları birden, nasıl oluyorsa, o koku geliyor işte burnuna. Gözlerini kapayıp düşünüyor ama sonra kaldırıp bir yana koyuyor o hayalleri.

Zeynep ona her gülümsediğinde, her selam verdiğinde, hatta dün uçakta ona sorular sorduğunda bile hep korktu. Zeynep'i yakından tanırsa, onunla arkadaş olursa, hayal ettiğinden farklı çıkarsa ya da Kerem yine istemeden buz gibi davranıp, mesela yanlış bir şey söyleyerek kızı daha öncekiler gibi kendinden uzaklaştırırsa... Bin türlü şey işte...

Fakat şimdi bu koku... Oktay Bey'in yazdığı şu satırlar...

Kerem'in dün öğleden sonra bu eve girer girmez başlayan değişimi garip bir biçimde hız kazanıyor. Sanki ruhuna bir şey üflediler. Birlikte geçirdikleri akşamın, İskele'deki meyhanenin, içtiği rakının etkisi var mı bunda? Kendini iyi hissetmesinde payları olabilir. Ama şu anda başka bir şey var. Sanki Zeynep'in kokusuna bu kadar yakın olmak giderek daha çok güçlendiriyor onu.

İçindeki korkan çocuktan, endişeli gençten koptuğunu hissediyor. Yıllardır bir kalıp içine soktuğu, kabullenmesi, içinde yaşaması kolayına gelen o kozadan çıkıyor. Kalp atışı hızlanıyor. Nasıl güzel bir iç değişim bu. Sanki her hücresinde bir yeni doğum var ve bu doğumun nedeni Zeynep'in kokusu, Nona'nın bu evdeki nefesi...

Oktay Bey'in yirmi, otuz, kırk, elli yaşı bir olup bir sır fısıldıyor Kerem'in kulağına. Bu sır, her yaş döneminde insanın içine kendiliğinden gelip yerleşen sonuçlar bilgisi aslında. İnsanın çabalamasını gerektirmeyen, yaşadıkça gelip yerini bulan aşkın bilgisi. *Bu aşk,* diyor o fısıltı.

Zeynep'in saçları, kokusu, bilgisayarın tuşlarına dokunan parmakları, teni, ona gülen gözleri... Yaşadıkları şu gün, bu ev, bu mutfak, gecenin sabaha dönen bu saati... Oktay Bey'in kır düşmüş sakalları, Filiz Hanım'ın o fotoğrafı gördüğünde nemlenen gözleri, Nona'nın sihirli hatırası...

Kerem artık emin. İçindeki bu değişim, sonsuz özgürlüğün kapısını açan o kudretin doğumu. O kudret şu ânı kaplayan aşktan başka bir şey değil. Kerem'in çıkarıp kenara koyduğu koza, ailesinden, endişelerinden, korunaklı hayatından ibaret bir eski bir kabuk şimdi.

Kerem, Zeynep'in omzuna elini atıyor, onu kendine doğru çekiyor. Zeynep gözünü ekrandan ayırmadan gülümsüyor. Başını Kerem'in omzuna dayıyor. Kerem sıkıca sarılıyor Zeynep'e. Bu sarılma, bir başlangıç için verilmiş sessiz bir söz şimdi. İki beden arasındaki o taze ve güçlü huzur, söz verişe vurulmuş bir mühür.

Zeynep bir gece önce, aynı saatlerde, heyecan içinde yatağında dönüp dururken böyle bir sarılmayı asla tahmin edemezdi. Kerem'in saat saat, yavaş yavaş açılan, değişen halleri onu şaşırtıyor. Şu anda ona sarılan Kerem, dün gece onu uykusuz bırakan Kerem değil asla. Bambaşka biri. Sanki ilk kez gördüğü, yeni tanıştığı ama şimdiye kadar hiç olmadığı, hiç kimseyle olmadığı kadar da yakın, içinden, canından biri. Okudukları zaten çok etkiliyor onu, bir de Kerem'in bu yakınlığı... İyice pamuk gibi oldu, hiç itiraz etmeden teslim oluyor artık akan saatlere. Kerem'in kollarından, daha önce annesi dışında kimsede hissetmediği bir güven sıcaklığı yayılıyor. Birkaç saat önce üst kattayken kalbinde duyduğu, bir kilidin açıldığını anlatan o "çıt" sesinin ne olduğunu şimdi daha iyi kavrıyor. Birbirine kavuşmak için bekleyen o iki parçayı saklayan zaman kutusunun kilidi açılmış ve açan da aşkın ta kendisiymiş. Şimdi yavaş yavaş o iki parçayı birbirine itiyor aşk. Zeynep aşkın bu yavaş eylemine bayılıyor. Bir eliyle Kerem'in elini tutuyor. Nona duvardan sevgiyle gülümsüyor Kerem'le Zeynep'e.

İstanbul'da ise Filiz gözlerini siliyor. Oktay sanki ilk kez konuşuyor onunla. Yirmi beş yıl sonra ilk kez. Bir zamanlar duymak için delice beklediği ama duyamadığı o sözler işte şimdi karşısında, ekranda duruyor.

Kalp kırmaktan korktuğum için söz vermekten kaçarken, bir gün bir baktım ki çok uzaktayım artık, diyor.

Kaybedenlerin ustalaştığı bir eylem galiba sevmek, diyor.

Kaybetmekten korkmayan, şahane iki kadın tanıdım. Onlardan ilkiydi Nona, diyor.

Filiz ağlıyor.

11. BÖLÜM

Bu Benim Hayatım - III

Ne olursa olsun, ne yaşanırsa yaşansın, geride kalanlara sıkıca tutunup devam edebilmenin canlı örneğiydi Nona. Her sıradan güne şükür ve umutla başlar, özel günleri hevesle beklerdi. Doğum günlerine ve bayramlara hazırlanmaya haftalar öncesinden başlardı. Sadece bizim bayramlarımızı değil, gayrimüslim komşularımızın bayramlarını, isim günlerini, önemli aile kutlamalarını da unutmaz, çok önemserdi. Pek azı kalmıştı Urla'da. Ama Karataş'taki çok yaşlı birkaç eski Yahudi ve Ermeni komşusunu görmeye gitmeyi, giderken de onlar için özel yemekler, ekmekler yapıp götürmeyi ihmal etmezdi.

Nona mutfakta telaşla koşturduğu sıralarda ayakaltında dolaşan küçük adamı işe koşmaya başlamıştı sonunda. Yamaklık kolay mı? Şefin her dediğini yapacaksın.

"Misket, şu patatesi soyuver... Misket, bana kilerden biraz da un getir... Misket, otları ayıklasana... Misket, yoğurdun üstüne bir örtü ört."

Severek yapıyordum verdiği işleri. Bana adımla değil de, Misket diye seslenmesine bayılırdım. Aramızdaki arkadaşlık biraz da böyle gelişti, pekişti. Ergenliğim kapıya dayandığında Nona ile dostluğumuz sayesinde o yaşlarımın olası, beklenir hırçınlıklarından hiçbirini yaşamadım desem yeridir. Her şeyimi anlattığım, her şeyini dinlediğim bir sırdaşım, çok sevdiğim bir annem vardı. Öfkemi anlar, bana hak verir, beni kolayca sakinleştirirdi.

Çocukluk yıllarımda ben Nona'yı nasıl kolluyorsam o da beni öyle kollar, mesela her fırsatta beni inciten, itip kakan amca oğlum Batıray'a gıcık olurdu. Bunu bir tek ben görüp hissedebiliyordum. Küçük büyük ayırt etmeden herkese ilgi ve nezaketle yaklaşmaya özen gösterse de, kızgınlık ve kırgınlıklarını ön plana çıkarmamaya gayret etse de ben bunu biliyordum. Batıray abinin zorbalıklarına içerliyordu.

Yine bir bayram günüydü. Nona kan ter içinde yemek hazırlayıp mutfakla yemek odası arasında mekik dokurken Batıray abim bilmiş bilmiş tankerlerin kaç ton petrol aldığını, nasıl olup da denizlerde batmadığını anlatıyordu. *Dünyanın en zengin adamının* artık balina avcısı olduğunu, bu yüzden onun da hayallerini balina avcılığının süslediğini söylediğinde Nona yanımızdan geçiyordu. Masaya içi et dolu servis tabağını bırakmış, yüzüne bile bakmadan, "Bu isimle iyi bir denizci olman zor be Batıray! Baban sana yanlış isim koymuş. Hem bu kadar hareketsiz kalırsan *bu ne biçim kaptan* der, seni balina diye avlarlar," demişti.

Mutfağa geçerken de bana göz kırpmıştı.

Batıray abinin elinden düşürmediği ve bana asla dokundurmadığı yeni oyuncak gemiye ne kadar imrendiğimi fark etmişti aslında. Suskunluğum, üzgün suratım bir tanecik Nona'mın canını sıkmış olmalı ki Batıray abiye söyleyemediklerimi benim yerime bir çırpıda söyleyivermişti.

Nona merdivenlerden aşağı inerken, küçük bir şaşkınlıktan sonra yanakları kıpkırmızı kesen Batıray abi, "Sen kendine bak şişko! Asıl sensin balina. Koca götlü balina!" diye bağırmıştı ardından.

"Koca götlü balina"nın son hecesinde şak diye bir tokat indi Batıray abinin ensesine.

Şakkkk!

Ve sessizlik.

Batıray abi boynunu bir kaplumbağa gibi omuzlarından içeri çekti. Korkuyla, yavaşça arkasına döndü. O dakika tuvaletten çıkan ve havada uçuşan sözleri duyan Kâzım amcam gözleri çakmak çakmak olmuş, oğluna bakıyordu.

"Kime diyorsun sen? Kime diyorsun, çabuk söyle!"

"Ama önce o başlattı baba. O bana dedi ki..."

Amcam, Batıray abinin kulağını yakalamış, yukarı doğru çekiyordu.

"*O mu* başlatmış? O kim len? Arkadaşın mı, akranın mı senin? Yengen o, yengen! Yetim kalmış bu çocukların meleği o! Bu evin direğine sen nasıl cevap verirsin, nasıl kötü söz sarf edersin? Eşekoğlueşek!"

Sabiha yengem, amcamın sesine koşup gelmiş, "Yapma Kâzım, Allah aşkına! Bayram günü günahtır," diyerek oğlunu kocasının elinden almaya çalışıyordu.

Amcam sinirle Batıray abinin kulağını bıraktı. İşaret parmağını karısına salladı: "Bu oğlanı böyle terbiyesiz sen yetiştiriyorsun. Senden ne duyarsa onu tekrar ediyor. Yemin ederim, ikinizi de yakarım!"

Sabiha yengem gözlerini kocaman kocaman açtı.

"Ay, olur mu öyle şey Kâzım? Ne diyorsun sen? Benden ne duyacakmış çocuk?"

"Ben bilmem artık. Bir daha ne Elif'i üzdüğünüzü görüp duyacağım ne de bu çocukları. Vallahi karışmam!"

Nona'mın adı ne zamandır ilk defa Elif diye tınlıyordu evimizin duvarlarında. *Aslan amcam be! Şövalye amcam benim.*

Nona olup bitenden habersiz, otlu pilav dolu servis tabağıyla içeri girdiğinde hepimizin donup kalmasından bir gerginliğin cereyan ettiğini anladı.

"Ne oldu ayol? Niye ağlıyor bu çocuk?" diye sordu tabağı masaya yerleştirirken.

Batıray bir eliyle kulağını tutuyor, burnunu çeke çeke ağlıyordu.

Amcam, "Özür dile len yengenden!" diye kükredi.

"Özür dilerim yenge."

"Niye ki?"

"Sana koca götlü balina dediğim için."

Amcam, "Leyyyyyynnnnn!" diye tekrar kükrerken Nona bir kahkaha attı.

"Ne zaman dedin?"

"Demin işte. Sen beni kızdırdın ya..."

Nona, amcama döndü.

"Çocuğa kızma Kâzım abi. Balina gibi oldum ben de vallahi. Ben kızdırdım, doğru söylüyor. O yüzden demiştir öyle."

"Olmaz! Olamaz! Sen onun büyüğüsün. Sen tenkit edebilirsin, latife edebilirsin ama o buna mukabele edemez! Hududunu bilecek!"

"Tamam abi. Bayram günü üzülmesinler. Siz bahçeye inin, bir hava alın. Ben birazdan, sofra hazır olunca sesleneceğim size."

Amcam saygıyla başını önüne eğdi. Nona'yı çok sever, ona çok hürmet ederdi.

Aslında amcam da Nona'dan küçüktü. Fakat Nona âdet gereği, babaannemin büyük oğlu olduğu için abi diyordu ona.

Nona meşhur önlük cebinden bir fondan çıkarıp Batıray abiye verdi. Saçını okşadı. Yanına oturdu.

"Gemilerin olacak elbette Batıray. Hem de ne zengin olacaksın! Ben de özür dilerim senden. Hem kızdırdım seni hem babanla münakaşa etmene neden oldum. Yemekten sonra para vereyim de Oktay'la dondurma alın kendinize, olur mu? Hem belki geminle biraz Oktay'ı da oynatırsın, ha?"

Batıray abi odadan çıkan amcam ve onun ardından koşan yengemin uzaklaştığından emin olana kadar ses çıkarmadı.

Sonra hışımla Nona'ya döndü.

"İstemiyorum senin paranı! Gemimi de vermeyeceğim işte!" dedi ve Nona'nın ona verdiği fondanı odanın bir ucuna fırlattı. İçim cız etti. O fondanı benim için saklıyordu Nona'm, biliyordum. Kıymet bilmez Batıray'a nefretle doldum. Parlak mavi kâğıtlı fondanı, fırlattığı yerden alıp Nona'ya verdim. "Ben uslu olunca bana verirsin," dedim.

Nona hiçbir şey söylemeden kalktı ve odadan çıktı. Batıray'la aramızdaki sessizlik, ıssız kutuplardaki kar sessizliği gibiydi. Birazdan birbirimize dalsak benim ağzımı burnumu rahatlıkla dağıtabilecek şişko Batıray ve ben sıska Oktay, küskün iki penguen gibi birbirimize sırtımızı döndük.

Çocuk küsüşmeleriyle dolu olsa da, yine de güzel günlermiş diye düşünüyorum şimdi. Bayram yemekleri, kalabalık piknikler, nergis toplamaya Karaburun'a gitmeler, deniz kenarı köfteleri, şnorkelle denizin mavisine, yosunlara, binbir çeşit balığa hayran olmak, gözleri görmeyen Muazzez halamın güneşe çevrili gülen yüzü...

Bu anıların tek tük kalmış toplu fotoğraflarına baktığımda bizi bir arada tutmayı başaran o büyük gülümseyişin, coşkulu yaşam sevincinin Nona'nın yüzünde, çevresinde toplandığını görüyorum. Sanki doğaüstü bir ışık demeti içinde hep. Ya da ben onu hep öyle gördüm, öyle hatırlıyorum. İnsan beyni olağanüstü oyuncudur. Onun hatıralarımızın eşsiz parçalarından bir araya getirdiği yeni bir bütüne inandırmak becerisi olmasa, acıya katlanmak mümkün olamazdı. En azından benim için. Bütün bunlar sıradan hatıralar olabilir. Lakin birbirinden çetin yılların içinden geçtikçe sıradan bir hayatın, sıradan bir sabahın, sıradan bir mutluluğun ne büyük bir mucize olduğunu daha iyi anladım. Hayata Nona'nın gözünden baktığımda bir bombanın patladığı, bir çocuğun öldüğü, bir siyasi krizin baş gösterdiği ya da insanların evlerine dönemediği günlerin yanında, hiçbir şeyin olmadığı bir sabah, bir küçük an, birkaç dakika, büyük bir mucize, evet. Güneşin çimler üzerindeki çiy damlalarına vurması, bir kedinin gerinmesi, ocaktaki çaydanlığın buharı, şöminedeki odunun çıtırtısı, kızaran ekmeğin kokusu, sepette biriken kirli çamaşırlar, pazarcının cebinde şıngırdayan bozukluklar, çöp arabasını takip eden martılar, dağınık yatağın, yorgun yastığın üzerindeki saç telleri, banyoda beyaz sabunun bıraktığı iz, şişedeki zeytinyağının yeşili... Sıradan hayatın bütün parçaları...

"Koca götlü balina" hadisesinin patlak verdiği o bayramdan birkaç hafta sonraydı. Nona okuldan geldiğimde beni en güzel elbisesiyle karşıladı. Kardeşime de çok güzel bir pembe elbise giydirmişti. Yemek odasındaki masaya beyaz örtü sermiş, gelinlik porselen takımını çıkarmıştı. Elimi yüzümü yıkadıktan sonra yatağımın üzerine bıraktığı temiz takımı giymemi söyledi. Ben üzerimi değiştirirken babamın geldiğini duydum. Kardeşimle paylaştığım odadan bayram sabahına hazırlanmış gibi çıktığımda masanın üzerinde kocaman bir kutu durduğunu gördüm. Üzerine yeşil kurdeleden bir fiyonk iliştirilmişti.

Nona'nın gözleri parlıyordu. Babam da iş takımını çıkarıp temiz bir gömlek giymişti. Evimiz mutluluk kokuyordu. Nona birbirinden güzel yemekler hazırlamıştı ama meraktan yiyemiyordum. Gözüm kutudaydı. Nihayet babam yemeğini bitirdi. Nona, tabağımdakiler olduğu gibi durmasına rağmen yemem için hiç ısrar etmedi. Babam eliyle Nona'ya "buyursunlar" işareti yaptı. Nona'nın yüzü bayram yeri gibiydi. Öyle güzel gülüyordu ki...

Beni babamın yanındaki misafir koltuğuna oturttu. Masanın üzerindeki büyük kutuyu aldı ve mutlulukla bana uzattı.

Kutunun kâğıdını daha sonra ona vermek için dikkatle açmaya çalıştım. Çünkü biliyordum, heyecana kapılıp yırtarsam üzülürdü. Hem bu kâğıt belki bize sonra lazım olurdu. Kâğıdı dikkatle, yırtmadan açtım. Fiyonkla birlikte kenara koydum. İçinde ne olduğuna dair hiç ipucu vermeyen, kahverengi mukavva bir kutu vardı kucağımda.

Kapağını yavaşça açtım ve gözlerime inanamadım.

Kutunun içinde dünyanın en güzel oyuncak gemisi duruyordu. *Aman Allah'ım!* Üstelik Batıray abinin gemisinden daha büyüktü. Kamara pencereleri maviydi. Üç katlıydı. Kalbimdeki sevinç o kadar yükseldi, o kadar kabardı ki bir anda bir fırtınaya döndü ve büyük bir gözyaşı seli halinde dışarı taştı. Batıray'a kızgınlığım, oyuncak gemiye imrenip üzülmem, her şey, hepsi sular altında kaldı, kayboldu. Nona'ya sarılıyor, ondan kopup babama sarılıyor, gemiyi okşuyor, sonra tekrar Nona'ya sarılıp ağlıyordum.

Nona da coşkulu sevincim karşısında duygulanmıştı.

"Yapma be Misket, ağlatma beni de şimdi!" diyordu.

Ama biliyordu. Beni ne kadar sevindireceğini, esasen o günün evimizde bir bayrama dönüşeceğini biliyordu. Beni, bizi mutlu etmek, gerçek bir bayramdı onun için. O yüzden özene bezene hazırlanmış, o yüzden bizi de bu sevince hazırlamıştı.

O teneke gemi yıllarca elimden düşmedi. O gemiyle hayali seferlere çıktım ve bütün dünyayı dolaştım. Hayalimde gittiğim her yeri bana haritadan çalıştırıyor, o ülkelerle ilgili öğrendiklerimi yemek yaparken ona anlatmamı istiyordu. Dünyanın en zengin gemicisi değil, dünyanın en bilgili gezgini olmamı isterdi.

Evden tahsil için ayrıldığım vakit Nona her şeyimi özenle korudu. Ama en çok bu gemiyi. O güzelim oyuncak gemi şimdi bile çalışma odamda tüm yıpranmışlığı ile bir köşeden bugünümü izliyor.

Ben o gemiyle büyük hayaller kurup dünyayı rüyalarımda keşfederken, Nona aslında cesur ruhlu bir gezgin çıkarmış ortaya. Gazeteci olup dünyanın en ücra köşelerinden haberler yazdığımda, Nona'dan daha çok kalbini vererek okuyan var mıydı yazdıklarımı, bilemem.

"Gidebilmek özgürlüktür. Özgürlük ise zenginlik! Parayla kazanılan zenginlik esaretten başka bir şey değildir, inan bana. Gidebildiğin her yere git oğlum," derdi.

Gidebildiğim her yere gittim. Nona'ma hatıra kartları attım, hediyeler getirdim. Yaşadığı sürece hepsini özenle sakladı.

12. BÖLÜM

Bu An, Ne Güzel Bir An

Kerem, Zeynep'e çaktırmamak istiyor ama mümkün değil. Kutudan oyuncak gemi çıktığını okuduğundan beri zor tutuyor kendini. Şimdi Oktay Bey çok büyük bir kahraman onun için. Nona daha da büyük. Yapmış işte. Gitmiş. Nona'ya anlatmış hepsini.

Gözleri doldu, burnu akacak, rezalet! Zeynep'in başı da omzunda... *Neden duygularımız sözümüzü dinlemiyor?* Elinde değil, burnunu çekiyor. Zeynep elini sıkıyor sevgiyle ve o da burnunu çekiyor. Kerem'e hiç bakmadan kalkıyor, ocağın yanında duran kâğıt peçetelerden birini ona uzatıyor, biriyle de kendi burnunu siliyor. Arkası dönük.

"Atlayalım o kamyona gidelim Kerem. İlk fırsatta gidelim," diyor.

Kerem'in kalbi sevgiyle kabarıyor.

"Sahi, gidelim mi?"

"Gidelim tabii. Nona'ya kart atalım oradan!"

Sonra gelip Kerem'in kolunun altına giriyor yine. Kerem saçlarını öpüyor Zeynep'in. Zeynep gözlerini kapatıyor.

Bu an, ne güzel bir an. Bunu Kerem'le paylaşmak ne güzel. İyi ki gönderdik metni anneme...

Doğrulup Kerem'e bakıyor.

"Bunları yazan adamın Oktay Bey olması çok tuhaf, değil mi? Sanki başka bir ses tonu varmış da, biz onu şimdi duyuyoruz."

"Bana bu yüzden daha etkileyici geldi galiba."

"Değil mi? Fakat Nona da ne tatlı bir kadınmış. Dilinden düşürmediği kadar varmış. Keşke tanıyabilseydik."

"Sanki tanıdık, tanıyoruz. Bazen insanları tanımak için yaşamaları gerekmiyor demek ki."

"Galiba..."

"Uykun geldi mi?"

"Hayır, hiç hem de."

"Devam mı?"

"Devam tabii."

"Hiç uyumadan gideceğiz galiba İstanbul'a."

"Hiç uyumayalım."

"Tamam, uyumayalım."

Zeynep, Kerem'i hiç tanımıyormuş meğer.

Nasıl güzel bir kalbi var. Okuduğuna gözleri dolan bir erkek. Hiç tanımadan ona âşık olduğumu nasıl düşündüm acaba? Hissettim mi böyle biri olduğunu? Yoksa sadece çekici bulduğum için aşk mı zannettim?

Kerem, Zeynep'in içinden geçenleri hissetmiş, duymuş gibi, "Ne düşünüyorsun?" diye soruyor.

"Seni tanıdığım için mutlu olduğumu."

"Ben de seni tanıdığım için mutluyum. Çok ama çok mutluyum."

Birbirlerine bakıp gülümsüyor iki genç. Hava aydınlanmaya başlıyor. Sabah kuşlarının ötüşleri dolduruyor alacakaranlığı. Tek gözlü Kedi Jack mutfak kapısından Kerem'le Zeynep'i izliyor. *Beyefendi* ortada yok ve bu iki yabancı saatlerdir ayakta. Acaba onları mama vermeye ikna edebilir mi? Miyavlasa anlarlar mı? Şansını denemeye karar veriyor. Daha ilk seslenişinde Zeynep dönüp bakıyor.

"Ya sen ne komik bir kedisin! Ne istiyorsun acaba?"

Miyav!

"Aç mısın?"

Tek gözlü Kedi Jack şokta. Kız ne dediğini anladı. Mamanın yerini tarif etse onu da anlar mı peki?

Miyav miyav!

Kerem oturduğu yerden kalktı.

"Bahçede o kadar mama kabı varsa, mama da buralarda bir yerde olmalı. Nereye koyuyordur acaba?"

Kedi Jack bir kez daha gözlerine, kulaklarına inanamıyor. Bu ikisi nasıl anlıyor her şeyi? Kardeşlerine durumu anlatmak için sabırsızlanıyor. Ama önce mamanın yerini tarif etmeli.

Miyav, mırrrav, mavvv!

Kerem gülerek elini beline koyuyor.

"Çok komik ya. Kedi resmen konuşuyor bizimle."

Zeynep, Kedi Jack'e yaklaşıp eğiliyor. Başını okşuyor.

"Çok mu acıktın sen bakalım?"

Jack hep aç. Daima. Yemekten sonra bile. Çocukken sokakta mama kavgasında gitti tek gözü. Artık paylaşmayı öğrendi ama. Yine de kardeşleri uyanmadan ne yese kâr. Anlaşıldı, mamanın yerini tekrar etmesi gerek. Ya da gösterebilir. O daha kolay. Çabucak mutfağa dalıyor. Buzdolabının yanındaki kutuya gidiyor. Kutunun etrafında miyavlıyor, dönüp bir kutuya, bir Zeynep'e bakıyor. Kerem anlıyor ki mama kutunun içinde.

"Demek mama burada, öyle mi? Bakalım doğru mu? Vayyy! Evet buradaymış. Peki."

Zeynep gülerek Kerem'i takip ediyor. Kerem kutudan mama avuçlayıp bahçeye çıkarken o da buzdolabının üzerindeki fotoğrafları inceliyor. Kenarları kıvrılmış, renkleri solmuş bir dolu fotoğraf magnetlerle tutturulmuş. Oktay Bey'in yeğenleri, kız kardeşi ve kocası olmalı fotoğraftakiler.

Kerem, Jack'in miyavlaması ile uyanan diğer kardeşleri de görünce kutuyu alıp bahçeye çıkıyor. Kapları dolduruyor. Sonra sularını da tazeliyor bahçedeki musluktan.

Zeynep buzdolabının önünden ayrılamıyor.

Kerem ellerini yıkadıktan sonra, yerinde kıpırdamadan buzdolabına bakıp duran Zeynep'in yanına yürüyor.

"Neye bakıyorsun sen? Yine aileye mi daldın?"

"Kerem..."

"Efendim?"

"Bu fotoğraftaki benim bebekliğim, biliyor musun?"

Kedi Jack ve kardeşleri erken kahvaltılarına dalmış, Zeynep ile Kerem o bebeklik fotoğrafının orada ne aradığını düşünürken, Filiz, İstanbul'da bilgisayar başında ara vermeksizin okumaya devam ediyor.

13. BÖLÜM

Bu Benim Hayatım - IV

Nona her şeyi saklardı. Her şeyi. Saklama alışkanlığı yüzünden çok tartışırdık. Ona aldıklarımı kullanmasını isterdim. Fakat o inatla saklamayı tercih ederdi.

Üniversite bitmişti ve büyük bir gazeteye gece muhabiri olarak işe girmiştim. Sabaha kadar nöbet tutuyordum. Bir açılıp bir kapanan üniversitelerin doğru düzgün mezun verebildiği yoktu ama işte sonunda o mezunlardan biri olmayı başarmıştım. Sağ salim eve geldiğim için çok sevinen Nona'mın sevinci kursağında kalmıştı aslında. İstanbul'u sevmiyordu. Hiç görmemişti ama sevmiyordu. Türkiye'deki siyasi tansiyonun oldukça yüksek olduğu o günlerde gazetecilik yapmama, üstelik bir de geceleri çalışmama çok üzülüyordu.

"Elim kalbimde yaşıyorum. Hah, üniversite bitti, kurtulduk diyorduk ki seçtiğin işe bak!"

Ama dönmeliydim. Ailemin yanında kalamazdım. İşim gücüm, davam, sevdam, ne varsa hepsi İstanbul'daydı. O zor şartlar altında iyi kötü kazandığım parayla ona hafif topuklu, bir çift siyah rugan ayakkabı aldım. Güzel bir kutuya koydular. Götüreceğim günü iple çektim. Dolaptaki kutuyu arada açıyor, görünce ne kadar sevineceğini düşünüp mutlu oluyordum. Nihayet hafta sonu iznini hak ettiğimde iki gün de özel izin alarak Urla'ya, çocukluğumun evine doğru yola çıktım. Yol boyu, bana pişireceği yemeklerin hayalini kurdum. Otlu börek yapacaktı muhakkak. Kefal yahni de yapardı belki.

Kapıdan içeri girdiğimde sevinç çığlıkları ile kolları havada karşıladı beni. Kız kardeşim güzeller güzeli lise öğrencisi bir genç kızdı artık. Babam kaymakamlıkta çalışmaya devam ediyordu. Nona ona aldığım hediyeyi uzattığımda paramı çarçur ettiğim için biraz söylendi. Ama çok özenerek, ağır ağır açtı paketi. İçinden çıkan rugan iskarpini çok beğendiğini yüzünden okuyabiliyordum. Gözleri dolmuştu.

"Ben bunu hiç giyemem, hep saklarım," dedi.

"Saklama lütfen! Nona, lütfen, giy bunu. Ben sana yenisini alırım. Bırak eskisin. Ayağında paralansın. Ama ne olur, giy."

Gülmekle ağlamak arasında bir ifadeyle bana baktı. Gözleri dolu doluydu ama gülüyordu.

"Lütfen giy Nona!"

Başını çevirdi gülerek. Boğuk bir sesle, ağlamasını bastırarak sanki, "Aman sen de! Uzatma ayol. Nasıl giyeyim artık? Sağlam dizim, ince bileğim mi var? Bin kilo oldum be yavrum... Börek yaptım. Hadi kalk, yemek yiyelim," dedi.

Ayağa kalktı. Evet ya... Yıllar geçmişti. Ben onun yanında iri yarı bir genç adamdım artık ve o tombiş Nona, sırtı hafiften öne eğilmeye başlamış bir ihtiyara dönüyordu. Dinçliğinden, çalışkanlığından hiçbir şey kaybetmiyordu ama evet, Nona artık eski Nona değildi. Muganı okşayarak odasına girdi.

Biliyordum, hiç giymeyecekti. Biliyordum, artık çok geçti. Biliyordum, her şey zamanında ve yerinde güzeldi. Gençken giyemediği o topuklu ayakkabı artık ona eski heyecanı vermiyor, eski neşeyi fısıldamıyordu.

Amcam tüccar olduğundan onun evine girenler bizimkilerden biraz daha farklı ve lükstü. Babam hakkı olan toprağın işletmesini ağabeyine bir nedenle devretmiş, memuriyeti tercih etmişti. Zeytinlerin ve üzüm bağlarının hasat sonrasında ne getirdiğini, ne bıraktığını babam hiçbir zaman sormamış. Amcam ne dediyse, ne verdiyse tamam demiş. Babamın aylık maaşının garanti oluşu, amcamda belki de sorgulamadığı bir rahatlık, hatta kendi kafasına göre haklılık yaratmış olmalı... Gel gör ki, aylık geliri garanti olan babam, amcamdan daha zor geçindi hep. Amcam toprağın ikiye böldüğünü söylediği hasılatıyla yengeme elmas yüzükler, hazır giyimler alabildi ama babamın maaşının üzerine eklenen o diğer yarısıyla biz kıt kanaat geçindik hep. Yine de kimsenin şikâyeti yoktu. Ne Nona'nın ne babamın.

Yıllar içinde elbette iniş çıkışlar oluyor, herkesin kendine sakladığı kırgınlıklar, küskünlükler yaşanıyordu. Bir misafirlikte Sabiha yengem, amcamın İstanbul'dan getirttiği rugan ayakkabılarıyla epey caka satmış. Nona buna pek içerlemiş olmalı. Babamdan rugan bir ayakkabı almasını istemeyi de yersiz ve ayıp buluyor. Çocuklar hızla büyürken, onların giyim kuşamına ancak yetişirken, kendisi için böyle gereksiz bir istekte bulunmayı aklına getirebilmenin vicdan azabını çekiyor. Bunun üzerine kuruş kuruş para biriktirmeye başlıyor. Mutfaktaki paslı tenekelerden biri,

Nona'nın dişinden tırnağından artırdığı rugan kumbarası oluyor.

"Bu bayram olmadı, bir dahaki bayrama toplanır bu para" diye düşündüğü o yıl bizim evde Batıray abinin meşhur oyuncak gemi patırtısı kopuyor. Nona o kadar üzülüyor ki o bayram gecesi hiç uyumuyor. Birkaç gün sonra babama benim için oyuncak gemi almasını söylüyor. Biriktirdiği kuruşları da bez bir torbaya doldurup babama veriyor. Babam o parayla bana İzmir'den bu gemiyi alıyor. Bu hikâyeyi üniversiteye gitmek üzere evden ayrılacağım güne kadar bilmiyordum.

O gün...

Nona bir yandan ağlıyor, bir yandan da eşyalarımı hazırlıyordu. Onun bu düşkünlüğü çocukluğum boyunca beni çok mutlu etse de, delikanlılığımda bana bazen boğucu geliyordu. Benim için mutlu bir dönem başlıyordu işte. Gazeteci olacaktım. Sevinmesi gerekiyordu. Adam oluyordum. Hep dizinin dibindeki çocuk kalacak değildim. Hayat beni bekliyordu ama o gözyaşı, o keder ayağıma dolanıyordu. Bir yerde dayanamayıp patladım.

"Yeter artık ama Nona! Ne çok ağladın. Bak, başıma bir şey gelecek, daha çok üzüleceksin."

"Ah, tövbe de! Ya Rabbi duymamış ol bu çocuğu. Tamam be! Ağlamıyorum işte."

Aslında anlıyordum. Öğrenci olayları içinde çocuklar evden çıkıp bir daha dönemezken, evladının Ankara gibi öğrencilerin en hareketli olduğu bir şehirde gazetecilik okuması olacak iş değildi ona göre. İzmir'de mühendislik filan okusaydım ne güzel olacaktı.

Evimizin dışındaki dünya iyi değildi. Onun o gözleri neler görmüştü. Bizim olmaz dediğimiz her şey olabilirdi.

Dünya hırçındı, insanlar zalimdi. "Birbirimizden uzaklaşırsak, aramıza dağlar, yollar girerse, bir daha kavuşamayız," diyordu. "Ben hep postacının yolunu mu gözleyeceğim? Sana bir şey olursa kimden öğreneceğim? Askerler seni tutuklarsa, devrimciler seni vurursa, ülkücüler kafana kurşun sıkarsa ben ne yapacağım?" diyordu.

Onu dinleyip dinlemediğimize aldırmadan sürekli konuşuyor, ağlıyordu.

Sonunda dayanamayıp Nona'ya yüksek sesle çıkışınca babam kolumdan tutup bahçeye sürükledi beni.

Hanımeli ile yaseminin yarışarak sarıp sarmaladığı kamelyanın altına geçtik.

Tatlı bir eylül güneşi vardı tepemizde. Keçiler çoktan ayrılmıştı aramızdan. Ev çok eskimişti. Tadilat gerekiyordu ama büyük bir işe kalkışmaya babam cesaret edemiyordu. Yan yana oturup birlikte evimize bakmıştık bir süre. Benim içim kıpır kıpırdı. Babam neredeyse kıpırtısızca duruyor, tebessüm ederek evimize bakıyordu.

"Annen çok güzel, çok gençti son nefesini verdiğinde. Bu çatı altında veda etti bize. O kadar hızlı olmuştu ki ölümü, başımıza geleni anlayamamıştım bile. Ben de gençtim. Korkuyordum. Yalnızdım. Kederliydim. Duygularımı bir hizaya sokamıyor, önce nereden başlamalıyım, kestiremiyordum. Kardeşinin ağlamaları, anne memesi için feryatları üzüntümü her gün katlıyordu."

Cebinden tabakasını çıkardı ve yavaş yavaş sigarasını sarmaya başladı. Babamla çok nadir sohbet ederdik. Benim hayatımın merkezi Nona'ydı ve babam da bundan gayet memnundu. O daha çok kız kardeşimle alakadar olur, onun üzerine titrerdi. Belli ki ben yola çıkmadan önce, yılları telafi edemeyecek olsa bile, uzun zamandır bana anlatmak için toparladıklarını bir an önce aktarmak istiyordu.

"Babaannen size bakıyordu bakmasına ama bu ev, evimiz yani, yavaş yavaş viraneye dönüyordu. Babaannen evlenmem gerektiğini söylüyordu sürekli. Annenin yüzü, güzelliği, sevgisi hâlâ içimdeyken nasıl bir başkasını sevebilirdim, nasıl evlenebilirdim? Hele ki annenin çevresinden, onun tanıdığı, bildiği birileriyle nasıl mümkün olacaktı bu iş? İki çocuklu bir adamla kim evlenir diye düşünmüyordum. Sanıyordum ki bütün bekâr hanımlarla evlenmek mümkündür. Urla'da bu işin mümkün olmadığını anladım. Sonra bir gün babaannenin tanıdıklarından biri, Karataş'ta ailesiyle yaşayan, hiç evlenmemiş, yaşı kısmen büyükçe bir hanımdan bahsetti. 'Çocuklara annelik yapar, evi çekip çevirir. Bu saatten sonra Yusuf aşk peşinde koşacak değil ya!' demiş.

Hepsinin dilinde aynı cümle vardı. 'Aşk olmayıversin,' diyorlardı. 'Hangimiz aşkla evlendik? Bilmem kim âşık olup evlendi de ne oldu? Bak, iki çocukla kaldı ortada!'

Anlıyordum. Anlıyordum da kabullenmek zor geliyordu.

Nona'nın bir fotoğrafını getirip gösterdi annem. 'Adı Elif'miş,' dedi. Evlerinin önünde, ailesiyle birlikte çektirdiği bir fotoğraftı. Hepsinin arkasında kalmış, adeta kaybolmuş, kalın kaşlı, kederli bir çift gözdü gördüğüm. Fotoğrafın eski, Elif'in yaşınınsa aslında 38 olduğunu söylemediler o gün. Ben de o vakit 28 yaşımdayım. Fotoğraftaki kadının benden birkaç yaş büyük olmasının bir önemi yoktu. Bilakis çocuklara annelik yapabilecek bir olgunlukta olması onu daha doğru bir namzet kılıyordu. Evlenme teklifim için haberci gönderilmesini söyledim."

Çok şaşırmıştım. Babamın Nona'yı en azından bir kez görüp öyle haber gönderdiğini sanıyordum nedense.

"Aaa! Nona'yı yakından görmeden mi evlendin?"

"Evet. Nikâh günü gördüm."

"Fakat baba, ne kadar büyük bir cesaret bu! Ya çok çirkin bir kadın olsaydı?"

"Ya yüzü güzel ama çok kötü kalpli bir kadın olsaydı?"

"Doğru diyorsun ama..."

"İzmir'in en güzel kalbini göndermişti Allah bize. Evlendiğimiz gece çok ağlamıştı. O ağladı, ben ağladım. İkimiz de geçmişimize veda ettik böylece. Sonra yeni bir hayata başladık. Seni ve kardeşini çok ama çok sevdi. Bu evin kasveti gitti, talihi değişti. Yaşama sevinciyle bize sunduğu hayata hep şükrettim. O sizleri incitmedi. O yüzden, sen de onu incitme, olur mu? Sesini yükseltme ona. Bak sana ne anlatacağım: Şu senin meşhur oyuncak gemin var ya..." dedi ve Nona'nın bana o oyuncağı almak için vazgeçtiği rugan ayakkabıların hikâyesini anlattı.

O gün söz verdim kendime. Kazandığım ilk parayla rugan ayakkabı alacaktım cici anneme. Ayakkabıları aldım. Aldım almasına ama o hiç giymedi. Gidebilmenin bir özgürlük olduğunu bilen Nona, kendi küçük dünyasında ayakkabılarını çekmecelerde saklamayı tercih etti. Ve ben, o tarihlerde, sakladığı tek şeyin ayakkabılar olduğunu sanıyordum. Sonra, çok sonra öğrenecektim bazı şeyleri. Henüz kendi dünyamı inşa etmek ve büyütmekle meşguldüm. Yıllar geçti. Okul bitti.

1976 yazıydı. Kendime ikinci el bir otomobil almayı başarmıştım. Biriktirdiğim parayla yarısını peşin vermiş, diğer yarısını da on iki taksitte ödemek üzere anlaşmıştım. Sarı bir Vosvos. *VW Beetle.* Dünyanın hemen her ülkesi bu otomobile bir hayvan adı takıyordu. Fransızlar *Böcek* diyordu, Brezilyalılar *Kurbağa*. Bizdeki adı ise *Tosbağa* olmuştu. Âşık olmuştum arabama.

Lakin arabasını bana satan gazeteci abimiz, "Büyük yükten kurtardın beni. Ama sen gençsin, benzin sırasında beklersin," dedikten sonra içime bir kurt düştü. Araba sevdasına kapılmış, yaşadığımız büyük krizi pek de umursamamıştım. Otomobil aldığımı duyan hemen her arkadaşım aynı tepkiyi veriyordu: "Bu zamanda otomobil almak mı? Delirdin mi oğlum sen?"

Fiyatının uygunluğu, sağlanan ödeme kolaylığı, bir otomobil sahibi olabilmenin sevinci gözümü kör etmişti. Nona, "Aşk hata yaptırır," derken haklıydı. Büyük bir hata yapmıştım. Dünyadaki petrol krizinin ardından, 1974'teki Kıbrıs Harekâtı sonrası Türkiye'ye uygulanan ambargo ve hükümetin kemer sıkma politikası sonucunda ülkede benzin bulabilmek bir mucizeydi. Hayat zorlaştıkça zorlaşıyordu ve ben tutup bir otomobil almıştım. Hakikaten büyük delilikti ama kendimi koca adam olmuş gibi hissediyordum. Batıray abi babasının aracını kullanırken, kendime kendi paramla hususi bir otomobil alabilmiş olmak gururumu okşuyordu.

Bir an önce Urla'ya gitmeli, arabamı amcamlara, Nona'ya, babama, kız kardeşimin sıska kız arkadaşı Nermin'e göstermeliydim. Nermin nasılsa tüm kasabaya anlatırdı. Benzin bitmesin diye neredeyse kağnı hızıyla gittim Urla'ya. Sadece bir kez benzin kuyruğuna girip bekledim. O arada arabamı gıcır gıcır temizledim. Her mola verdiğimde içini dışını güzelce siliyordum. Urla'ya girmeden yine tozunu aldım.

Kapının önüne geldiğimde havalı havalı klaksona bastım. Evimizin alt katındaki mutfak penceresinden beni ilk gören Nona oldu. Çiçekli basma elbisesinin kolları sıvalı, belinde yine naylon önlüğü takılı, saçları artık gri beyaz olmuş Nona'm gözlerini kısarak benim geldiğimden emin olmak istedi. Evin iç kapısında, eli belinde, bir süre bana baktı. Sonra oradan bağırdı:

"Pa pa pa... Seni bacaksız. Adam oldum da simit sallarım diyorsun, he?"

Nona'nın kendi dil bilgisi, kendi kelimeleri, kendi ifadeleriyle dolu renkli cumhuriyetine giriş yapmıştım işte.

Kollarını açarak yürüdü yine bana.

"Ay paşam, ay paşam, maşallah sana yavrum!" diyerek kucakladı beni. Nona'nın sesini duyunca kardeşimin güzel yüzü belirdi üst kattaki pencerede.

"Abiiiii!"

Merdivenleri paldır küldür inişini duyuyordum. Koşarak çıktı evin kapısından. Üzerinde pembe bir elbise vardı. Saçlarını da aynı renkten bir kurdeleyle çevrelemişti. Ne kadar da büyümüş, güzelleşmişti. Boynuma atladı sevinçle. Sonra Nona ile arabayı incelemeye başladı. Babam yoktu ortada.

"Babam nerede? Bağda mı?" diye sordum.

"Cık!" dedi Nona, eli belinde. "Tadı yok epeydir. Kalkmak istemiyor yataktan. Dairedekiler zorunlu senelik izne çıkardılar diye küstü hepimize. Seni görünce sevinir şimdi. Sen kaldırırsın onu. Oh be! Paşam geldi, evimin düzeni tastamam oldu!"

Kardeşim güldü. Hiç kıskanmaz, hiç sitem etmez, ona düşenle mutlu olurdu hep. Nona'nın biraz daha sessiz, daha sakin bir örneğiydi diyebilirim. Mutluluk benim ailemin kadınları için kovalanacak bir kavram değildi. Şimdi daha iyi anlıyorum. Nona mesela eminim ki hiçbir zaman sormamıştır kendine *"Mutlu muyum ben?"* diye. Gün öyle akar giderdi işte. *Bu sıradanlığı ile bir hayat kahramanıydı.*

Kardeşim kolumun altına girdi. Babamın yattığı odaya yöneldik. Merdivenleri çıkarken, "Annem haklı. Babam yeni gelen personel müdürünün tavrını yediremedi kendine. Sadece bize değil, hayata küstü," dedi.

Babamın kapısını çaldık. Hiç ses çıkmadı. Yine de yavaşça açtım kapıyı. Perdeleri sıkı sıkı kapamış. Oda havasız kalmış.

"Baba?" diye seslendim.

Yanıt gelmedi. Yanına gittim. Omzuna dokundum. İrkilerek uyandı. *Aaa! Babam kaç gündür tıraş olmamış mı acaba? Ne kadar da yaşlı görünüyor. O bakımlı adam gitmiş, yerine saçı sakalı birbirine karışmış bir berduş gelmiş sanki.*

"Ben geldim baba," dedim.

"Ah, sen mi geldin? Şimdi mi geldin? Haber vermedi kimse bana. Kaç olmuş saat? Farkında değilim hiç. Uyumuşum," diye doğruldu.

"Hadi kalk, elini yüzünü yıka, öğlen oldu," dedim.

Kardeşim kapıda bize bakıyordu.

"Baba, banyo yapar mısın? Banyo sobasını yakayım mı hemen?"

Babam sakallarını kaşıdı. Karar veremiyordu sanki. Kafası karışmış gibiydi.

"Yak tabii, yak. Banyo yapsın, sonra ben onu berbere götüreyim. Baba oğul kendimize bir çekidüzen verelim."

Siyasetin çirkinliği devletin her birimine sızıyordu. Kadrolaşma belası içinde, işini iyi yapanla arkası olan arasındaki haksızlık yolu gittikçe genişliyordu. Babam gibi

Cumhuriyet'in inançlı bekçileri ve çocukları için bu adaletsizlikleri kabul edebilmek çok güçtü. Bense umutluydum. Gençtim. Değiştirecektik bütün bunları.

Babam banyosunu yaptı, tıraşını oldu. Arabanın başında onu bekliyordum. Evden çıktı ve bahçe kapısına yanaştırdığım arabamı görünce ağlamaya başladı. Bu duygu patlamasına bir anlam veremedim. Sevinmiş miydi? Üzülmüş müydü? Kızmış mıydı? Şaşkınlıkla babama bakıyordum. Benim bu tür duygusal fırtınalar karşısında donakalmalarıma alışık olan Nona oturduğu yerden kalktı.

"Aman bre! Ne oldu yine? Neye ağlıyorsun Yusuf Efendi?"

"Oğlum otomobil almış. Hem de Alman malı."

"E, tamam. Sevin işte buna. Ağlanır mı hiç?"

"On sekiz yaşımdan beri devlete çalışıyorum ben. Tam otuz bir yıldır. Hiç sorgu sual etmedim. Tüm emirlere uydum. Mesaiye kaldım. İzin kullanma dediler, kullanmadım. İzinlerimi yaktılar, ses etmedim."

Babamın gözlerinden yaşlar pıt pıt gömleğine düşüyordu. Nona üzüntüyle, eli yine belinde, ona bakıyor, ben ve kardeşim ne yapacağımızı bilemeden öylece duruyorduk.

"Şimdi genç bir kadın gelmiş, bana onu yap, bunu yap diye emirler veriyor. Lise diploman bile yok, diyor. Ben eski yazı biliyorum. Onun yaşı kadar emek verdim o dairede. Ben işe başladığım zaman o dünyada yoktu bile. Tüm kayıtları ben tuttum, onun bilmediği her şeyi ben biliyorum. Bizden sonra geldiler dünyaya, şimdi değiştirebileceğiz sanıyorlar. Her şeyi bildiklerini sanıyorlar. Ama bilmiyorlar. Ben otuz yıldır çalışıyorum ama bir otomobilim olmadı benim. Ben bunu bir tekerini bile alamadım. Ne için çalıştım ha? Ne için?"

Bu otomobilin babamı bu kadar üzebileceği, içinde biriken onca yılın acısını bir anda dökmesine neden olacağı kırk yıl düşünsem aklıma gelmezdi.

O güzelim sarı *Tosbağa* anında çirkin bir varlığa dönüştü gözümde. Babamı böyle ağlatacağını bilsem alıp gelir miydim hiç? Moralim çok bozulmuştu. Giderek benim de içimde bir öfke yükselmeye başladı. Babamın benimle gurur duymasını isterken, ona kendini yetersiz, eksik hissettiren bu nesneye düşman oldum saniyeler içinde. Düşüncesizliğime ayrı kızdım. Hani neredeyse yerden taş alıp bütün camlarını kıracaktım. Böylece, otomobille birlikte kendimi de cezalandırmış olacaktım. Kardeşim gelip belime sarıldı. Üzüntümü görmüş, anlamış, teselli etmeye çalışıyordu.

"Babam bu ara hep böyle abi, üzülme," diye fısıldadı.

Nona, babamın saçlarını okşadı. Elinden tutup bahçedeki tahta sedire oturttu. Beline sıkıştırdığı mutfak beziyle yüzünü sildi. Ellerini tutup kucağına koydu.

"Ah be Yusuf! Bu bezle bebelerin kusmuğunu sildim, masa sildim ama senin gözyaşını da bununla silecekmişim, he? Ne ağlayıp durursun? Hiç boşa çalışmış olur musun? Sen olmasan, senin emeğin olmasa bu çocuk bunu alıp sana getirebilir miydi? Al sana otuz bir yılda iki dana gibi çocuk, bir otomobil, bir Nona. Oğlun üniversiteyi bitirdi. Kızın da gider inşallah. Ne güzel yemekler yedik. Ne mutlu günler geçirdik. Borcumuz olmadı. Kimseden hiçbir şey istemek zorunda kalmadık, çok şükür. Otuz bir yılda aileni mutluluk zengini yapmışsın, ne ağlıyorsun çocuklar gibi..."

Babam boynunu büktü.

"Öyle mi diyorsun?"

"He, tabii. Aynen öyle diyorum. Kendi kendimize yettik. Kimin sayesinde? Senin sayende. Alacaklın yoksa zenginsin. Al bakem, bu çocukların dürüst, efendi kalpleri senin göğsünde Reşat altınları olsun. Madalyaların olsun be!"

"Ah be Nona! Sen ne iyi kadınsın..."

"Kim? Ben mi? Sen kadın mı gördün be Yusuf!"

Hepimiz gülmeye başladık. Nona elindeki mutfak bezini sallayarak ayağa kalktı.

İşte başlıyordu. Bizi güldürmek için o eski hikâyesini anlatacaktı muhakkak. Kardeşimle, babamın iki yanına oturduk. Nona gösterisine başladı. En sevdiği fıkrayla giriş yapar ve bin kez dinlesek yine usanmayacağımız meşhur komşu hikâyesini aksanıyla anlatırdı.

"Oğlan sormuş: 'Ana evlendireyim seni? Ama belkim istemezsin? Kocadan bıktıysan yani?' Kadın dertli dertli bakmış oğluna. İçini çekmiş. 'Ali, Veli, Hasan. Recep, Şaban, Ramazan, bir de ondan önceki, sonra da rahmetli baban. Ah yavrum, koca mı gördü senin anan?'"

Gülüşmelerden, alkışlardan sonra Nona devam etti:

"Bizim Karataş'ta meşhur, güzeller güzeli bir Katina vardı. A bu Katina'ya koca dayanmazdı. Katina'yı gelin ederdik, a anam, o da ne! Bu elinde bohçasınan çıkmış gelmiş. 'Ne oldu Katina?' Adamın metresi varmış. E iyi, peki. Bu, seneye yine telli duvaklı gelin olur. A bir bakarız, bu geri gelmiş. 'Yine ne oldu Katina?' Adamın anası varmış. E olacak tabii. Kovuktan çıkmadı ya! Sonram yine gelin olur, yine gelir. Bu sefer de adamın çocukları varmış. Bir zaman geçer, Katina yine gider. Artık kimse ardından bakmıyor tabii. Nasılsa geri gelecek, biliyoruz çünküm. Gel zaman git zaman, Katina'dan ses yok. Anasının penceresine komşular seslenir. 'Komşu komşu, hu? Senin Katina'dan ses yok. İyidir hoştur?' Annesi başını uzatır pencereden: 'İyidir iyidir. Bu kocasının kuşu varmış, ötüp durur.'"

Kahkahalar. Ama en çok gülen de Nona. Bu eski, ona göre çok müstehcen fıkra buzları eritmede çok işe yarardı. Babam bile gülüyordu. Kahkahalar dinerken pantolon kemerini düzelterek otomobile yakından bakmak için yerinden kalktı. Nona ile kız kardeşim yemek hazırlamak için mutfağa geçtiler. Babam otomobili bir süre elleri arkasında inceledi. Ağlamak belli ki rahatlatmıştı biraz. Beni üzdüğünün de farkına varmıştı muhtemelen. Gönlümü almak istediğine emindim. Omzuma vurdu aferin dercesine. İş yerinde onu çok bunalttıklarından, bu yaştan sonra alttan almanın ağırına gittiğinden söz etti yine. Bu kez daha sakindi. İçindeki fırtınanın patlaması kesinlikle iyi gelmişti ona.

Nona beş dakikada yine şahane bir sofra kurmuştu.

"Önce yemeğinizi yiyin, sonra çıkın dışarı. Bu ailenin erkekleri karnı aç olunca mutsuz olur," dedi. Az önceki fırtınadan eser yoktu. Sanki odamıza fırtına sonrası ortaya çıkan güneşin parlak neşesi dolmuştu. Yemeğe oturduk.

"Nona, hadi gel seni bir ara doğduğun sokağa götüreyim. Özlemedin mi Karataş'ı?" diye sordum.

"Aman bre, eski Karataş mı kaldı da beni sürükleyeceksin?"

"Sen neden bu kadar aksi oldun be Nona?"

"Kim aksi oldu be? Sensin o! Her şeyi kıçından anlıyorsun. Eski Karataş'ı çok özlerdim ama şimdi gideceğiz ki her yerde büyük büyük apartmanlar var. Denizi görmüyorsun. Eskiden öyle miydi ya? Kırk Merdiven'den denizi gördün mü kalbin böyle pır pır eder, koşa koşa ona kavuşmak isterdin."

"Hadi gel, gidelim."

"Ay çok sıcak, vallahi gidemem. Tansiyonum var artık benim. Yaşlandım, sen görmüyorsun. Ama yarın sabah erkenden gidelim istersen."

"Hadi baba, ne dersin? Gidelim mi?"

"Yok oğlum. Siz Nona ile baş başa gidin. Biz de kızımla evde kalalım. Sen bizi pazar günü denize götür."

"Anlaştık."

Nonacığım *yaşlandım* diyordu. Şimdi aşağı yukarı o yaşlardayım ve hiç de yaşlı hissetmiyorum kendimi. Ama artık onları daha iyi anlıyorum. Savaş yıpranmış bir hayata doğmalarına ve orada büyümelerine neden olduğu için yıllara kolay teslim oluyordu o kuşağın insanları.

Velhasıl, ertesi sabah Nona'yı doğduğu sokağa götürmeyi başardım. Bugün eğer gidecek olursanız, Karataş'ta 305. Sokak'la Kırk Merdiven'in kesiştiği köşedeki beyaz panjurlu, kapısından salkımlar yaseminler sarkan ev, Nona'nın doğduğu evdir. Karşısındaki harap bina ise *dünyanın en zengin adamının* ve ailesinin evi.

O sabah kimseler uyanmadan İzmir'e doğru yola çıktık Nona ile. Babam ikimizin baş başa olmasından memnuniyet duyardı. Aslında Nona'ya verdiği özgür bir alandı bu. Onun yanında anlatamayacaklarını bana rahat rahat anlatsın isterdi. "Siz rahat rahat sohbet edin oğlum, ben bir dolaşayım, ya da kestireyim azıcık," diyerek kendi dünyasına çekilirdi. Doğrusu buna ben de pek memnun olurdum.

Sabahın erken saatinde İzmir'e doğru tıngır mıngır yol alırken göz ucuyla Nona'yı kontrol ediyordum. Halinden memnun, kafası havada, keyifle etrafı seyrediyordu.

Çocukluğumdan bu yana çok merak ettiğim *dünyanın en zengin adamıyla* ilgili onlarca soru sormama rağmen konuyu hep geçiştirip kapamış, ser verip sır vermemişti. Sonunda Nona'nın o adamla ilgili anılarının kapalı bir kutuya hapsedildiğini kabul etmiştim. Bir nedenle anımsamak dahi istemiyordu.

Şansımı o gün bir kez daha zorlamaya karar verdim. Arabayı Mithat Paşa Caddesi'nde uygun bir yere park ettim. Nona caddedeki apartmanlara bakıyor, kendi kendine söyleniyordu. Haklıydı. Hiçbir şey eskisi değildi. Deniz bile görünmüyordu. Yalıların, bir çeşit toplu yaşam alanı olan Ermeni ve Yahudi aile evlerinin yerini koca koca apartmanlar almıştı. İnşaatların bir kısmı devam ediyordu.

Arabadan inip koluma girdi. Kol kola, yavaş yavaş yürüyorduk. Caddenin paralelindeki bir sokağa girdik. Sahipleri bir daha dönmemek üzere Yunanistan'a, İsrail'e, Amerika'ya giden evlerin kaderlerine terk edilmiş harap hallerine üzüntüyle baktık. Kimi işgal edilmiş, kimi yıkılmaya bırakılmış evlerle ot bürümüş, çöplüğe dönüşmüş arsalar arasında bir süre sessizce dolaştık.

"Bir zamanlar bu evin balkonunda rengârenk sardunyalar diziliydi. Saçları uzun, çok güzel bir genç kız vardı burada. Saçlarını balkonda tarardı. Hey gidi gençlik! Sevdalar öyle yaşanırdı o vakitler. Kızın saçlarını balkonda taramasını ayıplardı görenler. Açık saçık dolaşmış da, ahlaksızlık yapmış gibi dudaklarını ısırırlardı bize anlatırken."

Sokak giderek yokuşa dönüyordu.

"Şurada duralım ister misin iki dakika? Soluklanalım."

"Ey! Şimdi indik ya otomobilden? Sen yorulduysan otur dinlen. Ben yürüyorum yavaş yavaş."

"Yok be Nona, senin için dedim."

"Allah Allah, yorulursam otururum ben! Şu ikiz evleri gördün mü?"

"Şunları mı diyorsun? Merdiveni kırık olan?"

"He, evet. Onlar çok zengin Giritli bir tüccarınmış. Evler aynaya bakıyor gibi, fark ettin mi? Hep ikili ikili yaptırırlarmış. Neden? Yanına yabancı biri komşu olmasın diye. Anladın mı? Kendi çocuğunu, kardeşini oturtmak için. Bunların pencereleri ben çocukken hep mavi boyalı olurdu. Akrep kan zannedermiş maviyi. Yazık, şimdi nasıl kötü olmuş bu evler. Ah, içinde yaşayanlar varken nasıl güzellerdi. Sahipleri gibi perişan olmuşlar. Çok üzülüyorum be Misket!"

"Evlere mi, evlerin sahiplerine mi? Yoksa sonradan gelenlere mi?"

"Hepsine. Herkese. Her şeye. Hepimize."

"Yaa?.."

"Tabii ya..."

Dik yokuşun başında durdu. Çantasını açıp mendilini çıkardı. Alnını sildi. Bir evin önündeki basamakları gösterdim.

"Oturalım mı?"

Başını salladı. Elinden tutup oturmasına yardım ettim. Bir süre sağa sola baktı.

"Hiçbirinin aklına gelmezdi. Bir gün buraları bırakıp gitmek zorunda kalacakları yani. Çok güzel bir şehirdi İzmir. Çok... Mor salkım kokardı. Hanımeli kokardı. Limon, portakal çiçeği kokardı. Kadınlar yanından geçerken daha yüzlerini görmemişken parfüm kokularından anlardın kim olduklarını. Sabah çık sokağa, mis gibi ekmeğin kokusunu takip et, na işte oradaki büyük Karataş Fırını'na giderdi ayakların. Ramazan'da iftara yakın hiçbir Ermeni,

Musevi komşu fırına gitmezdi, biliyor musun? Saygı duyardı Müslüman komşuya. Onlar yesin, biz öyle yeriz diye beklerdi hepsi. Sonra şu bahçelerde limon serviler, güller kokardı. Ah be, ah be Misket! Sonra bütün o kokuların üzerine çıkan, hepsini unutturan bir yanık kokusu yerleşti. Günlerce yandı İzmir. Bak, şu pencereden baktığımızda denizin üzerindeki çaresiz insancıkları görüyorduk. Gemiler tıka basa insan doluydu, almıyordu kimseyi. Suya atlıyordu insanlar. Çok fenaydı, çok!"

"Kaç yaşındaydın o zaman? İzmir yangınında yani."

"Bilmem... Dokuz mudur, on mudur?"

"Olamaz Nona. 1917'de doğduysan yani. Acaba seni nüfusa geç kaydettirmiş olabilirler mi?"

"Ay yine mi aynı hikâye? He, öyle yapmışlar! Geç kaydettirmişler beni. Allah Allah! Yaşımı da ne dert ettiniz be!"

"Tamam Nona, kızma."

Kafasını öte yana çevirdi. Her zamanki gibi bağırarak yanıt verdi.

"Kızmadım ben!"

Bazı şeyler sorulmazdı. Sorulsa da yanıtlanmazdı. Anne babasının ölümü, yaşı ve okulu. Onun dışında her şeyi uzun uzun, ballandıra ballandıra anlatırdı. Fakat bu üç konu Nona'yı adeta başka birine dönüştürürdü. Sonunda sormaktan vazgeçtim.

İzmir hâlâ acılı geçmişine yakındı o gün. Net bir şekilde anlatılamayacak kadar yakındı. Uzaklaşmak için biraz daha zaman vardı. Bazı şeylerin netleşmesi, anlaşılabilmesi için mesafelere ihtiyaç var. Zaman belli bir mesafeden sonra hafızadaki netliği bozabiliyor. Bu nedenle ne fazla uzak ne fazla yakın bir noktadan durup geçmişe bakabilmek gerek. Hafıza, boşlukları kendi istediği gibi doldurmadan yani.

Gerçeği, zamanın yıpratan koşullarında değişmeden önce bir şekilde kayıt düşmek gerek...

Sanırım bu yüzden yazıyorum. Nona'yı anlatırken, unuttuğum eski beni görebiliyorum...

14. BÖLÜM

"Demek ki burada bir hatırım var"

Gün doğmuş. Güneşin ilk ışıkları bahçedeki ağaçların arasından mutfağa düşüyor. Uykusuzlar, yorgunlar ama bir türlü kopamıyorlar okudukları hikâyeden. Biraz da birbirlerinden elbette.

Zeynep çay koymak için ayakta.

"Çay demlenene kadar simit alıp gelelim mi?"

"Ocakta mı bırakacağız çaydanlığı?"

"Hayır tabii ki. Demleriz. Altını kapatırız. Simit alıp gelir, sonra ısıtırız."

"Olur mu öyle?"

"Niye olmasın?"

"Doğru, niye olmasın... Peki simidi nereden alacağız?"

"Bence buradaki fırınlar çoktan açılmıştır. Çarşıya yakınız, buluruz bir yer."

"Kapıyı açık mı bırakacağız?"

"Ya Kerem, on tane soru sordun. Bir dakika..."

Zeynep mutfaktan çıkıp merdivenlere yöneliyor. Dış kapının yanındaki duvara ve konsola bakarken, tahmin ettiği gibi anahtarları mermer konsolun üzerinde buluyor.

Neşeyle mutfağa giriyor.

"İşte bu kadar."

"Bakıyorum, sen bayağı ev sahibi gibi oldun."

"Bebeklik fotoğrafım buzdolabının üzerinde duruyorsa hâlâ, demek ki burada bir hatırım var."

"Nona asmıştır diyorsun onu oraya?"

"Kim asacak başka? Oktay Bey mi? Onun yaptığı tek şey, Nona'dan kalanları korumak bence."

"Doğru. Ama çok merak ediyorum: Kim acaba bu *dünyanın en zengin adamı*? Bugün havaalanına gitmeden önce Karataş'a uğrayıp Nona'nın doğduğu evi görsek mi?"

"Aaa, neden olmasın? Hatta belki Oktay Bey götürür bizi."

"Su kaynadı galiba."

"Tamam, şimdi demleyelim şunu. Sonra çıkıp simit alalım. Gelince okumaya devam ederiz."

"Olur..."

Kerem çok mutlu. Evcilik oyunu gibi. Hoşuna gidiyor Zeynep'in mutfakta çay demlemesi, becerikli hareketleri. Şimdi birlikte çıkacaklar. Birlikte dönecekler. Zeynep arkasını dönüyor ve ona gülerek bakan Kerem'i görüyor.

"Ne?"

Kerem elini uzatıyor Zeynep'e.

"Ne güzel bir sabah."

El ele çıkıyorlar mutfaktan. Zeynep kapıyı çekiyor.

"Anahtarı aldın mı?"

"Aldım aldım."

"Çayın altını kapadın mı?"

"Kapattım. Hep böyle mi olacak?"

"Nasıl?"

"Sen hep böyle kontrol mü edeceksin?"

"Kötü mü bu?"

"Hayır, güzel. Ben unuturum çünkü. Sen unutma."

Kerem elini kavrıyor Zeynep'in.

"Unutmam."

İki genç el ele dar sokaktan caddeye çıkıyor. Meydanda hareket başlamış bile. Buram buram taze ekmek kokusu çarpıyor burunlarına. Evet, fırının yolu böyle bulunuyor. Birlikte karşıladıkları ilk sabahın mutluluğu içinde yürüyorlar.

Filiz de hiç uyumadı. Ama bilgisayarın başında değil şu saatte. Az önce kalkıp giyindi, pencere önündeki koltuğuna oturdu, elindeki telefondan Oktay'ın yazdıklarını okumaya devam ediyor.

15. BÖLÜM

Bu Benim Hayatım - V

Başımıza gelen kötü şeylerin, bazı iyi şeylerin başlangıcı olabileceğini asla düşünmeyiz. Her zaman değil ama bazen öyledir oysa. Hayatımın ve kariyerimin en hareketli yılları oldukça kötü bir hadiseden sonra başladı.

Eylülün son günleriydi. Yıldızlarla dolu o huzurlu geceyi, yazdan kalan son cırcır böceklerinin ötüşünü, evimizin kapısını saran ve vakti geçmesine rağmen hâlâ dökmediği çiçeklerinin kokusuyla gelip boynuma dolanan yasemini şu dakika oradaymışım gibi duyabiliyorum. Evdeydim sonunda. Gelmeyi, yuvaya dönmeyi bir şekilde başarmıştım.

Nona çaylarımızı doldurmuş, elinde tepsiyle belirmişti kapıda.

Babam radyoyu çiçek motifli pencere demirlerine asmış, "ajans"ı dinliyordu. Kız kardeşim ortada yoktu. Nermin'e haberleri vermeye gitmişti muhtemelen.

Üniversite ikinci sınıftayken Nermin'i beğenirdim. O bana pek pas vermezdi. Lakin Nona da onu beğenmezdi.

"Aman be! Kıçı yok bunun ayol! Dümdüz, tepsi gibi. Ama havası bin beş yüz. Sevimsiz şey. Sersem delikanlılar yüzünden böyle oluyor, biliyorsun değil mi? Onlar öyle ağzı açık ayran budalası gibi baktıkça bu da kendini bir şey oldum sanıyor. Haspanın rüzgârına da bak sen! Benim kızım da tam tersi. Güzelliğinin farkında değil. Vallahi delireceğim!"

Nona haklıydı. Nermin on üç, on dört yaşında Urla'daki her delikanlıya bakışlarıyla boncuk dağıtmaya başlamıştı. İş, görüşmeye gelince hiç oralı olmuyordu ama. Öyle köşelerde konuşmakla, mektup uzatmakla olmazdı. Ailenin tarlası, bağı bahçesi, her şeyden önemlisi de onu gelin olarak almaya niyeti var mıydı? Varsa ne kadar vardı? Ha yani ciddi değillerse, hiç adını çıkarmaya, kalbini açmaya gerek yoktu. Kendisi hiçbir şey vaat etmeyerek ama daima umut vererek adayları birbiriyle yarıştıran cilveli bir kızdı aslında. Yürürken o tahta gibi poposuyla baktırıyordu işte kendine. Bir edası, işvesi vardı nihayetinde. Ona hayran erkekler içinden en iyisini bulduğuna emin olup bir seçim yapana kadar herkes bir "ihtimal"di Nermin için. En iyiyi aramaya erken başlamıştı.

Kardeşimse mahcup gülümseyişi, hanımlığı ile tam Nona'nın kızıydı. Nona kızının da üniversite okumasını çok istemişti ama onu olayların içine göndermeyi göze alamamıştı. Bu sene de bekleyelim diye diye kardeşimin de üniversiteye pek hevesi kalmamıştı sonunda. Çok güzel dikiş dikiyordu. Urla'da ailesiyle, arkadaşlarıyla mutluydu. Lise bittiğinde görücüler gelmeye başlamıştı. Çok geçmeden, sanırım biraz da sıska Nermin'in telkinleriyle "evet" dediği Kütahyalı bir öğretmenle sözü kesilmişti. Nona pek memnun değildi bu gelişmeden. İçine sinmeyen bir işler, bir haltlar vardı. Fakat kardeşim "olsun" demişti. Zannımca Nermin kendisine koca olmaya layık bulmadığı bekâr erkeklerin, çevresindeki güzel kızlarla evlenmelerini canıgönülden destekliyordu. Böylece, Nermin'e rakip olacak bütün güzeller bir bir ortalıktan çekiliyor, meydan her geçen gün biraz daha ona kalıyordu. Kardeşim güçlü bir rakipti onun için. Tüm yaşıtları çoluk çocuğa karışmıştı. Kardeşim de bu öğretmenle evlendi mi iş tamam olacaktı. "Nermin öyle dedi, Nermin böyle dedi" lafları kardeşimin dilinden düşmüyordu; hepimiz farkındaydık bunun. Ama kardeşim de artık yirmi beş yaşına gelmişti. Nona ve babam istemeye istemeye razı olmuşlardı bu söze.

Söz gecesi ben de Urla'daydım. Nermin en iyi arkadaşının söz gecesinde koşturuyordu. Mutfaktan bahçeye pasta tabaklarını taşırken, Nermin'in hiç hesaba katmadığı en büyük rakibinin, "zaman" denilen kıyıcının çoktan onun da kapısına dayandığını gözlemlemiştim. Nermin kendi yaşıtlarını bir bir gelin ederken, arkadan gelen genç kızların ve yeni zamanın onu da bir kenara fırlatacak sert bir dalga olduğunun henüz farkında değildi. Ne hüzünlü…

Yattığım yerde düşüncelerim Nermin'den kardeşime, İstanbul'a, başımıza gelenlere uçuşuyordu.

Nona'nın çay içerken çıkardığı höpürtülerle kendime geldim.

"Oh be, oh!" dedi. Bulaşıkları yıkamış, ocağı silmiş, yemekleri kaldırmış, mutfağın sarı ışığını kapamış ve çayına kavuşmuştu. Günlerin kaygılı yorgunluğunu atmaya hazırdı. Bir iki yudum daha içti.

"Ne kadar kalacaksın?"

Gecenin, evde olmanın tadını çıkarıyordum, konuşmak istemiyordum aslında.

"Bilmiyorum Nona. Belki gitmem bir daha. Sevinir misin gitmezsem?"

"Çok hem de! Keşke gitmesen. Seni burada bulamazlar, di mi?"

"Bulurlar, niye bulamasınlar? Ama kaçmadım ki ben. Bir suçum da yok hem. Canları isterse bir suç uydururlar, o ayrı."

Nona endişelendi.

"Doğru diyorsun. Bulurlar bir şey... Sen şimdi iyice bir düşün. Hiç *halka ekmek, işçiye hak* filan diye bildiri dağıttın mı? Arananlar listesinde adın yok, benden saklamıyorsun, değil mi?"

Gülesim geldi. Tatlım Nona yaaa!

Kızdırıp korkutayım diye düşündüm ama hiç halim yoktu. Uykusuzdum. Gergindim.

Birkaç gün önce askeri darbe olmuştu. Gazete kapatılmış, pek çok arkadaşım gözaltına alınmıştı. Ortalık toz duman içindeydi.

Gazetede iki yıldır adliye muhabiri olarak çalışıyordum. Pek nadir gececi oluyordum. Şans işte, o günlerde üst üste gece müdürünün yerine nöbete kaldığım için darbe gecesi evde horul horul uyuyordum. Hiçbir şey duymamıştım. Cuma sabahı dokuzda gözümü açtığımda "Geciktim!" diye yataktan fırlamıştım. İzinli olduğum sonradan aklıma gelmişti. Tekrar yatıp uyumuştum. Öğleye doğru uyandım. Yüzümü yıkadım. Üzerimi giydim ve evden çıktım. Apartman kapısında bir jandarma, tüfeğini yüzüme yapıştırdı.

"Nereye?" diye gürledi.

Aptallaşmıştım. Kekeleyerek "Bakkala," diyebildim.

Jandarma net konuştu: "Sokağa çıkma yasağı var. Haberin yok mu senin kardeşim?"

Merdivenleri gerisin geri ikişer üçer çıktım. Apartmanda kimse yaşamıyordu sanki. "Aha!" dedim kendi kendime. "Darbe olmuş kesin!" Ne vakittir endişeyle yatıp kalkıyorduk. Hukukçular, profesörler, öğrenciler, siyasetçiler, gazeteciler sokak ortasında, evlerinde öldürülüyordu. Mahalle aralarındaki çatışmalar, kavgalar, bombalı eylemler, adam ve uçak kaçırmalar bitmiyordu. Hayatımızın her dakikası mayın döşeli bir tarlaydı artık.

Ulan, nasıl uyur insan böyle bir gecede? Ülke yerinden oynuyor, ben uyuyorum!

Panik halinde eve girdim. Telefonum yoktu. Radyoyu açtım. Şarkı, türkü, oyun havası. Delirecektim. Ne olmuştu, nasıl olmuştu? Bir şekilde gazeteye gitmem gerekiyordu. Geri zekâlı mıydım ben, "Bakkala gidiyorum," dedim askere! Gazeteciyim desene. Kimliğini göstersene!

O sırada kapıda bir tıkırtı duydum. Kapının gözünden baktığımda kimseyi göremedim. Ama tıkırtı devam ediyordu.

Kapıyı yavaşça araladım. Alt katımdaki memur çiftin küçük kızlarıydı gelen. Elinde yarım ekmek vardı. Ekmeği uzattı ve parmağıyla eğilmemi işaret etti. Eğildim. Kulağıma ezberlediklerini fısıldadı.

"Evden çıkmayacakmışsın. Herkesi götürüyorlarmış. Ekmeği yak. Kitapları ye."

Sonra koşarak indi merdivenleri.

Ekmeği yak, kitapları ye mi?

Ezberi karışmıştı anlaşılan ama mesaj alınmıştı.

Kitapları yakmak? Allah kahretsin! Nerede, nasıl yakacağım? Kış gelmemişti daha, soba bile kurulu değildi bekâr evimde. Herkesi alıyorlarmış demek? Benim çalıştığım gazete sol görüşlüydü. Şu âna kadar eve gelmemiş olmaları bir mucizeydi. Evde çok kitabım yoktu aslında. Darbeyi kimin yaptığını bilmiyordum. Ne olduğunu, neler geliştiğini, hiçbir şeyi bilmiyordum.

Günlerimiz birbirinden kötü geçerken, o felaketin içinde yemek yiyebiliyor, yorgunluktan bayılabiliyorduk. Son günleri çok uykusuz geçirmiştim. Gazetede bir iki saatlik kestirmelerle günü atlatıyordum.

Birden tüm kitaplığımın, çocukluğumdan bu yana beni ben yapan servetimin, varlığımın Urla'da olduğu ve darbeciler oraya giderlerse babamla Nona'ya eziyet edebilecekleri ihtimali geldi aklıma. Kardeşim daha çok gençti. Onu bile sorumlu tutabilirlerdi.

Delirdim mi diye düşündüm bir an. Yok daha neler? Küçük bir kız bana kitapları yak dedi diye... Tek tek evleri gezip kitap mı arayacak adamlar? Eli silahlı örgüt liderleri ve üyeleri ellerini kollarını sallayarak her yerde dolaşıyorlardı. Onları alacaklardı herhalde? Kitap okudum, haber yazdım diye beni alacak değillerdi ya?

Ah, o ilk ânın paniği, görmüş geçirmiş aklın o hep naif kalan küçük parçası...

Henüz delirmediysem de düşündükçe delirecektim. Kim yapmıştı, neler oluyordu, darbe lideri kimdi?

Derken radyodaki türkü bitip haberler başlayınca, olanları anladım.

Haberler haber değildi, türkü de türkü değilmiş zaten.

Hükümet dağıtılmış, parti liderleri gözaltına alınmıştı. Sokağa çıkma yasağı 13 Eylül sabah 08:00'e kadar devam edecekti. Yurt dışına çıkışlar yasaklanmıştı. Gözaltına alınan ve adresinde bulunamayıp aranan isimleri duydukça kaygım artıyordu. Sağcısı solcusu, kim varsa topluyorlardı. Hükümet üyeleri, başbakan, bakanlar, muhalefet liderleri, sendika ve dernek başkanları, gazete yöneticileri... Hepsi gözaltına alınıyordu.

Sokak o an için sakindi ama radyodaki bültene göre baskınlar sürüyordu. Bir an önce Urla'ya gitmem gerekiyordu. İstanbul'da kalmak akıllıca olmayacaktı, anlaşılmıştı. Gazetede çalışmam, sendikaya üye olmam, fikirlerim, eşim dostum... Hayır, beni almaları için *bence* hiçbir sebep yoktu ama ne düşünüyor, neyi suç kapsamına alıyorlardı, kestirmek güçtü.

Komşunun, çocuğuyla gönderdiği yarım ekmeği yedim. Arada bir ayaküstü selamlaştığım çiftin ellerindeki ekmeğin yarısını göndermeleri büyük lütuftu. Akşam olduğunda askerler kapı kapı dolaşıp ekmek dağıtmaya başladı. Bana ekmeği uzatan gencecik eri sarılıp öpecektim neredeyse; o derece acıkmıştım.

Sabaha karşı, gözaltına alınanların sayısı binleri aşmıştı. Kitapları banyo sobasında yakmak geldi aklıma. E, herhalde herkes aynı şeyi yapmıştı. Sağda solda, çekmecelerde herhangi bir yazı, dergi, yazılı bülten, bildiri vesaire var mı diye iyice baktım. Yoktu.

13 Eylül sabahı yasak biter bitmez, sokağa çıkabildiğim ilk anda arabaya atladım ve benzin var mı, yok mu düşünmeden yola koyuldum. Urla'ya varmam iki gece üç gün sürdü. Yollarda çok çok sıkı kontroller, barikatlar vardı. Gazeteci kimliğimi, basın ve sendika kartımı evimde bırakmıştım. Her defasında eski tip nüfus cüzdanımı uzatıyor, "Matbaacıyım, anama gidiyorum, kalp hastası," diyordum. Allah'ın bir hikmeti, Nona'nın dualarının sonucu olsa gerek, bilgilere şöyle bir bakıp "Devam et!" diyorlardı.

İnanılır gibi değil! Öyle bir deliliğe nasıl kalkıştığımı hâlâ aklım almıyor. Kaçakların, kaçacakların deli gibi Ege'ye, güneye gitmeye, bir kayığa atlayıp suyun öte yanına geçmeye çalıştıkları bir günde, bir gazetecinin kapalı yollara, kapalı benzincilere, kapalı otellere ve kapalı bakkallara aldırmadan yola koyulması başlı başına bir hikâye aslında...

İzmit Körfezi'ni dolandığımda arabanın benzini bitmek üzereydi. Karamürsel'de, vaktiyle tanıştığımız bir kabadayı abimiz bana benzin buldu. Hey gidi Metin abim benim! Kabadayıların tek kişilik sendikasıydı o. Çok ama çok güzel adamdı. Yetmişlerin *Karamürselli Robin Hood*'u. O gece beni misafir etti. Adamın Allah'tan başka hiçbir şeyden korkusu yoktu. Yolcu ederken bir bidon benzin de yanıma vermesi ise başka bir delilikti. Kaza olsa, maazallah, bir çıtta havaya uçardı kazanın olduğu mekân, yol, kasaba. Allah korusun diye diye, dura kalka yol alıyordum. Bir de, yol boyu beni her durduklarında arabayı didik didik arıyordu askerler. Bagajdaki bir bidon benzinle arabanın kendisi başlı başına bir bombaydı! Artık yorgunluktan mı, aradıkları sadece kaçaklar olduğu için mi, yoksa ne aradıklarını onlar da mı bilmiyorlardı, neydiyse artık, bidon ve ben engelleri aşa aşa yol alıyorduk.

Gece sokağa çıkma yasağı başlamadan kendimi bir köye atmaya çalıştım. Kaçak anarşistlere karşı muhtarlar köylüyü tembihlediklerinden olsa gerek, bir yabancıya hiçbiri kapısını açmıyordu. Arabayı bağların arasına park edip içinde tedirgin bir uykuya yattım.

Darbeden iki gün sonra arayabilmiştim evi. Allah'tan çok kısa bir süre önce, karmaşanın içinde insanı şaşırtan bir mucize olmuş, babamın yıllar önce telefon sahibi olmak için adını yazdırdığı bekleme listesinde şans bize gülmüştü. Eve telefon bağlanmıştı.

Tek jetonum vardı ve eğer ilk cümleyi Nona söylerse *ben iyiyim* diyemeden kapanırdı telefon. Kardeşim çıktı.

"İyiyim, merak etmeyin, geliyorum," diyebildim sadece.

Nona'nın tansiyonu 21'e çıkmış. Yatak döşek yatıyormuş üzüntüden. Benden haber gelince delirmiş sevinçten. Fakat sonra, "Nerede kaldı, neden gelemedi, nereden aradı, yolda mı tutukladılar, kaza mı yaptı? Kesin tutukladılar ya da mutlaka kaza yaptı. Gözaltında işkence yaparlar mı? Öldü bu çocuk!" diyerek felaket beklentisinin dozunu artıra artıra yeniden tansiyonunu çıkarmayı başarmış.

Urla'ya ulaşabildiğimde leş gibiydim. Güzelim sarı *Tosbağa*'mdaki son benzin damlasıyla sokağa girdim ve yorgun delikanlım stop etti. Olsun. Benimle efsane bir macera yaşamış, üzerine düşeni hakkıyla yerine getirmişti.

Bahçe kapısından içeri girdiğimde evimize bir ölüm havasının hâkim olduğunu gördüm.

"Baba? Nona?"

Eski güzel evimizin kapısından çığlıklar atan üç deli çıktı ve birbirini itip ezerek bana doğru koşmaya başladı. Gözünüzün önüne ağır çekimle koca memeleri sallanan ve dirseğiyle babamı kenara iten Nona'yı, ayağı takılan, bir terliği ayağından çıkıp havaya fırlayan ve Nona'nın önlüğüne tutunmayı başaran babamı ve ikisinin arkasında bana ulaşmak için zıplayarak haykıran kardeşimi getirin. Getirdiniz mi gözünüzün önüne? Hah! Şimdi ağır çekimi bırakın ve üçünün altında bir anda nasıl ezildiğimi hayal edin! O güne dek yaşadığım en taşkın, en delice, en coşkulu mutluluk ânıydı.

Dördümüz aynı anda sarıldık, ağladık, güldük. Eve dönmeyi başarabilmiştim. Evdeydim, evet, evdeydim!

Nona banyo sobasını yakarken, kitaplarımın odamda olmadığını gördüm. Çok ama çok üzüldüm. Nona sıkıyönetim korkusundan hepsini yakmış olmalıydı. *Ah, güzelim klasiklerim, romanlarım, fotoğrafçılık kitaplarım! Ah benim çocukluğum!..*

Başımıza ne geldiğini anlamak uzun bir zaman alacaktı galiba. Şimdilik ailemin yanına gelmiştim ve telaştan, karmaşadan tam olarak ne olduğunu ve bizi nasıl günlerin beklediğini düşünemiyordum.

Nona, "Banyo hazır Misket, su ısınmış oğlum," diye belirdi kapıda.

"Kitaplarımı yaktın mı Nona?" diye sordum üzüntüyle.

"Geri zekâlı mısın sen? Hitler miyim ben, kitap yakayım? Naylona sardım güzelce, eski kümesin altına gömdüm hepsini. Her şey düzelince çıkarır, yerlerine dizeriz yine."

Ah, senin o *geri zekâlı* diyen dillerine kurban olalım biz hepimiz! Ah Nona'm, ah anam benim…

Banyo yaptım. Nona'nın verdiği temiz çamaşırları giydim. Yemeğimi yedim. İşte! Babamın evinde, çocukluğumun huzurlu bahçesindeydim yeniden.

"Peki şimdi ne olacak?" diye sordu Nona huzursuzlukla.

"Bilmiyorum Nona. Ama bırak bu gece burada, sonunda sizinle olmanın tadını çıkarayım, olur mu?"

"Olur olur. Çıkar."

Babam sesi kısık radyoya yapıştırmıştı kulağını. Sanki radyo sadece ona fısıldıyordu kötü haberleri. Yüzünü buruşturuyor, radyoya söyleniyordu.

"Misket… Kardeşinin düğünü de kalır şimdi, değil mi? Yapamayız sanki?"

"Valla bilmiyorum ki Nona. Baksana onun umurunda değil gibi hiçbir şey. Beni bırakıp Nermin'e koştu yine."

"Ha, yok. Nermin'de değil. Kuran öğreniyor akşamları. Damadın annesi istemiş."

Yattığım yerden doğruldum.

"Nasıl ya? Nasıl yani? Oğlanın annesi mi istiyor? Sen de buna he mi diyorsun?"

"Kötü bir şey istemiyor ki oğlum. Niye kızıyorsun? Ben öğretemedim, benim kabahatim. Şimdiyse zamanı, şimdi öğrensin."

"Nona niye senin kabahatin olsun?"

"Ay, tamam, uf! Uzatma işte. Kız mutlu mutlu öğreniyor. Gelir birazdan."

"Nona, bu kız kayınvalidesiyle mi yaşayacak yoksa? Yarın öbür gün, başını da kapasın derse?"

"Yok canım, olur mu hiç? Hem birkaç ay sonra dönecekmiş kadın evine. Kocası ölünce oğlunun yanına gelmiş. Gelin bakmaya. Sonra işte bizim kız çıkmış karşılarına. Oğlunu baş göz edince gidecekmiş memleketine."

Söylediklerine kendi de pek inanmıyor, huzursuzluğunu saklamaya çalışıyordu ama benden kaçar mıydı? Göz göze geldiğimizde bu işin olmayacağını sessizce onayladık. Fakat nasıl olacaktı da yol yakınken dönülecekti?

O gecenin sabahında darbe bizden önce olayların seyrini değiştirdi. Damat adayı aşırı siyasi eylemleri nedeniyle gözaltına alındı. Henüz nişan takılmamıştı neyse ki. Olaylar nasıl gelişecek, bu işin ucu nereye varacak, bilemiyorduk. Biz Nona ile kıvranırken kardeşim koşarak içeri girdi.

"Anne, Nermin diyor ki, 'Sen bir an önce verdiğin sözden cay. Bu çocuğun siyasi işlerinden seni de sorumlu tutarlar. Seni de yakarlar.'"

Nona'ya gün doğdu. Normalde Nermin'in ayrılık öğütleyen bu sözlerinden hiç hoşlanmayacağını hepimiz biliyorduk. Ama bizim kız da oğlanı sevmiyordu demek ki. Yine de, her şey Nermin'in demesiyle mi olup bitiyordu? Her ne kadar o delikanlı içime sinmese de, kardeşimin "Nermin diyor ki," diye koşturup gelmesi hoşuma gitmedi. Sinirlendim.

"Kızım, Nermin mi karar veriyor senin hayatına? Ona neymiş? Sözlüne sıra gelene kadar benim gazeteciliğimden de sorumlu tutulabilirsin? Sözden caymakmış! Ne münasebet!"

Nona hayretle bana döndü. Gözlerini devirerek, "Ay, ne diyorsun sen paşam? Kırk yılda bir doğru söylemiş Nermin. Şimdi mi onu sorgulayacağın tuttu? Hayret vallahi!" dedi.

Nermin'e gıcık olduğum için ana konudan sapmıştım.

"Ee, iyi, peki. Madem caydın, nasıl olacak bu iş? Biraz bekleyelim filan deyin bari."

Kardeşim gayet kararlıydı.

"Ben annesiyle konuşurum," diye yanıt verdi.

Fakat kayınvalide adayını ara ki bulasın. Kadın çoktan memleketine gitmiş. Bize, kardeşime bir haber bile vermeden. Ne kadından ne de oğlundan ses çıktı bir daha. Gözaltına alınanları arayıp bulmak, hele ki soy bağın yoksa, soyadın tutmuyorsa, imkânsızdı. Çaresiz, onun bize, kardeşime yazmasını bekleyecektik. Ama tek satır haber gelmedi. Oğlanın yargılandığını ve hüküm giydiğini öğrendik bir zaman sonra. Böylece, kardeşimin sözünü askeri darbe bozmuş gibi oldu.

Annesinin bize haber vermeden gitmesine Nona zaman geçtikçe daha çok içerlemeye başlamıştı. Aylar içinde büyüdükçe büyüyordu öfkesi. Öyle ya, biz kız tarafıydık. Böyle yüzüstü bırakılır mıydı bir genç kız? Ya kızı çok âşık olsaydı o çocuğa? Aşktan yataklara düşseydi? Kaç ay olmuştu. Çocuğun annesi bize en azından bir telefon açmalıydı. Hadi olmadı, bir adresini, telefonunu filan bilselerdi bari. Hiç! Kendileri arayıp sorarlardı; öldü mü, kaldı mı, ne oldu bu kadına? Neyse ki, Nonacığımın kendini doldurmaları sürüp gitmedi. Kardeşimin Urla'ya bir yıl önce tayin olan bir teğmene kalbini kaptırdığını öğrendik.

Bizim kız dua kursuna değil, teğmenle buluşmaya gidiyormuş meğer. Nasıl yapıp da sözü atacağını bilemiyormuş. Oğlan gözaltına alınınca, bizimki sözden caymak istediğini söyleme cesaretini sırdaşı Nermin'le kafa kafaya vererek toplayabilmiş. Kardeşim 1981'in Mayıs ayında o teğmenle nişanlandı. Ne öğretmen çocuktan ne de annesinden bir haber alabildik.

Yıllar sonra öğretmen çocuk karşımıza ünlü bir siyasetçi olarak çıktı. Hatta bakan bile oldu. Gazetede, televizyonda falan gördüğümüzde kardeşimle dalga geçerdik. "Bak, yanındaki sen olabilirdin şimdi!" diye. Kardeşim sadece tebessüm ederdi.

Yıllarca aynı soruyu sordum kendime: O dönem insanlar keskin bir şekilde ikiye ayrılırdı. Bu delikanlı mademki siyasetin içinde o kadar aktifti, sözlendiği kızın ağabeyinin onun siyasi görüşünün tam zıddı bir gazetede çalıştığını biliyor olmalıydı. Bunu bile bile neden evlenmek istemişti? Çok âşık olmuştur desem, öyle de görünmüyordu. Âşık olsaydı arayıp sorardı. Annesi bir şekilde bize ulaşırdı.

Doksanların sonuydu ve bir gece haberlerde bir otoyol açılışında dizi dizi bıyıklı bakan arasında kurdele keserken gördüm onu. Kişisel tarihimin büyük aydınlanmasını yaşadım birden. Demek ki, ailemizin içinden bir "istihbaratçı" geçmişti! Vay anam vay!

Sonra... Eylül geçti, ekim geçti, kasım geçti.

Çalıştığım gazete kapatılmıştı. Gazeteciler, profesörler, aydınlar, gencecik çocuklar, öğrenciler yargılanıyordu. Çoğu için yüzlerce, evet, yüzlerce yıl hapis, kimileri için de idam isteniyordu. Yurt dışına kaçanlar, darbe sırasında orada olup dönmeyen, dönemeyenler arasında ülkenin en sevdiği müzisyenler, ressamlar, yazarlar, sinemacılar vardı. Umutsuzluğa kapılmak istemiyordum ama vatanımın üzerindeki kara bulut, güneşi görmemize izin vermiyordu.

Bir şey yapmalıydım. Bir yerden hayata tutunmalıydım. Sonunda öğrencilere ders vermeye başladım. Kimilerinin geri kaldığı dersleri telafi etmesine, kimilerinin de fen lisesi sınavlarına hazırlanmasına yardım ediyordum. Gazeteden kazandığımın yarısı kadar gelirim vardı artık ama İstanbul'daki evi bir arkadaşıma devrettiğim için neredeyse hiç kişisel giderim kalmamıştı.

1981'e bütün aile bir arada girdik. Bu, işin en güzel kısmıydı. Fakat kış ve karanlık bitmiyordu bir türlü. Ülkenin çatısı yıkılıyordu. Ülkeyi onaramıyordum ama eski evimize takmıştım kafamı. Evin üflesek yıkılacak hali beni tedirgin ediyordu. Belki işsizlikten, belki evimize sevgimden, "Evi onaralım!" diye tutturdum. 1969 ve 1974'teki şiddetli sarsıntıları çok iyi hatırlıyordum. O depremlerde çok şükür evde bir hasar olmamıştı fakat bir yıl önceki depremde mutfağa sonradan eklediğimiz bölümler evden çok hafif ayrılmıştı. Bu kadar eski bir ev ne kadar dayanabilirdi yeni bir sarsıntıya? Yeni aletler eski elektrik sistemi yüzünden bozuluyordu. Sular paslı akıyordu. Bahçeyi de yenilesek kötü mü olurdu? Hem elimden de geliyordu tamir işleri. Bizimkileri sonunda ikna ettim. Bir şeylerle oyalanmanın bana iyi geleceğini anlamıştı Nona.

Önce kasabanın elektrikçisi Çetin Usta ile işe başladık. Yavaş yavaş, Nona'yı çok delirtmeden, elektrik aksamını yeniledik.

"Hazır onlar için duvarları kazmış, yollar açmışken, sıvayı iyice kazıyıp su borularını da elden geçirelim. Yeni sıva, yeni boya mis gibi olur!" dedim.

Urla'da Rum evleri ile Türk evleri birbirinden yapı olarak ayrılırdı. Birinci Dünya Savaşı'ndan bir süre önce yapılmış, çok eski bir Türk eviydi bizimki. Ana girişi arka sokaktandı. Merdivenle ikinci kata tırmanır, kapıyı çalardın. Ama biz hep arka bahçeyi kullanırdık. Alt katta mutfağımız, eskiden keçilerimizin olduğu hayvan damımız, eskilerin zeytinyağı küplerini gömmek için kullandığı türden erzak kilerimiz ve altmışlarda babamın yaptırdığı küçük banyomuz vardı. Üst katta, misafir ağırladığımız yemek odası, Nona ile babamın yatak odası ve kardeşimle benim küçük odalarımız vardı. Bir de sonradan eklenmiş küçük bir tuvalet. Yıllar içinde, alt kattaki mutfağın sağını solunu bahçe içine doğru uzatıp ahşap pencerelerle kapatarak günlük hayatımızı geçirdiğimiz bir yaşam alanına çevirmiştik. İç bahçeye bizde "hayat" denir zaten. Mutfak penceresinin önüne attığımız sedirlerde ve tahta masanın etrafında geçiriyorduk yazları.

Birkaç yıl önce eski kümesin yerini de mutfağa ekleyerek büyütmüştük. Büyük, ışıklı mutfağına yaraşsın diye Nona'ya güzel bir elektrikli fırın almıştık. Ama o yine de tepsilerini mahalledeki odun fırınına göndermeyi tercih ediyordu. Elektrikli fırının üzerine çeyizinden çıkardığı bir dantela örtmüştü.

İstanbul'dan gelen arkadaşlarım bir müzeye girmişçesine hayranlık duyardı evimize. Biz pek anlamazdık nedenini. Evimizdi işte. Pek bir şey değişmezdi içinde. Aynı perdeler, aynı muşambalar, aynı tabaklarla geçiyordu hayatımız...

Nona tüm eşyayı bahçeye yığmış, işlerin altından kalkmamı bekliyordu sabırla. Sinirinin giderek kabarmakta olduğunu fark edip kalkıştığım işin üstesinden gelemeyeceğim diye ufaktan ufaktan korkmaya başlamıştım.

Nisan sonuydu ve benimki su götürmez bir fikirsizlikti. Hiç olmazsa su borusu için yazı bekleseydim ya? Fakat umuttu işte. Sanki her an güzel bir haber gelebilirdi. İstanbul'a, işime dönebilirdim. Bu umudum bir yanımda tatlı tatlı yaşıyordu. O haber gelmeden, bir an önce şu evi yenileyeyim diyordum.

O haberin gelmeyeceğini en çok Nona biliyordu. O yüzden beni idare ediyordu.

Sonra bir gün, bir sabah vakti, Nona, ben ve bahçenin ortasındaki eşyalar birbirimize bakarken, kapıya bir asker cipi yanaştı. İçinden genç bir subay, iki de er indi.

"Oktay Onur Yortan'ın evi burası mı?"

İşte buraya kadar, dedim içimden. *Geldiler. Bitti. Hoşça kal evim. Hoşça kal Nona! Eşyalar da böyle bahçenin ortasında. Hay Allah be...*

Kendimi toplayıp serinkanlılıkla cevap vermeye çalıştım.

"Buyurun, benim."

Subay üzerimdeki boyalı pijamaya baktı. Çok saygılı bir ifadeyle, "Üzerinizi giymeniz mümkün mü? Sizi karargâha kadar götürmemiz gerekiyor," dedi.

Arkadaşlarımı almaya gelenleri anlatıyordu aileleri. Eve girişlerini, eşyayı dağıtmalarını, aile fertlerini itip kakmalarını... Hiç olmazsa bunlar saygılı, kibardı. Kabullendiğim bir kederle Nona'ya baktım. Bembeyaz olmuştu. Sadece elleri değil, dizleri, saçları, kirpikleri bile titriyordu. Koca çınarım yıkılacak gibiydi. Genç subaya döndü.

"Babasına bir haber verseydim."

"Gerek yok."

Nona sendeledi. Koşup yakaladım kolundan.

Askerlerin yanında sarılmak istemedim Nona'ya. Sarılırsam ağlardım. Aylardır içimde tuttuğum her şey için ağlardım. Hayatımıza, arkadaşlarıma, idam edilenlere, işkence görenlere, bütün bunlar olup biterken benim ailemle vakit geçirecek kadar zaman kazanabilmiş olmama, şansıma, bir daha göremeyeceğimi bildiğim güzel insanlara, izleyemeyeceğim filmlere, okuyamayacağım kitaplara, çocukluğuma nokta koyan şu son âna ağlardım.

Nona'dan gözlerimi kaçırarak içeri girdim, pantolonumu değiştirdim. Son kez baktım odama. Çıkarken Nona'yı hızlıca yanaklarından öptüm. İçine içine ağlıyordu. Zangır zangır titriyordu. Dayanamadım. Bu gidişin dönüşü olmayabilirdi ve muhtemelen olmayacaktı.

Sıkıca sarıldım.

"Sakin ol," diye fısıldadım. Kendi söylediğime kendim de inanmayarak "Geri geleceğim ve sana söz, ortalıkta kalan şu eşyaları toplayacağım," dedim.

Nona kaskatı kesilmişti. Onu evde yalnız bıraktığım için çok tedirgindim. Şimdi tansiyonu çıkar, şimdi düşer bayılır diye endişeleniyordum. Nereye kaybolmuştu bizimkiler? Keşke komşulardan birini çağırabilme şansım olsaydı. Ah, ne olur biri çıkıp gidiverseydi yanına...

Cip sarsıntılarla yol alıyordu. Genç subay benimle hiç konuşmuyor, uzaklara bakıyordu. Çok sürmedi, komutanlığa geldik. Yağmur bulutları iyice toplanmıştı. Şimşekler çakıyordu. Tam kapıdan içeri girerken büyük bir gök gürültüsü koptu ve pencereleri bile sarstı. İkinci kata çıktık. Daktiloya eğilmiş, komutanın ağzından çıkanları dikkatle yazan er, biz içeri girdiğimizde bir an kafasını kaldırıp baktı ve tekrar işine döndü. Beni getiren subay selam durdu ama komutan kafasını çevirmedi bile. Subayla ikimiz ayakta bekliyorduk. Başıma neler gelecekti? Neyle suçlanacaktım? Uzun bir süre bizi bekleten komutan sonunda kafasını kaldırdı ve yanımdaki subaya gözlerini dikti.

Genç subay, "Ev arandı. Sakıncalı herhangi bir şey bulunmadı komutanım. Şahıs kimliğini ve adresini doğrulamak için kendi isteğiyle gelmiştir. Arz ederim!" dedi.

Ev arandı mı? Ne zaman? Sakıncalı bir şey bulunamadı? Nasıl yani? Ne zaman oldu bunlar? Ben şaşkınlığımı yüzüme yansıtmamaya çalışırken komutan, "Gereğini yapın," dedi ve gözlerini yanındaki erin daktilo ettiklerine çevirdi. Genç subay yine selam verdi ve odadan çıktı. Ben de onu takip ettim. Bir alt kata indik. Kilitli bir çekmeceden bir kâğıt çıkarıp uzattı. Daha önceden daktilo edilmiş kâğıtta kimlik bilgilerim, adresim ve sakıncalı herhangi bir örgütle bağım olmadığını, çalıştığım gazeteden aylar önce ayrıldığımı, uzun süredir Urla'da ailemle yaşadığımı beyan ettiğim yazılıydı. Subay, "İmzanızı atıp çıkabilirsiniz," dedi. İmzamı atıp çıktım.

İlk adımı atmamla birlikte sağanak yağmur başladı. Binbir duygu içindeydim. Kafesten kasten salınmış bir kuştum ama sersemlemekten, uçmak yerine tekrar kafese dönmeye meyilliydim.

Bir yanlışlık olmasın? Beni gözaltına almanız gerekebilir.

Diyebilirdim bunu!

Ne olduğunu anlamaya çalışarak ve yaşananlara hiçbir anlam veremeyerek yağmur altında ağır ağır eve yürüdüm. Yaklaşık kırk beş dakika sonra evdeydim.

Nona sağanak yağmurun altında, bahçedeki eşyaların ortasındaki eski bir tenekenin üzerinde oturuyordu.

"Nona?" diye seslendim endişeyle. Yanına koştum.

Başı önüne eğikti. Sırılsıklam olmuştu. Yaprak gibi titriyordu. Ellerini tuttum. Güçlükle ayağa kalktı. Gözlerinin rengi değişmişti adeta. Üzerine oturduğu eski yağ tenekesini kucağına aldı.

"Benim adım Theodora Maria Dritsas. Akhisarlıyım," dedi.

Bir yabancıymışım gibi bakıyordu bana.

"Nona? Ne diyorsun sen? Anne?"

Beni duymuyordu. Titreyen elleriyle paslı tenekenin sıkışmış kapağını açmaya çalışıyordu.

"Annemin adı Sofia'dır. Babamın adı Stavros. Babam tütüncüdür."

Sanki bir rüyanın içindeydim. Nona'nın ellerini tutmaya, tenekeyi elinden almaya çalıştım. Vermedi. Tırnakları kanıyordu ama o umursamadan paslı kapağı zorluyordu.

"Nona! Ne olur, yüzüme bak. Lütfen bırak şu kutuyu. Ver, ben açayım. Ne olursun!"

İkimiz de sırılsıklam olmuştuk. Gerçekten bir rüya olmalıydı bu. Aklım almıyordu o anda. Nona ne anlatıyordu, ne olmuştu, neden böyle olmuştu? Aklını mı yitiriyordu? Neden kimse yoktu yanımızda? Babamla kardeşim neredeydi?

Artık yalvarıyordum.

"Nona, Nona yüzüme bak! Çok korkuyorum. Lütfen Nona, bırak şu tenekeyi de yüzüme bak."

Bakmıyor, inatla o kapakla uğraşıyordu. Öfkesi giderek yükseliyordu.

"Benim babam Yunan Krallığı'na, Yunan isyancılarına hiç para vermedi. İngilizlerle anlaşmayı da Bay Livanos yaptı. Her şeyi o yaptı. Babam sadece onun ortağıydı. Bay Livanos, Atina'ya kaçtı. Sonra Bay Livanos'un oğlu dünyanın en zengin adamı oldu."

Çaresizlik içinde Nona'ya bakıyor, yaşadığımız gerçek dışı durumun nedenini anlayamıyordum.

"Benim oğlum yanlış bir şey yapmadı. İyi bir evlattır. Düzgün bir insandır. O kaçak değil. Aradığınız o değil."

O sırada paslı kapak tık diye açıldı.

Nona bana tenekeyi uzattı.

"İşte, hepsi bunun içinde."

ÜÇÜNCÜ KISIM

Eylül / 2010

16. BÖLÜM

Urla'da İkinci Sabah

Oktay baş ağrısıyla uyanıyor, gözlerini zorlukla aralıyor. Odayı dolduran turuncu sıcak ışık, güneşin çoktan yön değiştirdiğini anlatıyor. Gözlerini kırpıştırarak ne kadar uyuduğunu anlamaya çalışıyor. Pencerenin önündeki elektrik direğinin duvardaki gölgesinin uzunluğuna bakılırsa neredeyse öğlen olmuş. O kadar uyumuş mu?

Nasıl ya?

Güçlükle doğruluyor. Başının içinde bir küçük karpuz varmış sanki, yerinden doğrulmasıyla beraber kafatasının duvarlarına çarparak yuvarlanmaya başlıyor. Başını iki eliyle tutarak bir süre yatakta oturuyor. Bir gece önceyi anımsamaya çalışıyor.

O kadar fazla içmedim oysa. Niye böyle oldum?

Yıllar var ki bu denli kötü uyanmadı. Hay Allah... Üstelik evde genç misafirleri varken... Uyuyorlar mı acaba? Bir ses duymak için kulak kabartıyor ama hayır, çıt yok.

Saat kaç?

Komodinin üzerindeki telefonuna uzanıyor ama şarjı bitmiş. Ekranı kapalı. Canı sıkılıyor, kendi kendine kızıyor.

Acaba çocuklar gitmiş midir? Gitmişlerdir muhtemelen. Öğleden sonraydı uçakları. Bir de ben bırakırım filan dedim. Tüh. Ayıp oldu. Bu kadar uyunur mu be Oktay! Normalde horoz gibi dikilirsin sabahın köründe. Offf of!

Zorlukla ayağa kalkıyor. Telefonun şarj aletine bakınıyor. Yine aşağıda bırakmış olmalı. Susamış zaten. Leş gibi terlemiş. Eli belinde, odanın ortasında yere bakarak düşünüyor.

Bir su, bir kahve, bir sigara içeyim önce. Sonra duş alırım. Telefon da şarj olur o arada. Sonra bakarız artık... Keşke çocuklar gitmeden uyanabilseydim. Bir kahvaltı filan hazırlasaydım. Belki gitmemişlerdir daha? Telefonlarını da almadım bak... İnşallah oğlanın çok üstüne gitmemişimdir.

Kafasını kaldırdığında eski dolabın üzerindeki boy aynasında, bir don bir tişört, geceden kalma halini görüyor. Üzerinden tır geçmiş zannedersin.

Bu ne be?

Ayağını sürüyerek odadan çıkıp karşıdaki küçük tuvalete giriyor. Eve sonradan eklenmiş olan bu tuvalet o kadar küçük ki, işerken minik lavabo üzerindeki sırı dökülen aynada sivilceni inceleyebilirsin. Gençliğinde yapmışlığı da var hani. Ellerini yıkadıktan sonra yüzüne de su çarpıyor. Dişlerini fırçalarken aklına geliyor: Kafasını küçük tuvaletten çıkarıp merdivenin diğer tarafındaki, çocukların yattığı odalara bakıyor. İki kapı da kapalı. *Aaa, gitmemiş olabilirler. Uyuyorlar mı acaba?* Aceleyle lavaboya dönüp ağzını çalkalıyor. Ayaklarının ucuna basarak Nona'nın odasına doğru yürüyor. Kapıyı ses çıkarmamaya özen göstererek yavaşça açıyor. Kerem, Nona'nın yatağında bir güzel kıvrılmış, mışıl mışıl uyuyor. Yandaki odanın kapısı da kapalı olduğuna göre, Zeynep de hâlâ uyuyor demek ki.

Aman uyusunlar! Çok iyi olmuş uyuyup kaldıkları.

Bir koşu odasına girip giysilerini aceleyle giyerken bir yandan da endişeleniyor. Uçağı yine kaçıracaklar! Uyandırsa mı acaba? Belki de ertelemişlerdir? Saat kaç sahi?

Merdivenden inerken dehşet içinde anımsıyor.

Ulan! Çocuklara bilgisayarımı verdim. Baza altına atılan eşyalar gibi unutup gittiğim metni o kafayla hatırlamakla kalmayıp, gece gece çocukların önüne dayayarak "Okuyun!" dedim bir de! Hay Oktay, ben senin!..

Merdivenin ortasında, bir eli belinde, öbür eli ensesinde duruyor. Çok kızıyor kendine. Niye yaptı ki şimdi böyle bir şeyi?

Çocukların da çok umurundaydı sanki hayat hikâyen! Bütün gece konuşup durduğun yetmemiş gibi!

Çok mahcup hissediyor kendini. Zorla okutur gibi mi oldu acaba?

Yok, ya... Bilgisayarı verip yattım. Okumamışlardır belki. Zaten uykuları vardı. Hay Allah... Çocuklar şimdi bir şey söylemek, yorum yapmak zorunda hissedecekler kendilerini. Aslında keşke ben uyanmadan gitmiş olsalardı be! Çok daha iyi olacaktı. Şimdi uyanınca ne diyecekler? Ne adamsın be Oktay! Çocuklar senin için hazırlanmış bir kitap getiriyor, sen kapağını bile açmadan, o öyle değil böyle olur, diyorsun. Resmen öyle diyorsun! Hay Allah, hay Allah...

Bir gençlerin yattığı odalara bakıyor, bir aşağı kata... Bir sigara, kahve içerse kafası daha iyi çalışacak.

Bir çay koyayım ben. Sonra fırından bir şeyler alıp gelirim. Aç aç gitmesinler.

Gönül almak istediğinde yemek yedirmek dışında bir şey gelmiyor aklına. Kendini bildi bileli böyle. Babasından mı, yoksa Nona'dan mı kalma acaba bu yöntem? İkisinden de olabilir. "Dargınlıklar, anlaşmazlıklar akşam yemeğine kadardır," derdi babası. Nona da hep yemekle, tatlıyla ödüllendirirdi herkesi. Bir tür aile alışkanlığı.

Merdivenlerden iniyor çabucak. Evin bahçeye çıkılan ahşap kapısını ardına kadar açıyor. Güneş tam tepede. Bahçe öğle sıcağında yanıyor adeta. Arkasını dönüp koridorun sonundaki eski duvar saatine bakıyor. 12:00'yi çoktan geçmiş.

"Yuh Oktay! Yuh! Bu saate kadar uyumuşsun!" diye söyleniyor yine. Ev de çok sıcak. Keşke inat etmeyip klima taktırsaydı.

Bak işte, misafir gelince lazım oluyor böyle. Pişmiştir çocuklar küçücük odalarda. Ama o çirkin motoru da evin neresine koyacaksın, tahliye borusunu nereden geçireceksin? Mutfağın kapısını da açayım, cereyan yapsın biraz. Onlar uyanana kadar serinler alt kat.

Bir telaş mutfağa doğru yürürken, küçük misafir odasında birinin oturduğunu fark ediyor.

Aa, Zeynep uyanmış galiba.

Geri geri iki adım atıyor.

"Günaydın" diyecek ama kelime takılıp kalıyor boğazına. Gözlerine inanamıyor. Pencereye sırtını vermiş, yüzünü net göremiyor. Gözlerini kısarak odanın kapısına kadar geliyor. Pudra rengi tekli koltukta oturan Zeynep değil.

Hadi canım!.. Filiz bu!

Üzerinde cepli bir pantolon var yine. Uzun kollu gömleğinin kollarını sıvamış. Saçlarını arkadan toplamış. Onu ilk gördüğü gün nasılsa, aynı.

"Günaydın," diyor gülerek. "Hoş geldin demeyecek misin?" diye soruyor ayağa kalkarken.

Rüya görüyor olmalı yine. O çok acayip, çok gerçek rüyalardan biri daha. İmkânı yok Filiz'in burada olmasının. Dün çok düşündü onu, çok konuştu eskilerden, güzel günlerden. Evet, o yüzden rüyasında şu anda. Kendine mi, Filiz'e mi soruyor belli değil:

"İnsan rüyanın içinde, rüyasının rüya olduğunu bilebilir mi?"

Filiz gülerek yanıt veriyor.

"Bilebilir tabii, neden bilemesin?"

Sayıklar gibi konuşuyor Oktay.

"Ben dün de böyle bir rüya gördüm. 'Bu bir rüya mı?' diye sordum Nona'ya. Nona da 'Her şey bir rüya zaten,' dedi."

"Yine doğruyu söylemiş."

Rüya olamayacak kadar net her şey. Filiz hakikaten karşısında duruyor. Fakat rüya da olabilir. Ne kadar güzel ve genç görünüyor. Birkaç dakika önce aynada gördüğü kendi suretinin yıpranmışlığının yanında, nasıl olur da Filiz böyle genç kalabilir? Ama öyle ya, Filiz'le aralarında epey yaş farkı var. Belli ki hiç bırakmamış da kendini. Kilo bile almamış. Zeynep sandı onu ya az önce... Filiz'i en son cenazede görmüştü. Kaç yıl oldu?

Filiz aklından geçenleri okumuş gibi yaklaşıyor. Aralarında iki adım ya var ya yok. Yüzüne bakıyor. Şimdi kadının yüzündeki ince çizgileri görüyor Oktay. Saçlarının arasındaki, şakaklarındaki gümüş telleri. Göz kapaklarının, yanaklarının zamana uyan kavislerini... Fakat gözlerinin içi yine ışıklı ışıklı. Cenazedeyken bakamamıştı gözlerine. Çok istemişti ama bakamamıştı. Şimdi bu bir rüyaysa eğer, çekinmeden bakabilir.

Koridordaki duvar saatinin bir sağa bir sola savrulan sarkacı ve akreple yelkovanın tik takları dışında hareket ve ses yok. Onların yerine *zaman* konuşuyor adeta. Filiz gülümsüyor. Uzanıp yanaklarından öpüyor, sarılıyor. Kollarını çözmeden konuşuyor.

"Anlaşıldı. Sen yine hiçbir şey demeyeceksin. Diyemeyeceksin."

Ah, binlerce şey var söylenecek aslında. Haftalarca, aylarca yağan kar gibi buz tutmuş, katı katı olmuş hepsi. Yavaş yavaş eriyecek belki. Vaktiyle ilk söylenmesi gereken, şimdi en son ortaya çıkan olacak. Elinde değil ki Oktay'ın. Nasıl anlatsın, nereden başlasın, nasıl konuşsun? Fakat Filiz'in sarılması, güneşin çıkması gibi. Eritiyor yıllardır biriken o söylenmemiş sözleri, vazgeçişleri, pişmanlıkları.

Oktay da sarılıyor Filiz'e ürkekçe.

Ah, kucaklaşmak... Kucaklaşmak özlemekten ağrıya, buza kesmiş bedenlerin yaz mevsimi. Yıllarla, küskünlüklere yenilmeden, hakiki bir emekle güçlenmiş sevgilerin masmavi bir denizde pupa yelken ufka doğru ilerlemesi. Kucaklaşmak bir nevi şarkısı, şiiri özlemenin, şefkatin, aidiyetin ve merhametin. Kucakladığı, sevdiği kadın mı, geçmişi mi, gençliği mi, masumiyeti mi, özlemi mi, bilmiyor. Belki hepsi, belki hiçbiri. Belki vazgeçtiği, umudunu kestiği bir gelecek haberi.

Filiz'in aklında yine o cümle.

Geçmişin tozunu alırken, kaybettiğini sandığın bir şeyi bulmanın sevincini yaşamak...

Bu, sevinçten de öte bir şey. Tanıdık ama yeni. Kendine ve kalbine hiç olmadığı kadar güven duyuyor. Oktay'ın ona sarılan kollarından tüm vücuduna yayılan o sıcak akışta onsuz geçmiş güzel günlerin de hatırası var, öyle güçlü hissediyor ki bunu. Babasıyla dolu çocukluğu, Zeynep'i doğurduğu gün bile var. Mecburi affetmeler, diş sıkmalar, görmezden gelmeler bittiğinde gelen sabah hafifliği ile dolu kalbi. Bir yandan da, uzun kanat çırpışlardan sonra yuvaya geri dönebilen huzurlu bir göçmen kuşun yorgunluğu içinde. Bu kucaklaşma, ait olduğu yerde hissettiriyor ona kendini. Sarıldığı bu beden, sevmekten vazgeçmediği, ağırlıktan kas yapmış kalbinde kalan ilk aşkı mı? Babasının ölümünden sonra ailesinin bir parçası olmak istediği eski bir hatıra mı? Aralarında olup bitenlerin ötesinde, onun çapındaki isimler, siyasi yönetimlerle beraber gazeteler de el değiştirdiğinde koltuklarını kaptırmamaya çalışan politikacılara dönüştükçe, köşe sahibi olmakla koltuk sahibi olmayı birbirine karıştırıp yılışık ve ezik bir kibirle kuyruklarını dik tutmaya çalıştıkça, bilinçle seçtiği aşikâr o tertemiz yalnızlığına hayran olduğu onurlu kalem mi? Kendisinin hiçbir ismi yokken posta koyduğu düzene, ülkece ve dünyaca tanınmış ismini silme pahasına rest çekebilen, vazgeçtikçe gözünde yükselen uyumsuz bir kahraman mı? Ona duyduğu güven nedeniyle tatlı bir gurur hissettiren eski bir arkadaşı mı? Bilmiyor Filiz...

İkisi de bu kucaklaşmanın ardından yepyeni bir kapının açılacağını hissediyor lakin. Bedenleri birbirinden ayrıldığı anda eskisi gibi olmayacak hiçbir şey. Oktay'ın o kollardan kopmaya isteği yok gibi. Filiz yavaşça bırakıyor kollarını. Utangaç gülümsüyor.

Oktay artık ikna oluyor. Bu bir rüya değil.

"Hoş geldin Filiz."

"Hoş bulduk. Ne zamandır uyanmanı bekliyorum. Çay o kadar çok kaynadı ki acımıştır artık diye ikinci kez demledim."

Filiz mutfağa yöneliyor. Oktay bir delikanlı mutluluğu içinde konsolun üzerindeki aynaya koşturuyor hemen. Saçını sakalını düzeltiyor elleriyle. Odasına çıkıp yeni bir tişört giymekle mutfağa geçmek arasında karasız kalıyor. Tişörtünü kokluyor. *Rezalet!* Gecenin tüm sigara kokusu üzerinde. İkişer üçer tırmanıyor basamakları. Allah'tan temiz tişörtlerini yeni ütüleyip yerleştirmişti dolaba. Eli ayağına dolaşarak bir jean pantolon çekiyor askıdan. Seçtiği tişörtü giyiyor. Kendini son kez kontrol ediyor dolabın aynasında. Koşarak iniyor merdivenleri.

Mutfağa girdiğinde Filiz'i çayları doldururken buluyor. Konuşmak istiyor ama boğazı kurudu. Ne söyleyeceğini de bilemiyor. Ne sorsa? Yoksa bir şey sormasa mı? Filiz ona gülümseyerek hızla buzdolabından kahvaltılıkları çıkarıp masaya yerleştiriyor. Peynirleri, zeytinleri, domatesi, biberi çoktan hazırlamış, tabaklara koymuş. Oktay uyanmayınca demek yine buzdolabına kaldırmış. Çok mu aç bıraktı acaba kızı?

Buzdolabının kapağını kapatırken, "Zeynep'in fotoğrafı duruyor," diyor Filiz.

Ne dese Oktay? Saklanmak, saklamak istemiyor ama yine de söyleyemiyor.

"Aslında kaldırmıştım da... Sonra yerinin orası olduğunu düşündüm. Nona oraya asmıştı. Doğru yapmıştı. Oğlunun tatlı Filiz'den bir çocuğu olmasını çok istemişti. Canımı acıtanın pişmanlığım olduğunu anladığım gün buna alışmam gerektiğine karar verdim," diyemiyor.

Lafı ağzında geveliyor.

"Nona neyi nasıl bıraktıysa öyle kalsın dedim."

"Hakikaten öyle yapmışsın, korumuşsun evi. Her şey eskisi gibi duruyor. İki yumurta yiyorsun, değil mi? Çocuklar sabah taze ekmek, simit almış. Sen uyanana kadar tazelikleri kalmadı ama. Ben de bir lokma yedim seni beklerken. Sabahın köründe çıktım evden. Bu saat olunca acıktım tabii. Ekmek kızartmak için büyük bir demir tava vardı, onu bulamadım. Ne yaptın, attın mı? Bulsaydım simitle ekmeği de kızartacaktım. Neyse artık, böyle yeriz. Beklemeyelim şimdi."

Oktay yanıt vermiyor. Soru sormuyor. Bu an bozulmasın. İçinde güzel olan ne varsa hepsine imrendiği bir film sahnesi gibi çünkü. Geç ve güzel başlamış bir hafta sonu, mutlu uyandırılmış bir erkeğin ışıklı sabahı, onun ne yiyeceğini düşünüp pişiren bir kadın, sevdiği kadın, arzuladığı kadın, küçük şeylere birlikte gülüp büyük eksilmelere birlikte üzüldüğü kadın...

Yo, bunların hiçbiri rüya olamaz. Bu kadar net, bu kadar gerçekken... Peki, Filiz burada ne arıyor? Ne zaman geldi? Niye geldi? Sahi niye geldi?

Filiz ocağın altını kısıp, köpüren tereyağına yumurta kırıyor. Sonra dönüp Oktay'a bakıyor.

"Ayılamadın mı sen hâlâ?"

"Korkuyorum..."

"Neden korkuyorsun?"

"Ayılırsam, uyanırsam ve şu ânın gerçek olmadığını anlarsam diye."

Filiz bir şey söylemeden tavadaki yumurtayla ilgileniyor. Sonra duvara asılı el örgüsü kiraz tutacakları alıp tavanın kenarlarından kavrıyor. Masaya, Oktay'ın önüne bırakıyor. Sepetteki ekmeklerden birinin kenarını koparıp yumurtalardan birinin sarısını patlatıyor. Ekmeği biraz tereyağına, biraz yumurta sarısına bulayıp Oktay'a uzatıyor. Oktay itiraz etmeden ağzını açıyor. Filiz lokmayı tıktığı anda ağzı yanıyor ama yapacak bir şey yok.

"Yandı mı ağzın?"

Kafasını sallıyor Oktay.

"Tamam, anladın işte. Rüya değil."

Oktay ağzındaki lokmayı zar sor yutuyor. Gülüyorlar.

"Ne zaman geldin sen?"

"Sabah 06:00 uçağıyla."

"Çok sevindim ama çok şaşırdım. Aniden mi karar verdin? Zeynep dün bahsetmedi hiç çünkü."

Filiz saçlarını açıp topluyor hızlıca.

"Yarım kalan bir hikâyenin devamını öğrenmek istedim. Bizzat senden. Senin ağzından. Hakkımdır diye düşündüm..."

Oktay ucundan kopardığı simidi tabağına bırakıyor.

"Hangi hikâye?"

"Hangisinden başlasak acaba?"

O sırada mutfak kapısından Zeynep ve Kerem giriyor.

"Günaydıııın... Çok mu geç günaydın demek için? Ama siz de yeni oturmuşsunuz kahvaltıya?"

Zeynep sanki o evde büyümüş, her eşyayı kendi yerleştirmiş gibi çay bardaklarının olduğu dolabı açıyor. Kerem'le ikisine bardak çıkarıyor.

Kerem, Filiz'i şaşırtan bir rahatlık içinde.

"Günaydın abi. Nasıl uyudun dün?"

Oktay gülüyor.

"İyi iyi. Biraz fazla mı içmişim? Geç uyanınca size yetişemedim diye korktum ama baktım siz de uyuyorsunuz; rahatladım. Sonra da işte Filiz'i görünce çok şaşırdım."

Zeynep elinde çaylarla masaya gelirken konuşmaya katıldı.

"Biz de çok şaşırdık valla. Sabah fırına gitmiştik. Ekmek alıp geldik. Kahvaltımızı yapmıştık ki, annem aradı. 'Ben geldim, İzmir'e indim,' diye. Buraya gelene kadar bekledik. Ondan sonra da artık çok uykumuz gelmişti. Yattık biraz."

"Sabaha kadar uyumadınız mı siz?"

Kerem iştahla bir parça peynir atıyor ağzına.

"Yok abi, uyumadık. Nona'yı okuduk."

Oktay bilgisayarını alıp çocuklara verişini, sonra kendini yatağa atışını anımsıyor yeniden. Ter basıyor. Filiz'e bakıyor hemen. Haberi var mı acaba?

"Ya çocuklar, gece çok şey konuştuk. Ben de duygulandım biraz. Gereksiz bir hamle olmuş size onu okutmak. Yıllardır duruyordu orada. Önemi yoktu yani. Okumasanız da olurdu. Uykusuz kalmışsınız."

Zeynep gülerek annesine bakıyor.

"Bir tek biz uykusuz kalmadık canım!.. Annem de hiç uyumadan okumuş olmalı ki sabah ilk uçakla buraya geldi."

Güm!!

Oktay için büyük darbe.

Nasıl yani? Filiz nasıl okudu?

Oktay'ın yüzündeki dehşet ifadesi Zeynep ile Kerem'i tedirgin ediyor. Dün gece Zeynep'in ısrarıyla gönderdiler ama eyvah! Oktay Bey bundan hiç hoşlanmadı galiba. Onlar için o anda sakıncasız görünen, kolaylıkla gerçekleştirdikleri eylem, o kadar kolay kabul edilebilir bir şey değil belli ki. Kerem endişeyle Zeynep'e bakıyor. Hangisi açıklama yapacak? Zeynep ona nazaran daha sakin. Sonuçta bu fikir Zeynep'indi ve sorumluluğu almaktan kaçınmaz.

Derin bir nefes alıyor. Tam ağzını açacakken Filiz araya giriyor.

"Gecenin o saati olmuş... Zeynep evden uzaktayken, uyumadan önce bana mutlaka mesaj atar 'Ben yatıyorum' diye. Dün gece yazmayınca merak ettim. Aradım. Senin anılarını okuduklarını söylediler. Doğrusu, onlar okuyorlarsa, o anıları okumak benim de hakkımdır diye düşündüm. Ben ısrar ettim. Göndermek zorunda kaldılar. İyi ki göndermişler. On on beş sayfa okuduktan sonra Nona'yı, Urla'yı, bu evi, burada olmayı çok özlediğimi anladım. O saatte karar verdim, aldım biletimi. Uçağa yetişmek için son sayfaları telefonumdan okudum hatta. Şimdi de meraktan ölüyorum. O kutunun içinde ne vardı?"

Oktay, ağzında yutamadığı son lokmayla kalmış.

Duvarda Nona'nın fotoğrafı. Bir kaşı havada, o da oğlunun ne yanıt vereceğini bekliyor gibi.

"Evet, ne varmış o kutunun içinde?"

Oktay güçlükle yutuyor ağzındakini. Hava çok sıcak şimdi. İki gündür her şey fazla yüksek perdeden gidiyor sanki. Alıştığı rutin, sıradan, sıkıcı günlerin sessizliğine, kimsesizliğine ihtiyaç duyuyor aniden. Evet, Filiz geldi. Evet, çok güzel vakit geçirdi çocuklarla. Evet, ne güzel bir sabahtı... Ama şu an yalnız kalmak istiyor. Odayı dolduran ışık fazla. Karanlığa alışmış gözlerini alıyor adeta. Tehdit altında mı hissediyor kendini yoksa? Başı dönüyor. Neden okuttu çocuklara onları? Neden o kadar çok konuştu? Bir şey söylemesi için ona bakan gözlerin önünde sıkıntıyla oturuyor. Midesinde büyük bir dalgalanma var. Hayır, dalgalanma beyninde. Tüm bedeni zonkluyor. O zonklama içinde kendi düşüncelerini duyamıyor.

Filiz bu yüzden gelmiş demek ki. Çok konuştum dün. Çok gevezelik ettim. Ah, ah neden, neden açtım ağzımı? Çok sıcak hava. Kalkıp duş almalıyım. Soğuk su iyi gelecek bana. Midem bulanıyor. Kalkmam lazım bu masadan. Kendimi toparlamalıyım önce.

Tişörtü, üzerine bir kova su dökülmüş gibi sırılsıklam oluyor saniyeler içinde. Şakaklarından, boynundan akan ter, sararan yüzü, Filiz'in ve gençlerin telaşlanmasına neden oluyor. Filiz, Oktay'ın kolunu tutuyor.

"Oktay, iyi misin?"

Oktay başını sallıyor. Yanıt vermek istiyor ama ağzını açtığı anda kusmaktan korkuyor. Kerem'e bakıyor. Yok, hayır. Konuşamayacak. Başını çeviriyor yeniden. Tüm gücünü toplayıp bu masadan kalkmalı. Bahçeye kadar çıksa yeter. Bacakları ve kolları uyuşuyor.

Masaya tutunarak ayağa kalkıyor. Onunla beraber Filiz ve gençler de ayaklanıyor. Üçü de bir anormallik olduğunun farkında. Bir şey oluyor Oktay'a. Kerem koluna girmek için hamle yaptığı anda Oktay yere yığılıyor. Son anda tutunmaya çalıştığı masa da onunla birlikte devriliyor.

Sonraki birkaç saniye sanki bir ağır çekim Oktay'ın gözlerinde. Masadan yere düşenler, kırılan bardakların uçuşan cam parçaları, savrulan çatal bıçak, sağa sola fırlayan zeytin taneleri, Kerem'in onu tutmaya çalışan elleri, Zeynep'in ona doğru koşarken peynire, domatese basan ayakları, hepsinin ardında bahçe kapısından ona bakan tek gözlü Kedi Jack'in korkuyla açılmış gözleri ve Filiz'in saçlarının yüzüne düşüşü...

Karanlığa gömülmeden önce duyduğu seslerin ekosu var bir de kulaklarında.

"Oktay abi, Oktay abi!" diye bağıran Kerem'in, "Anne, ölüyor mu yoksa?" diye ağlayan Zeynep'in, "Telefonumu getir çabuk Zeynep!" diyen Filiz'in sesi.

Hissettiği son sıcak şey ise Filiz'in, alnına değen eli.

Sonrası karanlık...

17. BÖLÜM

Urla'da İkinci Öğleden Sonra

Kerem 24 saatte bambaşka bir yola giren hayatını düşünüyor. Bir gün önce Urla'da hiç tanımadığı bir adamın evinin kapısından girerken, önünde bir an önce bitirmek istediği saatler, yanında varlığı heyecan duymasına neden olan bir kız, elinde tamamlaması gereken bir ödev, karşısında içten içe tanımak istediği ama konuşmaktan çekindiği bir adam vardı. Dünyanın bir günlük dönüşüne nasıl bu kadar çok şey sığdı? Düne kadar hiç tanımadığı bu adam için nasıl olup da şu an bu kadar üzülebiliyor? Birini sevmek, birini anlamak bu kadar kısa sürede mümkün mü?

Karşısında, ağlamaktan burnu ve gözleri kızarmış, sessizce oturan Zeynep'in elini tutmak, ona sarılmak istiyor. Oysa daha dün Zeynep'in gözlerine bakmaktan alıkoyuyordu kendini. Daha dün, sorduğu sorulardan kaçıyordu. Daha dün, seversem ve o beni sevmezse, üzülürsem diye korkuyordu. Ne oldu da şimdi Zeynep'in gözyaşları onun avcuna akıyormuş, avcunu yakıyormuş gibi hissediyor? Hayır, hayır tutmayacak kendini. Gidip sarılacak Zeynep'e.

Yerinden kalkıyor. Genç kızın yanına oturuyor. Bir kolunu omzuna atıp sıkıca sarılıyor, kendine çekiyor. Pelteye dönmüş Zeynep'in bedeni. Kendini bırakmış oturduğu yere. Omzuna sarılan kolun bedenine verdiği güven ve sıcaklıkla kendine geliyor bir an. Başını sevgi ve minnetle Kerem'in omzuna yaslıyor. Şimdi daha çok ağlamak geliyor içinden. Hıçkıra hıçkıra hem de. Oysa ne güzel bir 24 saat geçirmişlerdi.

Oktay Bey pek umurunda değildi İstanbul'dan yola çıktıklarında. Annesinden duyduğu, bildiği, belki çocuk kalbiyle annesinin ilgisini yok saydığı bir adamdı. Şimdi annesinden bağımsız bir biçimde tanıdığı biri için ağlıyor. Onlara şahane şeyler anlatan, müthiş bir dünyanın kapılarını açan, kalbi yumuşacık o adam için ağlıyor.

Kerem'i böyle tanıyacağı ise aklına bile gelmezdi. Daha düne kadar yakınlaşamadığı, bu yüzden gizem dolu bulduğu, merak ettiği biriydi onun için. Çocukça bir beğeniymiş biraz. Oktay Bey'in masasında, sohbetinde, evinde, anılarında tanıdığı bu Kerem, dünkü Kerem değil artık. Oktay Bey'e gelmeseler, onun dünyasına girmeseler birbirlerini de bu kadar tanıyamayacaklardı muhtemelen. Belki sıkılacaktı Kerem'den. Suskunluğundan. Onu bir yolculukta, bir masada, bir başkasının anısında görmese bilmeyecekti aslında Kerem'in ardında, içinde nasıl biri var.

Kerem sayesinde Oktay Bey'i, Oktay Bey sayesinde Kerem'i sevdi. Bir başka sevdi ama. Ve biliyor ki o bambaşka sevmenin başındalar daha. Yürüyecekleri o yolda Kerem'in ona sarılan kollarında ağladıkça rahatlayacak, hafifleyecek kalbi. Görebiliyor bunu.

Bu yüzden şimdi on sekiz yıllık ömrünün yükü dökülüyor gözlerinden.

Kerem ona sarıldıkça, Oktay Bey için döktüğü gözyaşları, peşi sıra yeni ağlamaların yolunu açıyor sanki. Varlığından bile haberinin olmadığı kederler çıkageliyor. Annesini üzmemek için hiçbir şey yokmuş, olanlarıysa pek önemsemiyormuş gibi yaptığı günler... Bütün o korkunç Babalar Günü anıları, babasının birlikte vakit geçirecekleri programlar için verdiği sözleri asla tutmayışı, arkadaşlarının doğum günlerinde babalarını da pastanın başında gördükçe hayretlere düşüşü de var şu anki gözyaşlarının içinde. Babalar doğum günlerine gelmez zannediyor o zamanlar. Şaşırarak soruyor: "Ama bu çocuğun babası da burada anne?" Annesinin verecek bir yanıt bulamadığı için dudaklarını ısırışı... Gözleri dolarak ona sımsıkı sarılması... Annesinin göğsündeki titremeden onun bu şaşkınlığına çok üzüldüğünü anlaması... Annesini üzecek soruları sormamak konusunda uzmanlaşması... Çok saçma ama hepsine birden ağlıyor şimdi. Neden şimdi, bilmiyor ama ağlıyor.

Sabah Oktay Bey gözlerinin önünde yere yığılırken içinden kopan çığlık, anladığı ve bildiği her şeyin çığlığıymış aslında. Oktay Bey'i anlamış ve çok sevmiş meğer. O kadar kısa sürede, birkaç saatte, nasıl anlayabilir insan insanı? Anlamış işte. Sevmiş ve sevinmiş meğer. Planlar yapmış gizliden. Annesinin geleceğini umarak yollamış Oktay Bey'in yazdıklarını. Gelsin istemiş. Gelsin ve eksik gördüğü hikâye tamamlansın. Şimdi bu yüzden de üzülüyor. Geç mi kalmışlar her şey için?

Kerem saçlarını okşuyor Zeynep'in. Bir hastane bankında böyle oturmak da varmış. Koridorun diğer ucundan onlara doğru yürüyen Filiz Hanım'ı görüyor. Zeynep'i bırakması gerek ama Zeynep öyle çok ağlıyor ki.

"Annen geliyor," diye fısıldıyor.

Zeynep fırlıyor yerinden, Kerem de arkasından. Filiz'e doğru koşuyorlar. Yüzünden olup biteni anlamaya, durumu çözmeye çalışıyorlar.

"Nasıl? Ne diyorlar?"

Filiz kendini de sakinleştirmek ister gibi anlatıyor:

"Korkulacak bir şey yok. Kalp krizi değil. Gayet iyi. Her şeyine bakıldı. Stres kaynaklı bir anksiyete atağı geçirmiş muhtemelen, diyor doktor. Tekrarlayan bir durumsa panik atak da olabilirmiş. Kendine gelmesini bekleyeceğiz. Sakinleştirici verdiler. Çocuklar gibi uyuyor."

Zeynep ile Kerem sevinçle birbirine sarılıyor. Oktay Bey'in sedyede yatışını, ambulansa bindirirlerken yana düşen başını bir daha aklına bile getirmek istemiyor Zeynep.

Filiz çocukların sevincine gülümsüyor.

"Vallahi ben de bir oh çektim. Yorgunluğun üzerine bir de bu gerilim perişan etti beni. Doktor bir iki saat uyur dedi. Ben eve gidip kendimi toparlayayım. Zeynep sen de gel benimle. Kerem burada beklesin. Ben bir duş alayım. Üzerimi değişeyim. Sonra gelip alırız onları."

"Tamam anne."

"Kerem, arabayı biz alalım. Oktay biz gelmeden uyanırsa sen ararsın, hemen geliriz. Zaten on dakikalık yol."

"Tamam hocam. Fakat telefonumun şarjı her an bitebilir. Dün gece şarj etmeyi akıl edemedim. Ama siz gelene kadar yeter sanırım... Nasılsa gelirsiniz hemen, değil mi?"

"Tabii tabii. Sen merak etme. Kahve filan içmek istersen bahçede bir büfe var. Oradan alabilirsin."

"Tamam hocam. Siz beni merak etmeyin."

Zeynep hiç ayrılmak istemiyor aslında Kerem'den. Fakat böyle bir durumda annesini yalnız bırakamaz. Aklı Kerem'de kalarak annesinin peşinden yürüyor.

Kerem bir süre koridorda dolanıp bahçeye çıkıyor. Filiz Hoca'nın bahsettiği büfeyi görüyor. Bir kahve istiyor ama karton bardaktaki dünyanın en acı ve koyu granül kahvesinden sadece bir yudum içebiliyor. Eli cebinde, bir süre daha bahçede geziniyor. Vay be, Oktay Bey'i hastane bahçesinde bekleyeceği aklına hayaline gelmezdi.

Tam o sırada telefonu çalıyor. Arayan annesi. Yola çıktığından beri hiç konuşmadılar. Şarjı da çok az kaldı ama açmazsa olmaz, meraklanır kadın.

"Efendim anne?"

"Kerem? Oğlum bir haber versene! Geldim, gittim filan diye!"

"Anne bugün de gelemiyoruz galiba. Şarjım da pek yok. Ben seni sonra arasam?"

"Niye gelemiyorsunuz oğlum? Sen yapmazdın böyle?"

"Oktay Bey fenalaştı öğlen. Kalp krizi sandık. Neyse ki Filiz Hoca buradaydı. Hastaneye getirdik."

"Filiz de mi orada?"

"Evet anne."

"Oktay, Filiz'i görünce öyle olmuştur. İyi olmuş."

"Ya anne nasıl konuşuyorsun? Adam çok fenaydı. Hem hiç de senin dediğin kadar ters biri çıkmadı."

Kerem havaalanına gitmek için evden çıkarken annesi, "Filiz niye seni yolluyor o Allah'ın deli gazetecisine? Ters bir adamdır. Çok takılma," demişti. Kerem'e en söylenmeyecek şey! Zaten tedirginken iyice gerilmesine neden olmuştu. Kerem annesinin böyle anlarda onu daha da boğan yorumlar yapmasına anlam veremiyor. *Ya hiç tanımıyor oğlunu ya da özellikle yapıyor!*

"Allah Allah? Bak sen! Eskiden küçük dağları ben yarattım diye dolanırdı ortalıkta. Eh, geçti tabii devri artık."

Kerem'in telefonundan gelen uyarı sesi şarjın bitmek üzere olduğunu söylüyor.

"Anne tamam, şarj bitiyor. Arayacağım seni ben."

Annesinin yanıtını beklemeden telefonu kapatıyor. Zeynep'ten mesaj gelmiş. Tam açıp okuyacakken şarj bitiyor ve ekran kapanıyor. Kerem'in canı çok sıkılıyor bu duruma. Telefonunun kalan son enerjisini oralardan yetişip bitiren annesine öfkeyle doluyor içi.

Daima böyle! Daima! Asla motive edici, destekleyici olmadı. Hep sorgu, hep yargı. Zaten bir sevgisi, şefkati yok. Zar zor topladığı gücü de her defasında emip bitiriyor böyle.

Sinirle hastaneye doğru yürüyor. Yapacak bir şey yok. Oktay Bey'in başında beklemek en iyisi. Uyandığında yanında olsun bari. Hızlı adımlarla ilerliyor koridorda. Oktay Bey'in odasından hemşirenin çıktığını görüyor. "Şimdi uyandı beyefendi. Serumunu çıkaracağım. Yarım saat daha yatsın ama. Doktor bey gelip görecek. Sonra gidebilirsiniz," diyor hemşire.

"Erken uyanmış demek ki. Bize bir iki saat uyur demişlerdi ama?"

"Vallahi uyandı işte. Bir bakın isterseniz."

"Tamam, teşekkür ederim."

Kerem odaya girdiğinde Oktay'ı tavanı seyrederken buluyor. Kerem'i görünce yüzü aydınlanıyor Oktay'ın.

"Sen burada mısın ya?"

"Buradayım tabii Oktay abi. Nerede olacaktım?"

"Ah canım ya... Ne oldu öyle birden? Anlamadım inan. Korkuttum sizi, değil mi? Ne diyor doktorlar?"

"Korktuk gerçekten. Neyse ki kalp krizi değilmiş."

"Nereden biliyorlar?"

"Filiz Hocam her şeye baktılar dedi. EKG sonucu filan iyi çıkmıştır diye düşünüyorum."

"Peki neymiş?"

"Strestenmiş galiba. Ben de tam bilmiyorum. Doktorlarla Filiz Hocam görüştü hep."

"Nerede peki şimdi?"

"Sizin için en az iki saat uyur demiş doktor. O da Zeynep'i alıp eve gitti. Kendimi toparlayıp gelirim, dedi. Siz erken uyanırsanız, ben kendisine haber verecektim ama şarjım bitti. Bekleyeceğiz artık."

Kapı açılıyor. Hemşirenin arkasından doktor da giriyor. Babacan bir tavırla Oktay'ın ayak ucuna geçiyor. Hemşire biten serumu çıkarmak için Oktay'ın kolunu tutuyor. Açılan damar yolunu sabitlemek için yapıştırdığı bandı biraz sertçe çekip çıkarıyor. Oktay'dan küçük bir çığlık yükseliyor.

"Hah, işte böyle!" diyor doktor.

Oktay, hemşirenin canını acıtışını onayladığını düşünerek doktora ters ters bakıyor. Ama doktor aynı gülümseyişle devam ediyor.

"Böyle çığlıklar iyidir. Tutmayın içinizde. İçinizde hiçbir şeyi tutmayın. Çişinizi bile. Gözyaşınızı, sıkıntınızı hemen dışarı atmaya bakın. Tuttukça hasta ediyorsunuz kendinizi. Böyle ambulanslarla geliyorsunuz. Çok geçmiş olsun Oktay Beyciğim. Kalbinizde bir sorun yok görünüyor. Somut olarak yok yani. Kalp iyi, damarlar açık. Fakat başka bir sorun olmasa sizi bugün burada görmezdik. Stresinizi azaltmaya gayret edin. Size bir perhiz listesi düzenledim. Bir de kendinizi baskı altında hissettiğinizde alacağınız bir ilaç yazdım reçetenize. Çıkarken verecek hemşire hanım. İçki ve sigara içmiyorsunuz katiyen. Yağlı, unlu ve tuzlu yiyecekler yok. Şekerden uzak duruyorsunuz. İyi şeyler düşünüyorsunuz ve bol bol çığlık atıyorsunuz."

Oktay, doktoru kesmeden dinliyor.

"Haydi bakalım. Geçmiş olsun. İstediğiniz zaman çıkabilirsiniz."

Doktor ve hemşire odadan çıkıyor. Oktay çıktıklarından emin olduktan sonra Kerem'e, "Deli mi ne? İlaç alacakmışım. Hayatta almam. Çığlık atarım!" diyor.

Kerem gülüyor. Oktay yatakta doğrulmaya çalışırken koşup yardım ediyor. Oktay'ın üzerinde arkadan bağlamalı hastane önlüğü var.

"Oğlum, benim kılık kıyafet nerede?"

"Bilmem?"

"Ben anadan üryan mı geldim buraya? Üstümde bir şeyler vardı mutlaka."

"Vardı tabii... Hemen sorayım hemşireye."

Kerem, kıyafetlerin Oktay'ın yattığı yatağın altında olduğunu hemşireden öğrenip içeri girdiğinde onu pantolonunu giyerken buluyor.

"Tamam tamam, buldum ben. Seslendim ama duymadın. Hadi, gidiyoruz."

"Nereye abi?"

"Tanju'ya!"

"Abi, Filiz Hoca onu aramamızı söylemişti ama?"

"Tamam, ararız. Hadi, çıkalım buradan."

Kerem çaresizce peşine düşüyor Oktay'ın. Hastaneden çıkış belgelerini, perhiz listesini ve reçeteyi alıp kapı önünde bekleyen taksilerden birine biniyorlar.

"Kardeşim, İskele'ye, Orhan'ın oraya götür bizi," diyor Oktay.

Kerem'in içi içini yiyor. Telefonun şarjı bitmiş. Filiz Hoca, beni ara, demiş. Zeynep mesaj yazmış. Okuyamadan telefon kapanmış. Akşam oluyor. Gün batacak birazdan. Oktay Bey katiyen söz dinlemiyor...

Taksi Orhan Usta'nın meyhanesinin önünde duruyor. Oktay, Kerem'e dönüyor. Kerem ona, o Kerem'e bakıyor. Birkaç saniye bakışıyorlar öyle. Taksici de dikiz aynasından ikisine bakıyor. Sonunda Oktay, Kerem'in kulağına eğliyor.

"Taksinin parasını verebilecek misin?"

Kerem o âna kadar bunu düşünemediği için telaşla cebine sokuyor elini.

"Kusura bakma abi. Benim kafam çok dağıldı."

Aceleyle parayı şoföre uzatıp iniyor taksiden. Oktay'ın inmesini bekliyor. Orhan Usta'nın garsonlarından biri onların taksiden indiklerini görünce hızlı adımlarla çıkıyor dükkândan.

"Hoş geldiniz abi. Buyurun. Aynı masaya mı alayım?"

"Yok yok, burada oturmayacağız. Tanju'ya gidelim dedim. Orhan Usta yok mu?"

"Yok abi, İzmir'e gitti. Ben yardımcı olayım."

Oktay, garsona şöyle bir bakıyor. İstese mi, istemese mi? Kısa bir tereddütten sonra, "Bir şey isteyeceğim ama... Yanımda cüzdan da yok. Tanju'nun oraya, varsa Orhan'ın kendi yaptığı şaraptan, bir de peynir meyve filan gönderseniz? Ben sonra uğrar hallederim?"

"Abi ne demek? Tabii, emrin olur."

Kerem bu kez atılıyor.

"Ben vereyim Oktay abi. Bende var. Niye öyle diyorsunuz?"

Oktay sevecenlikle omzuna vuruyor Kerem'in.

"Bırak sen. İçki için senin para harcamana gönlüm razı olmaz. Ödeyemeyeceksen içme demiş eskiler. Burası benim evim. Dert yok. Hadi gel, biz gidelim."

Kerem, eli cebinde, saf saf bakıyor. Oktay, garsona dönüyor.

"Sağ olasın. Biz delikanlıyla Tanju'ya doğru yürüyelim. Sen arkamızdan gönder hemen, olur mu? Çok kalmayacağız, evde misafirim var. Karanlık çökmeden gitmemiz lazım. Ha, bir de şey... Sigara da aldırır mısın?"

"Olur tabii Oktay Bey. Siz gidin. Ben çocuğu yolluyorum hemen."

Kerem yine bozuluyor.

"Abi ben alırdım. Gerçi içmeseniz iyi olur ama..."

Oktay, babacan bir edayla Kerem'in omzuna vuruyor.

"Öğrencinin parasını buna mı harcatacağım ya! Boş ver, halleder onlar. Yabancı değiller. Hadi gel."

Sanki sabah bayılmamış, ambulansla hastaneye kaldırılan o değil de Kerem'miş gibi, keyfi yerinde, hatta bir gün öncesinden de dinç görünüyor. Sağlam adımlarla yürüyor. Küçük bir ara sokağa sapıyor. Kerem de peşinde. Ara sokağın içinden dar bir sokağa daha giriyorlar. O sırada Kerem'e dönüp "Bak, şurada Yorgo Seferis'in büyüdüğü ev varmış vaktiyle. Yanında da büyükannesi otururmuş," diyor. "Viran olmuş evler zamanla. Bunu yaptılar sonra, ona bir selam olsun diye."

Adımlarını yavaşlatıp evin önünde durarak mırıldanıyor:

"*Elimden aldılar evlerimi. Mutsuz yıllara rastladık; savaşlar, yıkımlar, gurbet...* Böyle yazmış günlüğüne."

Sesini yükselterek devam ediyor:

"Hayatı boyunca günlük tutmuş ama birkaç yılının basılmasına izin vermiş. Onlardan birinde anlatıyor buraya dönüşünü. 1950'lerde gelmiş görmeye. Her şeyin virane olduğunu, yıkıldığını görünce çok büyük üzüntü yaşamış. Bir daha da dönmek, görmek istememiş. *İskele'ye dönmeye cesaretim olmayacak. İnsan böyle yolculukları ikinci kez yapamaz,* demiş."

Kerem, Oktay'ın durup baktığı eve, karşısındaki eski, paslı demirlere bakıyor. Onun nasıl bir gözle gördüğünü, neden karşısında durma ihtiyacı hissettiğini, ne düşündüğünü bilmeyi çok istiyor o anda. Sözünü ettiği şairi bile dün gece ilk kez duydu. Bir dolu şeyi ilk kez duydu.

Yine yürümeye başlıyorlar. Sokağın sonunda bir parka çıkıyorlar. Ardında deniz. Sahile tahta masalar dizilmiş sıra sıra. Bira içenler, çay içenler, kahkahalar atarak birbirini kovalayan çocuklar, bebek arabalarını sallayan genç kadınlar... Biraz ötelerinde, uzanmış denizi izleyen üç yorgun köpek.

Tanju Okan'ın denize bakan heybetli heykelini göstererek, "İşte geldik! Bak, bu Tanju. Tanju, bu da Kerem!" diyor Oktay. Sonra heykelin hemen yanındaki boş banklardan birine yöneliyor. Kerem yine şaşkın. Oktay Bey'in bir arkadaşına gideceklerini sanmıştı. Tanju dediği bir heykel miymiş?

"Onun baktığı yere bak şimdi," diyor otururken. Kerem dediğini yapıyor ama az önce paslı demirlere bakarken onun ne gördüğünü bilmeden nasıl baktıysa, aynı anlama çabasıyla bir heykele, bir denize, bir Oktay'a bakıyor.

"Biliyorsun değil mi, kim bu?"

"Müzisyen olduğunu biliyorum..."

Oktay başını iki yana sallıyor olumsuzca. Canı sıkılmış gibi.

"Değil mi?"

"*Müzisyen*... Onu anlatmaya tek bir kelime yetmez. *Adam! Büyük şarkıcı. Efsane anlatıcı. Beyefendi!* Çok içerdi ama çok güzel içerdi. Üç şişe içsin, yine çok güzel, yine beyefendi adamdı. Yüzü efkâr, gözleri çocuk kederi dolu bir adamdı. O bu ülkenin gördüğü en büyük anlatıcılardan biriydi. O şarkı söylemezdi... Bir çağlayan gibi akardı. Hayal kırıklığımızı, pişmanlığımızı, katlanması zor hayatımızı anlatırdı. Gürül gürül anlatırdı. Anlatırken yaşardı. Bizimle yaşardı. Sesindeki güç insanoğlunun yaşadığı, yaşayacağı ne varsa hepsini kalbinden söküp çıkarmasından gelirdi."

"Arkadaşınız mıydı?"

"Ne yazık ki hayır. Benim arkadaşım değildi. Olmasını çok isterdim, biliyor musun? Onunla arkadaş olanların anlattıklarını dinledikçe onu merak eder, hafiften kıskanırdım anlatanları. Hiç sofrasına oturmadım, onunla sohbet edemedim. İnanır mısın, burada yaşamasına rağmen bir kez bile karşılaşmadım. Kaçırılmış büyük bir fırsattır onu yakından tanıyamamak. Arkadaşım değildi ama hayatım boyunca bu ülkedeki çok insan gibi benim de dert ortağım oldu. Onu dinleyenlerin pişmanlığının, özleminin, itirafının sesi oldu. O söylerken suskunluğumuz onun sesiyle dolardı. Bak, duyuyor musun, o söylüyor..."

Kerem sahildeki derme çatma çay bahçesinden bir yükselip bir alçalan sese kulak kabartıyor. Rüzgâr başlamış. Sesi tam duyamıyor.

"Burada her akşam gün batarken Tanju Okan dinlenir. Onun sesi Urla'nın sesidir. Bu denize bakarak söylediği şarkılar hiç susmasın ister onu sevenler. Hiç susmasın be..."

Kerem'in arada kulağına ulaşan melodi tanıdık ama sözler İtalyanca galiba.

"İtalyanca mı söylüyor? Tam anlayamıyorum."

"Evet. İtalya'da müzik eğitimi almış. Fransızca da söylerdi, İngilizce de. Türkiye'nin o günleri başkaymış be Kerem. Müzik orkestraları, festivaller, radyo. Tanju Okan nasıl meşhur olmuş, biliyor musun?"

Kerem'in yanıtını beklemiyor Oktay. Coşkuyla anlatmaya koyuluyor.

"Yanılmıyorsam 1964 filan. Türkiye'de bir müzik sendikası var. Yurt dışındaki yarışmalara katılacak isimleri onlar seçiyor. Belgrad'daki bir yarışmaya Erol Büyükburç, Tülay German, bir de Tanju Okan seçiliyor. Diğer ikisi de çok ama çok büyük müzisyenlerdir. Onları da anlatırım bir ara sana."

Kerem sonunda tanıdığı bir isim duymanın heyecanıyla atılıyor.

"Erol Büyükburç'u biliyorum! Dedem, Barış Manço'yu severdi, anneannemse Erol Büyükburç'u. Şarkılarını hatırlamıyorum ama yüzünü filan biliyorum. Anneannemde plakları vardı. Elimi bile sürdürtmezdi."

"Evet evet, kadınlar bayılırdı Erol Büyükburç'a. Neyse... Düşün, böyle büyük müzisyenler ve efsane bir orkestra var arkalarında. Çıkıyorlar sahneye, şarkılarını söylüyorlar. Erol Büyükburç'tan sonra yarışmanın yapıldığı meydan ayaklanıyor. Beş bin kişi mi ne varmış. İnsanlar çılgına dönmüş. Daha Tanju Okan sahneye çıkmamış ama. Meydandaki coşkuyu görünce oradakiler diyor ki, 'Artık başka biri çıkmasın. Bunun altında ezilir.'"

Kerem meraklanıyor.

"Çıkmıyor mu?"

Oktay gülüyor.

"Öyle sakin ve genç bir adamdan kimsenin beklemediği bir şey yapıyor. Eline bir kadeh alıyor ve mikrofona doğru yürüyor. Meydanda uğultular yükseliyor. Gözünün önüne getir o kalabalığı. Bu çıkıyor sahneye. *Stasera pago io* adlı çok sevilen bir şarkıyı okumaya başlıyor. Ama nasıl bir şarkıdır! Nona bayılırdı dinlemeye. Şarkının sözleri

Tanju'nun kendisini anlatıyor aslında. Öyle bir yürekten okuyor ki put kesiliyor binlerce insan. Şarkının son sözleri şöyle: *Bu gece içkileri ben ödüyorum / Bu gece içkileri kederimle ödüyorum.* Şarkının sonunda elindeki kadehi yere fırlatıyor, kadeh paramparça oluyor. Bir tek kadeh olsa paramparça olan!.. O meydanı dolduran binlerce kişinin kalbini parçalıyor! Yedi dakika alkışlıyorlar Tanju'yu. Tam yedi dakika! Türkiye o festivalde birinci, Tanju da şampiyon oluyor. Ondan sonra zaten dünyanın tüm kapıları açılıyor ona. Türkiye'de filmlerde oynamaya başlıyor, plaklar yapıyor. Müthiş bir şöhret..."

"Vay... Siz hakikaten çok seviyorsunuz bu adamı. Ne güzel anlatıyorsunuz abi."

"Onu herkes severdi be..."

O sırada Orhan Usta'nın garsonlarından biri geliyor sallana sallana. Tam bir Ege sakinliği içinde. Acele etmeden, telaşsızca yürüyor. Oktay onu görünce gülüyor.

"Baksana nasıl geliyor. İstanbul'da olsa koşacak, o koşmasa ben ıslık çalıp acele etmesini söyleyeceğim... İstanbul'dan döndükten sonra buraların sakinliğine alışmam zaman aldı. Büyük şehrin tuhaf bir zaman baskısı varmış üzerimizde. Her şey çabuk çabuk, bir an önce olsun, bir an önce de bitsin istiyoruz. Egeliye anlatamazsın bunu. Güneşin, dakikanın tadını çıkara çıkara hareket eder."

Oktay'ın sözü biterken garson yanlarına geliyor.

Bir elinde bir şişe ile parmaklarının arasına sıkıştırdığı iki küçük kadeh, diğerinde ise içinde üzüm, peynir, ceviz ve iki dilim ekmek olan bir tabak tutuyor. Şişeyi ve tabağı Kerem'e uzatıyor. Cebinden bir sigara paketi ve kibrit çıkarıp Oktay'a veriyor.

"Başka bir emrin var mı abi?"

"Emir mi? O nasıl laf kardeşim? Ricam olur, isteğim olur. Sağ olasın, var olasın. Yok başka bir şey."

"Tamam abi. Afiyet olsun."

"Aslansın kardeşim!"

Kerem az önce doktorun söylediklerini kendi kulaklarıyla duymamış olsa neyse ama şimdi böyle hastaneden çıkıp buraya gelmek, hemen içki içmek... Rüzgâr da hızlanıyor... Oktay'a engel olması gerektiğini hissediyor ama bunu nasıl yapacağını bilemiyor.

Çocuksu bir koruma çabasıyla, "Oktay abi... Doktor içki, sigara yok dedi. Sabah çok kötü oldunuz. Dün gece de biraz ağır gelmişti sanki? Yine de siz bilirsiniz ama içmeseniz mi acaba?"

"Niye?"

"Doktor dedi ya."

"Desin?"

"Nasıl? Anlamadım."

"Ben eskiden daha çok içerdim. Buraya döndüğümden beri pek o kadar değil... Doktor bana onu yeme bunu içme derken, Tanju Okan gibi adamlar haklı mı yoksa diye düşündüm... Çok sevdiğim filmci bir Necati abim var, Allah sağlık versin, çok matrak, çok büyük kafadır. Doyamazsın sohbetine, kahkahasına. Bak burnumda tüttü şimdi ha! Yarın bir arayayım bakayım. O da Fethiye'de bir çiftlik yaptı kendine. Oraya yerleşti."

Kerem, Oktay'a tereddütle bakıyor. Oktay, Kerem'in şişeyi farkına varmaksızın göğsüne bastırmasını komik buluyor.

"Bu Necati abim, ağır bir kansere yakalandı. On sene oluyordur. Ne yapsak bıraktıramadık sigarayı, rakıyı. Ameliyattan çıktı, sigara içti. Kemoterapi görürken bile çıkar çıkmaz sigara yakardı. Bir gün kemoterapi çıkışı ben almıştım onu hastaneden. Yeniköy'de çok sık gittiği bir salaş balıkçı vardı. Oraya gidelim, dedi. Gidelim abi, dedim. Normalde bu tür terapiler sonrasında insanlar ağır yan etkiler yaşar, biliyorsun."

Kerem şişeye sıkı sıkı yapışmış. İlgiyle dinliyor Oktay'ı ama ikna olmamış henüz.

"Eee?" diyor şüpheyle.

Oktay'ın hoşuna gidiyor Kerem'in inadı. Daha dünkü çocuk, karşısında eski bir dostu, akrabasıymış gibi neredeyse kafa tutuyor. Aslında Kerem'in bu hali ona yıllar önce Necati abisiyle ikisinin Yeniköy'deki o sigara, rakı çekişmelerini anımsatıyor.

"İşte, gittik oturduk balıkçıya. Ben böyle senin gibi acaba fenalaşır mı, acaba kusar mı diye tetikteyim. Rakı söyledi. Sigara istiyor, inat edip vermiyorum. Hastaneden çıkarken her şeyini ben toplamıştım, cebimde duruyordu paketi maketi. 'Oğlum ben bu sigarayı içmeyeceksem, rakı kadehini koklamayacaksam, o yemeği yerken mutlu olmayacaksam niye yaşayacağım ulan? Ver şunu!' demişti. Ben de sonunda uzatmıştım paketi. Hiç unutmuyorum, öyle bir nefes çekti ki içine... Zehir değil, hayatı çekiyordu mübarek! Dedim ya, çok büyük bir kafaydı o. İçi derya doluydu. Marguerite Duras ne der biliyor musun? *Bizler içkinin bizi öldüreceğini biliriz. Buna değil, öldükten sonra içemeyeceğimize üzülürüz.* Tercih onun tercihi, demiştim ben de kendime... Maşallah yendi hastalığı."

"Ama abi, şimdi o hastalığı yendi diye..."

"Boş ver Kerem şimdi, koy sen..."

Kerem bu adamın nasıl olup da bu kadar çok sözü, satırı, dizeyi aklında tutabildiğine hayran oluyor içten içe.

Yine de içmesini istemiyor. Keşke engel olabilse. Kadehi doldurmaya gönlü el vermiyor. Şişeyi Oktay'a uzatıyor. Oktay, "Hey Allah'ım!" diyerek alıyor şişeyi. Garsonun getirmeden önce açıp yeniden yerine taktığı tıpayı çıkarıyor. "Tıp" diye bir ses... Sonra şarabın kadehe doluşundaki şırıltı... O sırada rüzgâr duruyor ve Tanju Okan'ın şarkısını olduğu gibi duyabiliyor Kerem.

Öyle sarhoş olsam ki
Bir an seni unutsam...

Oktay'ın şarap şişesini tutan ellerine bakıyor. Şarkının her sözünü o ellerde, sakallarında, denize bakan gözlerinde görüyor. Oktay kadehini banka vurup denize kaldırıyor ve bir yudum içiyor.

"Bazı insanlar büyük yaşamak istemezler aslında. Yaşarken rezilliğine tahammüllerinin kalmadığı hayatın yüzüne tükürürcesine bir tükenişi tercih ederler. Evet, bir tercihtir bu. Hiç istemedikleri halde sadece bu tercihleri yüzünden büyük bir hayat bırakırlar artlarında. Tanju Okan böyle adamlardan biriydi kanımca..."

Oktay sigara paketini açıp bir sigara yakıyor. Kerem'in içindeyse ince ince yükselen bir huzursuzluk var. Zeynep'e ve Filiz Hoca'ya haber vermeden orada oturmak, sabah fenalaşmış bir adamın sigara, içki içmesine göz yummak doğru gelmiyor. Ama bu ânı bozmak, Oktay Bey'i rahatsız etmek de istemiyor. Düşüncelerini anlamış gibi ona dönüyor Oktay.

"Bırak... Rahat bırak şu aklını. Oğlum sen niye böyle görünmez bir telle eli kolu bağlanmış gibisin? Bak, güneş bir kez daha batıyor. Şu renkleri gördüğün ânı kaydet zihnine. İyi dinle bu şarkıyı. Bir gün senin de bir başkasına anlatacağın bir anı olacak şu dakika."

Kerem gülümsüyor. Hiç dokunmadığı kadehi alıp o da önce banka vuruyor, sonra denize kaldırıyor. Sonunda Kerem'in zorla da olsa ona eşlik etmeye karar vermesi Oktay'ın hoşuna gidiyor. Rüzgâr yine esiyor ama az önceki kadar güçlü değil şimdi. Tanju Okan başka bir şarkıya geçiyor...

Bu akşam çok efkârlıyım
Kalbim neden kan ağlıyor
Bunu bir bilsen sevgilim...

Oktay derin bir iç çekiyor...

"Buraya neden geldik, biliyor musun Kerem?"

"Bilmiyorum abi."

"Tanju Okan'ın ilk eşinden bir oğlu oluyor. Fakat anlatılan o ki, yıllarca kopuk yaşıyor oğluyla. Az görüşüyorlar. Evlilikler, aşklar, vazgeçişler derken yıllar geçip gidiyor... Sana bir şey itiraf edeceğim. O çok anladığımı düşündüğüm, çok severek dinlediğim adam gibi olmaktan çok korktum ben. Yolumu bekleyip duracak, beni her istediğinde göremeyecek bir çocuk ve eş fikri korkuturdu beni. Arkamda bırakacağım insanların sorumluluğunu taşıyamayacağımı düşünürdüm. Belki de bu yüzden bir eşim, çocuğum olmadı... Tanju Okan ise hepsini cesurca kucakladı belki. Kucakladı ama taşıyamadı. İsteyerek, bilerek yaşadığı o tükenişin sonunda çok hastalandı. Bir bacağını kaybetti hatta... Tüm olup bitenlerden sonra ona bakmaya kim gelmiş, biliyor musun?"

"Kim?"

"Oğlu... Birbirine yabancı iki adam yıllar sonra, tükenişin son durağında kavuşmuş. Ölene dek oğlu bakmış ona. Çok yakınlarda oğlunun bir konuşmasına denk gelmiştim bir yerde. Babasının bacağına masaj yapıyormuş hastanede. Tanju Okan yattığı yerden doğrulmuş, 'Oğlum, çok yoruldun, değil mi?' demiş üzüntüyle. 'Babamın bana gerçekten oğlum dediği bir andı,' demişti konuşmasında. Bu cümlesi çok ağır geldi bana. O zaman tam anlamıyla idrak ettim. Hayran olduğum adamın neden bunu, bu tükenişi tercih ettiğini anlayabiliyordum ama evet, onun gibi olmaktan hep korkmuştum. Keşke onun kadar cesur olabilseydim, onun kadar cesurca kucaklayabilseydim hayatın verdiklerini..."

Oktay'ın itirafındaki hakiki pişmanlık gözle görülecek kadar net şimdi. Somut. Düşen omuzlarında, öne eğilmiş sırtında, yere silkelediği külde bile görünüyor...

Devam ediyor anlatmaya.

"Neyse... Beni geçelim... Çok paralar kazanmış, kazandığını geleceği umursamadan harcamış o büyük adama hastalığının son günlerinde emekli maaşı bağlanıyor. Fakat bir bacağı yok artık ve yataktan kalkamıyor. İlk maaşını alması için oğlunu gönderiyor bankaya. Tabii kurallar nedeniyle ona vermiyorlar..."

Oktay tam burada susuyor. Devam edecek ama boğazında bir düğüm var. Denize bakarak bir yudum içiyor.

"Sonra... Çok sevilen, çok sayılan biri olduğu için bir istisna uygulanıyor. Bankadan bir memur görevlendiriliyor. Maaşını teslim etmek için oğlu ile evine gidiyorlar."

Yine susuyor. Derin, çok derin bir soluk alıp bırakıyor.

"Ama yetişemiyorlar... Eve gittiklerinde oğlu yatağında son nefesini vermiş olarak buluyor babasını..."

"Ahh!.."

"Maalesef. İlk emekli maaşını göremiyor anlayacağın... Ama oğlunun şefkatini görüyor. Elini tutan, kesik bacağının yerine ona bir bacak olmak için çırpınan oğlunun sevgisini görüyor. Bir hevesle göndermiş oğlunu bankaya Kerem. Düşünsene, umutla, mutlulukla göndermiş..."

Kadehinde kalan şarabı bir yudumda bitiriyor. Şişeyi alıp bir daha dolduruyor. Kerem'e dönüyor.

"Çok gevezelik ettim. Ama bunları anlatmamın bir sebebi var. Bugün hastanede sen odaya girdiğinde bunu düşünüyordum. Tanju evlat şefkatiyle geçirdiği son günlerinde muhakkak ki huzurluydu, diyordum. İçkiyi bırakalı birkaç sene olmuş, oğluyla arasındaki mesafe kalkmış... O gün de oğlunu beklerken kesin mutluydu, diyordum. Mutlu ölmüştür... 58 yaşında öldü. 58 yaş nedir ki, diyordum... Sonra sen girdin içeri..."

Elindeki kadehi Kerem'in kadehine vuruyor.

"Sen içeri girince öyle sevindim ki..."

Kerem tatlı bir şaşkınlık ve mutlulukla bakıyor Oktay'a. Ne söyleyeceğini bilemiyor yine. Duyduğu en güzel cümlelerden biri olabilir mi bu? Oktay Bey'in anlattığı hikâyenin acısı, içinde devam ederken duyduğu bu küçük mutluluktan utanarak mırıldanıyor.

"Biz sabah çok korktuk, çok üzüldük Oktay abi. Tabii ki yanınızda olacaktım. Zeynep'i görseydiniz... Nasıl ağladı. Hele Filiz Hocam... İyi ki o vardı. Yoksa sizi hastaneye o kadar çabuk götüremezdik."

Oktay bir an duruyor.

"Çok mu üzüldü Filiz?"

"Evet, çok üzüldü."

"Hadi ya?"

Kerem karşısındaki adamın gözlerindeki memnuniyete anlam veremiyor bir an. Düşüncelerinin yansıması yüzüne vurunca, Oktay küçük bir kahkaha atıyor.

"İnsanoğlu ne acayip, değil mi? Duyguları ile bütün ömrünü inşa edebiliyor. En büyük hatası da bu. Birinin bizim için üzülmesinden, endişelenmesinden duyduğumuz haz, aslında bir çeşit kendinden emin olma hali. Çocukken hastalandığımda Nona'm başımdan ayrılmazdı ve bu beni o kadar mutlu ederdi ki. Onun saf sevgisini yeniden ve yeniden yaşayabilmek için kendimi hasta etmeye uğraşırdım."

Kerem sabaha kadar okuduğu satırlardan çıkıp canlanan o tatlı kadının, annesine hiç benzemediğini düşünüyor. Zaten okurken gece boyu bu kıyası yaptı durdu.

"Sabah okumayı bitirdiğimizde Zeynep'le epey konuştuk. Ben annemi sizin Nona'yı anlattığınız gibi anlatamam sanırım. Çünkü benim özlemle anlatabileceğim kadar şahane hatıralarım yok annemle. Hoş, öyle bir sevgi de yok aramızda."

"Nereden biliyorsun?"

"Biliyorum... Daima hissettiğim bir şey bu."

Oktay susuyor. Kerem de...

İkisi de Tanju Okan'ın baktığı ufka bakıyorlar birkaç dakika. Sonra Oktay boğazını temizliyor. Nasıl başlayacağını düşünüyor.

"Kerem... Annene sevgini dile getirir misin?"

Kerem yan gözle bakıyor Oktay'a. Bu nasıl bir soru şimdi? Az önce söylediklerini duymadı mı? Yine de kibarca yanıt veriyor.

"Hayır. Söylediğim gibi, dile getirilecek pek bir şey yok. O da böyle konuşmaları pek sevmez. Daha çok, sorgulayıp direktif verir. Onun kurallarını uygularsak gerilmeden yaşarız. İşi yüzünden sanırım. İşi bizden daha önemli oldu daima."

"Ne iş yapıyor annen?"

"Çok büyük uluslararası bir şirketin üst düzey yöneticilerinden. Ömrünü o şirketin başı olmak için harcadı. Ve son anda, onun deyişiyle, ayağını kaydırdılar. Geçen yıl dünyanın bu yarısının yönetimi ona verildi. O yüzden Türkiye'ye döndük. Aslında dünden beri, iyi oldu belki diye düşünüyorum. Dün ilk defa kendimi olduğum yerde çok iyi hissettim."

"Buna sevindim. Urla'da böyle tatlı bir huzur vardır, gelen kalmak ister."

"Filiz Hocam da öyle demişti. Sizin fotoğrafları basıp ona götürdüğümde. 'Beni çok eskilere götürdün,' demişti. Biraz anlatmıştı. Çok haklıymış. Çok seviyorum Filiz Hoca'yı."

Oktay başını denize çeviriyor. Bir mırıltı gibi çıkıyor ağzından:

"Ben de..."

Kerem, Oktay'a bakıyor. Arşivinde Filiz Hoca'nın yüzlerce fotoğrafını bulduğunda bunu tahmin etmişti zaten. Şimdi o sevginin ne derin ve büyük olduğunu biliyor. Madem Oktay onu gördüğünde oğlu gibi hissetmiş, o halde çok merak ettiği o soruyu sorsa... Bir cesaret, karar veriyor.

"Oktay abi?"

"Evet..."

"Ben sizin fotoğraf arşivinizi hazırlarken bir kutu bulmuştum. Böyle sıkı sıkı bantlanmış. Açınca içinden Filiz Hocamın bir sürü fotoğrafının negatifi çıktı. Onları görünce çok şaşırmıştım. Birinde Zeynep'e çok benziyordu. Onu bastırdım. Filiz Hoca da çok şaşırdı görünce. O kadar sevindi ki size getirdiğimiz kitabı yapmaya o anda karar verdi."

Oktay'ın kalbinde küçücük bir dalga vuruyor Filiz'i sakladığı yere. Utanıyor Kerem'den. Yüzüne bakmadan soruyor.

"Hangi fotoğraftı bastırdığın? Nasıl bir şeydi?"

"Filiz Hocamın yanınızda işe ilk başladığı günmüş. Gerçekten de tıpkı Zeynep'ti."

Oktay gülüyor.

"Doğru, çok benziyorlar. Ben de bu sabah Filiz'i oturma odasında görünce Zeynep sandım bir an. O kadar şaşırdım ki onu görünce. Rüya sandım."

Kerem, Oktay'ın yüzünde ilk defa bir mahcup delikanlı gülüşü görüyor. Gözlerinde saklayamadığı bir heyecan var. Bu duygusuyla biraz daha yakınında duruyor sanki Kerem'in. Kerem artık daha rahat...

"Ne çok fotoğrafını çekmişsiniz Filiz Hocamın. Bakışınızı, fotoğraflarınızı ayırırken hep merak ettim. Negatifleri ayırmak çok zormuş ama bunu bana bir terapi ödevi olarak verdi galiba Filiz Hocam. Okula alışamıyordum. O odada vakit geçire geçire hem okula alıştım hem de sanki sizin dünyanıza daldım. Ama bir şeyi çok merak ettim..."

Oktay artık kendinden çok genç biriyle değil de, sanki okul arkadaşıyla sohbet eder gibi. Bankta otururken ayağını sallıyor.

"Neyi merak ettin?"

"Filiz Hocamın fotoğraflarını... Neden o kadar çoklar? Bir de, kendisi bilmiyor galiba o fotoğrafları çektiğinizi. Çünkü ben bastırdığımı gösterince çok şaşırdı."

Oktay ayağını sallamayı bırakıyor. Hop ediyor kalbi.

"Daha görmedi mi diğerlerini?"

Kerem en Avrupalı soğukkanlılığı ile yanıt veriyor.

"Daha hepsinin işi bitmedi. Kategorilere ayırdım. Etiketlerini yazdım. Ama daha hocaya sunulacak halde değiller. O yüzden göstermedim."

Oktay azıcık rahatlıyor. Ama yine de biraz endişeli.

"Peki kitaba koyduğunuz fotoğrafları kim seçti?"

"Ben yüzlerce negatif seçtim. Sonra Filiz Hocamla içlerinden ayırdık."

Ah Oktay, ah! "Neden o kadar çoklar?" sorusuna nasıl yanıt vereceksin? Hadi bakalım.

Oktay susuyor.

Kerem artık bu suskun aşkın bir sırdaşı olduğundan emin. Yan gözle Oktay'a bakıyor.

Tanju Okan'ın sesi turuncu lacivert göğe doğru yükseliyor.

Kıyıda köşede gülüşün kaybolmuş
Ne olur terk etme yalnızlık çok acı...

Kerem bu şarkıyı biliyor. Fakat şu anda Tanju Okan da yanlarında sanki. Onlarla oturmuş, denize bakarak söylüyor. Oktay Bey'in kalbini seslendiriyor. Şimdi anlıyor Kerem, Tanju Okan söylerken neden susuyor herkes. Eli kendiliğinden Oktay Bey'in omzuna gidiyor.

Omzuna dokununca Oktay acı bir tebessümle dönüp Kerem'e bakıyor.

"Öyle çok, öyle çok sustum ki Kerem... Artık nasıl anlatacağımı bilmiyorum."

Sonra Tanju'yu dinlemeye devam ediyor ikisi de.

Şimdi çok yalnızım ne olur kal benimle
O kapıyı kapat, elini ver bana...

Kerem bir oğul gibi sarılıyor Oktay'a. Sanki doğmamış oğlu çıkıp gelmiş. Tanju'nun heykeli altında omuz omuza oturmuşlar. Onu bir tek bu can anlar şimdi. Konuşmasa da anlar...

Kerem, Oktay'a bir evladın tesellisini veriyor.

"Susmanıza neden olacak kadar çok şey kaydetmişsiniz. Sizin fotoğraflarınız konuşmuş zaten hep."

Oktay sessizce başını sallıyor. Böyle bir kolun sıcaklığı, bir evladın yokluğu şimdi o kadar büyük geliyor ki Oktay'a... Şurada, şu taştan hatıranın altında, kaçtığına yakalanan bir esir şimdi. Pişman, geç kalmış...

"Oktay abi..."

Oktay burnunu çekiyor. Kerem anlıyor.

"Sizin fotoğraflarınıza bakarken ben ne anladım, biliyor musunuz? Fotoğraflar söylenmemiş sözler saklar... Bakan okuyabilsin yeter ki... Filiz Hocam o fotoğrafları görsün bence. Sustuğunuz her şeyi okusun..."

Oktay hiç ses çıkarmıyor. Hiç. Yere bakıyor. Kerem kolunu çekiyor Oktay'ın omzundan. Onu biraz kendi haline bırakması gerektiğini düşünüyor. Uzayan sessizlik içinde Zeynep geliyor aklına. Aslında o negatifleri ayıklarken bile onu düşündüğünü, Filiz Hoca'nın fotoğrafını bulduğunda, Zeynep birden karşısında belirivermişçesine heyecanlandığını anımsıyor. Hayır, artık çok kararlı. Susmayacak. Bir gün böyle bir pişmanlık yaşamayacak.

Onu böyle susturan, içine kapatan şey neydi peki? İç sıkıntısı ile annesi geliyor aklına. Tam şarjı biterken arayıp yine ona ait son enerjiyi bitirmesine içlendi. Zeynep ne yazmıştı acaba? Zeynep'le annesinin ilişkisi ne kadar güzel, ne kadar dostça... Filiz Hoca'nın ona duyduğu sonsuz güven, aralarındaki neşe, açıklık... Böyle yumuşak kalpli bir kadın Kerem'in annesiyle ilişkisini nasıl devam ettirebiliyor acaba?

Kendi kendine söylenir gibi çıkıveriyor ağzından cümleler:

"Bazen annemin nasıl olup da Filiz Hoca'nın gençliğindeki en iyi arkadaşı olabildiğini anlamıyorum. Birbirinden o kadar farklı iki insan nasıl yakın arkadaş olabilir? Bazen keşke benim annem Filiz Hoca olsaydı diye düşünürdüm. Nona'yı okuduktan sonra da keşke Nona benim annem olsaydı dedim."

Oktay denize bakarak Kerem'i dinlerken birden irkiliyor. Gözlerini hayretle açarak Kerem'e dönüyor.

"Senin annenin adı ne?"

"Gülin?"

"Sen yoksa Filiz'in çocukluk arkadaşı Gülin'in mi oğlusun?"

"Aaa! Tanışıyor musunuz annemle?"

Oktay adeta şokta.

"Hadi be!"

"Evet..."

Oktay bir süre Kerem'den gözlerini ayırmıyor. Gülin'in izlerini arıyor gibi. Yok, hiçbir iz yok. Denize çeviriyor başını.

"Gülin ha..."

Şimdi Urla'da, İskele'de değil Oktay. Yıllar önceki bir akşam üstüne gidiyor.

Filiz gazeteden ayrılmış. Oktay cesaretini toplayıp bir telefon açamamış. Aklı Filiz'de günlerdir. Yaptığı şeyi doğru bulmuyor ama Filiz'in hatasını kendisinin anlaması, kendisinin gelip işine sahip çıkması gerektiğini düşünüyor. Öyle sanıyor o zaman. Fakat kız inatçı. Oktay daha da inatçıydı ama. Sonunda Filiz aramıştı bir akşam. Aslında çok daha başka olabilirdi o konuşma ama olmamıştı. Adeta restleşmiş, kızgınlıkla kapamıştı ikisi de telefonu. İki gün sonra Oktay 'Fazla mı sert çıktım?' diye düşünürken bulmuştu kendini. Sonra birkaç gün daha geçmişti. Nona'yla telefonda konuştukları dün gibi aklında.

"Çok mu seviyorsun sen bu kızı oğlum?" diye sormuştu Nona.

Susmuştu Oktay.

"Bir söz verdin mi bu çocuğa peki?"

"Hayır, vermedim."

"Onun kimsesi yok yavrum. Eğer sahip çıkamayacaksan umutlandırma hiç..."

"Sahip çıkarım Nona."

"Evlenir misin?"

Yine susmuştu Oktay. Nona uzun bir iç çekmişti.

"O halde, bırak yoluna gitsin. Daha çok genç. Kendi yolunu çizebilecek kadar güçlü şimdi. Yaşı ilerledikçe daha zor olur kendine yeni bir hayat kurması. Senden hep aynı şeyi istedim, biliyorsun. Kız kardeşine yapılmasını istemeyeceğin bir şeyi sakın başka bir masum kıza yapma. Tutamayacağın sözler verme, oyalama kimseyi... Bir anne olarak istiyorum bunu senden. İyi düşün, ne olur oğlum. Sonra pişman olma. Ben bu kızı çok seviyorum. Sanki sen de seviyorsun?"

Kurşun gibiydi Nona'nın sözleri. Haklıydı ve kurşun gibiydi, göğsünden girip sırtından çıkmıştı o sözler.

Anlatamıyor, söyleyemiyordu. Daha yapmak istediği şeyler vardı önünde. Evlilik, çocuk, bir yuva kurmak, genç bir eşin sorumluluğunu almak gibi fikirler ona çok uzaktı. Kardeşine, Nona'ya bile vakit ayıramıyordu. Üstelik Filiz kırılgan ve çok gururluydu. Ufacık bir dedikoduyu bile kaldıramazken, Oktay uzaklara gittiğinde kim bilir neler yaşayacak, neler hissedecekti? Önünde sonunda bozulacaktı ilişkileri. Oktay işini yaparken bir başkasını düşünmek istemiyordu daha. Hem tehlikeliydi işi. Gittiği her savaş meydanında risk alıyordu, yaptığı her haber bir şekilde birilerini rahatsız edip tehdit edilmesine neden oluyordu. Başına bir işe gelse arkasında kalanlara ne olacaktı? Birine bağlanmak, çocuk sahibi olmak durdururdu onu. Göze alabildiği tehlikelere onları ortak edebilir miydi?

Ertesi akşam gazeteden çıktıktan sonra, yolda yürürken kararını vermişti. Filiz'e gidecek, bunları ona açıklıkla anlatacaktı. Filiz akıllı kızdı. Onu anlardı elbette. Nona'nın haklı olarak işaret ettiği bir başka konu da, Filiz'in kimsesinin olmamasıydı. Elbette onu sahipsiz bırakacak değildi. En azından ustası, iyi bir arkadaşı olarak yanında olacağını bilmeliydi. Bunları düşünerek vapura binmiş, Filiz'le konuşmanın kendisine de iyi geleceğini anlamış, ferahlamıştı. İstanbul'da araba kullanmak, gazete binasının şehrin en hareketli caddelerinden birinde olması, otopark derdi derken arabası *Atılgan* evinin önünden bazen aylarca beklerdi. Vapur, dolmuş, yürümek hem daha hızlı olmasını sağlıyordu hem de uzun uzun düşünebiliyordu. Filiz'in Suadiye'de oturduğu apartmanı biliyordu. Birkaç kez haber dönüşü eve bırakmışlardı gazetenin arabasıyla. Hangi dairede oturduğunu da artık kapıcıdan filan öğrenirdi.

Vapurdan inip dolmuşa bindiğinde heyecanlandığını fark etmişti. Elleri terliyordu. Filiz'le konuşacaklarından çok, onu görecek olmak heyecanlandırıyordu. Bunu idrak edince ürktü. Yoksa Filiz'i düşündüğünden daha mı çok seviyordu? Dolmuştan indiğinde konuşma fikrinden vazgeçmek üzereydi. *Ya pişman olursam, ya Filiz çok üzülürse, ya yanlış bir karar verdiysem, ya Nona haklıysa?*

Bunları düşüne düşüne, ağır ağır, Filiz'in oturduğu sokağa yürümüştü. Ihlamur ağaçlarıyla kaplı sokağa girdiğinde dizlerinin bağı çözülür gibi olmuştu. Çatışmaların, patlamaların ortasındaki adamdan eser kalmamıştı o anda. Apartmanın önüne geldiğinde ne yapacağını bilemeyerek bahçe duvarına oturmuş, bir sigara yakmıştı. Kafasını çevirip hangi pencerenin Filiz'in dairesinin olabileceğini tahmin etmeye çalışırken bir sesle irkilmişti.

"Ne arıyorsun sen burada?"

Karşısında Filiz'in bilmiş arkadaşı Gülin duruyordu. Hiç hoşlanmıyordu bu kızdan. Kız kardeşinin Urla'daki mahalle arkadaşı Nermin'i çağrıştırıyordu Oktay'a. Bir iki kez gazetede ayaküstü sohbet etmiş, bir kez de gazetenin yakınlarındaki köfteciye öğlen yemeğine gitmişlerdi birlikte ve bu kadarı Oktay'a kâfi gelmişti.

"Niye mülayim kızların yanında hep böyle cadılar olur ki?" demişti Filiz'e. Filiz gülmüştü.

"Hoyrat bir babanın elinde büyüdü Gülin. Evlerinde şiddet eksik olmazmış Gülin çocukken. O da babasının karşısında ezilmemek, annesini korumak için böyle biri olup çıkmış işte. Cadı değil aslında. O tavrı, onun hayatla başa çıkma yöntemi. Dünyanın en candan, en tatlı dostudur. Kimseye değişmem onun kardeşliğini."

Bu sözler karşısında söylenecek bir şey yoktu elbette.

O akşam Suadiye'de, Filiz'in evinin önünde, Gülin gözlerinden ateşler çıkararak Oktay'a bakıyordu. Neredeyse üstüne yürüyecekti. Bu hali korkutmuştu Oktay'ı. Sigarayı yere atıp oturduğu duvardan inmişti telaşla.

"Konuşmak istemiştim Filiz'le."

"Haberi var mı?"

"Yok. Ben..."

"Telefon açsaydın ya! Niye böyle gelip evinin önünde oturuyorsun?"

"Yüz yüze konuşmak istedim."

"E işte onu diyorum. Geleyim, konuşalım deseydin telefonda."

"Gazeteden çıkınca yolda karar verdim. Buralarda belki bir bakkal filan bulup oradan ararım diye düşündüm."

Gülin düşmanca bakıyordu ve bu, Oktay'ı gittikçe daha çok geriyordu.

"Bence sen bugün konuşma. İyi bir gün değil."

"Neden? Bir şey mi oldu?"

"Bugün iş görüşmesine gitti. Senin yüzünden üzmüşler kızı. Çirkin imalarda bulunmuşlar. 'Sevgilin ne yapıyor?' filan diyerek. Biraz da aşağılamış görüştüğü adam. Ağırına gitmiş. Çok ağladı."

"Niye ağlıyor ki her şeye ya? Sevgilim desin, geçsin. Onlara ne? Allah Allah!"

Gülin üzerine doğru bir adım atmıştı.

"Sevgilisi misin?"

"Hayır..."

"Eee? O niye geçiştiriyor bunu? Sen geçiştirsene. Niye her şeyi kadınlar göğüslüyor?"

İki köpek gibi burun burunaydılar. Gülin içten içe hırlıyordu adeta.

"Yukarıda mı Filiz şimdi? Ağlıyor mu?"

"Uyudu. O uyanmadan yiyecek bir şeyler alıp gelmem lazım. Hiçbir şey yemiyor. Sen de onu bugün görme. Hatta sana bir şey diyeyim mi? Bence sen onu hiç görme!"

Oktay sinirlenmişti. Kızın bu saldırgan hali, üstüne gelmesi tepesini attırmak üzereydi.

"Niye görmeyecekmişim? Kim karar veriyor buna? Sen mi? Kimsin sen, annesi mi?"

"Sen kimsin peki?"

Yine suskunluk...

Gülin çantasını omzuna atmış, bir kabadayı gibi son sözünü söylemişti. "Bu kıza sevgi göstereceksen adam gibi göster. Seveceksen sev. Elini tutacaksan tut. Sevgini söyleyeceksen söyle. Yok, niyetin başkaysa, boş ver! Hiç konuşma!"

Arkasını dönüp uzaklaşmıştı.

Oktay bakışlarını denizdeki kayıklardan Kerem'e çeviriyor. Asla aklına gelmezdi, az önce elini omzuna attığında onu darmadağın eden bu delikanlı, o deli dolu, öfkeli Gülin'in çocuğu olsun! Hayata bak sen. Nereden nereye. Hastane odasında gördüğünde içine sevinç dolduran, alıp buraya getirerek dertleştiği, suskunluğunun kapısını açmasına izin verdiği bu çocuk Gülin'in oğlu çıksın!

Buruk gülümsüyor.

"Evet, anneni tanıyorum. Bir gün bunu söyleyeceğim hiç aklıma gelmezdi ama senin annen, kardeşliği hiçbir şeyle değiştirilemeyecek kadar değerli biri."

"Benim annem mi?"

"Evet, senin annen. Beni de hiç sevmezdi üstelik."

Bunu söylerken gülüyor.

Kerem, annesiyle son konuşmasını, hatta Urla'ya gideceğini söylediğindeki tepkisini anımsıyor. Oktay Onur

Yortan'ın, annesinin sevmediği eski gazetecilerden biri olduğunu düşünmüştü. Zaten annesinin, uzak ya da yakın fark etmez, birini sevmesi o kadar zordu ki. Oktay Bey'le tanışmış olabilecekleri aklına bile gelmemişti.

"Annenin seni kendine göre çok sevdiğine eminim. Dilleriniz, yöntemleriniz farklı olabilir. İşte, az önce anlattım sana Tanju ile oğlunu. Canla parçası birbirine muhtaçtır aslında. Üstelik annen, babasına meydan okumak zorunda kalan bir çocukmuş. Biliyorsundur bunu. O çocuk alışkanlığı ile hayatta başarılı olmuş. Bildiği en iyi yöntem bu olduğu için belki anneliği de öyle yapmaya çalışıyordur?"

"Bilmem... O alışkanlık yüzünden hiçbir zaman rahat hissetmedim kendimi. Babasını sevmezdi, biliyorum. Benim hatırladığım adamsa, yani dedem, bir şarkıyla ağlayabilen biriydi. O yüzden annemin katılığının nedeninin babası olabileceğini sanmıyorum."

"Kim bilir o nasıl büyüdü? Neler yaşadı? Güç yer değiştirince hikâye de değişiyor. Sen annenin güçlü olduğu kısmın tanığısın."

"Bilmiyorum... Sordunuz ya bana, sen niye böyle görünmez bir telle bağlı gibisin diye. Bence annemin yüzünden. Bana hissettirdiği şeyi tarif ettiniz aslında. Üstelik annem bu konuda tek değil. Babam da uzaktan izledi her şeyi. Engel olmayışı, kendi dünyasına dalışı, ortağı yapmaz mı onu?"

"Peki... Ailelerimiz karakterlerimizin oluşumunda çok etkili. Ona bakarsan, ben de çok mutlu bir ailede büyüdüm. Ona rağmen şu anda ben de kendimi görünmez bir telle sarılmış gibi hissediyorum. Ama ben yaşadım. Yaşadıklarımdan yoruldum. Yorulmaya hakkım olacak kadar çok insan tanıdım. O insanlarla geçen yılların ardından yorgun ve kuşatılmış hissediyorum kendimi. Sense kendi macerana daha yeni başlıyorsun. Hata yapmalısın. Bıkacak kadar çok insan tanımalısın. Madem farkındasın o tellerin, çöz gitsin be Kerem..."

Havada akşam kokusu... Gökyüzü laciverte dönmüş. Ay küçülmeye, yıldızlarsa yerlerini almaya başlamış. Çocuklar ve emekliler evlerine çekilmiş. Parkın arkasındaki sıra evlerin teraslarında, balkonlarında akşam yemeği yeniyor. Restoranların ışıkları yanmış. Süslenmiş kadınlar hoş kokular yayarak masalarda gülüşüyor. Garsonlar telaşlı, servis açıyor, bardak taşıyorlar. Beyler camlı dolapların başında balık, meze seçiyor. Tanju Okan'ın sesi İskele sahilinde kim bilir kaçıncı kez yankılanıyor:

Benim en iyi dostum içkim sigaram
Onlar da terk ederdi olmasa param...

Denizin dalgaları eşlik ediyor şarkıya. Karanlık arttıkça yıldızlar daha çok parlıyor. Kerem, Filiz'in sesiyle irkiliyor.

"Demek hastaneden kaçıp buraya geldiniz, ha?"

Oktay ile Kerem yakalanmış kaçak iki öğrenci gibi, tepelerinde dikilen Filiz'e bakıyor.

"Şey, hocam... Benim şarjım bitti. Oktay abi de ısrar edince..."

"Biliyorum canım, annen aradı, şarjı bitebilir, dedi."

Oktay, Kerem'e dönüyor. Kerem'in telaşına bozuluyor hafiften.

"Sen de hemen Oktay abi ısrar etti filan... Geldik işte..."

Filiz, Oktay'ın omzuna dokunuyor.

"Gülin'in sana da selamı var."

Oktay gülüyor. Filiz'i orada görmekten çok ama çok mutlu.

"Sen nasıl buldun bizi?"

"Başka nerede olabilirdin? Tahmin etmiştim aslında, yine de hastanenin taksi durağına sordum."

Oktay yine gülüyor.

"Otursana..."

Filiz, "Of Oktay, offf!" diyerek oturuyor yanına.

Oktay elindeki dolu kadehi Filiz'e veriyor. Kendisi de şişeyi alıyor. Filiz biraz kızgın bir şekilde söyleniyor:

"Oktay, bak hastaneden çıkıp buraya gelmişsin, yine içiyorsun. Yapma Allah aşkına! Zeynep sofrayı kuruyor. Hadi kalkın, gidelim artık."

Oktay gülüyor. Bu sahilde kim bilir kaç kez Filiz'i düşünerek oturdu. Kim bilir kaç kez hayatını didik didik etti. Biliyor, eğer bir dönemin sonu geldiyse, bir başka dönemin başıdır ardındaki.

"Haydi bakalım, Oktay'ın sevdikleriyle arasındaki mesafeden vazgeçmesine ve içkiyi bıraktığı bu âna içelim!" diyor.

Filiz ile Kerem ona hayretle bakarken son bir yudum alıp şişeyi heykelin dibine bırakıyor.

"Hadi, kalkalım."

Kerem ile Filiz aceleyle kalkıyorlar. Ellerindeki kadehleri nereye bırakacaklarını bilemiyorlar. Oktay kadehleri ellerinden alıp şişenin yanına koyuyor.

"Çok acıktım. Araba nerede?"

"Yolun başına park ettim."

Oktay, Filiz'in elinden anahtarı alıp Kerem'e uzatıyor.

"Sen kullan."

Kerem önden yürürken, Oktay kolundan tutup durduruyor Filiz'i.

"Gülin'e söyle, seni yıllar önce ağlatan o hıyara dersini verdim ben."

Filiz anlamıyor.

"Kime?"

"Senin bir damla gözyaşına dayanamam. Bil ki seni geçmişte ağlatan kim varsa bedelini ödedi. Ben dahil..."

18. BÖLÜM

1992 Sonbaharı

Oktay uçakta kalın cep defterine karaladığı son notlara göz gezdiriyordu. Almanya'nın dondurucu kasım soğuğunda birkaç şehir dolaşmış, Berlin'den İstanbul uçağına binerken kar başlamıştı. Ne karın ne Almanya'nın keyfini çıkarabilmiş olmasına biraz içerleyerek binmişti uçağa. Uçak havalanıp kahvesi ikram edilene kadar eldiven ve paltoyla oturmuştu. Kahvesini alırken eldivenini çıkarmış, hostese mahcubiyetle, "Sıcak iklim çocuğu olmanın sonucu. Soğuk bizi herkesten çok vuruyor galiba," demişti. Hava soğuktu ama dünya siyaseti yine bir cehennem ateşiydi.

Avrupa'daki siyasi iklim Orta Doğu'nun kaynayan kazanından geri kalmıyordu artık. Sovyetler Birliği yıkılmış, Doğu ve Batı Almanya birleşmişti. Demir Perde adı verilen komünist blok içindeki Arnavutluk, Bulgaristan, Çekoslovakya, Macaristan, Polonya ve Romanya sallanan birer kutuya dönmüştü. Bu ülkelerdeki siyasi ve ekonomik krizin yanı sıra, Bosna'daki büyük savaşla birlikte yüz binlerce insan açlıktan, belirsizlikten, iç savaştan kaçmak için yollara düşmüştü. Ekonomik olarak güçlü ya da kısmen yaşanabilir ülkelerin sınırları mülteci doluydu. Almanya bunların içinde zenginliğiyle göz kamaştıran, taşı toprağı altın bir özgürlükler ülkesi gibi görünüyordu.

Lakin aynı Almanya ırkçılığın, saldırıların ve kaosun yeni toprağı da olmaya başlamıştı. Kırk yıllık baskıcı bir rejim altında yaşayan Doğu Alman halkı, bu birleşmenin ardından büyük bir sarsıntı yaşamıştı. Haberleşme, seyahat, para harcama gibi kişisel özgürlüklerine kavuşmuşlardı ama harcayabilecekleri paraları yoktu. Avrupalı yorumculara göre Doğu Almanlar, kişisel ve toplumsal hürriyetin dünyaya açık olmayı ve yabancılarla yaşamayı gerektirdiğini kabullenemiyor, yıllar boyunca birikmiş tüm öfkelerini karşılaştıkları yeni dünyaya yöneltiyorlardı.

Yaklaşık kırk yıllık bir misafir işçilik dönemi sonrası artık Almanya'nın vazgeçilemez ekonomik gücü haline gelmiş Türkiyeli işçi ailelerin ikinci kuşak çocukları, yeni dilleri ve kimlikleriyle artık Alman vatandaşıydı. Doğu Almanlar arasında yükselen aşırı ırkçı saldırıların ilk hedefleri mülteciler, hemen ardından da Türkiyeli aileler olmaya başlamıştı. Sri Lankalılar, Romanyalılar, Vietnamlılar, Türkiyeliler derken, bu saldırılar düzenli bir hale dönüşmüştü. İşin üzücü yanı, taraftarlarının çoğalması ve Batı Alman halkının bir kısmının bu duruma sessiz kalmasıydı.

22 Ağustos 1992'de Doğu Almanya'daki Rostock'ta çok şiddetli bir sokak saldırısı başladı. Aşırı sağcıların yanında o güne dek kendi halinde kabul edilen Rostock halkı da vardı. Radikalleşmiş ve giderek yükselen bir öfkeyle günlerce yabancılara ve mülteci binalarına saldırdılar. Bu saldırıları ve olayları izlemek için Almanya'nın her yerinden Rostock'a adeta turistik geziler düzenleniyordu. Ateşe ve-

rilen binaları ve taşlamaları olay yerinde yaklaşık üç bin kişi izledi. Aşırı sağcı Nasyonal Demokrat Parti bu saldırıları kendi propagandasına alet etti. Polis olayları bastıramıyordu. Ateşe verilen mülteci evlerinin şehri Rostock, Almanya'dan tüm dünyaya yayılan aşırı ırkçı hareketin sembolü olmuştu.

Birkaç ay sonra Mölln'de, Neonaziler Türkiyeli bir ailenin evini ateşe verdi. İki küçük kız çocuğu ve babaanneleri hayatlarını kaybetti. Almanya'daki yabancılar arasındaki öfke birbirlerine yönelmeye başlamıştı. Eskiler bu olaylara yeni gelenlerin neden olduğunu düşünüyordu. Yasal bir hakka ve düzene ancak sahip olabilmiş göçmenlerin işlerine yarıdan da az paraya talip olan kaçak işçiler sadece huzurlarını değil, ekmeklerini de tehlikeye atıyordu. Eski Doğu Alman halkı ise Batı'nın kapitalist çarkı içinde büyük bir hayal kırıklığı yaşıyor, uyumlanmadıkları bu yeni dünyanın içinde, onların yokluğunda kendilerinden çok yer kaplamış Türkiyelileri sorumlu tutuyordu. Avrupa yeniden yapılanırken bir yanı da yıkılıyor, dağılıyordu.

Oktay, Rostock ve Mölln saldırıları sonrasında, olaylara tanık olanlarla konuşmak, Türkiyeli eski göçmenlerin ve Alman pasaportlu yeni kuşağın geleceği üzerine bir haber dosyası hazırlamak üzere gelmişti Almanya'ya. Düşündüğünden daha kapsamlı olmuştu elindeki haber.

Almanya'nın farklı şehirlerindeki, kasabalarındaki göçmen mahallerinin sokaklarında ağır bir yanık yağ kokusu hâkimdi. Sanki ülkenin tarihindeki o büyük utanç dirilmiş, üzeri örtülmüş bir topraktan fırlamıştı. Sadece Türkiyelilerle değil, farklı topluluklardan insanlarla konuşmuştu. Tanıdığı birkaç siyasi kimlik yardımcı olmuştu bu buluşmalara. Huzursuz, tedirgin, kırgın yabancılar topluluğunun birbirlerine duydukları öfkenin daha büyük patlamalara yol açacağı ortadaydı. Öfke bıçak gibi keskinleşen bir kine dönüşüyordu. O keskinlik şimdi Bosna'yı kana buluyordu ve buna bir çözüm bulunamazsa her an her şehrin aynı kardeş kavgasına sahne olma riski vardı. Öte yandan sadece işçilerin, sokaktaki sıradan insanın değil, üst düzey konumlardaki güç ve para sahibi erklerin de aynı öfkeyle yaşadığı açıktı. Onlar işlerine yarayan bu öfke ateşinin bitmesini elbette istemezdi. Ne Avrupa'da ne de Orta Doğu'da.

Defterini kapatırken Nona'yı düşünmüştü. Kaç savaşa tanık olmasına rağmen öfkenin zerresini içinde tutamayan Nona... Bir avuç Rum, Ermeni dostunun, ahbabının bayramını, özel günlerini unutmayan, yemekler yapıp götürdüğünde, onları kutladığında babaannenin zehir zemberek sözlerle incittiği Nona... Bir gün olsun yanıt vermemişti babaanneye. Duymazdan gelmiş, sessiz sessiz kendi bildiğini okumuştu.

Oktay, "Niye bir şey söylemiyorsun babaanneme? Niçin susuyorsun?" diye sorduğunda, "Babaanne çok acı çekmiş. Savaşta ölen kardeşin, babanın, kocanın acısı dili keskinleştirir. Söylemek istediğini söyleyememiş vaktiyle. Susmaktan böyle olmuş. Varsın bana söylesin. Ne olur?" demişti.

O zamanlar çocuktu Oktay, anlayamıyordu. Anlamlandıramıyordu bu sözleri. Şimdi hak veriyor Nona'ya. Acının gerçek sahibi daima susturuluyor. Ya da sesi asla duyulmuyor. Almanya'daki şu birkaç günde konuştuğu her insandaki o keskin öfke bundan kaynaklı elbette. Bu savaşlarla varlığına anlam katan siyasetçinin, bu savaşlarla zengin olan adamların asla duymak istemeyeceği sesler o sesler. Bu güç sahipleri kendi işitmek istedikleri şeyleri söyleyenleri duyar daima. Kardeşimi öldürmek istemiyorum, dediğinde duymaz, susturur. İnsanlar ölürken bile onların istediğini söylesin diye beklerler…

Gözlerini kapamış, uykuya dalmak üzereydi. Uykuyla uyanıklık arasındayken Nona'nın sevecen yüzü geldi karşısına. *"Ben Maria,"* dedi. Gözlerini pat diye açtı Oktay. O an, bunca yıldır bir kenarda, hatta gözünün önünde duran bir gerçeğe aydı. İçinde bir huzursuzluk belirdi. Saniyeler içinde, çok ertelediği bir ödevi yapmayı unutan öğrencinin sıkıntısına dönüştü huzursuzluğu. Nona'nın cümleleri sıralanmaya başladı kafasında.

"Susmaktan böyle olmuş babaannen…"

"Çok acı çekmiş o. Kardeşlerinin hepsi ölmüş savaşlarda."

"Ben Maria…"

"Eğer birine söylersen, Allah şahidimdir, bir daha konuşmam seninle…"

1981 yılındaki o yağmurlu günden sonra bir daha açılmayan, açılamayan o büyük sırrı kurcalaması ve yıllarca aralarında büyük bir suskunlukla yok sayılan o meseleye elini sürmesi yasaktı Oktay'ın.

O nisan günü jandarma komutanlığından eve döndüğünde büyük bir hezeyan içinde bulduğu Nona ona teneke kutuyu uzatmış ve yere yığılmıştı. Oktay şiddetli yağmur altında, suların içinde baygın yatan kadını nasıl kucakladığını, içeri taşıdığını hatırlamıyordu bile. Bir süre ayıltmaya çalıştığı Nona'yı kendine getiremeyince yardım çağırmak için koşarak evden çıkmıştı. Yirmi, yirmi beş dakika sonra eczacı Ümit'le eve vardıklarında, Nona'yı mutfakta, ayaklanmışken bulmuştu. İyi görünmüyordu ama ayaktaydı. Üzerini değiştirmiş, kendini toplamıştı. Dakikalar önce yere yığılan o değildi sanki. Her zamanki güçlü Nona'ydı.

"Tansiyonum çıktı galiba benim," demişti eczacı Ümit'e. Sonra sandalyeye oturmuş, tansiyonunu ölçmesi için kolunu uzatmıştı. Ümit tansiyon aletini çantasına yerleştirirken Nona'ya hak vermiş, bir ilaç göndereceğini söyleyip gitmişti. Ümit gider gitmez Nona, Oktay'ın omzunu tutmuş, gözlerini gözlerine dikip "Böyle bir şey olmadı!" demişti.

"Ama Nona..." diye konuşmaya başlayan oğlunun lafını sertçe kesmiş, belki tüm ilişkileri boyunca ilk kez gürlemişti: "Böyle bir şey olmadı dedim. Olmadı! Eğer birine, babana, kardeşine söylersen, seninle ölene kadar konuşmam. Allah şahidimdir!"

Oktay o gün tansiyonu yüksek diye üzerine gitmemişti ama Nona'nın o hali ve söyledikleri unutulacak gibi değildi. Aklından çıkmayan o cümleler hayal ürünü müydü? Hakikaten ne olmuştu? Bayılmadan önce kucağında tuttuğu teneke kutu da ortada yoktu. Bahçedeki ıslak eşyalara bakarken neyi nereden toplayacağını, ne yapacağını bilememişti.

Sonraki birkaç gün boyunca Nona ile Oktay'ın arası gözle görünür bir şekilde gergindi. Oktay çocukluğundaki gibi küskün küskün kenara çekilmiş, Nona'nın ona yaklaşmasını beklemişti. Beklediği olmuş, Nona bir gün helva kavurmuş, tabağını uzatırken ona göz kırpmıştı. Oktay itiraz etmeden helva tabağını alıp yemeye başladığında karşısına oturmuştu. Çocuklarından özür dilemeye çalışan annelerin gönül alma sesleri hep aynıdır. Biraz masum, biraz pişman ama yine de *ben anneyim, unutma* diyen ses tonuyla konuşmuştu.

"O gün askerler kapıya yanaşınca çok korktum. Aklım çıktı yerinden vallahi! Seni götürüp bir daha getirmeyecekler sandım. Korkudan ne yapacağımı bilemedim. Nasıl anlatayım, tam da bilmiyorum ama senden bir isteğim var. Sen bana şimdi hiçbir şey sorma. Ben bir gün sana her şeyi anlatacağım. Ama şimdi değil. Ve hakkım için söylüyorum: Bana biraz sevgin varsa, ne olur bundan kimseye bahsetme. Ne olur!"

Bahsetmedi. Hatta bu konuyu unutmuş gibi yaptı ikisi de. Oktay'ı ifade vermeye götüren yakışıklı ve yürekli genç subay, görür görmez çok sevdikleri, kaynaştıkları ailesi ile kız kardeşini istemeye geldikten, kız kardeşi gelin olup gittikten sonra da konuşmadılar. Hatta babasının vefatından sonra bile bu konu açılmadı.

Oktay zaman zaman tütüncü Dritsas ailesini araştırmayı düşündü. İzmirli bazı arkadaşlarına sordu dolaylı yoldan, sohbetlerde araya sıkıştırdı; aileyi tanıyan, duyan yoktu. Tanıyan, bilenler de tıpkı Dritsas ailesi gibi ya dağılmıştı ya da uzaklarda bir yerde, bir meçhulde yaşıyordu muhtemelen. Yıllar geçti. Oktay'ın aile büyüklerinden hemen hemen hiç kimse kalmadı. Kuzen Batıray yurt dışına yerleşti, orada bir aile kurdu. Kız kardeşi kendi ailesini kurmaya çabalarken, biraz da tayinlerin etkisiyle uzaklaştı. Bu sırrı saklayacakları kimse kalmadı ama yine de hiç konuşmadılar.

Fakat şimdi, dünya bitmeyen savaşlarına yenilerini eklemeye hazırlanırken, dinlediği onlarca savaş ve kayıp hikâyesinin ardından, kendisi için en önemli olanı bilmemenin sancısını çekiyordu Oktay. Uçak İstanbul'a inene kadar kendi kendini yedi. Planı doğruca gazeteye gitmek, sonra hemen çalışmaya başlamaktı ama içindeki huzursuzluk hiç beklemeden İzmir'e gitmesini söylüyordu.

Uçak nihayet İstanbul'a indi. Bavulunu alır almaz, dışarıdaki ankesörlü telefondan Nona'yı aradı. Telefon uzun

uzun çaldı ama açan olmadı. Oktay'ın içindeki endişe daha da büyüdü. Arkasındaki kuyruk uzuyordu ama Oktay bir kez daha denemek istedi. Nona'ya bir şey mi oldu, kimi aramalıyım diye düşünmeye başlamıştı ki telefon açıldı ve Nona'nın yaşlı, uykulu sesini duydu.

"Alooovvv?"

"Ay be Nona! Korkuttun beni. İyi misin?"

"Uyumuşum ayol. Bu saatte aramazsın sen. Ben korktum şimdi. Sen iyi misin?"

Oktay'ın içi rahatladı.

"İyiyim Nona. Yeni indim İstanbul'a. Çok sıra var arkamda, uzun konuşamayacağım. Sana geleceğim ama şimdi uçak yoktur. Haber vereyim dedim. Yarın evdeyim. Tamam mı?"

"Sahi mi? Ay çok sevindim. Tamam Misket'im. Ay çok sevindim!"

Oktay doğruca bilet satış ofisine geçti ve ertesi sabah için İzmir biletini aldı. Telaşına anlam veremiyordu ama bir an önce Nona'nın yanına gitmesi ve yıllar süren bu suskunluğu bitirmesi gerektiğini düşünüyordu. Eve giderken takside, "Yoksa Nona'ya bir şey mi olacak? Bu mu içime doğuyor?" diye düşünürken yakaladı kendini. Çocukluğundaki o kaybetme korkusu aynı büyüklüğüyle yerini almıştı yüreğinde. Gözleri doldu.

Ertesi gün Urla'daki evin bahçe kapısından girdiğinde onu kollarını açarak karşılayan Nona'ya sarıldığında, koca adam olmuş Oktay değil de, Nona'sının Misket'iydi yine. Bütün kötü insanlar, hadiseler onlardan uzakta, bütün koyu renkler dünyanın başka bir göğündeydi ve kederden muaf tutulmuş bir yuvaydı onlarınki. Bahçede biten yabani otlarda bile bu büyük huzura ait bir renk vardı. Burası kurtarılmış, saklanmış, kutsal mekândı. Üstelik Nona her zamanki gibi donatmıştı sofrayı. Balkabağı çorbası, zeytinyağlı kestirmeli arapsaçı, kıymalı börek, İzmir köfte, yeşil pilav ve damla sakızlı muhallebi. Oğlunun İstanbul'dan her gelişi adeta bir düğün sofrası kurmak için vesile oluyordu Nona'ya. "Geliyorum, uğrayacağım, nasılsın, bir isteğin var mı?" telefonları ayaklarını yerden kesiyor, o dakika başlıyordu hazırlık yapmaya. Durup durup öpüyordu Oktay'ı. Ellerini yıkatıp hemen masaya oturtmuştu oğlunu. Annesini sağ salim, masayı özlediği yemeklerle dolu görmek rahatlatmıştı Oktay'ı. O rahatlık ve sevinçle başladı yemeye.

Nona önündeki tabağa hiç dokunmadan, bir süre Oktay'ın iştahla yemesini seyretti, ardından "Tam zamanında geldin oğlum. Yine yetiştin Misket'im, kuzum. Çok çalışıyorsun, uzaktasın da... Sana nasıl söylerim diye düşünüyordum," dedi.

O anda hop etti Oktay'ın kalbi. Yoksa korktuğu, onu buraya sürükleyen, bir an önce Nona'yı görmesini söyleyen o ses haklı mıydı? Hasta mıydı Nona? Yaşlı kadının yüzünde üzüntü, gözlerinde bir gölge vardı. Oktay çatalını bıraktı endişeyle.

"Ne oldu? Yoksa hasta mısın?"

"Yok, yok. Turp gibiyim maşallah. Hiçbir şeyciğim yok."

"E, peki ne oldu?"

"Karataş'taki evi satışa çıkarmış Dalyan dayının kızları."

"Aman Allah aşkına sen de Nona ya! Ödümü kopardın. Zaten içimde bir sıkıntı vardı. Sana bir şey olmasın da, ne olursa olsun, bırak gitsin."

"Ay, bak! İşte o sıkıntı boşuna değil vallahi. Sen hep hissedersin zaten."

"Tatlım Nona... Sen üzülürsen ben de üzülürüm elbette ama sen zaten o evi sevmezsin ki. Gitmezsin etmezsin. Hiçbir zaman umurunda olmadı. Niye şimdi dert ettin ki? Şu haline bak. Yüzün gözün solmuş. Bırak satsınlar."

Nona üzüntüyle bakıyordu.

"Ama sevmediğim o ev, benim annemle babamın evi. Onlardan kaldı. O kızların bir hakkı yok!"

"Nonacığım, o evin tapusu kimin üzerine? Seninse, zaten satamazlar. Bunca yıl oturmalarına ses etmemişsin..."

Kendini ifade edemeyen, derdini anlatamayan bütün canlıların gözlerindeki o yalnız, çaresiz bakış Nona'nın gözlerindeydi şimdi. Soluk almaya çalıştı. Yutkundu.

"Dayımla karısı bana baktılar ya annemle babam ölünce. Beni dayım kendi nüfusuna aldı. Öyle olunca da eve kızlar da ortak oluyormuş şimdi."

"Hımm... Yani resmi olarak evin üçe bölünmesi gerekiyor."

"Evet."

"Tamam işte. Senin de resmi payın var yani. Niye üzülüyorsun bu kadar? İstemiyorum, ben satmayacağım, de."

"Dedim ama..."

"Eee?"

"Kızlardan birinin kocası her gün geliyor buraya. Hayırsız, çulsuz bir adam zaten. Huzur bırakmadı bende. Buralarda dolanıyor sürekli. Hem tehdit ediyor beni hem de 'Yaşlı cadı! Vermiyor hissesini!' diye konuşup duruyormuş orada burada."

Oktay'ın canı sıkıldı duyduklarına. Hiç görüşmedikleri, yüzünü bile bilmediği bu adamın kapıya dayanmaları kabul edilir şey değildi.

"Tehdit mi ediyor dedin? Ne diye? Nereden buluyormuş ki buraya gelme hakkını?"

"İşte onu diyorum ben de. İyi ki geldin. Tam vaktinde."

"Dağ başı mı burası? Kimi tehdit ediyormuş elin oğlu?"

Nona'nın dudakları titriyordu.

"Şu bahçeden kaç kere kovdum, bilsen..."

Oktay elini tuttu annesinin.

"Bak şimdi benim güzel Nona'm... Bence inat etmeye değmez. O adamın tehditlerini ben ona güzelce yediririm de, senin üzülmeni istemem. Ama anlamadığım şu: O evi sen hiçbir zaman sevmedin. Şimdi neden inat ediyorsun? Satsınlar. Sen de payına düşen parayı al."

"Ama içime sinmiyor. Ben ölmeden o ev satılmasın. Anne babalarına bile ben baktım. Onlar on sekizlerine varmadan koca bulup gitti. Ben senelerce o evi çekip çevirdim. Bu eve bir gün olsun gelip hatırımı mı sordular? Bir gün olsun bir insanlıklarını gördüm mü? Hem babama da dedemden kalmıştı o ev."

Oktay'ın kafası iyice karışmaya başladı. Nona çaresiz, sıkılmış, ağladı ağlayacak, etrafa bakınıyordu. Oktay yaşlı kadını elinden tutup masadan kaldırdı.

"Nonacığım... Gel, bahçeye çıkıp oturalım da hava alalım biraz. Kahve içer misin? Kahve yapayım mı sana?"

"Yok, istemem. Sen de yemeğini yarım bıraktın benim yüzümden."

"Boş ver, yerim ben. Kaçmıyor ya masa..."

Nona gözyaşlarını tutmak için yutkunuyordu. Bir barajda biriken, taştı taşacak yağmur suyu gibiydi gözyaşları. Hem bir şeyler anlatmak istiyor hem de korkuyor gibiydi. Oktay, Nona'yı çok iyi tanıyordu. Bir sınıra gelmiş, kendi kendine çözüm bulamamıştı ki artık son noktada yardım istiyordu oğlundan. Bu yardım çağrısını ondan başka kim anlayabilir, duyabilirdi ki?

"Anne..."

Nona gözleri dolarak döndü Oktay'a.

"Oğlum..."

"Bu durumun o eski meseleyle bir ilgisi var, değil mi?"

Nona gözünden pıt diye dökülen bir yaşla birlikte başını salladı. Baraj taştı.

"Tamam... O zaman, şöyle mi düşünmeliyim? O ev Theodora Maria Dritsas'ın anne babasından kaldı?"

Nona başını salladı yine. Damlalar patır patır yanağından göğsüne düşüyor, elbisesinin üzerinde büyük, kederli lekeler bırakıyordu.

Oktay uçakta içine düşen sıkıntının, onu buraya sürükleyen o fısıltının Nona'dan gelen bir yardım çağrısı olduğunu anladı. O kadar yıl sonra bu konuyu acilen konuşma, gerçekleri öğrenme isteği Oktay'dan çok, Nona'ya aitti demek. Oktay yine de temkinliydi. Yaşamı boyunca koyu bir inatla içinde tutup sır olarak sakladığı bu mesele, annesinin düşmekten korktuğu bir uçurumdu belki. Elini bırakmaması gerektiğini hissediyordu. Gözünden "çocuk" yaşları dökülen yaşlı kadının önünde diz çöktü. Ellerini okşadı sevecenlikle.

"Evin resmi kaydı nasıl Dalyan dayıya geçti?"

"Yeni hükümet onlara verdi. Ben çocuktum, zaten bir şey diyemezdim. İtiraz edemezdim. Hem onlar da bana ölen kızlarının kimliğini verdi."

"Seni resmen evlat edinmediler yani?"

"Hayır..."

Sessizlik...

Oktay yumuşak bir sesle bozdu sessizliği.

"Peki, sana bakan, sana ölen kızının kimliğini veren o adam aslında kim? Akraban değil..."

"Hayır..."

"Kim peki?"

"Akhisar'daki tütün depomuzun bekçisiydi. Türk o."

"Baban?"

Nona, yaşlı bedeni içinde, sekiz yaşında bir kız çocuğuydu o anda. Kendisine uzatılan ellere sığınmış, korku dolu, kimsesiz bir çocuk. Olup biteni hâlâ anlayamamış aslında. Ne olacağını, kime güveneceğini bilemeyen bir çocuk. Oktay'ın gözünün içine bakarak ağlıyordu. Sonra zorlukla fısıldadı.

"Babamı astılar..."

Oktay'ın ellerini tuttuğu bu kadın ona annelik yapmış, bütün kalbiyle sevip saydığı o melek değil de, eski bir dünyadan çıkıp gelmiş bir çığlık, korku dolu bir fısıltı, ne yapsan silemeyeceğin bir acıydı. O kadar güçlü bir ruhtu ki onu yıllarca susturmuş ve konuşmak istediği vakit aklın sınırlarını aşan bir beceriyle yanına çağırmayı başarmıştı.

Oktay duyduklarının sarsıntısı içinde kendini toplamaya çalışarak şefkatle sordu:

"Annen peki? Ona ne oldu?"

"Gemiye binip Yunanistan'a gitti..."

"Seni neden götürmedi?"

"Bilmiyorum. Geleceğim dedi. Seni aldıracağım dedi ama hiç haber çıkmadı bir daha."

"Sen burada dayı dediğin o bekçiyle mi kaldın?"

"Evet. Ona çok güvenirdi babam. Dalyan dayıyı ailesiyle birlikte İzmir'e getirdiler. Artık tütün deposu filan kalmamıştı zaten. Karısı evin işlerine bakıyordu. O da babamla annemin dışardaki işlerine. Babam asıldıktan sonra, annem giderken evi ve beni onlara emanet etti. Geleceğim dedi ama sonra işte... Kimse dönmedi. Askerler evimize yerleşti. Beni de göndermesinler diye ölen kızlarının kaydını verdi onlara Dalyan dayı. Askerler birkaç ay kaldı, gitti. Sonra Cumhuriyet ilan edildi. Aileden kimse kalmamıştı. Zaten buradan göçen, kaçanların evi toprağı dağıtılıyordu. Bizim evi, askerin kullanmasına izin verdiği için Dalyan dayıya verdiler."

"Peki babanı neden astılar?"

Nona'nın boynu büküldü. Gözlerini kaçırdı. Karşısındaki oğlu değil de, onu sorgulayan bir askerdi sanki. Sorulursa söylemesi gerekeni ezberlemiş bir çocuk gibi yanıtladı.

"Babam Akhisar'da Bay Socrates Livanos ile ortak olmuştu. Bay Livanos, babamdan Başbakan Venizelos için Yunanistan'a para göndermesini istemişti. Bay Livanos kendisi gibi hepimizin Osmanlı'ya ihanet etmesini istedi ama babam kabul etmedi. Babam iyi bir insan, dürüst bir tüccardı."

Oktay ses çıkarmıyordu. Nona'nın boğazı kurumuştu. Öksürdü. Oktay koşarak su getirdi. Nona bir yudum içti. Bardağı elinde tutup, ondan adeta güç alarak devam etti.

"Bay Livanos işleri büyütmek istemiş. 'İngilizlerle ortak olalım,' demiş babama. 'Başkalarından da tütün alalım, daha çok satalım,' demiş. İngilizlerden para almış. Senetleri babama imzalatmış. O paralarla İtalya'da ev, toprak almış. Bunu çok sonra öğrendik. Babam senetleri ödeyemediği için Akhisar'daki evimizi İngilizlere verdi. Gücünü kaybetti. Kendi isteği dışında, tütünlerine de İngilizler el koydu."

"Sen bunları hatırlıyor musun?"

"Küçüktüm ama hatırlıyorum."

"Baban ne yaptı da astılar onu?"

"Hiçbir şey yapmadı. O çok iyi bir insandı. Hatta Yunan askerleri İzmir'e girdiğinde babam karşılamaya gelmemişti. Fakat annem, ablam Artemis ve ben o gün Sporting Kulüp'ün oradaydık. Annem, babamın itirazına rağmen bizi oraya götürmüştü. Bir silah sesi duyduk. İlk kurşun sıkıldı. Sonra çok insan öldü. Biz hepsini gördük. Annem ellerimizi sıkı sıkı tutmuştu. Kaçıyorduk. O insan seli içinde bir an kardeşimin eli ayrılmış annemin elinden. Annem geri dönüp onu aramaya çalışırken daha da büyük bir arbede çıktı. İnsanlar birbirini eziyordu. Annem kardeşimin adını haykırıyor, beni de o kalabalığın içinde sürüklüyordu. İnsanlar ayaklarımı eziyordu, annem elimi o kadar sıkıyordu ki yüzükleri bütün elimi yara bere içinde bırakmıştı. Ağlıyordum ama annem duymuyordu bile. O sıra kalabalığın içinde bir el beni yakaladı ve kucağına aldı. Siyah uzun ceketli, bıyıklı bir genç adamdı. Annem onu gördüğünde daha çok ağlamaya başladı. Türkçe 'Küçük kızımı bulamıyorum. Ezdiler mi, ne oldu çocuğuma?' dedi. Genç adam bir eliyle annemin kolunu yakaladı. İkimizi o kalabalıktan çıkardı, bir binanın büyük kapısını itip bizi içeri soktu. Annem, 'Kızımı, Maria'mı eve götürün, yalvarırım!' dedi adama. Kendini yine kalabalığın içine attı. Adam annemi tutamadı bile. Bizim gibi binaya sığınanlar vardı. Biraz bekledik. Sonra o genç adam bana ceketini giydirdi, tekrar kucağına aldı ve arka sokaklardan koşarak kendi evine götürdü. Annesi başörtülü yaşlı bir kadındı. Bana su içirdi. Allah'ın beni kurtaran o eli kardeşimi de kurtarsın diye çok dua ettim. Sokaklar yatıştıktan sonra bir faytona bindirip evimize getirdi beni o genç adam. Babamın vaktiyle okumasına yardım ettiği bir Türk genciymiş. Beni bırakıp hemen ayrılmıştı. Annemi saatler sonra bulmuşlar. Babamın kucağında kapıdan girdiğinde perişan ve baygındı. Kardeşimi bulamadılar. Ölmüştür dedi herkes ama annem bunu hiç kabul etmedi. 'Kaçırdılar!' diyordu. 'Atina'ya götürdüler!' diyordu. İzmir'in altını üstüne getirdiler ama kardeşimden bir iz bulamadılar. 'Çocuğumun bedeni yoksa cenaze de yok çünkü ölmedi!' dedi. Sonra da bir daha kalbi, ruhu hiç düzelmedi. Hep yasta, hep öfkeyle, hep kardeşimi arayarak yaşadı."

Oktay üzüntüyle dinliyordu.

"Babam bizi bir arada tutmaya çalışıyordu. Ve inan bana, benim babam Venizelos'a hiç para vermemişti. *Megali İdea* babamın değil, Bay Livanos'un hayaliydi. Babam hiçbir zaman *Büyük Yunanistan* düşü uğruna para vermedi. Hiçbir zaman vatana ihanet etmedi. Parayı onlara hep Bay Livanos verdi. İngilizlerle anlaşmayı da Bay Livanos yapmıştı. Her şeyi o yaptı. Babam sadece onun iş ortağıydı. Bay Livanos ve ailesi herkesten önce kaçtı. Hepsi onun suçuydu ama babamı astılar... Onu değil, benim babamı astılar."

Nona ağlıyor, Oktay avuçlarıyla gözyaşlarını siliyor, saçlarını okşuyordu. Bir çocuğun yetmiş yıldan bu yana kalbinde tuttuğu o ağır, tarifsiz acı gözlerinden dökülüyordu.

"Babamı şabaha karşı asmışlar... Annem o gün limandaki gemilerden birine gitti. O kadar çok insan vardı ki. O gemiye bindi mi acaba? Binebildi mi? Denize düşen o insanlardan biri de benim annem miydi? Gemilere, kayıklara tutunmaya çalışanların ellerine kürekle vuruyormuş denizciler. Annemin ellerine de vurmuşlar mıdır? Annem boğulanlardan biri miydi? Belki de gitmiştir. Belki orada mutlu olmuş ve bir daha dönememiştir. Belki kardeşimi bulmuştur?"

Nona'nın her sorusu, gözünden dökülen her yaş Oktay'ı kahrediyordu. Keşke yanıtlarını bilse, keşke onu teselli edebilecek tek bir kelimesi olsaydı. Ellerini öpmek dışında bir şey yapamıyordu.

"Bay Livanos babamın kanıyla yaşadı. Çok gençti babam. Çok yakışıklıydı. Çok iyi bir adamdı. Dürüst bir insandı. Biz her şeyimizi kaybettik. Birbirimizi bile. Sonra onun oğlu dünyanın en zengin adamı oldu. *Dünyanın en zengin adamı...*"

Oktay çocukluğu boyunca merak ettiği o meşhur *dünyanın en zengin adamının* Nona'nın acı hayatı üzerinde yükseldiğini o an öğrendi. Satılmasını istemediği o ev, yıllarca saklanan, yaşarken öldü kabul edilen o kimsesiz kız çocuğunun varlığının tek ispatıydı. Şu koca dünyada, o küçük kızın bir zamanlar yaşadığını Oktay'dan başka, bir de evi satmak isteyen o iki kadın ve kocaları biliyordu belli ki. Nona'yı böyle perişan eden, bu sırra vâkıf olan insanların adeta şantajla onu istemediği bir şey yapmaya zorlamalarıydı.

Yaşlı kadın, karşısında dizleri üzerinde oturan oğlunun ellerini bırakıp bütün gücüyle sarıldı ona. Yaşlı gövdesi bastırılmış, saklanmış, dile dökülmemiş sırların yükünü daha fazla taşıyamamış, eski bir ahşap ev gibi, dayandığı o genç binaya doğru yıkılmıştı adeta. Ona hiç benzemeyen o yapının desteği olmasa belki çok daha önce çürüyüp kendi kendine yıkılarak kaybolacaktı. Oktay, annesinin beyaz saçlarını okşayarak ağlamasına izin verdi. Sonra elinden tutup, uzanması için odasına götürdü onu.

"Çok ağladın. Hadi, yeter artık. Bu konuyu şimdilik kapatalım. Sen hasta olursan ben çok üzülürüm. Nerede senin damlan? Biraz ondan içirelim sana. Azıcık ferahla."

Söz dinleyerek eliyle ilaçların olduğu yeri gösterdi Nona. Kesik hıçkırıklarla göğsü inip kalkıyor, derin nefesler alıp verdikçe rahatlıyordu. Oktay komodinin üzerindeki, ağzı menekşe nakışlı beyaz bir peçeteyle örtülmüş pembe sürahiden, ters çevrilmiş bardağı kaldırıp su doldurdu.

"Kaç damlaydı Nona'm?"

"Sekiz," dedi, gözleri ağlamaktan kırmızıya kesmiş, beyaz saçlı küçük kız. Oktay şefkatle içirdi ilaç damlattığı suyu. Saçlarını düzeltti Nona'nın. Ellerini tuttu sıkıca. Sessizce oturdu başında. Duyduklarını sindirmek, anlamak için zamana ihtiyacı vardı. Bir süre sonra fısıldadı:

"Hiçbir şey için üzülme artık. Rahat ol. Senin için ne gerekiyorsa yapacağım. Gazeteyi ararım. İzin alırım biraz. Yanında kalırım. Her şeyi etraflıca düşünür, toparlarız. Ama sen üzülme, olur mu?"

Başını salladı gülümseyerek anacığı. Elini sıkıca tutan oğlunun ellerini öpüp göğsüne bastı.

"Allah senden bin kere razı olsun. Bir hakkım varsa, on tane helalim olsun. Sen benim biriciğim, güzel yavrumsun. Senin de ellerini böyle tutan evladın olsun. Senin de böyle kalbini ferahlatan, sırtını yaslayacağın bir oğlun olsun. Ben göremem belki ama olsun inşallah kuzum."

"Söyleme böyle Nona. Bak ben de ağlarım sonra. Niye taktın sen benim evlenmeme böyle?"

Yanıtını biliyordu aslında Oktay. Söylenen, zorlayan bir anne olmasa da, bir zamanlar Filiz'i çok yakıştırmıştı oğluna. Çok sevmişti onu. Evlendiğinde Oktay'dan daha çok üzülmüştü. Filiz'den söz etmenin bir faydası yoktu artık. Olan olmuştu.

"Yalnız kalacaksın diye çok korkuyorum."

Oktay buruk gülümsedi.

"Kalmam... Korkma sen."

"Zaman uçuyor. Sen iyi kalpli bir adamsın. Sen babanın oğlusun. Benim güzel yavrumsun. Biz büyüttük seni. Ben biliyorum senin kalbini. Sen sokmazsın artık hayatına kimseyi."

"Nereden biliyorsun canım? Belli mi olur?"

"Seni biliyorum..."

"Tamam, boş ver şimdi bunları. Sen benim biriciğimsin, kıymetlimsin. Güzel şeyler konuşalım mı biraz? Kafamızı dağıtalım azcık?"

Nona baş ucunda asılı fotoğrafa bakıyordu.

"Biliyor musun, baban benden çok ağladıydı arkandan. 'Oralarda yapamaz bu,' diyordu. Sen bana kızıyordun ama senin Ankara'ya üniversiteye gitmene ve sonra İstanbul'da kalmana babanı ben ikna ettim. 'Öğrenciler vuruluyor, eve dönemiyor,' diyordu, sen Ankara'ya giderken. Her gece ağlıyordu bu yatakta. 'Hayır,' diyordum babana. 'Benim duam korur onu. Hiçbir şey olmayacak. Dünyanın en iyi gazetecisi olacak benim oğlum. Her yere gidecek. Bizim yapamadığımızı o yapacak. Sakın tutma çocuğu burada,' diyordum. Geceleri ağlıyor ama gündüzleri edalı edalı dolaşıyordu senin yanında."

Yattığı yerde kulaklarına, boynuna akan gözyaşlarını silerken gülüyordu. Hem ağlayıp hem gülerek anlatmaya devam etti.

"Geceleri ona aslan kesiliyordum ama gündüz seni gördüm mü, yüreğim Rum karıların nazar kurşunları gibi eriyip mideme, karnıma akıyordu üzüntüden. Babana hak veriyordum. Seni biz yanlış büyüttük, kavga etmeyi öğretmedik diye kızıyordum kendime. Babanın bütün korkuları bana geçiyordu. Seni vururlarsa yaşayamam gibi geliyordu. Gitmek istiyorsun diye kızıyordum sana. Bizi, beni sensiz bırakacaksın diye kızıyordum en çok. Sana söyleniyordum sürekli. Baban gece benden ne duyduysa, senin önünde bana sayıyordu o lafları. Sen de sanıyordun ki seni göndermek istemeyen bir tek benim."

Oktay'ın göğsünde bir deniz yükseliyordu. Nona hem ağlayıp hem anlatırken, onun bedenindeki bütün ana şefkatini çocukluğundaki öğle uykuları gibi sıcacık hissediyordu içinde. Sesi kırık kırık, gülümsedi.

"Çocukken, sen ölürsen biz ne yaparız diye ağlardım, hatırlıyor musun Nona?"

Yaşlı kadın burnunu çekerek güldü.

"Hatırlıyorum ya. Sümüğün balon olurdu duvarın dibinde ağlarken. Pek güzel çocuktun be Oktay!"

"Nona... Sen ölürsen ben ne yaparım?"

Oktay da bıraktı kendini. O kadar uzun zamandır ağlamamıştı ki. O duvar dibinde, üvey annesi de ölürse mahvolacaklarını düşünen Oktay kadar özgürce ağlıyordu. Nona buruşuk elini uzatıp Oktay'ın gözlerini sildi.

"Ömrümde iki mutlu dönemim oldu benim. İlki çok kısaydı. Ben bir evlattım. Birinin çocuğu, torunu olmanın ne demek olduğunu bildiğim bir yaştaydım. Hepsini kaybettim. Kimsesiz kaldım. Ne ailem ne evim ne de geçmişim kaldı. Adımı bile kaybettim ben. Sonra bir daha hiç mutlu olamayacağımı sandığım yıllar yaşadım. Bir evin prensesiyken, o evin evlatlığı oldum. Sonra, tam otuz yıl sonra sizi gönderdi Rabbim bana. O kudretli elleri bir kez daha uzandı ve kucaklayıp çıkardı beni unutuldum sandığım o kuyudan. Hayalini bile kuramayacağım bir hayattı bana verilen. Hep şükrettim. Hep çok mutlu oldum. Senin varlığın, bana düşkünlüğün bütün kötü anılarımı sildi attı. Hatırlıyor musun, iki kere gebe kaldıydım ben?"

"Hatırlamaz mıyım? Ben istemedim de o yüzden yaşamadılar sanıp çok üzülürdüm."

"Ah benim paşam. Ah benim melek oğlum. Olur mu hiç? Benim o yaşta çocuk doğurabilmem zordu. Ama Allah bana bir bebeğin karnıma düşmesinin mucizesini, bir bebek beklemenin ne mutlu bir heyecan olduğunu da gösterdi. Babanın şefkatini o vakit kazandım ben. O vakit karı koca olduk aslında. Bebekleri kaybettiğimizde elbette üzüldüm ama asıl vazifemi hatırladım. Bana emanet edilmiş iki kimsesiz yavrum vardı benim. 'Sen ölme yeter ki!' diye ağlayan oğlumu bırakır mıydım hiç? Onu, kardeşini büyütmek, onların mutluluğunu görmek için gönderilmiştim ben o eve. Ben size tutunup bunca yıl yaşadım. Kazık kakacak halim de yok ya. Artık adam oldun. Elbette sıram, vaktim geldiğinde gideceğim. Artık kendine bakamayacak iki çocuk yok ardımda."

Oktay da güldü.

"Var aslında. Kızını bilmem ama oğlun hep muhtaç sana."

"Kızım mutlu. İyi bir anne. Seviyor da kocasını. Kocası da onu seviyor. Ondan yana içim rahat. Senin de başarını gördüm, sevindim. Şimdi tek isteğim, benim yaşadığım huzuru yaşaman."

"Olur inşallah..."

İkisi de yakın bir zamanda bunun mümkün olmadığını ve giderek daha da zor bir ihtimale dönüşeceğini biliyordu.

"Biraz daha iyi misin Nonacığım?"

"İyiyim. Daha iyiyim. Oktay..."

"Efendim Nonacığım?"

"Ben vazgeçtim."

"Neden vazgeçtin?"

"Evi verelim gitsin."

Oktay da elini Nona'nın elinin üzerine koydu. Nona'nın güngörmüş yaşlı elinin altında atan kalbini hissetti. Anlattıkça rahatlayan kalbinin vuruşu, bir kırlangıcın kanat çırpışıydı.

"Verelim. Nasıl istersen. Niçin vazgeçtin peki?"

"Ben o kızları sevmezdim ya... Şimdi sana anlatırken düşündüm de... Allah'ın bir düzeni bu. O ev hepimizin yuvası oldu sonra. Dalyan dayı da, karısı da iyi insanlardı. O yüzden, onlara bakarken, hizmet ederken hiç gocunmadım."

"Evet, biliyorum Nonacığım, severdin onları."

"Babanla evlenirken, zamanında annemin satsınlar da o gelene kadar bana baksınlar diye onlara bıraktığı broşla küpeleri bile vermişlerdi bana. İstemeseler vermezlerdi. Ben neyi düşünmemişim bunca yıl?"

"Neyi?"

"O evin hissesi belki sizinle yaşadığım mutlu yılların bedelidir. Doğru diyorsun. Gitmem etmem. Niye inat edeceğim ki şimdi? Kime kalmış taş toprak parçası? Dedeme, babama kalmamış. Evet evet, verelim gitsin. İyi ki geldin. Tam zamanında geldin. Misket'im benim! İçimin huzuru, Rabbimin armağanı."

"Tatlı Nona'm benim. Biraz daha iyisin, değil mi?"

"İyiyim, çok iyiyim hem de. Yarın kardeşini arayalım. Yazın gelsinler. Sen de izin al, gel. Eskisi gibi birlikte olalım. Kayıkla denize çıkalım. Enişten de iyi çocuk. İyi ki onunla evlendi. Asker eşi olacak diye biraz korktuydum ama... Yarın, sabahtan arayalım, olur mu?"

"Olur Nona, arayalım."

Yaşlı kadının ağlamaktan yorgun düşen gözleri kapanıyordu. Bir çocuk gibi, derin bir nefes alıp bıraktı. Oktay'ın elini sıktı.

"Evet be Misket... Verelim gitsin oğlum. Onların olsun."

"Verelim annem, tamam."

"İçim rahatladı..."

Oktay gülümsedi. Çocukken uyuyamadığı gecelerde ve hastalandığında Nona'yı böyle başında tutar, elini bırakmazdı. Hayat işte. Şimdi yaşlı kadın yatakta, Oktay başında; roller değişmiş.

Nona tam uykuya dalarken bir bebek gibi sıçrayıp gözünü açtı.

"Oktay..."

"Efendim annem?"

"Senin kitapları gömdüğüm eski kümes var ya... Mutfağa eklediğimiz kısım..."

"Evet?"

"Oradaki sediri çek. Altında zeytinyağı küpü gömülü. Onun içindekileri çıkar oğlum."

"Ne sakladın sen yine oralara?"

"Görürsün işte... Sediri güzelce yerine it ama. Örtüsünü, kırlentleri filan düzelt. Öyle dağınık kalmasın."

"Tamam, düzeltirim."

"Rabbime şükrederim. Her günüme şükrederim. Verdiği nimete, hayata, evlatlarıma şükrederim. Bugün de akşam oldu, çok şükür."

Gözleri kapanan Nona derin bir uykuya geçti. Oktay, beyaz saçları yastığın üzerine dağılmış annesinin uykuya kayışını seyretti. Hırıltılı nefes alışından tamamen daldığını anlayana kadar elini bırakmadı. Elini tuttuğu bu kadın, dünya var olduğundan beri tüm insanlığın ihtiyaç duyduğu sonsuz affedişin ta kendisiydi aslında.

Şu son kararı bile, kalbini kemiren o haksızlığın ağırlığını, öfkesini, kızgınlığını taşıyamayacak kadar temiz kalmaya duyduğu inancın eseriydi. Yıllardır takip ettiği savaşların, yazdığı ve fotoğrafladığı acıların hepsi, paylaşılamayan bir toprağın sebep olduklarıydı.

Anadolu, Avrupa, Orta Doğu, Amerika... İnsan hiçbir zaman gerçek sahibi olamayacağı kara parçasının üzerinde, kendi tarihi boyunca kardeşini bile katletmekten vazgeçmemiş vahşi bir canlıydı nihayetinde. Seksen yıllık ömrüne tarifsiz acılar sığdırmış, sevmeyi uzlaşmanın bir yolu yapmış olan Nona, o gece ilk kez dile döktüğü sırrıyla bir insanlık dersi daha vermişti oğluna.

Babaannenin, Rum ve Ermeni komşulara beslediği öfkeyi senelerce göğüsleyen Nona'nın gerçek adını, kimliğini saklaması, kocasına bile söylemeden yaşaması kim bilir ne kadar zor olmuştu. Sıradan ve sakin hayatına duyduğu sonsuz bağlılık, bütün dinlere ve canlılara gösterdiği saygı ve merhamet, ancak Nona gibi sıra dışı bir ruha bahşedilmiş bir erdem miydi? Yoksa bu bir tercih miydi?

Ne güzel söylemişti:

"Allah'ın sana uzanan eli hangi milletten, hangi renkten gelir, sen bilemezsin. Ya düşmanım sandığın komşunun eliyse? Tanrı misafiri sana nasıl görünür, hiç düşünmezsin. Ya bahçeye giren şu kara kediyse? Nereden bileceksin, bilemezsin..."

Oktay bunun bir tercih, Almanya'dan Türkiye'ye dönerken uçakta içine düşen o ateşin ise hakikaten Nona'dan son bir çağrı olduğunu 1993 yazında anladı. O yaz kız kardeşi, eniştesi ve yeğenleri Urla'ya tatile değil, biricik anneannelerine son görevlerini yapmak için geldi. Kuşçular köyünde kocasının yanına gömüldü Nona.

Oktay, hastalığını son haftaya kadar kimseye haber vermeyen, "Üç gün yatayım, sonra gideyim. Kimseye muhtaç olmayayım," diyen ve duası kabul olan Nona'nın gözüyle izledi bütün olup bitenleri. Çok sevdiği bu köyde, yattığı yerdeki ağaçları da seveceğini, kız kardeşinin kolunda hakiki bir üzüntüyle ağlayan Filiz'in orada olmasından mutluluk duyacağını düşündü.

Eve geçtikleri vakit Filiz buzdolabının üzerinde kızının fotoğrafını görüp ağlayınca, o güne dek dikkatini çekmeyen küçük şeylerde daha da iyi gördü Nona'nın bu hayatı ve böyle bir insan olmayı tercih ettiğini. Evin, merdivenlerin duvarlarındaki fotoğraflara onun gözüyle baktığında anladı eltisini ve babaanneyi bile nasıl sevebildiğini. Söylenmemiş sözlerin saklandığı tüm o fotoğraflarda tek bir gerçek vardı: Sevmek, Nona için hakiki bir yaşam direnişiydi.

19. BÖLÜM

Urla'da Bir Gece Daha

Bahçedeki iki ağacın arasına gerili kabloda sallanan ampullerin ışığı altında, yarısı boşalmış bir salata kâsesi, akşam yemeğinden kalan boş tabaklar ve bardaklarla dolu eski masanın etrafında oturuyorlar. Gecenin sıcağında hiç susmayan cırcır böceklerinin sesine, çok uzaktan eski bir şarkının melodisi karışıyor.

Bir incecik tüle benzer…

Kapıyı çevreleyen eski yasemin ağacı buram buram tütüyor.

Bu geceyi, bu ânı dördü de hiç unutmayacak.

Oktay 1992 yılındaki o günü, Nona'nın hikâyesini tüm detaylarıyla anlatmış. Anlatırken yeniden yaşamış. O vakit dinlerken hangi duygularla dolduysa kalbi, anlatırken yılların özlemi de eklenince iki katıyla dolup taşmış.

Filiz ağlamış. Zeynep annesine sarılmış. Kerem dinlediği hikâyenin içinde kaybolmuş. Oktay, anlatırken yaşamaktan yorulmuş.

Gece, ışık ve koku...

Zeynep annesine sarılırken onun bu eve, bu bahçeye geldiği o ilk yazı düşünüyor. Hayatındaki biricik varlığını, babasını kaybettikten sonra kim bilir ne kadar kırık, yalnız hissediyordu kendini. Nona'nın hikâyesini dinledikten sonra, şimdi daha iyi anlıyor, annesi neden o kadar çok sevmiş burayı, bu evi, Nona'yı. Neden bu kadar kıymetli kalmış Oktay Bey... Bu adam o şahane kadının bir parçası çünkü. Annesi buraya ait kalmak istemiştir, anlıyor. Nona'nın kızı olmak istemiştir. Öyle hissediyor ki bunu şimdi... Sarıp sarmalamak, kalbinde saklamak istiyor annesinin genç kızlığını. Yanağından öpüyor usulca.

Filiz kızının kolları arasında, zamanında kendisine annelik yapan Nona'nın onda saklı sırlarını düşünüyor şimdi. Burada kaldığı günler boyunca, Oktay yokken Kuşçular'a yürüyüşe, ot toplamaya gittiklerinde, evde yaprak sararken, pazardan dönerken anlattıkları şimdi ait olduğu yere dönen buluntular. Başını çevirip bahçenin en köşesindeki trompet ağacına bakıyor. Masadan kalkıp ağacın yanına gidiyor. Eskisi kadar güçlü değil çiçeklerin kokusu. Ancak dibine sokulursan duyuyorsun o şahane limon, vanilya fısıltısını. Gövdesine dokunuyor ağacın. Nona'nın koluna dokunur gibi. Yıllar geçmiş üstünden. Nona ile ikisini yakınlaştıran, sırdaş yapan o geceyi hiç unutmadı ama şimdi daha başka bir anlamı var...

Oktay, İzmir'e gitmişti, gece dönmeyecekti. Nona gün boyu onun kafasını dağıtmak için durmadan bir şeyler anlatıyor, sorular soruyordu. Filiz'in Oktay'a gönlünün kaydığını anlamıştı büyük olasılıkla. Ama açıkça sormuyor, utandırmaktan kaçınıyordu belli ki. Ama bir anne olarak anlamaya çalışıyordu Oktay'la aralarındaki ilişkinin şeklini. Sevgili olmadıkları fakat Filiz'in kalbinin, oğlunun sevgisiyle dolu olduğu aşikârdı ve bu yüzden sanki bir parça endişeliydi. O gece yemekten sonra, "Bahçede içelim çayımızı," demişti.

Serin bir yaz sonu gecesiydi... Hiç unutmadı Filiz. Hatta şimdi daha berrak o geceki her detay.

"Sen çayları koy, ben üstüme bir hırka alıp geleyim," demişti Nona. Gelirken Filiz'e de bir şal getirmiş, şefkatle omzuna örtmüştü.

"Acıya alışıyor insan zamanla," demişti masaya otururken. Mavi kareler üzerinde kırmızı çiçekler olan muşamba bir örtü seriliydi masada. Onu da hatırlıyor Filiz. Nona çayından bir yudum içmiş, kendi kendine bir şarkı mırıldanmaya başlamıştı. Rumca bir şarkıydı. Sadece iki kelimesini hatırlıyor:

Samiotissa Samiotissa...

Kısık sesiyle şarkıyı ağzının içinde yuvarlıyordu. Melodisinde bir neşe vardı, sözlerini anlamasa bile bunu anlıyordu Filiz. Yaşlı kadının kolayca "Acıya alışıyor insan," diyebilmesi ve ardından şarkı söylemesi tuhafına gitmişti Filiz'in. Acıya, hele ki böyle bir acıya alışmanın mümkün olmadığını düşünüyordu. İnsan yok oluşa, hele ki bütün hayatını dolduran, her şeyi olan babasının yokluğuna nasıl alışabilirdi ki?

"Ben alışamam," demişti. Nona'ya değil de, kendine söyler gibi.

Nona şarkı söylemeyi kesmiş, çayından bir yudum alıp, güngörmüş ve gördüğünden yorulmuş bir insanın sakinliğiyle konuşmuştu.

"İnanmıyorsun bana şimdi, biliyorum. Olur mu öyle şey, diyorsun içinden. Bu yaşlı kadın da anlamıyor beni, diyorsun ama vallahi anlıyorum ben seni. Anlamaz mıyım? Güzel kızım... Pek tatlı değil tabii bu söyleyeceğim ama sen de yaşaya yaşaya alışacaksın. Bir gün bir bakacasın ki, aaaa, acıya rağmen geçmiş günler! Geçip gitmiş. Sen de yaşamışsın. Gülmüşsün de haberin olmamış. Acı dediğin taş, insan dediğin su gibidir aslında. Taşın üstünden kayar gider, toprağa karışır. Taşa her vurduğunda acır canın. Ama toprakla buluştukça acın azalır. Topraktayken acıdan eser kalmaz. Su toprağı yaşatır, toprak suyla bereketlenir. Anlıyor musun sen beni? Acıdan sonra bir bakmışsın ki o toprakta ne çiçekler, ne hayatlar dirilmiş. O toprakta, o acıdan sonra ne çok varlığa can olmuş o su. Ama su deyip geçme; o su, taşı bile aşındırıp yıpratır. Sen şimdi ne kadar güçlü olduğunu öğreneceksin. Bir gün böyle benim gibi oturacaksın bir ağacın altına, benim dediklerimi bir başka yeni yolcuya anlatacaksın."

Filiz'in gözleri dolmuştu. Nona "toprağa karışmak, kavuşmak" dedikçe, babasının artık toprağın altında olduğu gerçeği geliyordu aklına. O cenaze, o kalabalık, o vedalaşma, insanların işe yaramayan teselli çabaları... Kolundan çıkmayan arkadaşı Gülin'in gözyaşları, Gülin'in annesinin onlarda kalması için ısrarı... Ama evden asla ayrılamayışı, babasının sıcaklığıyla dolu evlerini bırakamayışı... Sonra çaresizce, günü bitirebilmek için gittiği gazete binasında, o insan kalabalığı içinde her şeyin boş, her şeyin anlamsız olduğunu düşündüğü o öğleden sonra Oktay'ın gelişi, ona bakan o kara gözlerinden acı haberi öğrendiğini anlaması, hiç konuşmadan sarılmaları... Oktay'ın ona sarılan kollarında aslında babasıyla son kez kucaklaştığı ânı hatırlayamadığı için hıçkıra hıçkıra ağlayışı, Oktay'ın hiç konuşmadan, daha da sıkı sarılarak ağlamasına izin verişi...

Ağlıyordu yine. Babasının yokluğuna alışmak istemiyordu. Dolabında kıyafetleri, yastığında kokusu, kapının yanında terlikleri öylece kalsın, hiçbir şey değişmesin istiyordu. Hiçbirine dokunmamıştı zaten. Kapının yanındaki o bir çift terlik her gördüğünde ciğerini parçalasa da, kaldırmıyordu onları yerinden. Şimdi Nona bunlara alışacaksın diyordu. Alışılır mı hiç bu acıya?

Burnunu çeke çeke ağlıyordu. Nona ağlamasına ses etmedi bir süre. Öyle ya, ağlamadan eksilmiyor, eskimiyordu acı. Ağlamak o taştan acının üzerine pat pat vurmasıydı insanın. O taştan acıya vurup, toprakta yeniden hayat bulmasıydı. Filiz'in gözyaşları Nona'nın da gözlerini dolduruyordu. Şuncacık, gencecik, adı gibi bir filizin bu ayazı, boranı atlatacağını biliyordu ama yapılacak bir şey yoktu. Ya hayatta kalacak ya da kökünden kuruyacaktı. Ama kurumasına izin verecek değillerdi ya! Oğlu alıp getirmişti buraya, bırakmıştı avcuna. Seviyordu bu kızı belli ki. Sevilmeyecek gibi de değildi. Filiz'in uzun saçlarının dağınıklığı, şalın omzundan düşüşü, gömleğinin bileğine sildiği gözyaşları, yaşlı kalbini sızım sızım sızlatıyordu. Yerinden kalkıp şalı omzuna koymuş, arkasına geçip başını şefkatle okşamış, saçlarını toplayıp örmeye başlamıştı.

"Benim de böyle gür, uzun saçlarım vardı. Annem ben doğduktan sonra hiç kestirmemiş. Pek gurur duyardı saçlarımla. Yıkaması zordu, taranması canımı acıtırdı. Annem kimseye bırakmaz, kendi tarayıp örerdi saçlarımı. Dokuz yaşındaydım. Annemi ve babamı arka arkaya kaybettim. Saçlarımı kestiler annem gidince..."

Filiz yaşlı kadının şefkatli ellerine duyduğu minnetle ona teslim olmuş, konuşmasını dinliyordu. Şaşırmıştı. Bilmiyordu Nona'nın çocukken hem öksüz hem yetim kaldığını. Nona karşısındaki sandalyeye geçip otururken ne diyeceğini bilememişti.

"Ama çok küçükmüşsün..." diyebilmişti sadece.

Nona başını sallamıştı.

"İnsan çocukken yalnız kalınca, şimdi bana ne olacak diye düşünüyor. Ben şimdi ne yapacağım?"

Çocuk olmayışı Filiz'in de öyle düşünmesini engelleyemiyordu ne yazık ki.

"Ben de bilmiyorum Nona. Ben şimdi ne yapacağım?"

"Hayatın bitimli olduğunu kabul etmek zor, benim güzel kızım. Hele bir de o yaşta. Daha başladığını bile anlayamamışsın hayatın. En zoru bu. Zaman geçiyor, yıllar akıyor. Anladığını sanıyor insan. Biliyor ama yine de bilmek istemiyor. Ne anladım ben, biliyor musun? Önce bu gerçeği kabul edecek, sonra da yaşamına bir sebep bulacaksın."

Ama Filiz ne o gerçeği kabul etmek istiyordu ne de yaşamına bir sebep bulmak. Neredeyse bir ay olacaktı babası gideli. Ne zaman, nerede, nasıl alışıp kabul edebilirdi ki bunu?

"Ben doğduğumda Birinci Cihan Harbi varmış. Sonra İzmir'in işgali, Kurtuluş Savaşı, İzmir'in, Manisa'nın, Aydın'ın yanışı, mübadeleler, ardından İkinci Cihan Harbi... Neler neler gördü bu gözler, neler neler yaşadı bu Nona, bir bilsen. Ben anne babasız kaldığımda, o kadar çok anne baba da evlatsız kalmıştı ki... Gencecik evlatlar, daha el kadar çocuklar cepheye gidip dönmedi. İnsanlar evlerinden, yurtlarından oldu. Dağıldı, darmadağın oldu hayatlar. Kaybolan, sahipsiz kalan çocuklarla doluydu İzmir sokakları. Açlık bir yandan, yağma bir yandan... 'Düşmanım kimdir?' sorusunun cevabını bile kaybetti insanlar. Yıllarca kardeş bildiğini hain, canının bekçisini düşman diye belletmek istediler. Açlıktan otları, bahar dallarındaki çiçekleri yerken artık neye üzüleceğini bilemeyen insanlar bile hayatta kalmak için direniyordu aslında. O zaman çocuğum ben, bunları tabii böyle düşünemezdim. Sonra sonra anladım. Yaşadıkça bildim."

Filiz, Nona'nın bunları anlatırken alışıldık neşesinin solduğunu ve neşe yüzünden silinince çok daha yaşlı göründüğünü düşünmüştü o anda. Kim bilir ne kadar güzel bir kız çocuğuydu.

O sırada Nona gecenin içinde cırlayıp duran kurbağa sesini duyunca, o kasvetli halinden çıkıp oturduğu yerden fırlamış, "Kör olmayasıca yine başladı cır cır! Ay, susmaz da şimdi bu!" diye söylenerek o karanlıkta eliyle koymuş gibi bulmuştu kurbağayı. Kurbağa Nona'yı görünce kaçmamış, sıçramamıştı bile. Sanki bin yıldır tanışıyorlardı. Nona avcuna aldığı kurbağayı mutfaktan vuran ışığa tutup "Yine mi sen len? Sana demedim mi, gelme buraya diye? Bu tombalak kediler top niyetine oynar senle!" demiş, terliklerini ayağına geçirip bahçeden çıkmıştı. Filiz hayretle izliyordu Nona'yı. Sokak lambasının ışığında Nona'nın kurbağayla konuşa konuşa yürüdüğünü, az ilerdeki parka girdiğini görmüş, kurbağayı oraya bırakıp şarkı söyleye söyleye eve dönüşüne gülmeden edememişti. Ne acayip, ne tatlı bir kadındı bu!

Nona, "Ay! Bu kurbağalar iyi hoş da, konuşturmuyor hiç insanı. Yalnızken dert değil. Sineği böceği avlıyor işte. Ama benim kediler de rahat vermiyor bunlara. Çok da karışamazsın, kendi aralarında var işte bir düzenleri ama yürek de kaldırmıyor. Aman vallahi, yaşlandım. Bunlarla dostluk ediyorum," diyerek bahçeye girmiş, duvar dibindeki musluktta elini yıkamıştı. Musluğun yanındaki sabunluk, hortumun düzenli kıvrımları, duvarın önüne dizili mama kapları, o bahçede ne var ne yok Nona'nın masalsı düzeninin parçalarıydı ve Filiz her bir parçaya giderek daha çok sevgi duyuyordu. Yaşlı kadın ıslak ellerini pamuklu eteğinin kenarıyla kurulamış, sandalyesinin üzerine bıraktığı hırkasını giymiş, "Hadi, birer çay daha koy güzel kızım," diyerek yerine oturmuştu.

Filiz çayları doldurup geldiğinde, Nona eliyle duvar dibindeki sarı trompet ağacını gösterip "Bak bak, kokusunu alıyor musun? Ay Allah'ım, nasıl da güzel! Aldın mı kokusunu?" diye sormuştu. Filiz, Nona'nın işaret ettiği ağaca yaklaşmış, o akşama dek nasıl olup da fark etmediğine şaşırdığı kokunun güzelliğine inanamamıştı. Alımlı bir ağaç da değildi ama çiçeklerinin kokusu baş döndürüyordu.

"Ben yaseminler kokuyor sanıyordum hep. Bu ne güzel bir koku!" dediğinde, Filiz'in hayreti Nona'nın hoşuna gitmiş, "Bunu bana Tanju Okan hediye etti. Çok kıymetli benim için. Oktay pek kıskandı ama..." diyerek içten, küçük bir kahkaha atmıştı.

"Niye kıskandı ki? Ne var bunda?"

"Ay, o pek kıskançtır aslında! Belli etmez ama sinir olur kendi kendine. 'Çok çirkin bir ağaç bu!' deyip duruyor. Ayol adam ta nerelerden getirtmiş! Gözüm gibi bakıyorum valla. Bir de yani koskoca Tanju Okan hem evime gelmiş hem de bana çiçek getirmiş!"

"Çiçek getirdi diye mi kıskandı?"

Nona az önceki halinden sıyrılmış, o hayat dolu, neşeli sesiyle anlatmaya koyulmuştu.

"Ben kimi sevsem kıskanır o. Tanju Okan'ı da pek severim. Bakma, Oktay da çok sever aslında. Annesini çok eski tanırım. Tanju'nun dedesi burada hâkimdi. Rahmetli eşim çok sever, çok hürmet ederdi ona. Allah rahmet eylesin. Kıymetli, zarif insanlardı. Tanju doğduktan sonra annesi babası boşandı. Annesi buraya gelirdi yazları. Çocukluğunu bilirim yani. Nasıl güzel bir çocuktu... Çok da yakışıklı bir adam oldu. İskele'den ev aldı sonra. Teknesi meknesi, her şeyi burada. Yanındaki evi de Gönül Yazar almıştı. İskele onlarla pek muhabbet dolu olmuştu vallahi. Akşamları hep deniz kıyısına inerim, üşenmem. Gün batımını seyrederim. Tanju da akşamları beni öyle yalnız görünce yanıma gelirdi, iki sohbet ederdik. Ay, kaç yıl önceydi... Rahmetli eşimin vefatından sonra... Bir gün dedi ki, 'Nona, hadi gel, seni hafta sonu tekneyle çıkaralım, bir değişiklik olur.' Aman bir eğlendik ki sorma gitsin. Gönül Yazar da geldiydi. Ne şarkılar, ne fıkralar... Sonra ben de onları davet ettim. Gelirken de bu ağacı getirmiş işte. Oktay bir bozuldu!.. Benim ne işim varmış el âlemin teknesinde? Hah ha ha... Onların hepsi benim çocuğum. Paralanmışlardı beni eğlendirmek için. Ama eğlenceler onsuz olunca, aklı kalır benim oğlumun. Ben eğlenirken yanımda değildi diye üzülmüştü aslında. Çocukluğundan beri böyle. Bir de çok çalışıyor artık, sık gelemiyor ya... Ben de onlarla görüşüyorum filan diye... Sonra sağlığı bozuldu Tanju'nun. Yazık. Bakmıyordu kendine hiç."

Filiz, Nona'nın ölümden savaşa, oradan kurbağaya, kurbağadan trompet çiçeğine, sonra da Tanju Okan'a geçişi sırasında kendi hayatından çıkıp neşeli bir filmin akışına kapılmıştı farkında olmadan. Gülerek dinliyordu Nona'yı. Tam da Nona'nın dediği gibiydi; bir bakmışsın, gülüyorsun... İnsan insanın hem düşmanı hem de şifası...

Nona, Tanju Okan için üzülüp içini çekerken tekrar trompet çiçeklerine bakmıştı.

"Bu mis gibi kokuları yayan şu çiçekler var ya... Öyle zehirli ki. Güzel olan her şeyin bir bedeli var. Şöhret de güzeldir muhakkak ama dayanması zor demek ki. Bize dışarıdan güzel geliyor. Tanju güzelin içindeki bedele ve zehre dayanamadı da ondan çok içti bence. Senden iyi olmasın, bir güzel, bir hanım karısı vardı... Ondan ayrılmasaydı iyiydi. O kız güzel çekip çeviriyordu onu. Neyse ki şimdi oğlu yanındaymış. Pek güzel ilgileniyormuş babasıyla. Allah ondan razı olsun."

"Niye ayrılmış peki eşinden?"

"Kimsenin yuvasının, evinin içini bilemeyiz dışarıdan. Tanju çok içiyor diye ayrılmışlar dediydi gazeteler. Ben hiç sormadım. Sorulmaz öyle şeyler. İkisi de çok üzülmüş sonra. Hayatın zalimliğine, dünyaya dayanmak zor gelir bazı insanlara. Yumuşak kalpliliğinden ama. Bakma sen, bu adamların dev gibi cüsseleri oluşuna. Deniz kabuğu gibi kalbi olan çocuklar bunlar. Çocuk hepsi. Beceremiyorlar işte evliliği."

Filiz, Nona'yı hayranlıkla dinliyordu. Susmasa sabaha kadar dinlerdi. Ne güzel bir tarif bu, diye düşünmüştü. *Deniz kabuğu gibi kalbi olan çocuklar...*

"Peki neden beceremiyorlar sence evliliği? Madem böyle yumuşak kalpli adamlar bunlar, sevmek kolay olmalı onlar için."

"Sevmek kolay, sevilmek zor. Korkmuştur belki. Evlilik belli ki böyle adamlar için daha da zor."

"Neden zor olsun, neden korksunlar ki? Tanju Okan sevilmekten korksa sahneye çıkıp şarkı söyler miydi? Bence onlar aşktan korkuyor."

Nona hırkasının önünü toparlayıp kollarını kavuşturmuş, içini çekmişti.

"Ben pek anlamam öyle aşktan meşkten ama... Nasıl diyeyim sana... Sevmek, hele ki sevilmek, sorumluluk yükler insana. O sorumluluk ağır gelmiştir belki. Belki de beklentilere karşılık verememekten korkuyorlardır. Bilemedim... Tabii, üzersem çok üzülürüm, diye de korkuyorlardır muhakkak."

Filiz susmuştu. Konunun öznesi Tanju Okan gibi görünse de, ikisi de aslında Oktay'ı kast ediyordu Filiz'e göre. Nona fazla konuşmuş olmanın rahatsızlığı içinde, "Ben de pek bilirmişim gibi bu işleri, konuşup duruyorum," diyerek masadaki çay bardaklarını alıp ayaklanmıştı. Filiz bardakları elinden almak için hamle yapmıştı ama Nona, "Sen otur kızım. Ben doldurup geliyorum hemen," diyerek mutfağa yönelmişti.

Filiz, Nona'nın sözlerinde ona bir mesaj olup olmadığını düşünmüştü. Sormak, saklanmadan konuşabilmek, gizlemeden söyleyebilmek, söylendiği kadarından bir sonuç çıkarıp bundan emin olmak ne kadar zordu bazen.

Nona dolu çay bardaklarıyla dönüp Filiz'e bardağını uzatırken "Sana bir şey anlatacağım. Şu yaşıma geldim, kimseyle paylaşmadım bunu. İyi dinle, iyi sakla, olur mu? Söz mü?" demiş, sandalyesine yerleşmişti.

Filiz başını sallamıştı.

"Söz!"

"Rahmetli anne babam, hatta onların anne babaları bile hayattaydı daha. Yaşım ya beş ya da altı. Ne anlarım aşktan meşkten? Karşı evde oturanların bir oğlu vardı. Benden büyük olduğu için kocaman delikanlı gibi geliyordu bana. Yaşı olsun olsun da on üç on dört olsun. Evdekiler büyüdüğümüzde bizi nişanlayacaklarını konuşup gülüşürlerdi. Çok iyi hatırlıyorum o günleri. Savaş daha bizim evlere ulaşamamıştı. Uzakta sanıyordu herkes. Bize kadar gelmez diye düşünüyorlardı. Çok güzel zamanlardı. Hep kalabalık sofralarımız olurdu. Pek güzel giydirirlerdi beni. Dedim ya, annem pek özenirdi bana. Evimiz dağılmamıştı, hepimiz bir aradaydık... Bir gün, bayram mıydı neydi, ev çok kalabalıktı. Yine bu nişan şakası yapıldıydı. Pek utandıydım ama hoşuma da gitmişti. Annemin kız kardeşi yeni gelin olmuştu. Başına portakal çiçeğinden bir taç yapmışlar, pek güzel dantel bir duvak takmışlardı. Onun gibi olacağım, evlenirsem o elbiseden ben de giyeceğim diye seviniyordum. Öyle öyle, çocuk aklıma sokmuşlar demek ki..."

Filiz, Nona'nın anlatmaya başladığı bu yeni hikâyeyi yine merakla dinliyordu. Ne çay umurundaydı ne de giderek soğuyan hava. Nona hırkasına sarınmıştı yine.

"Babamın ortağının oğluydu sözde nişanlım. Karataş'ta karşılıklı evlerde otururduk. Sonra olmadık işler geldi başımıza. Darmadağın olduk. Ben ailemi kaybettim, kimsesiz kaldım. Onlar Rum'du, Türk ordusu İzmir'e girmeden çok önce taşınıp gittiler İzmir'den. Aslında önce ailesi gitti, benim sözde nişanlım birkaç ay daha kaldıydı. Amerikalılara çevirmenlik yapıyor, o yüzden tutuyorlar İzmir'de, diyorlardı. Önce babamı, sonra annemi kaybedince ben dayımlarla yaşamaya başlamıştım. Seni de üzmek istemiyorum şimdi bunları anlatarak ama..."

Filiz sözünü kesmişti Nona'nın.

"Hiç olur mu? Ben öyle severek, öyle merakla dinliyorum ki... Hem, beni anlayan birinin yanında olduğumu anlıyorum sen konuştukça."

Nona muşamba örtünün üzerine düşen yaprakları avuçlayıp eliyle masanın görünmeyen tozunu temizlemiş, konuşmaya devam etmişti.

"Karataş'taki evimizin önünde denize inen basamaklar vardı. Dayımın karısı bit salgını yüzünden hem kızlarının hem de benim saçımızı kesmişti. İşte, saçlarımın kesildiği o gün o basamaklarda oturmuş, kendi kendime ağlıyordum. Yıkılmış, viran olmuştu İzmir. Gökyüzünü kara bir duman kaplamış... Nasıl bir yanık kokusu vardı, anlatamam. Aylarca gitmedi o koku. Ben öyle kara kara denize dalıp gitmişken, bir baktım, bu gelmiş, yanıma oturmuş. Kumaş bir mendil uzattı bana.

'Ben yarın gidiyorum. Buradan çok daha güzel bir yere. Ama bir gün gelip seni alacağım. Sakın üzülme. Sana söylenenlere inanma. Eskisi gibi olacak her şey,' dedi. Çocukluk işte. Birinin 'Sen üzülme, ben seni gelip alacağım' demesine inanıyorsun. Bir de altın lira verdi elime. 'Bunu sakla, lazım olursa harcarsın,' dedi. Kalktı gitti. Biri seni sevince, sevildiğini sanınca, senin de kolayca sevebildiğin yaşlar işte..."

Nona buruk bir şekilde gülümsemiş, kendiyle dalga geçen bir baş hareketiyle devam etmişti.

"Bir de nişanlım sanıyordum ya onu... Ama babasına, ailesine öyle öfkeli, öyle kızgındım ki... Babamın ölmeden önce işleri bozulmuştu. Çok zor durumda kalmıştık. Babamın varını yoğunu aldılar elinden. Varlıklı bir aileydik aslında. Şimdi düşünüyorum da, o savaş yıllarında epey bir zaman rahat bir hayat varmış evimizde. Evde konuşulanlardan bildiğim, her şeyin ortağının başının altından çıktığıydı. Annem çok kızgındı onlara. Babam yine de ortağının onu kurtaracağına, hatasını telafi edeceğine inanıyordu. Babama benzemişim ben. Çabuk inanırım, hemen unuturum. İşte o gün de, o öyle söyleyince inandım ben. Bir de, onun ne suçu var ki diyordum kendi kendime. Babasının yanlışıymış işte. Babam da öyle söylüyordu anneme. 'Ailesini karıştırma bu işe,' diyordu. Sonra herkes gitti. Babam son nefesine kadar, ortağının gelip her şeyi düzelteceğini ümit etmiş. Bir vakit sonra, babamın ölümünden de ortağının sorumlu olduğunu öğrendim. Bizi viran edip gitmişlerdi."

Filiz, Nona'nın gittikçe kalınlaşan sesinden, ağlamadan anlatmaya çalıştığını anlıyordu. Nona içini çekmiş, kafasını sokağa çevirip bir müddet sustuktan sonra devam etmişti.

"Kendi kendime teselliler buldum küçücük aklımla. Babası başka, o başka, diyordum. Söz verdi bana; bir gün mutlaka gelecek. Ne gelen oldu ne giden. Beklemeyi öğrendim. Hayatım çok değişti. On dört yaşındaydım. Bir mektup geldi bir gün bundan. Ailesinden kopmuş. Artık görüşmüyormuş. Babasından tek kuruş almadan Arjantin'e gitmiş. Orada bir gemicilik şirketinde memur olarak çalışmaya başlamış. Bana para göndereceğini, ben on sekiz yaşına gelene kadar bana bakacağını, sonra istersem beni de Arjantin'e götüreceğini yazmış.

Ah, ben o mektubu kaç kere okudum, bilsen. Kaç kere ama! Dünyalar benim olmuştu. Babasının günahını biliyor, bunun için beni unutmuyor, dedim kendime. Sonra bir gün, hakikaten bir denizci geldi eve. Bir paket getirdi. O paketi açtığımdaki sevincimi sen tahmin et. İpek kumaş, sedeften saç tokası, saten kurdele, bir de kutuda böyle küçücük elmas bir yüzük göndermiş. Paketten çıkan mektubunda, 'Para gönderemiyorum, bu yüzüğü satarsın,' diye yazılıydı. 'Bir dahaki sefere para da yollarım,' diye eklemişti. Satar mıyım o yüzüğü? Nişanlım bana yüzük göndermiş diye ölüyorum sevinçten. Kimselere göstermeden, geceleri gizli gizli takıyordum yüzüğü. Hakikaten on sekiz yaşıma kadar yılda iki kez kapımızı bir denizci çalıp bir paket teslim etti. İçinde para da oluyordu. Parayı dayıma veriyor, hediyelerini saklıyordum.

Bir gün dayımın kızları sakladıklarımı bulmuş. Geçimsiz kızlardı. Dayımla yengem kimsesiz kaldım diye üzülürdü bana. Ama onlar kıskanırlardı beni. İşte, bulduklarını saçmışlar ortaya. Geçim sıkıntısı var tabii o vakitler. Aman ne olay oldu! Gönderdiklerinden bir sedef tokayı saklayabildim, bir de yüzüğü.

Nasılsa gelip beni alacak diye sabrediyordum. On sekiz yaşımdan sonra mektuplar da kesildi, gelen giden de kalmadı. Mektuplarında adresini hiç yazmazdı. O yüzden ona hiç yazamadım. Nerede olduğunu bilmiyordum.

Dayımın kızları erkenden evlenip gittiler evden. Nefes aldım bir parça. Nefes aldım diyorum ama bir yandan da kapıyı çalıp bir mektup, bir haber getirecek birini bekledim hep. Ama ne beklemek. Senelerce.

Her akşamüzeri denize iner, gün batımını seyrederdim. Dua ederdim gelip beni alsın diye. Sonra dedim ki, belki de ölmüştür? Başına bir iş gelmiştir? Öyle öyle, beklerken geçti gitti zaman. İstemeye gelenler oldu ama ben nişanlıyım diyordum kendi kendime. Kabul etmiyordum kimseyi. Aman be, ne çocukluk! Alışmıştım da dayımlarla yaşamaya. Bir düzen de kurmuştum kendime. Halkevleri açılmıştı. Oraya gidip geliyordum. Derslere katılıyordum. Okulumu yarım bıraktığım için üzülürdüm hep. Sınıfımdakilerden biraz iriydim ben. Çocukların arasında rahat edemezdim. Okula gitmek istemiyorum dedim, göndermediler. İşte, o halkevlerinde hem dersler vardı hem de sohbetler olurdu. Kimse yaşa başa bakmazdı. Dergiler, gazeteler olurdu, onları okurduk. Bir gün orada bir dergi gördüm. Sayfaları çevirirken karşıma benim nişanlı çıkmaz mı? Yanlış mı görüyorum, nedir diye baktım. Yok, o vallahi! Adıyla sanıyla o. İş adamı olmuş. Yaptığı işleri yazmışlar.

Sonra yıllar yine geçip gitti. Gazetelerden takip ettim hep. Geçmişi çoktan unutmuştu. Birkaç yıl sonra gazeteler çok çok zengin bir Yunanlı adamın kızıyla evlendiğini yazdı. Zaten artık ne ondan ne hayattan bir umudum kalmıştı. Çocukluğumun, o kadar yıl içimde büyüttüğüm umudun manasızlığını çoktan idrak etmiştim. Artık otuz yaşını da geçmiştim. Hayat budur, böyledir, diye kabul ettim. Kolay mı oldu? Hiç kolay olmadı. Aşktan bir şey anladın mı Nona dersen, hiçbir şey anlamadım. O yüzden aşkla ilgili ben ne söylesem boş!"

Filiz itiraz etmişti.

"Olur mu Nona? Şu anlattığın aşk değil mi? O kadar yıl saklamışsın, yaşatmışsın içinde. Niye böyle söylüyorsun?"

"Aşkı bilmem de, sevmeyi bilirim ama!" diye gülmüştü Nona.

"Peki, sonra ne oldu? Oktay'ın babasıyla nasıl evlendin? Ona âşık olmadın mı?"

Nona yine bir kahkaha atmıştı.

"Yok be, ne aşkı? Aşk mı kalmıştı? Çok sevdim ama. Hakikaten çok sevdim onu."

"Sevdin, tamam. Ama nasıl sevdin? Nasıl evlendin onunla?"

"Yaşıtlarım çoktan anne baba olmuştu. Hepsinin boylarınca çocukları vardı. Eskiden kendine üzülmeye vakti olmazdı insanın. 'Ben mutlu muyum?' diye sormazdık kendimize. Sonra bir gün birileri vesile oldu, Oktay'ın babaannesi geldi bize. Kucağında bir bebek, elindeyse Oktay... O kadar vazgeçmiştim ki hayattan, bir yuva hayalim filan yoktu. Evlenmek mevlenmek aklımın ucundan geçmiyordu artık. Urla'dan kalkmış gelmişler. Kabul etmeyecektim ama çocukları görünce bir şey oldu bana. Nasıl anlatayım... Sanki bir kapı açıldı önümde. O kapının arkasında hiç bilmediğim başka bir hayat vardı. O iki küçük çocuk iki kolumdan tutup o kapıdan içeri soktu beni.

Anne babasını çocuk yaşta kaybetmiş birinin karşısına annesiz kalmış iki masum çıkarmıştı Allah. O çocuklar mutluluk oldu bana. Aşk dediğin kendi içinde büyüttüğün bir dertmiş aslında. İş, dünyada ne büyüttüğünmüş. Aşkım onlar oldu sonra.

O bana gönderdiği yüzük vardı ya... Oktay'ın çok istediği oyuncak bir gemi vardı. Amcasının oğlunun elinde görmüştü. Ama nasıl pahalı. Amerikan malı. İzmir'deki Amerikan donanması sayesinde görüyoruz biz de bir sürü yeni yeni şeyi. Bizim almamıza imkân yok. Kıt kanaat geçiniyoruz. Oktay'ın o oyuncağa bakışını gördükçe içim yanıyordu. Amcasının oğlu da ona oynatmıyordu hiç. Bir gün gittim, yüzüğü değerine meğerine bakmadan sattım. Oktay'a o oyuncağı getirttim. Kardeşine de bir bebek arabası aldım. Oh, benden mutlusu yok! Ay canım oğlum, o gemiyi görünce sevinçten ne ağladı, ne ağladı. O ağladıkça ben de ağladım. Vallahi o gün o yüzüğün varlığına da, o yüzüğü gönderene de çok dua ettim. Dedim bunun için göndermiş demek ki. Çocuklarımın, kocamın mutluluğu hep çok mutlu etti beni. Çocuklarımı iyi, dürüst birer insan olarak büyütmek istedim. Oktay'ı büyütürken, 'Sakın tutamayacağın sözler verme oğlum,' dedim. 'Sakın kimseyi üzme. Sakın arkanda seni boynu bükük bekleyecek bir kız bırakma,' dedim. Anlıyor musun?"

Filiz trompet ağacının altında dakikalardır durduğunun farkında bile değil. Kerem gelip koluna dokunmasa dalıp gittiği o geçmiş, güzel geceden çıkmazdı daha.

"Hocam, iyi misiniz?"

"İyiyim Kerem, iyiyim canım. Anılara daldım gittim."

Kerem'in koluna giriyor, birlikte Oktay ve Zeynep'in yanına yürüyorlar. Zeynep masayı toplamış çoktan. Mutfakta bulaşıkları yıkıyor. Oktay ortada yok.

Filiz mutfaktaki sedire otururken düşünüyor: Nona'nın o geceki sözleri, Oktay'ın bu gece anlattıklarıyla birleştiğinde, bütün taşların yerine oturduğu müthiş bir hikâye çıkıyor ortaya. Nona, hatırasıyla yine düzeltiyor bir şeyleri.

Anlatmalı mı bunları Oktay'a? Oktay'ın anılarını okurken, o oyuncak gemiyi anlattığı sayfada karar vermişti Urla'ya gelmeye. Söylese mi o oyuncak geminin aslında nasıl alındığını? Bilemiyor ama...

Cırcır böceklerinin sesi kesiliyor bir anda. Oktay elinde bir bohçayla giriyor mutfağa. Mutfak masasının üzerine bırakıyor. Eli belinde, üçüne birden ayrı ayrı bakıyor.

"Gelin, size göstereceklerim var."

Zeynep son tabağı da yıkayıp elini kuruluyor. Hepsi masanın başına geçiyor.

"Oturun," diyor Oktay.

Küçük mutfak masasının etrafındalar şimdi. Ortada duran çok yıpranmış, lekeli bohçaya bakıyorlar. Oktay hiç acele etmeden, sanki bohçanın canı varmış da incitmekten korkuyormuş gibi özenle açıyor düğümü.

İçinden sararmış, delinmiş ipek bir kese, rengi solmuş çok eski birkaç fotoğraf, lime lime olmuş damgalı, imzalı, Fransızca iki belge, kahverengi deri kaplı küçük bir İncil, lekeli bir kurdele, kenarı kırık sedef bir toka ve neredeyse dağılıp toz olacak kadar eskimiş, Arap harfleriyle basılı bir gazete sayfası çıkıyor.

"İşte, yıllar önce Nona'nın bahçede, yağmurun altında yarı bilinçsiz haldeyken bana değil de başkalarına delil sunarcasına uzattığı ama sonra ben içinde ne olduğunu göremeden ortadan kaldırdığı tenekenin içindeki hazine buymuş. Nona size anlattığım o gece küpün içinden bunu çıkarmamı istemişti," diyor Oktay.

Üçü de büyülenmiş gibi bakıyor bohçanın içinden çıkanlara. Oktay yine incitmekten korkar gibi özenle alıyor fotoğrafları eline.

İlk fotoğrafta çok güzel bir genç kadın var. Omuzlarını açıkta bırakan, dantellerle dolu bir elbise giymiş. Saçları ince bukleler halinde şakaklarından omzuna düşüyor, sık kirpiklerle çevrili, iri, güzel gözlerinin içi gülüyor.

"Bu, Nona'nın annesiymiş. Gözleri çok benziyor ona. Adı Sofia'ymış. Şu güzelliğine bakar mısınız?"

Kerem'le Zeynep ayağa kalkıyor. Fotoğraflara dokunmaya korktuklarından, Oktay'ın omzunun üzerinden eğilerek yakından görmeye çalışıyorlar fotoğrafı. Filiz, Oktay'ın yanına çekiyor sandalyesini. Dört kafa yan yana, hayranlıkla fotoğraftaki kadını inceliyorlar. Kerem bir an başını kaldırıp mutfak duvarında asılı fotoğraftaki Nona'ya bakıyor. Uykusuzluktan hayal mi gördüğünü, yoksa Nona'nın gerçekten yaşayan, bizzat aralarında olan bir ruh mu olduğunu düşünüyor. Çünkü Nona resmen gururla gülümsüyor Kerem'e. *Evet, bak annem o, ne kadar güzel değil mi?* der gibi. Kerem gözlerini ovuşturup tekrar masaya eğiliyor.

Oktay bir başka fotoğrafı alıyor eline. Yaşlı bir kadın, sakallı, asık suratlı yaşlı bir adam ve yakışıklı bir genç adam var bu fotoğrafta. Bir eli yeleğinin cebinde. Yaşlı adamla kadının arkasında dimdik ayakta duruyor. Saçları özenle geriye taranmış. Üzerinde çok şık bir takım var. Kadın boynuna dek kapalı, uzun kollu siyah bir elbise giymiş. Üçü de zengin görünüyor.

Oktay bir rehber gibi tane tane konuşuyor.

"Ve Dritsas ailesi! Nona'nın babaannesi Desmona ve dedesi Athan. Bu da babası Stavros... Peki babanın yakışıklılığına, şu giyim kuşamın şıklığına ne demeli?"

Zeynep hayranlıkla yanıt veriyor Oktay'a.

"Vallahi ben bugün görsem âşık olurdum bu adama. Bu nasıl yakışıklılık?"

Oktay ile Filiz gülüşüyor ama Kerem doğrulup ters bir bakış atıyor Zeynep'e. Zeynep göz kırpıyor ona.

"Yani bugünün genç kızları bile âşık olur. Zamansız bir yakışıklılık demek istedim."

Filiz, Zeynep'e hak veriyor.

"Doğru diyorsun. Hakikaten çok yakışıklı adam."

Oktay fotoğrafa bakmaya devam ederken gülümseyerek, gururla konuşuyor.

"Nona beni babasına çok benzetirdi. Yıllarca çok merak etmiştim. Doğrusu o gece bu fotoğrafı görünce Nona'ya hak verdim."

Filiz, Oktay'a bakmadan, "Hımm evet, gençliğin andırıyordu bu adamı," diyor. Bozulma sırası Oktay'da.

"Niye yav? Hâlâ benziyorum bence!"

Kerem ile Zeynep birbirlerine bakıp gülüyor. Kerem, Oktay'a moral veriyor.

"Sen hep gençsin Oktay abi. Biz bunu Zeynep'le de konuştuk bu sabah. Maşallah, hiç yaşını göstermiyor, dedik. Sakalını kesse on yaş daha genç görünür, diyor Zeynep. Değil mi?" diyerek Zeynep'i dürtüyor hafifçe. Zeynep hemen giriyor devreye.

"Kesinlikle. Bir kere, hiç kilo almamışsınız. Dinç duruyorsunuz. Giyiminiz, tavrınız filan gayet genç. Siz anneme bakmayın. Takılıyor size. Değil mi anne?"

Filiz için için hoşlanıyor gençlerin Oktay'a verdiği bu destekten. Yine de Oktay'ın beklediği yanıtı vermiyor.

"Hı hı... Evet evet. Öyle... Peki, bu fotoğraf?" diyerek bir sonrakini işaret ediyor Oktay'a.

Oktay diğer fotoğrafı alıyor eline.

Az önce gördükleri güzel, genç kadının kucağında bir bebek var. Gülümsemeden bebeğe bakıyor. Yanlarında bir kız çocuğu daha var. Bir ayağını bileğine doğru, içeri kıvırmış ve dudağını bükerek, alttan alttan bakmış fotoğrafçıya. Ağladı ağlayacak sanki. Genç, yakışıklı baba ise yine ciddiyetle poz vermiş.

"Bu da Nona'nın vaftiz töreniymiş. Şu ağlamak üzere olan küçük kız, ablası Artemis. Yunan askerinin İzmir'e çıktığı gün, o arbede içinde kaybolan..."

Oktay gözlüğünü çıkarıyor. Filiz'e dönüyor.

"Şimdi düşünüyorum da, Nona ben ilkokulda Cumhuriyet tarihimizi ezber ederken bir yandan şu ocağın başında yemek yapar, bir yandan da beni dinleyip çalıştırırdı. Halkevlerinde ders almış, nakış dikiş öğrenmiş. Biliyorsun, oradaki gençler Cumhuriyet için yetiştirilirmiş. Nasıl bir bakışı vardı acaba bütün bu olanlara? Nasıl bir uzlaşma yaşadı içinde? Nasıl başardı kin tutmadan, düşman olmadan yaşamayı?"

Filiz yanıt verecekken Kerem giriyor araya.

"Oktay abi, siz anlattınız ama ben bilmiyorum. Yani özür dilerim. Hep yurt dışındaydım ya ben, bunların çoğunu bilmiyorum. Hepsini okuyup öğreneceğim ama Yunan askerinin İzmir'e çıktığı gün ne olmuş da olay çıkmış?"

Oktay omzunun üzerinden arkaya dönüp tam Kerem'e yanıt verecekken Zeynep atılıyor.

"Ben sana okuyacağın kitapları veririm. Ama kısaca şöyle: Birinci Dünya Savaşı'ndan sonra Osmanlı İmparatorluğu yeniliyor. Yunan siyasetçi ve askerlerin *Büyük Yunanistan* hayali ve o hayalin içinde de Anadolu topraklarının batı kısmının tamamı var neredeyse. Savaş sonrası yapılan anlaşma ile kazanan devletler Anadolu'nun her yerini işgal etmeye başlamış. Yunanistan da o büyük hayalin ilk adımı olarak İzmir'i ve Ege'deki büyük şehirleri işgal etmiş. İşte, İzmir'e girdikleri gün burada onları coşkuyla karşılamaya gidiyor Rumlar. Oktay abi de anlattı ya, Nona'nın annesi de çocuklarını alıp gitmiş. O kalabalığın içinde gazeteci Hasan Tahsin gemiden inen askerlere ilk kurşunu sıkmış. Yunan askerleri de onlara şehri teslim etmek için limanda bekleyen bir bölük Türk askerine ateş etmiş. İşte ondan sonra o büyük olay yaşanmış. Nona'nın kardeşi o gün kaybolmuş. Yanlış anlatmadım di mi Oktay abi?"

Oktay hayranlıkla, Filiz gururla bakıyor Zeynep'e.

"Hayır, yanlış anlatmadın kızım."

Kerem çenesini kaşıyor.

"Ne güzel, her şeyi biliyorsun. Benim öğrenmem gereken ne çok şey var. İki gündür Oktay abiyi dinliyorum. Diyorum ki bu adamın bilgileri su olsa da içsem. Bir de şimdi sen böyle anlatıverince... İyi hissetmedim kendimi!"

Filiz gülümsüyor.

"Ooo, Kerem! Bu hepimiz için böyle. Bildiklerimiz, bilmediklerimizin yanında bir kum tanesi."

Zeynep yeniden eğiliyor masaya.

"E, tamam. Sonra daha detaylı anlatırız Kerem'e. Şu fotoğraf peki? Aile fotoğrafı mı?"

Hepsi yeniden masadaki hazineye dönüyor. Oktay, Zeynep'in sorduğu fotoğrafı alıyor eline.

Çok büyük bir evin önünde çekilmiş. Kalabalık bir aile. Evin ana kapısının önündeki merdivenin basamaklarına dizilip toplanmışlar. Yirmi kişiler. Hepsi çok neşeli ve şık. Ev çok güzel. Büyük bir arazinin içinde olduğu belli. Ağaçlar arasından evin kulesi görünüyor.

Oktay yeniden gözlüğünü takıyor.

"Bu, Akhisar'daki büyük evleriymiş. Paskalya Bayramı'ymış galiba. Tam hatırlayamamıştı Nona. Çok zenginlermiş. Büyükbabası, Guassoni isimli İtalyan bir mimara yaptırmış evi. Mimarın adı aklında kalmıştı. Evde çok konuşulurmuş. Kendi kendime tekerleme gibi tekrar ederdim demişti. Annesi bu eve gelin gelmiş. Evin rengi sarıymış. 'Altın Ev' derlermiş. Bakın, şu öndeki kabarık saçlı kadın Nona'nın anneannesi. Agatha'ymış adı. Şu yanındaki de kocası Georges. Diğerleri de akrabalar filan. Hepsinin adını tek tek saymıştı ama unuttum. Aslında yazmıştım bir yere de, kim bilir nerede şimdi? Aramam lazım."

Filiz fotoğrafa eğildi.

"Anneanne de pek görkemli yalnız."

"Ya evet, öyleymiş. Kızının Akhisar'da oturmasını istemezmiş. Bizim Karşıyaka'ya Kordelya dermiş onlar, orada çok güzel bir evleri varmış. Kızının İzmir'de yaşamasını istediği için Karataş'taki eve taşınmışlar. 'Uğursuz geldi o ev,' diyordu Nona."

Zeynep içini çekiyor.

"Şimdi fotoğraflarını da görünce daha bir kötü oldum. Babasının böyle gencecikken asılması, annesinin, kardeşinin kaybolması... Şu fotoğrafın çekildiği gün akıllarına gelir miydi böyle bir son?"

Filiz başını sallıyor hak vererek.

"Bunlar neymiş peki?" diye soruyor Kerem.

Oktay dokunmadan, tek tek işaret ederek yanıt veriyor.

"Şu, Nona'nın doğum belgesiymiş. Bu, galiba Karataş'taki evin tapusu. Babası her şeyi kaybetmiş ama bir bu ev ellerinde kalmış. Birine devretmiş galiba. Nona da çözemedi. Yanındaki, Osmanlı gazetesi. Yunan ordusunun İzmir'e çıktığı günün haberini yapmış. Bu tokayla kurdele ise çocukluk hatırasıymış. Bu İncil de annesininmiş."

Oktay duygulanıyor bir kez daha. Filiz, Nona'nın onunla paylaştığı gençlik hatırasını anlatıp anlatmamayı düşünüyor. Bu gece mi, sonra mı, yoksa hiçbir zaman mı? Fakat anlatmazsa da eksik kalacak bir şeyler. İyi düşünmek lazım.

Oktay gözlüğünü çıkarıp kafasını kaşıyor.

"Doğrusunu isterseniz... Bu geceye kadar bunları bir kez daha çıkarıp bakmaya takatim yoktu. Anılarımı yazmaya başladığım o günlerde çıkarıp bakmıştım ama o kadar büyük bir acı vermişti ki bana... Sonra işte, her şeyden vazgeçtim. Kendimi nasıl bu eve kapadıysam, her şeye de öyle kapadım gözlerimi. Çok tuhaf ama... Hani anlattım ya size, uçakta bana bir şey oldu, içime bir ateş düştü,

Nona beni çağırmış meğer diye. Dün gece çocuklara nasıl oldu da bunca yıldır dönüp bir kez bile bakmadığım o anıları okuttum, nasıl oldu da bu kadar dökülüp saçıldım, aklım almıyor."

Duruyor. Sanki devam edip etmemekte kararsız gibi. Sonra bir el hareketiyle, "Nasılsa başladım, devamı gelsin!" diyor. Lime lime olmuş ipek keseyi alıyor eline.

"Size garip gelecek, biliyorum. Ama ben canım Nona'mın öte dünyadan yine buralara müdahale ettiğini düşünüyorum. Senin buraya gelmeni o istedi bence Filiz. Çocukların gelişini fırsat bildi, yine aklıma, rüyama düştü. Seni buraya ondan başka kimse tekrar getiremezdi çünkü."

Filiz gülümsüyor.

"Niye gelmemi istesin ki?"

Oktay ipek keseyi Filiz'e uzatıyor.

"Bunu senin için saklamıştı çünkü."

Filiz hayretle bir Oktay'a, bir keseye bakıyor.

"Açsana..."

Filiz'in elleri titriyor. Yavaşça açıyor kesenin ipini, içindekini avcuna boşaltıyor. Etrafı elmaslarla döşeli bir çift safir küpe duruyor avcunda. Başını kaldırıp Oktay'a bakıyor.

"Bu, Nona'nın annesinin giderken bıraktığı küpe. Bunun takımı bir de broş vardı. Onu kardeşime düğününde taktı. Bunu gelini için saklamış. Bana bütün hayatını anlattığı o günün ertesi, işte bütün bu gördüklerinizi döktü önüme. 'Bu küpeyi de gelinim için saklamıştım ama görmek kısmet olmayacak galiba,' demişti."

Zeynep, Kerem'in kolunu tutuyor. Birbirlerine bakıyorlar. Filiz sanki taş kesmiş. Avcundaki küpede gözleri. Oktay yutkunuyor. O son cümleyi söyleyecek ama sesi titreyecek diye korkuyor. Bir nefes alıp veriyor.

"'Filiz'e çok yakışacaktı ama olmadı,' demişti. İçime derttir o cümlesi. Şimdi o derdi silmek mümkündür belki. Sana vermemi çok istemiş. Bana da üzülmüş demek ki. Bak, bir gayret, seni buraya getirdi."

Oktay'ın sesi titriyor son cümlesinde. Zeynep'in gözleri dolmuş. Filiz çıt çıkarmadan küpeye bakıyor. Sessizlik büyüyor.

Filiz başını yerden kaldırmadan küpeleri kulağına takıyor. Bir süre daha yere bakıyor. Sonra gücünü toplayıp başını kaldırıyor. Gözleri kulağındaki elmaslardan daha parlak.

"Yakıştı mı?" diye soruyor Oktay'a.

Oktay'ın gözlerinde yirmi beş yıldır esir kalmış bir sevgi özgürlüğüne kavuşuyor.

"Çok..."

Kerem dönüp duvardaki Nona'nın fotoğrafına bakıyor. Nona gülümserken ağlıyor mu, ne?

DÖRDÜNCÜ KISIM

Ağustos / 2012

20. BÖLÜM

Ağaçlar

Gülin küpelerini kulağına takarken, arkasındaki hasır koltukta oturmuş, kitap okuyan kocasına aynadan bakarak söyleniyor.

"Çok acele, çok acele karar verildi. Böyle apar topar olmaz bu işler. İki ayağımızı bir pabuca soktular."

Kocası hiç tepki vermiyor. Yuvarlak gözlüklerini burnunun üzerinden geriye itip bir sayfa daha çeviriyor.

"Ay, Allah aşkına! Bir kafanı kaldırıp dünyaya bak. Bir şey söyle. Öyle değil mi? Bu kadar acele olur mu bu işler?"

Kocasından yine tık yok. İçini çekiyor Gülin.

"Yani bu kadar yılı nasıl geçirdim seninle ben ya?"

Kocası kafasını kitaptan kaldırmadan yanıt veriyor.

"Sana yanıt vermediğim için rahat geçirdin."

Gülin sinirli ama gülüyor.

"Yani dünya yansa umurunda olmayan şu rahatlığına akıl sır ermiyor Albert! Bir yanıt ver, bir şey söyle. Yine herkesten önce kalktın, papyonunu taktın geçtin köşene. Bazen beni çıldırtıyorsun."

Albert kitaptan başını kaldırıp karısına bakıyor. O kadar sakin ki...

"Gülinciğim, ne yapayım bir tanem? Damadı ben mi giydireyim? Düğün pastasını mı süsleyeyim? Söyle tatlım, ne istiyorsan onu yapayım."

Gülin yere değdi değecek uzunluktaki eteğinin önünü içeriden tekmeleyerek kocasına dönüyor. Albert'in söyledikleri umurunda değil. Kendi dünyasında yine.

"Ay, bu kadar uzun elbise giymek yanlış oldu sanki. Bacağıma dolanıyor. Topukluyla da zor olacak şimdi çayır çimen üzerinde. Başka bir şey mi giyseydim?"

Albert bacak bacak üstüne atmış. Karısının tatlı aksiliğini izliyor. Otuz senedir seviyor bu küçük "şeytan çekici"yi. Hayranlıkla, kızgınlıkla, yeniden âşık olarak, kendi küçük dünyaları içinde sadece ona gösterdiği zayıf, kırgın, yorgun kız çocuğunu koruyarak seviyor. Dışarıdan bakanlar için Gülin çok güçlü bir yönetici, herkesin çekindiği bir kadın. Ama Albert onun ruhundaki çekirdeği biliyor. On sekiz yaşındaydı onu ilk gördüğünde. Üniversitenin bahçesinde, kuytu bir köşede Vasconcelos'un ünlü romanı *Şeker Portakalı*'nı okuyordu. İşte o günden beri onun "şeytan çekici" bu kız. Üniversiteli bir kızın bir çocuk kitabı okuması hoşuna gitmişti. Yanına oturmuştu. Ters ters bakmıştı Gülin. Ah, o ters bakışlar... Sonra sohbet başlamıştı. Kitabı defalarca okuduğunu, çantasından çıkarmadığını söylemişti Gülin. Kitap çevirilerinin öneminden, çevirmenin ne kadar kıymetli olduğundan bahsetmişlerdi.

Albert, Levanten bir ailenin Türkiye'de doğan son ferdiydi. Anne ve babası öğretim üyesi olan delikanlının ailesinde üç dil konuşuluyordu. Üniversitenin son sınıfındaydı o yıl. Babasının da içinde olduğu bir grup profesör ve dilbilimci, önemli bir ansiklopedinin Türkçeye çevrilmesi üzerinde çalışıyordu. Albert de bu çalışmaya asistan olarak katılmıştı. Çocukluğundan bu yana konuştuğu diller arasında karşılaştırmalar yaparak en isabetli Türkçe kelimeleri o buluyordu. Bu işi sevmişti. Gülin işletme okuyordu ama edebiyata ilgisi daha fazlaydı. Babasının isteğiyle işletme tercih ettiğini söylemişti. Sonra, kitapları orijinal dilinden çevirmenin Türkiye'de ne kadar güç olduğundan, çevirilerde özel tanımlar, kalıplar için doğru kelimeler bulmanın öneminden konuşmuşlardı. Mesela Gülin'in elindeki kitabın kahramanı küçük Zeze'nin "şeytan çekici" olarak tanımlanmasının on numara olduğunda hemfikir olup gülüşmüşlerdi. Bir flört başlangıcı için hiç romantik konuşmalar değildi bunlar ama Gülin'in gülüşü Albert'in kalbine bir mühür olmuştu o gün.

Banktaki o ilk gülüşten bu yana Gülin hareketli, becerikli, yaramaz bir küçük çocuk Albert için. Şimdi şu düğün öncesi yine rüzgârlı Gülin'in ruhu. Bunlara alışık kocası, konuşmanın rüzgârı şiddetlendirmekten başka bir işe yaramayacağını bilecek kadar tecrübeli artık. Gülin'in, uzun şifon elbisesinin içinde telaşla bir oraya bir buraya koşturmasına gülüyor. Gülin ters ters bakıyor.

"Ne? Niye gülüyorsun yine?"

Albert kendi ayağındaki spor ayakkabıları işaret ediyor gözleriyle. Şık kumaş pantolonunun altındaki spor ayakkabılarının içindeki kırmızı çoraplara ve kırmızı papyonuna ilk kez dikkatle bakıyor Gülin.

"Böyle mi ineceksin düğüne? Spor ayakkabı ve kırmızı çorapla?"

"E, damat yeşil ekose takım giyiyor. Ne kravat ne papyon takıyor. Çok şık ama takımı. Ben beğendim. O da spor ayakkabı giyecekmiş. Öyle dedi. Ben de papyonumla uysun diye kırmızı çorap seçtim."

Gülin'in yüzünde bir tereddüt beliriyor.

"Ben böyle inemem o halde? Hepiniz spor olacaksanız?"

Albert ellerini çenesinin altında birleştiriyor.

"Aslında Kerem özellikle belirtmişti düz ayakkabılarla gelin diye. Şimdi seni böyle görünce *yine beni dinlemedin* diyecek, haberin olsun."

Gülin yılgınlıkla yatağın üzerine oturuyor.

"Düz ayakkabı mı dedi hakikaten?"

"Evet."

"Ben niye duymadım peki?"

"Dinlemedin. Başka şeyler düşünüyordun yine."

"Çünkü başka şeyler düşünmem gerekiyor. Çünkü kafam allak bullak. Çünkü bu evlilik işi çok aceleye geldi. Çünkü böyle apar topar olmaz bu işler. Üç haftada düğün mü planlanır?"

Albert yerinden kalkıp karısının yanına oturuyor. Elini tutuyor. "Tatlım, her şeyi sen düşünemez, her şeyi sen yönetemezsin. Kerem'in haklı olduğu yerler de var. İkimiz de bunu kabul etmeliyiz."

Gülin üzüntüyle çöküyor.

Kerem zaten ne zamandır eski Kerem değil. Bu düğün meselesi ortaya çıktığında yine esip gürledi. Eskiden böyle değildi bu çocuk. Onlara sesini yükselttiği o ilk gün Gülin de, Albert de kulaklarına inanamamışlardı. Onların sessiz, odasından çıkmayan, kendi halindeki çocukları gitmiş, yerine başka biri gelmişti adeta. Gülin ne söylemişti, Albert ne demişti de Kerem delirmişti, hatırlamıyor bile Gülin. Kerem'in, boyun damarları çatlarcasına bağırarak söylediklerini unutamıyor ama.

"Kibirli bakış açınızdan, insanları yargılamanızdan, yaşadığınız bu kaleden, birbirinizi alkışlamanızdan bıktım usandım artık. Sizin evcilik oyununuzdaki bir Lego parçasıymışım gibi beni istediğiniz yere koyup kaldırmanızdan bıktım. Eviniz, arabanız, tablolarınız, bankadaki paranız gibi bir nesne değilim ben. Yanında çalışan, canına okuduğun o genç yardımcılarından biri değilim anne. Sana katlanıyorlar çünkü bir gün senin gibi olup başka gençlerin canına okumayı hayal ediyorlar. Onları kendine benzettikçe mutlu oluyorsun ama utanç duymalısın bundan. Kendi çektiğin sıkıntıları daha da büyüterek yaşatıyorsun başkalarına. Çünkü sen zor geldin buralara. Onlar da zor gelsin, köpek gibi sürünsün istiyorsun. Kocan da bu zalimliğine sessiz kalarak güçlendiriyor seni. Ama ben o çocuklardan biri değilim. Anlıyor musunuz beni? Değilim! İkiniz gibi de olmak istemiyorum. Ne düşünürseniz düşünün. Artık hayatımı nasıl istiyorsam öyle yaşayacağım. *Ben* nasıl istiyorsam öyle!.."

Karı koca donup kalmışlardı. Kerem kapıyı çarpıp çıkmıştı. Filiz'i aramıştı Gülin ağlayarak. Tüm arkadaşlıkları boyunca ilk kez Gülin ağlıyordu telefonda. Oğlunun gözünde böyle bir insan olduğunu duymak, karı koca böyle yargılanmak çok ağırına gitmişti. Filiz arkadaşını sakinleştirmeye çalışırken, Zeynep annesine Kerem'in mesaj attığını, onlara gelmek üzere olduğunu söylemişti.

"Tamam bu gece burada, bizde kalsın. Sen merak etme onu. Başka yere gitmiyor en azından, buraya geliyor. Bu ara çok şeye koşturdu çocuk. Yoruldu. Yeni bir ülkeye, yeni insanlara adapte olmak kolay değil. Büyük değişimler yaşıyor. Olağan şeyler bunlar. Gerçek düşünceleri değildir. Sinirle içini dökmüş işte. Şimdi ağlama sen. Sakinleşecek elbette," diyerek kapamıştı telefonu Filiz.

Gülin oğlunun Filiz'le giderek daha çok yakınlaşmasına, aralarındaki sıcak ilişkiye içten içe içerlediğini o geceki telefondan sonra itiraf etmişti kocasına. Albert farkındaydı Kerem'deki değişimin. O da en az Gülin kadar şaşkın ve üzgündü duydukları karşısında. Özgür ve sakin bir çocuk yetiştirmek istemişti. Kendisine yaşatılan kültürel, ailevi, toplumsal, dini baskıların hiçbirini ona uygulamamaya özen göstermiş, kendi yolunu bulacağına ve seçimlerinde özgür olması gerektiğine inanmıştı. Zira karısı aşırı kontrolcü kimliğiyle iki kişilik baskı oluşturuyordu çocuğun üzerinde. Albert özgür bir adam yetiştirmeye çalıştığını düşünürken, oğlu annesinin zalimliğine sessiz kalmakla, şakşakçılıkla suçlamıştı onu. Acaba istemeden, farkında olmadan kendini yalnız hissetmesine mi neden olmuştu? Kendi babası gibi olmamak için çabalarken, başka bir kötü baba modeli mi çıkarmıştı ortaya? Şimdi Urla'da, otel odasındaki bir yatağın üzerinde, düğüne dakikalar kala, omuz omuza anne babalıklarını gözden geçiriyorlardı.

Gülin, başı kocasının omzunda, umutsuzlukla oturdu birkaç dakika. Sonra hiçbir olumsuzluğa teslim olmayan yönetici ruhu geri döndü ve yeni bir kriz yönetimine el koyması gerektiğini düşündü. Duygusallığın zayıflığına yer yoktu onun dünyasında. Duygusal olan kırılır, kırılan da kaybeder. Bu kadar! Kaybetmek yok. Asla! Bu evlilik kolay mı yürüdü sanki? Albert'in aşk dediği, yeniden sevmek dediği, idare etmek dediği o işler öyle değil aslında! Aşkla başlamış bütün birliktelikler o deftere o imza atıldıktan, devlete, belediyeye, akrabaya, bakkala manava, konsolosluklara, başka ülkelerin emniyet güçlerine dahi verdiğin *bir ömür aynı yataktayız* sözünden sonra başka bir şeye dönüyordu. Uluslararası bir anlaşmaydı bu. Sadece kadın ile erkek arasında verilmiş romantik bir söz değildi. Yıkılmasına izin verilmemesi gereken bu şirket öyle terapilerle, tatillerle ayakta kalmıyordu. Kişisel gelişerek yönetemezdi efendim insan hayatını. Şirket yönetir gibi yönetmeliydi ve kendisi bu kadar yıldır öyle yönetti. Demek oğlu memnun değildi hayatından. Demek eleştiriyordu onları? Olabilir. Şirketin küçük ortağı kendi anlaşmasını yapmaya, kendi şirketini kurmaya hazır hissediyor kendini demek ki. Tamam. Hayat onun hayatı. Evet, üzülmüş olabilir. Fakat yıkılmayacak. Gereken neyse onu yapacak.

Aceleyle kalkıyor. Üzerini değiştirmesi gerek. Albert dün akşam odaya girer girmez bavulları boşaltıp itinayla asmış bütün giysileri. Kendi düzenini kurmazsa asla rahat edemez. Onun bu düzen merakı işine geliyor Gülin'in. Onun yerine bunları düşünen, yapan birinin olması harika. Albert'in yerleştirdiği dolaptan askılı, siyah beyaz puantiyeli bir elbise çıkarıp gösteriyor kocasına.

"Bu olur mu?"

Olumlu yanıt alınca içi rahatlıyor. Tekneyle çıkma ihtimallerine karşı yanına almıştı bu elbiseyi. Altına şık, siyah deri sandaletlerini geçiriyor.

"Böyle de düğün kıyafeti mi olur, bilemedim ama..." diye söyleniyor kendi kendine.

Albert karısının elbisesinin fermuarını kapatırken, "Kerem özellikle belirtti. Bahçede dans edeceksiniz, ona göre, dedi," diye hatırlatıyor.

Gülin dönüp Albert'e sarılıyor.

"Biz çok mu kötü anne baba olduk? Sence haklı mı küçük ortak?"

Albert saçlarını öpüyor Gülin'in.

"Hayır, o kadar da kötü değildik. En azından kendi anne babalarımızın hatalarını yapmamaya çalıştık. Yine de, bizim de kusurlarımız olmuştur elbette. Şimdi böyle düşünüyor ama zamanla anlayacak bazı şeyleri. Kıyas yapıyor şimdi. Bizi görüş biçimi, kavrayışı değişecektir. Hayatı öğrendikçe anlayacak, neyin neden ne şekilde geliştiğini. Baba olduğunda anlar evlat tarafından yargılanmanın acısını. Lakin şimdi onunla bunları tartışmak yersiz. Yanında olduğumuzu ve onu ne çok sevdiğimizi, onun istediği şekilde göstermeye çalışalım."

Filiz saçlarını toplarken "Ay, ben hayatta Filiz gibi olamam! O, Filiz gibi bir anne istiyor. Filiz fazla yumuşak, biliyorsun. Ben onun gibi öyle alttan alamam. Hem sen de biraz fazla göz yumuyorsun bence," diyor.

"Neye?"

"O Oktay'a yapıştı kaldı. Sen misin, o mu babası? Yani sen de sinir olmuyor musun onlarla bizden daha çok vakit geçirmesine? Civciv yumurtadan çıkmış, kabuğunu beğenmiyor!"

Evet, Albert oğlunun Oktay'la yakınlığını başta yadırgadı. Pek onun tarzı bir adam değil ama ilişkilerinin oğluna iyi geldiğini düşünüyor. Ayrıca Albert'in yapmayacağı, yapamayacağı şeyler var ikisinin ilgi alanlarında. Fakat zamanla Oktay'ı o da sevdi. Tek direnişçi Gülin. Aynada papyonunu düzeltiyor Albert.

"Hazırsak çıkalım mı?"

"Çok erken karar verdiler. Çok erken... Böyle apar topar..."

Gülin ve Albert odalarının kapısını kaparken, merdivenden inen diğer konuklar düğünün yapılacağı bahçeye doğru yol alıyor. Yedi odalı taş otelin ilk müşterileri bu düğünün davetlileri. Kuşçular köyünde küçük bir arazi üzerinde genç bir çiftin kendi güçleriyle iki yılda yaptıkları otel, önce küçük bir restoran olarak duyurmuştu adını. Seray ve Ozan'ın hayallerini hayata geçirmeye karar verip attıkları ilk adımdan sonrası kendiliğinden gelmişti. Zaman içinde kazanıp biriktirdikçe arazinin diğer yarısına yavaş yavaş yaptırdıkları taş bina, zeytin ve limon ağaçları içinde eski bir Ege şarkısı gibi. Karı koca bu düğün için üç haftada bir mucize gerçekleştirdiler. İnşaat bitmiş, odaların ana eşyaları gelmişti ama henüz tekstil döşemesi yapılmamıştı. Nona'nın eski bir ahbabının kızı ve torunu devreye girdi. Hülya Hanım'la kızı Ceyda, Oktay Bey'lerin düğünü için otelin yetişmesi gerektiğini öğrenince atölyelerdeki tüm işleri durdurup, odaları perdesinden yatak örtüsüne, havlusundan nevresimine kadar on günde eksiksiz döşediler. Delik işi perdeler, yastık kenarlarındaki küçük nakışlı nevresimler, rahibe işi yatak ve masa örtüleri, eski usul el havluları ile odalar bir annenin hazırlayacağı kusursuzlukta, eski bir İzmir evinin destansı güzelliğine büründü.

Bütün bu hazırlıklara Kerem ve Zeynep de yardım etti. O ara Seray ve Ozan'la yakın arkadaş oldular. Otelin ve restoranın işletmesinden sorumlu olan Seray, müthiş becerisi ve zevkiyle restoranın bahçesini bir masal bahçesine çevirdi. Mutfaktan sorumlu olan eşi Ozan ise yurt dışında dahi adını duyurmasını sağlayan özel yemeklerinden dillere destan bir düğün menüsü hazırladı. Her şey Urla'yı anlatmalı, Urla kokmalı, Urla lezzeti taşımalıydı. Gün batmadan tüm konukların bahçede olması istenmişti. Seray nikâh için taş restorandaki şömineli salonu, kokteyl, yemek ve parti için de bahçeyi hazırlamıştı. Sonunda düğün günü gelip çatmıştı işte.

Konuklar bahçeye geçene dek, karşılaştıkları her küçük nesneye, detaya bir kez daha hayran oluyorlar. Zor beğenen Gülin bile bahçeye çıkıp hazırlığı gördüğünde beğenisini saklayamıyor. Bahçedeki ağaçların tüm dallarına sarı, ince kurdeleler asılmış.

Konuklardan düğüne gelirken gelin ve damatla birlikte bir fotoğrafları varsa onu, yoksa kendi mutlu günlerinden bir anı fotoğrafı getirmeleri ve ağaçlardaki bu sarı kurdelelere iliştirmeleri istendi. Her kurdelenin ucunda minicik mandallar var. Konuklar getirdikleri fotoğrafları asmaya başlamışlar bile. Bahçedeki zeytin ağaçlarının dalları dilek ağaçlarına benziyor şimdi. Aralarda da sarı çiçeklerle süslenmiş irili ufaklı siyah gemici fenerleri var. Limonlarla dolu sepetler bırakılmış ağaç diplerine. Merdivenlerin iki yanına büyük, eski zeytinyağı küpleri konmuş ve içleri mor enginar çiçekleriyle doldurulmuş. Masalardaki tabaklarda keten bir peçeteye sarılıp sarı, minik çiçekler iliştirilerek bir sicimle bağlanmış çatal bıçaklar duruyor.

Gülin kocasının kulağına fısıldıyor.

"Her şey çok güzel olmuş. Çok beğendim. Ama yani yine de bence erken bir karar bu..."

Albert kolunu okşayarak rahatlatıyor onu.

"İki sene oldu Gülin. Artık sakinleş lütfen."

Gülin yüzünü buruşturuyor. Etrafına bakınıyor. Konukların çoğunu tanımıyor. Zaten bu düğünün hiçbir şeyine karışmadı. Sadece misafir olarak katılıyor, o kadar. Bu kadarını da artık yapması lazımdı.

Gülin etrafı izlerken taş binanın kapısından Zeynep ile Kerem el ele çıkıyor. Zeynep limon rengi şifon bir mini elbise giymiş. Uzun saçları beline dökülüyor. Saçlarının önünden bir tutamı yana doğru örülmüş. Örgülerin arasına limon çiçekleri yerleştirmiş.

Gülin'in ağzından kendiliğinden dökülüyor kelimeler: "Ah, ne kadar güzel!" Kocasının koluna giriyor.

Kerem'in üzerinde yeşil, ekose bir pantolon ve yelek var. Kravat takmamış. Keten gömleğinin kollarını kıvırmış. Albert gururla oğluna bakıyor.

"Benim oğlum da çok yakışıklı ama!"

Gülin'in gözleri doluyor.

"Çoook!" diyor içtenlikle. Gözlerinin dolduğunu fark edince toparlanıyor hemen. Boğazını temizliyor. Yanlarına gelen Kerem ile Zeynep'e gülümsüyor.

"Nasıl? Heyecanlı mısın Zeynep?"

Zeynep elini kalbine götürüyor.

"Anlatamam! Kalbim yerinden çıkacak!"

Sonra, Kerem'in elini sıkarak annesini öpmesi için küçük bir göz işareti yapıyor. Kerem eğilip annesini öpüyor.

"Çok güzel olmuşsun anne. Baba, papyon yine harika!"

Albert gururla ayağını hafifçe uzatıp çoraplarını gösteriyor. Kerem'e göz kırpıyor.

Ve gelinle damat kapıda görünüyor.

Filiz çok sade, krem rengi askılı bir elbise giymiş. Saçlarını ensesinde dağınık toplamış. Zeynep'in saçlarındaki limon çiçeklerinden küçük bir tutam onun saçlarına da yerleştirilmiş. Oktay ise Kerem'in üzerindeki yelekle aynı kumaştan yapılmış, neşe uyandırıcı spor bir takım giymiş. Saçları, sakalları kısalmış. Kapıda görünmeleriyle birlikte alkışlar ve tezahüratlar başlıyor. Gülerek konuklarla selamlaşıyor, tek tek aralarında dolaşarak tokalaşıyorlar.

Zeynep ile Kerem gururla izliyorlar olup biteni. Bu düğün için ikisi de çok yoruldu zira. Kerem mutlulukla sarılıyor Zeynep'in beline. Gülin, oğlunun sevgilisine sarılışındaki içtenliği görünce mutlu oluyor. Aklına gelmezdi böyle bir şey ama oldu işte. Başta itiraz etse de, şimdi oğlunun doğru bir yolda gittiğini görüp kendini kontrol etmesi gerektiğini düşünüyor. Başkalarını değil, kendini. Türkiye'ye döndüklerinden, yo yo, Zeynep hayatına girdiğinden, hayır hayır, Oktay'ı tanıyıp onunla yakın olduğundan beri Kerem çok değişti. Tamam, çok sinirlendiği, kabullenemediği şeyler var ama öte yandan iyi de mi oldu acaba? Kerem'in suçlayıcı açık sözlülüğü asabını bozuyor. Fakat duygularını kolaylıkla dışarı çıkarmaya başladığından beri çok daha neşeli ve şakacı birine dönüştüğü de bir gerçek. Geçen yıl kendi evine çıktı. Para da almıyor artık ailesinden. Onlardan biraz uzak yaşıyor ama daha mutlu olduğu ortada. Gülin düşüncelere dalıp gidince, Filiz ile Oktay'ın yanlarına geldiğini fark etmemiş bile.

Oktay'ın sesiyle irkiliyor.

"E, artık bugün barışalım bari Gülin ya!"

"Yok canım, niye dargın olalım ki?" diye ağzının içinde geveliyor lafı Gülin.

Oktay iki yıldır Gülin'in kalbini kazanmak için elinden geleni yaptı ama Filiz'e benzemez o. Öyle çabuk affedemez bazı şeyleri.

Filiz, "Canım sana ne oluyor? Ben affediyorum işte!" deyince sinir olmuştu. Kafasında uçuşan öfke balonları birbirine çarpıp çarpıp patlamıştı.

Nasıl ya? Film mi bu? Roman mı, dizi mi? Nasıl yani biz yıllar sonra buluştuk da, anlaştık da, Nona bizi kavuşturdu da... Yok artık! Kendi duygusal rüyalarına bir de rahmetli kadını alet ediyorlar. O istemeseymiş olmazmış da, o zaten büyülü bir kadınmış da!.. Olmaz bu iş. Bir insan nasılsa öyle-

dir, değişmez! Oktay kendini sıra dışı sanan bir adamdı. Sıra dışı insanlar sıradan hayatlar yaşayamaz diye dolanıp durmuştu senelerce, ne oldu şimdi? Yaşlanınca sıradanlaşıp sıradan hayatın savunucusu mu oldu? Ay deliricem! Şu kıza ne adamlar bulduk getirdik, yine gitti buna tutuldu. Üç hafta sonra evleniyoruz da ne demek?

Bunları böyle söyleyememişti tabii Filiz'e. "İyi, sen bilirsin. Biraz aceleye geldi sanki," demişti sadece.

"Ne acelesi yahu? İki senedir bekliyor Oktay. Öğrencilerin bile tatlı tatlı diline düştük. Düğün kitabın çıkışıyla aynı tarihe denk gelsin dedim de o yüzden üç hafta içinde yapalım dedik. Hem gereğinden fazla geciktik hem de böyle aceleye gelmiş gibi oldu. Yoksa zaten kabul etmiştim ben teklifini."

Gülin birkaç gün kendi kendine küsmüştü Filiz'e. Teklifi ona hemen anlatmadı, kabul ettiğini önceden söylemedi diye. Oysa anlatmaya değecek kadar büyük bir hadise yaşanmamıştı. Oktay bir sabah Filiz'in fakültedeki odasına elinde kahveyle girmiş, kahveyi masasına bırakıp çıkarken de "Bence bu yaz Urla'da küçük bir düğün yapalım," demişti. Böylesine kısa ve emin olunmuş bir cümleyle.

Oktay kapıya doğru yürürken Filiz başını bilgisayarından kaldırmadan yanıt vermişti: "Evet, güzel olur."

Bu kadar. Kendiliğinden. Sakin. Yıllardır olması gerekirken ertelenmiş o meseleyi bu yaz halledelim, der gibi.

Filiz'in içi rahattı. Şu son iki yılda Oktay'la ikisi eskiden kalan bir ilişkinin yıpranmış halatına tutunmamış, yeni, güçlü ve hataların sonuçlarıyla, tecrübeyle dokunmuş gerçek bir dostluğu kuşanmıştı önce. Hiçbir gecikme telaşı yaşamadan yeni yaşlarıyla, yeni halleriyle yeniden tanıştılar. Eski ve güzel şeyler onları ortak gözyaşlarına ve kahkahalara götürürken, birlikte yeni bir şey öğrenmenin hazzıyla tanıştılar. Kerem ile Zeynep nişan yüzüğü takmak istediklerini söylediğinde çılgınca sevindiler. Çocuklar nişan yüzüklerini takıp Hindistan'a giderken Filiz ve Oktay onlardan daha heyecanlıydı. Çocukların yokluğunda Gülin ve Albert'le yedikleri yemeklerdeki kahkahaları, sinemaya gittiklerinde el ele tutuşup ağlamaları yüzünden arkadaşları onları aşırı duygusal bir çift olarak görse de, bu eski tanışıklığın yeni bir ilişkiye dönüşünün coşkusunu korumaya kararlıydılar. İkisinin içinde de eskinin tozu toprağı yoktu artık. Oktay, Gülin'in ona karşı koruduğu mesafeye, iğnelemelerine gülüp geçiyor, inatla kalbini kazanmak için çabalıyordu. Albert'le kurduğu edebiyat dostluğu onu kısmen korumaya da almıştı. Üstelik Albert de bir şekilde Nona'nın hikâyesinin bir parçası olmuştu.

Albert bu gece düğünün belki de en neşeli adamı. Oktay'ın omzuna dostça, küçük bir yumruk atıp "Daha şık bir damatlık olamaz kardeşim. İkiniz de göz kamaştırıyorsunuz!" diyor.

Oktay gururla Kerem'e bakıp "Sağ olsun, Kerem seçti hepsini. Kendimizi teslim ettik çocuklara. Şahane iş çıkardılar. Onları yorduk ama sonucun böyle olacağını biliyorduk," diyor.

Filiz, Kerem'e takdir ve sevgiyle bakarak Gülin'e dönüyor.

"Senin bu oğlun azmini, çalışkanlığını tamamen senden almış. Oktay'ın kız kardeşi ve çocuklarını getirmek için çok uğraştı canım ama olmadı. Yavrum ne aktarmalar, ne biletler buldu oysa."

Gülin oğlunun kendine benzetilmesinden hoşlanıyor ama memnuniyetini belli etmeye alışık değil. Üstten tavrıyla konuşuyor.

"Canım, hepsi gelemiyorsa kız kardeşi çıkıp gelseydi. Abisinin düğünü nihayetinde. Biz bile geldik yani?"

Filiz, Gülin'in kulağına eğilip fısıldıyor.

"Kızım şöyle konuşmasana! Washington'dan kalkıp nasıl gelsin kadın? Kocası zaten tedavi görüyor. Onu bırakmak istemedi muhtemelen."

Gülin kafasını sallıyor. Yine aynı tavırda ama daha kısık soruyor.

"Ne zaman gitti onlar oraya? Tedavi için mi gittiler?"

"Yok. Askeri ataşeliğe tayinleri çıktı. Bir yıl oluyor. Orada hastalanmış enişte."

"E, çocukları gelseydi?"

"Ay sen de amma uzattın. İlla bir kusur, bir eksik bulacaksın Oktay'da. Hepsi dünyanın bir yerinde, kendi hayatının derdinde. Üç hafta sonra çık gel deyince gelemiyor işte insanlar."

Filiz'in kızgınlığı Gülin'in umurunda değil gibi. Elinde kadehi, kafasını diğer yöne çevirerek yanıt veriyor.

"Biz tabii emir kulu olduğumuz için çık gel deyince geliyoruz. Bizim bıraktığımız bir iş güç yok yani?"

Albert iki arkadaşın arasına girmesi gerektiğini anlıyor. Gülin kararlı çünkü, gıcık edecek Filiz'i.

Konuyu dağıtmak için öylesine, "Limonlu düğün pastası fikri mükemmelmiş!" diyor. Herkes boş boş Albert'e bakıyor.

Onları izleyen Kerem'de ise tatlı bir yorgunluk var. Gülümsüyor. Gözleriyle sürekli kapıyı kontrol ediyor. Büyük sürprizden kimsenin haberi yok çünkü. Sadece Zeynep biliyor. O sürprizle birlikte, bu gece unutulmaz olacak. Her şeyi ince ince planladılar Zeynep'le. Seray ve Ozan olağanüstü destek oldu onlara. İki muhteşem arkadaş edindikleri için çok mutlular. Zaten dördü de o kadar yoruldu ki, düğünden sonra iki gün tekneyle açılmaya karar verdiler. Sonbahar bitiminde ise Seray ve Ozan, ikisini Uzak Doğu'ya götürecek. Urla'ya yerleşmeden önce iki yıl Tayland'da yaşamışlar. Hazırlıktan yorgun düştükleri akşamlar dinlenirken, onlar anlattıkça Zeynep ve Kerem'in aklı çelindi. Çok para harcamadan da basit bir yaşamın, başka bir kültürün parçası olmayı denemek fikri hep sıcak geliyordu zaten ikisine. Ozan'ın ve Seray'ın yemek, coğrafya, şarap, üzüm, tarım bilgisi Kerem'le Zeynep'i büyüledi. Ozan düğün menüsünü hazırlarken mutfağa da soktu Kerem'i. Kerem mutfağın sihrini Ozan'dan, Zeynep dekorasyonun ve bir şölen hazırlamanın eğlencesini Seray'dan öğrendikçe bu hazırlık süreci gerçek bir eğlenceye dönüştü. Tarlalardan ürünleri birlikte topladılar, Tire pazarından birlikte alışveriş yaptılar. Renklere, çiçeklere, aksesuarlara beraber karar verip, hepsini birlikte hazırladılar. Kerem başından sonuna dek her aşamayı fotoğrafladı ve kısa videolar çekti. Çocuklar için bu düğün çok sevdikleri iki insana, orta yaşlı iki dosta, kıymetli bir anneye ve eşine verilecek en güzel hediye olsun diye uğraşırken ortak bir amacın insanları nasıl yakınlaştırdığını da anladılar. Düğünler, doğumlar, özel günler, şölenler, ritüeller dünyanın çirkin yanına tahammül edebilmenin ne kadar da kıymetli bir yoluymuş meğer. Bunu anlayıp sevindiler.

Kerem gecenin açılış konuşmasını yapacak. Sonra nikâh kıyılacak. Nikâhtan sonra yemek başlayacak. Yemekten sonra da parti. Şu âna kadar her şey mükemmel gitti. Zeynep kulağına eğiliyor.

"Acaba arasan mı? Bu saate kadar gelmiş olması lazımdı?"

Kerem kolundaki, Oktay Bey'in hediyesi olan eski saate bakıyor. Bu kurmalı saat Oktay Bey'in babasından kalmaymış. Gazetecilik hayatı buyunca kolundan hiç çıkarmamış. Kerem'e doğum gününde, "Meslek hayatımın her karesine bakmış bu gözler, o günlerin, yılların tanığı olan bu saatin sahibi olmalı. Sana bir gelecek hediye edemem. Ama benimle yaşananlara tanıklık etmiş bu saate her baktığında geçmişteki her ânın kıymetini bileceğini biliyorum. Tecrübemi sana hediye ettim say," diyerek vermişti. Kerem çok mutlu olmuştu. Şimdi o da kolundan hiç çıkarmıyor. Başını saatinden kaldırıp Zeynep'e eğiliyor.

"Daha on beş dakikası var. Tam vaktinde gelin diye rica ettim. Gelince beni arayacak zaten."

Bu saatin onun koluna geçene kadarki macerası ayrı kıymetli. Son iki yılın hikâyesi ise apayrı. Urla'ya ilk gelişinde böyle bir düğünün tüm sorumluluğunu alacağını aklına hayaline getiremezdi. Oktay Bey'i yarı babası sayacak kadar seveceğini... Zeynep'le Hindistan'dan gönderdikleri kırmızı kamyon üzerindeki fotoğraflarını fakültedeki odasında masasının baş köşesine koyacağını, tanımayan ve "Bunlar kim?" diye soranlara *çocuklarım* diyecek kadar onun da Zeynep ve Kerem'i sevebileceğini...

"Hayatın kırıldığı ve yeniden kendini onardığı gün" diyor o güne Oktay abisi. Doğru... Olağanüstü bir gün daha... Urla'daki üçüncü günleriydi.

Çok rüzgârlı bir gecenin sabahıydı. Kerem'i uyku tutmamış, gün doğmadan, bir horoz sesiyle yataktan kalkmıştı. Zeynep'le yalnız kalamadığı, olup bitenleri onunla konuşamadığı için sıkıntılıydı. Telefonunu şarj ettiğinde okuduğu o mesaj zaten bütün uykusunu alıp götürmüştü. Küçücük bir cümleydi ama Kerem'e dünyalar kadar büyük gelmişti.

"İyi ki varsın," yazmıştı Zeynep. Kerem bir yanıt yazmak için sabırsızlanıyordu ama Oktay Bey'in odasında annesiyle birlikte uyuyordu Zeynep. Mesaj sesi o saatte onları rahatsız eder, uyandırır diye düşünüyor ama bir yanıt yazamadığı, böyle bir mesajı yanıtsız bıraktığı için de huzursuz oluyordu. Sonunda dayanamayıp yataktan kalktı, mutfağa geçti.

Nona'nın hazinesi mutfak masasında duruyordu hâlâ. Yayılmış, eski, lekeli bir bohçanın içinde hiç yaşamamış sayılan bir çocuğun ömrünün kırık parçaları. Masaya oturup hepsini tek tek yeniden incelemeye başladı.

Nona'nın annesinin kahverengi deri İncil'ini koruyan meşin şeridi tokasından çıkarıp çözdü. Sayfaları gelişigüzel çevirdi. Bazılarının kenarları kıvrılmıştı, belli ki ezber edilmişti dualar. Yıpranmış sayfaların arasında Nona'nın çocukluk dualarını, pazar ayinlerini, annesini düşündü. İncil'i kapayıp muhafaza meşinini yeniden etrafına doladı. Fakat az önce küçük kitabı bütünüyle kavrayan meşin şimdi kısa gelmişti, tokası yerine oturmuyordu. Antika bir esere zarar verme endişesi içinde, özenle yeniden açıp bir kez daha doladı ama hayır, meşin tokaya kavuşmuyordu. Bir yerine zarar mı vermişti acaba? Küçük kitabın kapağını açtı bir kez daha. Bu deri kapak küçük bir muhafaza zarfı gibi giydirilmişti İncil'e. Arka ve ön kapakları deri ceplere geçirilmişti. Bu kadar yıl sonra açıldığı için belki sırt dikişleri atmış olabilir diye düşündü Kerem. İncil'i dikkatlice deri muhafazasından çıkardı.

O ceplere saklanmış, kat köşeleri yırtılmak üzere olan kâğıtları o zaman gördü işte. Heyecanlandı. Oktay Bey biliyor muydu bunları acaba? Bilse, dün gece açar gösterirdi. Bilmiyorsa... Onun onayını almadan kurcalamak doğru muydu? Sonunda merakına yenilip kâğıtları yerinden çıkardı.

Ve hepsini tek tek okudu.

Okuduklarını sindirmeye çalışırken Zeynep girdi içeri. Oktay Bey'den, Filiz Hoca'dan önce onu görmek çok sevindirdi Kerem'i. Aslında heyecan içinde, "Zeynep bak, ne buldum!" diye boynuna atlamak, okuduklarını bir an önce ona da okumak istiyordu. Fakat onu görünce bir şey oluyordu Kerem'e. Hem çok şey söylemek istiyor hem de söylemek istediği onca şeyin içinde tıkanıyordu.

Zeynep tatlı tatlı günaydın dedikten sonra çay koymak için ocağa yöneldi. Kerem bir insanın yaptığı sıradan şeyleri sevebilmenin aşk olduğunu henüz bilmiyordu. Uyanması, saçını taraması, çay koyması...

Zeynep çaydanlığı ocağa yerleştirirken, "Ya, dün gece Oktay Bey'in yatağına temiz çarşaf serme telaşı ne tatlıydı, değil mi? Annemi rahat ettirmek için nasıl koşturuyordu. Demin geçerken baktım, kardeşinin odasında yatmamış, misafir odasındaki koltuğa kıvrılmış, orada uyuyor," dedi.

Her ne kadar Oktay Bey'in telaşından konuşsalar da, Zeynep'in ona bir gün önce attığı ilk mesajı geç okuyabildiği için duyduğu huzursuzluk yine dürttü Kerem'i.

"Şey, Zeynep... Dün yazdığın mesajı gece yatmadan önce okuyabildim. Annem de öyle bir anda aradı ki dün... Tam senden mesaj geldiğini gördüm, telefon kapandı. Sinir oldum!"

Zeynep "Önemli değil," dese de biliyordu, önemliydi.

"Olur mu? Önemli tabii. Sen de iyi ki varsın. Hem de iyi ki, iyi ki varsın!" deyince Zeynep'in yanakları ne tatlı kızarmıştı.

"Annemle hastaneden çıkınca yol boyu seni konuştuk. Seni çok değişmiş gördüğünü söyledi. 'Bir şey olmuş Kerem'e, yüzünün rengi gelmiş,' dedi. Ben de biraz geceden, Oktay Bey'in anlattıklarından filan bahsettim. Çok hoşuna gitti. 'Zaten seviyordum Kerem'i, şimdi daha başka seviyorum,' dedi. İşte, seni öyle anıp düşününce içimden geldi iyi ki varsın demek. Yoksa yanıt beklediğimden değildi yani," deyince Kerem'in çok hoşuna gitti. Aralarında geçen bütün konuşmaları da olduğu gibi hatırlıyordu.

"İstanbul'a döndüğümüzde beni en sevdiğin yere götürsene."

"Bana çıkma mı teklif ediyorsun?"

"Yani... Evet."

"O halde niye ben götürüyorum seni?"

"Çünkü ben seni nereye götürebileceğimi daha bilmiyorum ki. Yani yeri sen seç, ben götüreyim."

"Anladım canım. Şaka yapıyorum. Tamam, tabii ki götürürüm. Öyle güzel yerler var ki. İstanbul'u sevmiyorum diyordun ya, onu henüz yaşamadığın için sevmiyorsun. Bak görürsün, çok seveceksin. Onsuz olamayacaksın."

Zeynep "Onsuz olamayacaksın," dediğinde, Kerem biliyordu ki Zeynep'siz de olamazdı artık. Utanmıştı o an, bakışlarıyla kendini çok açık etti diye. Oktay Bey'e çevirdi konuyu hemen.

"Sana bir şey diyeyim mi? Bence anneni çok sevmiş. Ama çok sevmiş," gibi bir şeyler söyledi. Bugüne geleceklerini aslında ikisi de daha o sabahtan biliyordu.

"Ya galiba öyle... Aslında başta ihtimal vermemiştim, böyle bir şey olsa annem bana anlatırdı, diyordum. Biz yazdıklarını göndermekle doğru karar vermişiz. Demek herkesin derin, büyük sırları varmış çocuğundan sakladığı."

Kerem, "Hem de ne sırlar var! Ben pek uyuyamadım gece. Erken kalktım. Sonra bunlara bakarken ne oldu, biliyor musun?" diye söze girdi ve İncil'in koruma zarfına saklanmış mektupları nasıl bulduğunu anlattı. Zeynep heyecanla masaya oturup mektupları bir an önce ona da okumasını istedi.

İlk üçü kısa notlar şeklinde, oldukça küçük kâğıtlara yazılmıştı. Üçü de Angelos ismiyle imzalanmıştı. Birincisi aşağı yukarı şöyleydi:

Sevgili Maria,

Sana özellikle Fransızca yazıyorum. Umarım evdekilerin eline geçmez. Ben artık Arjantin'de yaşıyorum. Ailemle aramızdaki bütün bağlar kopmuştur. Burada bir gemicilik şirketinde iş buldum. Sana yakın bir zamanda para göndereceğim. Lütfen İtalyanca ve Fransızca kitaplarını okumaya devam et ve yazı yazmayı da bırakma. Yoksa hepsini unutursun. Şu anda para biriktiriyorum. On sekiz yaşına geldiğinde seni İtalya'ya aldıracağım. Oradaki toprak ve ev senin hakkın. Bunun arkasında duracağım. Sana söz veriyorum.

Angelos
1927, 14 Eylül
Buenos Aires

Zeynep'in gözleri kocaman olmuştu.

"Angelos da kim? Nona'nın sevgilisi mi varmış yoksa?"

"Sanırım. Bu mektup bir akrabadan da olabilir diye düşündürdü bana. Ama asıl şaşırtıcı olan sence de Nona'nın Fransızca ve İtalyanca bilmesi değil mi? Oktay Bey hiç bahsetmedi böyle bir şeyden?"

"Evet... Oktay Bey'in bunları bugüne dek bulmamış olması çok acayip değil mi?"

"Bulması çok zordu bence. Resmen kendini buldurdu bunlar. Anlattım ya sana. Kapağı açtım ve kapanmadı..."

Kerem o mektupları o kadar çok okudu ki artık hepsini satır satır biliyor. Ama o sabah ilk okuduğu andaki heyecanını unutması mümkün değil. İkinci mektup şöyleydi:

Sevgili Maria,

İyi olduğunu umuyor ve bunun için dua ediyorum. İzmir'i çok özlüyorum. Çocukluğumuzu özlüyorum. Arjantin'de hayat zor. Bütün dünyada zor. İnan bana, güzel günler gelecek. Senden sadece sabretmeni istiyorum. Tanrı'ya ve bana inancını yitirme. Burada yeterince para biriktirdiğimde İtalya'ya gideceğiz.

Sakın üzülme. Eğer İtalya'daki hakkını alamazsak belki Fransa'ya gideriz. Lütfen çok kitap oku. Mutlaka yazı yazarak pratik yap. Bu çok önemli. Çünkü kendimize nerede, nasıl bir hayat kuracağımız belli olmaz. Sen hazır ol. Sen sadece dayan. Güzel günler gelecek. Bu para umarım sana yeter.

Angelos
1929, 13 Şubat
Buenos Aires

Kerem kelime kelime çevirdikçe Zeynep müthiş bir romanı, yazanın kendi sesinden dinliyormuşçasına heyecanlanıyordu.

"Kerem, bu bildiğin aşk mektubu. Ah canım Nona! Demek o yalnızlığın içinde bu mektuplarla dayandı hayata. Ay, çok merak ettim, sonra ne oldu acaba? Diğer mektupta ne var?" diyerek hemen onu da çevirmesini istedi.

Üçüncüsü daha da kısa bir nottu aslında.

Sevgili Maria,

Umarım iyisindir. Buradaki işimden ayrılıyorum. Başka bir işe başlayacağım. Yerim beli olduğunda sana adresimi yazarım. Lütfen bu parayı iyi kullan. On sekizinci yaşını kutlarım. Sana daima dua ediyorum.

Angelos

1931, 10 Aralık

Buenos Aires

Son mektuptan sonra ikisi de emin olmuştu. Gönderen, Nona'nın hayatını altüst eden Livanos ailesinin oğluydu. O sabah değil ama daha sonra Filiz Hoca'dan Nona'nın ona anlattığı gençlik aşkının kırık hikâyesini duyduklarında bütün eksik parçalar birleşmişti. Bir parça hariç...

1979 tarihli, daktiloda resmi bir dille yazılmış bir mektup daha vardı.

Bayan Theodora Maria Dritsas,

Size Bay Livanos'un temsilcisi olarak yazıyoruz. Daha önce İzmir'de yaptığımız resmi kayıt incelemelerinde kayıp olarak göründüğünüz tespit edilmişti. Bay Livanos'un İzmir'de yaptırdığı özel bir araştırma sonrasında bir Türk kimliğiyle yaşadığınızı ve adresinizi öğrendik. Eğer araştırmalarımızın sonucu doğru ise sizi Atina'da yaşayan Dritsas ailesinin diğer fertleriyle buluşturmak üzere bir yetkili göndereceğiz. Lütfen aşağıdaki telefon numarasını arayarak ya da adrese yazarak bizi bilgilendiriniz.

Verges Hukuk Bürosu...

Zeynep şok içindeydi.

"Nona'yı bulmuşlar!"

Kerem de aynı şaşkınlık içindeydi.

"Evet ama... Peki sonra ne olmuş?"

Oktay Bey'e onaylasın diye bir fotoğraf kitabı getirip gerçek bir maceranın, sorular ve sırlarla dolu bir hikâyenin içine düşmüşlerdi. Onlar sorularına yanıt bulmaya çalışırken dışarıdaki rüzgâr daha da şiddetlenmiş, bahçedeki sandalyeleri uçurmuş, ardından sağanak yağmur başlamıştı.

Oktay Bey neşeyle mutfağa girip "Kahvaltıdan sonra Nona'yı ziyarete gidelim demiştik Filiz'le ama bu yağmurda çıkamayız. Neyse, önce güzel bir kahvaltı yapalım, o zamana kadar yağmur da diner zaten. Size şöyle güzel bir çalkama yapayım. Nona usulü olsun kahvaltımız, ne dersiniz?" diye sorduğunda ikisi de okudukları mektupların etkisindeydi ve hiçbir yanıt veremediler.

Oktay Bey çocukların sessizliğini, gidecekleri için durgunlaştıklarına bağlamış olmalıydı ki, arkasını dönüp dolaptan çıkardığı otları yıkarken, "Gideceksiniz. Kötü olacak benim için. Ne güzel geçti şu iki gün. Ev boşalacak birden. Aman be..." diye devam etti otları çeşmenin altına tutmaya.

Filiz neşeyle yanlarına gelip "Hadi hep birlikte kuralım sofrayı, Nona'nın domatesli biberinden de yapalım. Ekmek almayalım, dünden kalanları kızartalım," dediğinde, mektupların konusunun o dakika açılmaması gerektiğini hissettiler. Filiz ne derse uslu uslu onu yapmaya koyuldular. Bu büyük haberi kahvaltıdan sonraya saklamaya karar verdiler. Masayı hep birlikte neşe içinde hazırlayıp mis gibi kokular eşliğinde kahvaltı yaptılar. Aslında sonraki güzel günlerin başlangıcıydı o kahvaltı. Masaya oturduklarında yağmur dinmiş, gökkuşağı belirmişti.

"Yaz sonu yağmurları bunlar. Böyle gelir, böyle gider. Şimdi yine ışıl ışıl olur gökyüzü. Tanrı'nın tebessümü düşer üzerimize," dedi Oktay. Gerçekten ışıl ışıl oldu gökyüzü.

Filiz'in, "Benim bir fikrim var," demesiyle o gökkuşağı sanki kolunu uzatıp mutfağa doldu.

"Oktay onun için hazırladığımız kitaba hâlâ açıp bakmadı, değil mi?" sorusuna, Oktay itiraf eder gibi, "Dün gece baktım. Hatta odaya geçemeden, salonda uyuyakalmışım bakarken. Ne yalan söyleyeyim, güzel olmuş!" diye yanıt verdiğinde, Filiz hepsini şaşırtacak şu sözleri söyledi:

"Bence o kitap eksik. Kitapta Nona yok. Bence biz Oktay'ın kaleme aldığı anılarıyla bu kitabı birleştirmeliyiz. Bir mesleki dökümden çok bir hayat dökümü olmalı. Oktay meslek yaşamı boyunca tanık olduğu tüm insanlık hikâyelerini aslında onu yetiştiren o şahane kadının gözüyle bakarak fotoğraflamış ve yazmış. Dün gece yattığımda bunu düşündüm. Oktay'ı okuyan, takip eden yüz binlerce insanın ona olan sevgisinin nedeni buydu bence. Oktay'ı o yüzden farklı tutuyor, farklı görüyorduk. Şimdi bu duyduklarımızdan, öğrendiklerimizden sonra Nona'nın savaştan, savaşlardan sonraya kalan sevgiyle direniş, barışta diretiş hikâyesi kitapta olmazsa Oktay'ı doğru anlatamayacağımıza inanıyorum."

Oktay ne zaman kararsız kalsa yaptığı gibi sakalını sıvazlayıp kafasını kaşıdı, "Nasıl yapacağız peki?" diye sordu.

Filiz de dahil, hiçbiri beklemiyordu bunu kabul etmesini. Zeynep'le Kerem havalara uçmuştu sevinçten. Filiz'in kafasında her şey hazırdı her zamanki gibi.

"Sen bize anlattığın kısımları da yazacaksın. Aynı şekilde, üslubu hiç bozmadan. İki bölüm yapacağız kitabı. Ben senin 83 sonrasında gece muhabirliğinden özel habere geçişini, ses getiren ilk haberini, aldığın ödülleri vesaire anlatan bir giriş yazarım. Zaten içinde seçtiğimiz fotoğraflarla haberlerin özetleri de var. Sen yeter ki Nona ile ilgili bölümü toparla. Ne dersin? Çok güzel olur bence."

Oktay aynı hevesle yanıt verdi.

"O zaman Nona'nın, Urla'nın eski yeni fotoğraflarını filan da koymak lazım. Okuyan merak eder. Okuyan olursa yani?"

Kerem dayanamayıp "Abi okuyan olur mu ne demek? Ben çevireceğim bunu Fransızcaya, İngilizceye. Bütün dünya okuyacak. Bak görürsün," dedi. Verdiği sözü de tuttu. Kitap şimdi üç dilde birden çıkıyor.

Oktay'ı o gün sadece iki kitabın birleşmesine değil, İstanbul'a onlarla gelmeye de ikna etmişti Filiz.

Oktay, "O zaman benim çalışmaya başlamam gerek. Şu tapon bilgisayarla da olmaz bu iş. Yeni bir alet almak lazım. Onlar da çok karmaşık ya... Kullanmayı nasıl öğreneceğim ben?" diye sorunca, "Onu da şöyle yapalım istersen. Bu akşam sen de bizimle İstanbul'a gel. Sana lazım olan ne varsa alalım. Ben sana bir oda ayarlarım fakültede. Birkaç gün orada çalışırsın. Kerem sana öğretir o arada yeni programları, bilgisayarı kullanmayı. Hem de senin için yaptığımız arşive bir bakarsın. Sonuçta, sana getirdiğimiz bir ön kopya. Belki değiştirmek istediğin fotoğraflar olur. Senin bakış açınla daha iyi olmaz mı o seçki?" diyerek çeliverdi aklını.

Oktay'ın aklı ve gönlü çelinmeye hazırdı zaten. İş, o ilk adımı atacak gücü bulmasındaydı.

Velhasıl, Nona'nın İncil'inin içinden çıkan son sırrını o gün yola koyulma telaşı içinde anlatamamışlardı. Oktay, hikâyenin onda olmayan tüm parçalarını İstanbul'da öğrendi.

O ilk adım atılmıştı artık. Sonrasında neler oldu neler... Nona'nın hikâyesini tüm detaylarıyla tamamlamak, bir kitap yazmak için gittiği fakültede bir süre sonra dersleri en çok takip edilen hocalardan biri oldu. Filiz'in onu İstanbul'da, okulda kalmaya ikna etmek için çok uğraşması gerekmedi. Oktay, Filiz neredeyse orada kalmaya kararlıydı artık.

Kerem bahçede misafirler arasında Filiz'in elini bir an olsun bırakmayan Oktay'ın iki yılda on yaş gençleştiğini düşünüyor. Onun sisteme, değer yitimine öfkesi biraz Kerem'e geçti yalnız. Oktay'ın Kerem'i kendine benzetmesinden en çok Gülin korkuyor. Kerem'e ise komik geliyor bu endişesi.

Zeynep uzaktan ona *artık başlayalım* diye işaret eden Seray'ı görüyor. Kerem'e, "Hadi, vakit geldi!" diyor. Kerem o anda heyecanlanıyor. Boğazı kuruyor. Annesinin elindeki şampanyadan bir yudum alıp kadehi tekrar kadının eline tutuşturuyor. Zeynep'e son bir bakış atıyor. Taş binanın önündeki birkaç basamaklı merdivene yürüyor. Bir zamanlar konuşmaktan korkan Kerem şimdi açılış yapacak...

Akşam güneşi zeytin ağaçlarının arasından konukların üzerine düşüyor. Tam konuşmaya başlayacakken, ahşap bahçe kapısından, Kerem'in beklediği sürpriz giriyor. Gülümseyerek selam veriyor Kerem'e. Kimseye görünmeden en dipteki limon ağacının altına geçiyor. İşte şimdi her şey tamam. İçi rahat Kerem'in. Derin bir soluk alıp konuşmaya başlıyor.

"Merhaba, hepiniz hoş geldiniz.

Bu akşam, birbirini kaybetmiş parçaların yeniden birleşmesini kutlamak için bir aradayız. Bizim için bu hem bir düğün hem de bir şölen. Ağaçlara asılı fotoğraflar görüyorsunuz. Bunlar geçmiş mutlu günlerin dökümü. Zaten bu geceyi, geçmişin binlerce fotoğrafına borçluyuz. Bundan iki yıl önce Filiz Hocamın bana verdiği bir görev için fakültede bir odaya kapanmıştım. Oktay abinin artık önemsemediği, görmek istemediği profesyonel fotoğraflarını arşivleyecektim. Ne kadar zor bir ödev olduğunu tahmin bile edemezsiniz. Fakat o ödev benimle birlikte tam dört kişinin hayatını değiştirdi. Ve bizimle beraber, kim bilir başka kimlerin…

O arşiv fotoğrafları içinde kaybolduğum günlerden birinde bir kutu buldum. Kutuyu açtığımda gördüğüm, bir erkeğin söze dökemediği ama bildiği en iyi dille ifade ettiği aşktı. Filiz Hocamın gazetede staja başladığı ilk günden itibaren yüzlerce fotoğrafını çekmişti ve hiçbirinde o genç kızın fotoğrafının çekildiğinden haberi yoktu. Bunu yirmi beş yıl sonra bir öğrencisinden, yani benden öğrendi."

Konuklar arasında gülüşmeler ve birkaç alkış sesi yükseliyor. Kerem de gülüyor.

"Bir kitap yapmaya karar verdi Filiz Hocam. Ve o kitabı onaylatmak için bizi buraya, Urla'ya gönderdi. Açıkçası Oktay abiyi ilk gördüğümde ödüm patlamıştı. Sonrasında, şimdi birkaç dakikaya sığdırıp anlatamayacağım gerçeküstü şeyler yaşadık desem yeridir. Dünyanın zalimliği ve insanın vahşiliğinden şüphesi olmayanları, dünyanın güzelliği ve insanın iyiliğine inandıran bir yer burası. O yüzden bu düğün burada olsun istedik hepimiz.

Bu hikâyenin mutlu sonu için şimdi sizi içeriye davet etmeden önce, bu gece için bizimle büyük bir hevesle çalışan sevgili dostlarımıza ve bu konuşmayı hazırlamama yardım eden, benimle defalarca prova yapan Zeynep'e teşekkür etmeme izin verin."

Yine gülüşmeler, alkışlar...

"Ama en çok Filiz Hocama ve Oktay abime, bizi hep yeniden başlamanın şahane gücüne inandırdıkları için teşekkür etmeliyiz... Evet, tören için hazırız. Buyurun."

Davetliler Kerem'in çağrısı üzerine nikâhın kıyılacağı taş binaya doğru yürüyor. Kerem limon ağacının altında onu bekleyen misafirinin yanına gidiyor. İçtenlikle tokalaşıyorlar.

"Bir kez daha çok teşekkür ederim size. Çok mutlu ettiniz bizi," diyor Kerem.

Misafir gülümsüyor.

"Ben de mutlu oldum," diyor.

Birlikte taş binaya yürüyorlar. Konuklar yerini almış. Nikâhın kıyılacağı, çiçeklerle süslü kürsü tam ortadaki şöminenin önünde. Şöminenin üzerindeki duvara bir fotoğraf yansıtılmış. Nona'nın mutfağında yıllarca asılı olan, dizinin dibindeki iki çocuğuna sarılıp gülümsediği fotoğraf bu. Kerem herkesin yerini aldığından emin olduktan sonra şöminenin önüne geçiyor.

"Şimdi her şeye baştan başlıyoruz," diyor. Salonun kapısı kapanıyor. Tatlı bir melodi dolduruyor içerisini.

"Nona için 'Sevmenin yaşayan formuydu,' der Oktay abi. 'Sevmeyi annem Nona'dan öğrendim. Suskunluklarımı ise Tanju Okan doldurdu,' demişti bir keresinde. Son günlerinde oğlunun ona sarılan kollarına imrendiğini anlatmıştı... Bu akşam beni ve Zeynep'i nikâh şahitleri olarak seçtiler. Fakat ben bu gece yerimi, onu tanıdığım yıl, bir akşamüstü bana büyük bir içtenlikle anlattığı o hikâyenin gerçek kahramanına vermek istiyorum."

Ona merakla bakan Oktay'a dönüyor.

"Oktay abi... Pişmanlığının şahidi ve ortağı yıllarca Tanju Okan olduysa eğer, şimdi mutluluğunun tanığı da onun oğlu olmalı."

Zeynep, tüm konukların ardında gülümseyerek konuşmayı dinleyen beyi elinden tutarak Kerem'in yanına getiriyor.

Kerem, "Bu akşamın, bu kavuşmanın tanığı sevgili Tansu Okan!" dediği anda bir alkış kopuyor. Konukların tümü ayakta... Oktay donup kalmış. Filiz'in gözleri dolmuş. Gülin ağlıyor. Tansu Okan mahcubiyetle gülümsüyor alkışlar karşısında. Filiz elinden tutup çekiyor Oktay'ı.

Oktay ve Tansu Okan karşı karşıya şimdi. Oktay sarılıyor Tansu Okan'a. Hayatlarında ilk kez karşılaşan bu iki insanın kucaklaşması öyle bir kucaklaşma ki...

Babasız büyümüş tüm çocuklar babasına kavuşuyor sanki. Bir evlat kucaklayamamış tüm erkekler o mutluluğun gümbürtüsünü duyuyor kalbinde. Ölüp de unutulanlar, ölmeden bir kalbe gömülenler, ölse de yaşayanlar kucaklaşıyor. Anıların içinde toz duman olmuş bütün küçük sevinçler canlanıp uçuşuyor. İnsan bedeninin ince kırışıklıklarında sıkışıp kalmış bütün keder parçaları silinip gidiyor.

Bu öyle bir kucaklaşma ki Nona kahkaha atıyor, Tanju Okan çağlıyor...

Bütün bunları davetlilerin bitmeyen alkışlarından görebilmenin coşkusu kelebek olup uçuyor...

Kerem ile Zeynep ele ele bu ânı izliyor sevinçle. Bu buluşmayı sağlayan Seray ve Ozan da aynı sevinç içindeler.

Bu ana baba yadigârı kucaklaşmanın ardından birkaç saniye kendini toplamaya çalışıyor Oktay. Sonunda başarıp başını kaldırıyor. Alkışlar devam ederken kürsüye geçiyorlar. Zeynep, Gülin'in yanına gidiyor. Onu da elinden tutup kürsüye götürüyor.

"Annemin şahidi de Gülin ablam olmalı. Öyle ya, annemin bunca yıl her derdine tanıklık etmiş..."

Gülin şaşırıyor. Kerem cebinden annesinin kimliğini çıkarıp memura uzatıyor. İşbirliğine teşekkür etmek için babasına göz kırpıyor. Albert mutlulukla aynı şekilde göz kırpıyor oğluna.

Filiz ile Oktay uzun bir serüvenden sonra Tansu Okan ve Gülin'in şahitliğinde ve sevdikleri bir grup yakın dostlarının huzurunda evleniyor.

İmzalar atıldıktan sonra Tansu Okan cebinden bir fotoğraf çıkarıp uzatıyor Oktay'a.

"Davetlilerden bahçedeki dilek ağacına mutlu bir gün fotoğrafı asmaları istenmişti. Sanırım bu fotoğrafı bahçedeki ağaca asması gereken sizsiniz. Lütfen bir düğün hediyesi olarak kabul edin," diyor.

Oktay'ın elindeki siyah beyaz fotoğrafta Nona ve Tanju Okan birbirlerine sarılmış, içtenlikle kahkaha atıyorlar. Neşeleri, coşkuları, o anda esen rüzgâr bile capcanlı. Oktay'ın sesi titriyor.

"Ben... Hiç görmemiştim bu fotoğrafı... Çok ama çok teşekkür ederim," diyor.

O sırada Tanju Okan'ın genç sesi, Filiz'in anne babasının düğün şarkısı *Roberta*'yı söylüyor.

Oktay fotoğrafı göğüs cebine koyuyor. Eşini elinden tutup bahçeye çıkarıyor. Karı kocanın ilk dansına konuklar da eşlik ediyor.

Gün batıyor. Yemekler yeniyor. Pasta kesiliyor. Tek gözlü Kedi Jack ve kardeşleri sarı papyonlarıyla davetlilerin arasında dolanıyor. Zeynep'i büyüten Elena maşayla şekillendirilmiş saçları ve sarı elbisesiyle davetliler arasında dolanan bir ayçiçeğine benziyor. Oktay'ın çocukluk ve ilk gençliğinin tanığı komşu kızı Nermin ağaca eski bir fotoğraf asıyor. Oktay, kardeşi, Nermin, mahallenin diğer çocukları, hepsi bir aradalar. Kum denizinde bir pazar günü. Neşeyle gülüşen gençler kahkahalarını, umutlarını, hayallerini ve hiç yıpranmamış masumiyetlerini sonsuza dek o kareye saklamışlar. Nermin gözlerini siliyor fotoğrafa bakarken. O fotoğraftaki incecik kızdan eser yok şimdi. Göğüslerini ve kollarını kapatan şalına sarınıyor saklanmak ister gibi. Zeynep'le göz göze geliyorlar o an. Nermin çekingenlikle selam veriyor Zeynep'e. Zeynep gülümsüyor. Nermin kocasının yanına otururken Zeynep fotoğrafların asılı olduğu ağaca bakıyor.

Mutlu bir anda, olmadık bir şekilde, Nona'nın "Babamı astılar," deyişi geliyor aklına. Bir an, insanın on binlerce yıldır süren zalimliğini görüyor anı ve neşe dolu o ağaçta. Ama sonra, yine on binlerce yıldır ağaç dallarına asılan dilekleri ve temelde ağaca bağlanan umudu duyumsayıp Nona'nın sevgide ve barışta diretme çabasını da görüyor. O güne dek bir ağaca gidip de sarılmışlığının olmadığını düşünüyor. Kerem'le ikisinin sarılabileceği, onlar tarafından kucaklanabileceği ağaçları olmalı. "Evet, mutlaka ağaçlarımız olmalı bizim," diye geçiriyor içinden.

Gecenin lacivertinde limon ağaçlarından sarkan fenerlerin ışığı altında gülüşüp dans edenleri seyreden beş güvercin tünedikleri daldan kalkıp verandaya konuyor. İçlerinden ikisi düğün pastasından birkaç parça gagalayıp diğerlerinin önüne bırakıyor. Verandada pastalarını yiyip bir süre daha eğlenenleri izledikten sonra uçup gidiyorlar.

Zeynep, merdivende yorgunluk ve mutlulukla oturan Kerem'in yanına geliyor.

"Çok güzel bir gece oluyor. Çok yoruldun ama şahane oldu her şey," diyor.

Kerem nişanlısının saçlarını okşayarak "Birlikte yorulduk," diye yanıt veriyor.

Zeynep içini çekiyor.

"Keşke Nona yaşasaydı da görseydi şu hallerini, mutluluklarını!"

Kerem gülümsüyor.

"Bence gördü... Sadece o değil. Hepsi..."

"Hepsi? Kim? Nasıl?"

Kerem bütün kalbiyle inanıyor artık böyle şeylere ve biliyor ki Zeynep onu anlar...

"Başkasına söylesem güler ama... Akşamüzeri şuraya beş tane güvercin kondu. Saatlerce hiç kıpırdamadılar. Arada bir gözüm takılıyor, bakıyordum. Hep aynı yerde duruyorlardı. Sen gelmeden birkaç dakika önce içlerinden en iri iki tanesi düğün pastasının olduğu masaya uçtu. İrice birkaç parçayı gagalarıyla taşıdılar, şuraya kapının önüne bıraktılar. Diğer üçü de geldi, hep birlikte yediler. Sonra biraz daha baktılar ve uçup gittiler..."

Zeynep ayağını acıtan ayakkabılarını çıkarmış. Bir çocuk gibi birleştirmiş ayaklarını. Kerem'in elini tutuyor.

"Eee? Anlamadım tam..."

"Sen insanların öldükten sonra sevdiklerine güvercin olarak veda ettiklerini bilir misin?"

"Aaa! Hiç duymadım?"

"Şimdi duymuş oldun işte..."

"Peki?"

"Bence onlar senin anneannen, deden, Oktay abinin babası, Nona ve Tanju Okan'dı... Buna gülsen de bence öyleydi. O yüzden bu gece şimdi tastamam!"

Zeynep gülümsüyor. Başını Kerem'in omzuna yaslayarak annesi ile Oktay abisinin dansını izliyor. Yarım kalan bazı mutluluklar evlatların gücüyle yeniden hayat buluyor...

21. BÖLÜM

Oktay Onur Yortan'dan Kitap İçin Sonsöz

Nona benim öz annem olsaydı onu bu kadar büyük bir bağla sever miydim, diye sorduğum çok oldu kendime.

Size garip gelebilir bu soru.

Ona duyduğum derin bağlılığın, üvey annemiz olmasına rağmen bizi öz çocuğu gibi bağrına basmasına duyduğum minnetten kaynaklandığını düşünürdüm. Yaşım ilerledikçe, bu büyük sevginin, eşsiz insanlığına duyduğum hayranlıktan kaynaklandığını anladım.

Bu kitabın yayıma hazırlanmasında hakikaten büyük emekleri olan öğrencilerim, çocuklarım Kerem ve Zeynep olmasa, çok iyi tanıdığımı düşündüğüm annem Nona'yı eksik taşıyacakmışım kalbimde. Kitabın ilk versiyonunu bana getirdikleri vakit yılın tamamını Urla'da geçiriyordum. Açıkçası bir daha İstanbul'a dönmek, hele ki üniversitede ders verecek kadar büyük bir hamleye kalkışmak bana çok uzaktı.

Gazetecilik can çekişiyordu ben İstanbul'dan ayrılırken. Sonra hakikaten öldü. Sadece benim ülkemde değil, neredeyse tüm dünyada. İşini hakkıyla yapabilenler, uygulanan çeşitli yöntemler sonucunda susmak, çekilmek, kaçmak zorunda kaldı. Kaçtıkları bir baskıdan çok, onları kovalayan bir canavardı ve adına *değer yitimi* deniyordu. Son yıllarımıza giderek daha çok hâkim olan bu kayıp, itiraf ediyorum, beni de o kaçaklardan biri yapmış ve kendi içime kapatmıştı.

Filiz ve Kerem bana geldiği vakit onlara annemin hikâyesini okuttuğumda, *"Bütünü değiştirmeye gücümüz yetmeyebilir ama parçaları değiştirebiliriz. Bu yüzden öğrenci yetiştirmek, kalan zamanımızdaki biricik ödevimizdir,"* diyerek beni gençlerle buluşmaya, fakültede ders vermeye ikna eden kıymetli dekanımız Filiz Canan'ı da bu hikâyeye dahil ettiler. Onlar gelene dek annemin hiç dokunmadığım hatırasının önemli bir kısmı karanlıkta saklı kalmıştı. Kafamı kuma gömmüş, geçmiş ve gelecekten saklanarak yaşayıp gidiyordum.

Kızgındım, yorgundum. Herkes ama herkes sorumluydu bu kayıplardan ve hiçbir şey bir daha onarılamayacak diye düşünüyordum. *Yaşamak için buna mecburuz* dediğimiz her kabulleniş bizi daha onursuz yapıyordu kanımca. Kafamı gömdüğüm o kumda saklanarak kendimi koruduğumu düşünüyordum belki de. Peki "onur" nedir? Şimdi bu soruyu soralım kendimize. İnsan neden savaşır?

Kerem ile Zeynep'in araştırmaları ve sevgili dostum, kıymetli çevirmen Albert Duhani'nin çabaları sayesinde hikâyesinin tümünü okuduğunuz annem Maria Theodora'nın, kan bağı olan ailesine kavuşma ihtimalini kendi isteği ve iradesiyle reddettiğini öğrendik. Yıllarca saklı kalan bir belgenin altındaki adres Fransa'nın en büyük hukuk ofislerinden biri çıktı.

Annemin hayatının değişmesine neden olan İzmir kökenli Livanos ailesi dünya ekonomisinin dengesiyle oynayabilecek kadar büyük bir güce sahip olmuştu ve bizim ekonomi haberlerinden sıklıkla duyduğumuz bu isim, belki de içindeki küçük bir vicdan parçasının dürtmesiyle son bir hamle yaparak annemi ailesiyle kavuşturmaya çalışmıştı.

Hukuk ofisinden öğrendiğimiz bilgilere göre anneme 1979 yılında ulaşılmış. Ancak annem bir mektupla kendilerine Dritsas ve Livanos aileleriyle bağının olmadığını, görüşmeyi kabul etmediğini iletmiş. Bu beni derinden etkiledi. İsteseydi elde edebileceği olası maddi koşullar başka bir hayat yaşamasını sağlayabilirdi. Bize ve bugünün anlayışına göre adalet yerini bulabilirdi. Ama ona göre hayat zaten adildi.

O yüzden, bunu istemeyişinin nedenini düşünmeme pek gerek kalmadı. Yıllarca kimliğini saklayarak yaşamasının nedeni korku değildi. Korkuya meydan okuyacak kadar çok acıyla yüzleşmiş bir kadının, insanoğlunun vahşetine, akıl almaz ihtirasına yürekli bir karşı koyuş şekliydi.

Bildiklerini neden saklar bir insan? Fransızca, İtalyanca okuyup yazabilen biri niçin kötü bir Türkçe yazı bilgisiyle yaşamaya razı olur? Acaba babam ve ailesini ezmemek için miydi? Kendini açık etmemek için mi? Kütüphanemizde neden var olduğunu senelerce bilmediğimiz üç beş eski

İtalyanca ve Fransızca romanın bu öğrendiklerimden sonra benim için ne kıymetli olduğunu tahmin edebilirsiniz. Acaba biz görmeden kaç kez okumuştu o kitapları?

Üstelik bizden vazgeçememişti.

Kitabın hazırlık aşamasında Kerem içtenlikle, "Peki, İzmir'i kim yaktı?" diye sormuştu. Ülkelerin resmi tarihleri birbirini suçlar. Tarihçi bir dost, "O yangını gerçek anlamda hangi el ya da eller tutuşturdu, belki bilemeyiz. Ama kimler söndürmedi, işte bunu hep bileceğiz," demişti vaktiyle. Tanık olduğumuz, haber yaptığımız, haberlerini okuduğumuz tüm savaş ve acı haberlerinde o büyük insanlık yangınını başlatan elin peşine düştük. Ama asıl sormamız gereken soru, o yangınları kimin söndürmediğidir. Peşine düşülüp hesap sorulması gerekenler onlardır. Annemin reddettiği, sildiği ve dönmeyi kabul etmediği geçmişinin, bir dünya yangınına neden olan o tanıdık eller olduğunu biliyorum şimdi.

Seçimine duyduğum o büyük saygı, ona olan sevgimi daha da derinleştiriyor. Onur kelimesinin karşılığı olan onlarca yaşam şekli beliriyor gözümün önümde. Saygıyla eğiliyorum önlerinde.

İnsanın savaşı hiç bitmez. Kardeşiyle, anne babasıyla, kendiyle, bir başka canlıyla, diğer türlerle, karşı cinsle, öteki dinle, inançlarla... Varoluşunu bununla anlamlandırır. Savaşını kutsallaştırır. Korkutanların, ayrıştıranların ve bu şekilde savaştıranların çekim alanına girer. Edebiyatın, sinemanın tüm çekişmeleri iki ucun savaşı üzerindedir. *Romeo ve Juliet*'ten *Uzay Yolu*'na kadar, başka bir form göremezsiniz.

Bu kitap, dünya üzerindeki her tür savaşın anlamsızlığında yok olanlara ve bu savaşlar sırasında kaybedilen değerlerimize adanmıştır.

Ve bir canlıyı sadece varoluşu nedeni ile sevebilme çabasına...

Teşekkür

Ve bir hikâyenin daha sonundayız...

Ülkemizin en büyük keder ve hayat anlatıcılarından muhteşem Tanju Okan'ın evladı sevgili Tansu Okan'a hayalime izin verdiği için minnettarım...

Kitabın yazımı boyunca Urla ve Ege mutfağı ile ilgili sorularıma sabırla yanıt veren sevgili arkadaşım yemek yazarı Dilek Yetkiner (@dilek_yetkiner), Urla'nın tarihiyle ilgili hem kaynak gösteren hem de titizlikle yanıt yazan rehber İdil Yazıcıoğlu (@yarimadaseyyahlari), İzmir-Karataş ile ilgili detaylı notlarla, kitaplarla bana büyük bilgi sağlayan ve bir gününü beni sokak sokak gezdirmeye ayıran sevgili İzmir-Karataş sevdalısı, kıymetli yazar Cüneyt Sağdıç ve sevgili Dr. Aybars Akoğlu, kendisi bilmese de şahane Instagram hesabı @urlaevleri sayesinde, kurduğum dünyayı önce kendi içimde sağlamlaştıran ve yeni ufuklar açan mimar Sedef Tunçağ, Urla Bağ Yolu dostları, köy komşularım, esnaf arkadaşlarım...

Bir romanımda daha sabrı, desteği ve sevgisiyle yanımda olan tüm yakınlarım, temsilcim Tülin, kardeşlerim, yakın dostlarım, yeni bir hikâyeyi heyecanla beklediklerini mesaj, mektup ve hediyeleriyle iletip beni her gün yeniden yüreklendiren okurlarım, Artemis Yayınları ve Alfa Yayın Grubu çalışanları, hissettirdikleri güvenle büyük destekçilerim olan yayıncılarım Faruk Bayrak ve Vedat Bayrak...

Elbette ilk satırlardan itibaren yanımda olan editörüm Tolga ve kızım Zeynep Lal... Olmasanız altından kalkamazdım. Varlığınıza şükür doluyum.

Bir de...

Roman dizgiye girdiği gün vefat haberini aldığım sevgili Selahattin Duman.

11 yıl aynı gazetede çalışmıştık ve ondan çok şey öğrenmiştim. Gerçek bir usta, şahane bir yol gösterici ve harika bir ağabey olmuştu bana. En çok onun yanında güler, en çok yanında ağlardım. En çok o kızdırır, en çok o teselli ederdi. Onunla yenilen yemekler, içilen çaylar, çıkılan seyahatler birer gazetecilik dersiydi daima.

Kitabın son kontrollerini yaparken aldığım bu ölüm haberi bir devrin hakikaten kapandığını da söylüyor... Hiçbir şey eskisi gibi olmayacak artık, biliyorum. Ama belki yarından sonraki gün bizimkilerden de güzel hatıralar yazacak hayat.

Bu kitap sana teslim edemediğim dönem ödevimdir.

Yerin baki cennet olsun Selahattin Abim...

İclal Aydın
Cunda / Eylül, 2020 - Urla / Nisan, 2021